올리버 트위스트 2

올리버 트위스트 2권

초판 1쇄 발행 2016년 8월 29일

지은이 찰스 디킨스
옮긴이 김옥수
펴낸이 김소연

펴낸곳 비꽃
등록 2013년 7월 18일 제2013-000013호
주소 서울 강북구 삼양로 16길 12-11
이메일 rain__flower@daum.net 전화 02)6080-7287 팩스 070-4118-7287
홈페이지 www.rainflower.co.kr

ISBN 979-11-85393-24-7 04840
      979-11-85393-19-3 (세트번호)

이 도서의 국립중앙도서관 출판시도서목록(CIP)은 서지정보유통지원시스템 홈페이지(http://seoji.nl.go.kr)와 국가자료공동목록시스템(http://www.nl.go.kr/kolisnet)에서 이용할 수 있습니다.
(CIP제어번호: CIP2016020100)

값 11,000원

찰스 디킨스

올리버 트위스트 2

김옥수 옮김

비꽃

이 책은 Dover Thrift Editions 2002년 판본과 The Project Gutenberg EBook #730을 참고하였다.

■차례

CHAPTER XXX

사람들이 찾아와서 올리버에 대한 생각을 말하다

의사는 범인을 보면 깜짝 놀랄 뿐 아니라 호감마저 품을 거라고 누차 안심시키더니, 젊은 숙녀에게 팔 하나를 내밀고 메일리 부인에게 다른 손을 내밀어서 완벽한 격식을 갖추고 이 층으로 당당하게 안내했다. 그리곤 침실 방문 손잡이를 살며시 돌리며 조그맣게 속삭였다.

"이제 두 분이 범인을 어떻게 생각하는지 들어봅시다. 그는 최근에 면도한 적이 없는데도 사나운 느낌이 전혀 없답니다. 하지만 잠깐만! 사람이 들어가도 되는지 확인부터 하겠습니다."

그러더니 먼저 들어가서 실내를 살피고, 늘어와도 된다고 손짓한 다음에 방문을 닫고 침대 커튼을 살며시 젖혔다. 그러자 얼굴이 험상궂고 우락부락한 악당이 보일 거라고 기대한 것과 달리, 고통에 시달리고 완전히 지친 어린애 한 명이 누워서 곤하게 자는 중이었다. 부러진 팔은 부목을 대고 붕대로 감아서 가슴에 포개고 다른 팔은 머리를 기대서 기다란 머리칼이 베개로 흘러내리며 절반을 가렸다.

정직한 의사가 한 손으로 커튼을 잡고서 가만히 쳐다보는 사이에 젊은 숙녀는 그 옆을 살며시 지나서 침대 옆 의자에 앉아 어린애 머리칼을 쓸어 넘겼다. 그리고 가만히 쳐다보는데 아이 이마로 눈물방울이 뚝뚝 떨어졌다.

올리버는 잠자면서도 몸을 꿈틀대며 빙그레 웃었다. 깊은 동정과 연민으로 가득한 눈물방울에 생전 겪어본 적 없는 사랑과 애정이 담겨, 꿈에서도 좋아하는 것 같았다. 부드러운 선율이나, 잔잔한 수면에서 일어나는 잔물결이나, 향긋한 꽃내음이나, 친숙한 목소리 역시 현세에서 한 번도 겪은 적이 없는 기억을 아련하게 불러내다가 꿈결처럼 사라지는 황홀한 순간을 어렴풋하게 떠올리니, 이는 인간이 맨정신이라면 아무리 노력해도 도달할 수 없는 경지였다.

"어떻게 된 거지? 이렇게 불쌍한 아이가 도적들에게 도적질을 배울 순 없어!"

노부인이 소리치자, 의사는 커튼을 원상태로 돌려놓으며 대답했다.

"악마는 다양한 신전에 깃드는 법이니, 겉모습이 곱다고 악마가 깃들지 않는 건 아니겠지요."

"하지만 저렇게 어린 나이에!"

로즈가 반박하자, 의사는 구슬픈 표정으로 고개를 저으며 대답했다.

"사랑스러운 아가씨, 범죄는 죽음과 마찬가지로 쭈글쭈글한 노인에게만 깃드는 게 아니라오. 정말 어리고 고운 사람이 범죄를 선택한 사례도 많으니까요."

"하지만 선생님은…… 아! 선생님은 이렇게 연약한 아이가 사회에서 버림받은 범죄자들과 자발적으로 어울렸다고 정말로 믿나요?"

로즈가 다시 말하자, 의사는 안타깝지만 그럴 가능성이 크다고 암시하는 투로 고개를 끄덕이더니, 환자를 방해하면 안 된다고 말하며 일행을 옆방으로 인도하고, 로즈는 재차 말했다.

"하지만 설사 저 아이가 나쁜 짓을 저질렀다고 해도 극히 어리단 사실을 생각하세요. 사랑하는 어머니나 정겨운 가정이라곤 조금도 모른 채 매질 당하고 학대받고 굶주림에 시달리다가 결국엔 나쁜 무리에게 끌려가서 나쁜 짓을 할 수밖에 없을 수도 있다는 사실을 말이에요. 고모님, 사랑하는 고모님, 제발 부탁이니, 저렇게 아픈 아이가 교도소로 끌려가서 바른길로 나아갈 가능성을 모두 잃기 전에 한 번만 더 생각하세요. 아! 고모님께서 사랑과 애정으로 보살피신 덕분에 저는 부모님이 없다는 느낌을 받은 적이 한 번도 없지만, 고모님이 아니었다면 저 역시 저 아이처럼 아무런 도움이나 보호도 못 받고 부모님 손길을 그리워하며 살았을 거예요. 그러니 너무 늦기 전에 저 아이에게 동정심을 베푸세요!"

젊은 숙녀가 하소연하며 흐느끼자, 노부인은 조카를 가슴에 꼭 껴안으며 달랬다.

"사랑하는 조카딸, 너는 내가 저 아이 머리털을 하나라도 다치게 할 거로 생각하니?"

"아, 아니에요!"

로즈가 간절한 표정으로 대답하자, 노부인이 다시 말했다.

"그래, 아니야. 이제 나는 살날도 얼마 안 남았어. 하느님에게 자비를 청하려면 나부터 자비를 보여야 해! 내가 어떻게 하면 저 아이를 구할 수 있겠소, 의사 선생?"

"생각 좀 해야겠네요, 마님. 생각 좀 해야겠어요."

로스번 선생이 말하더니, 두 손을 주머니에 찌르고 실내를 이리저리 거닐다가 툭하면 걸음을 멈추고 까치발로 일어나서 균형을 잡으며 끔찍할 정도로 인상을 찡그렸다. 그러다가 "그래, 그러면 되겠어!" 하고 소리치기도 하고, 곧이어 "아니야, 아니야!"라 중얼거리기도 하며 다시 거닐고 인상을 찡그리길 몇 차례 반복하더니, 결국에는 걸음을 완전히 멈추고 이렇게 말했다.

"제가 마님께 완벽한 권한을 받아서 자일스 집사와 브리틀스 머슴아이를 충분히 접준다면 가능할 것 같습니다. 자일스 집사가 오랫동안 충실하게 일한 하인이란 사실은 저도 잘 압니다. 그러니 마음이 아프다면 다른 식으로 보상하는 방법도 있겠지요, 명사수라며 상을 내리는 식으로 말입니다. 어때요, 찬성하십니까?"

"다른 방법으로 아이를 구할 수 없다면."

메일리 부인이 대답하자, 의사가 말했다.

"다른 방법은 없습니다. 절대로 없어요. 제 말을 믿으세요."

"그렇다면 고모님이 선생님에게 충분한 권한을 주실 거예요. 하지만 제발 부탁이니, 가련한 두 사람을 필요 이상으로 닦아세우지는 마세요."

로즈가 말하며 눈물을 글썽이는 사이로 미소를 머금자, 의사가 반박했다.

"아가씨는 오늘 아가씨 자신을 제외한 다른 모든 사람에게 인정머리조차 없다고 생각하는 것 같군요. 나로서는 한창 성장하는 남성 일반을 대신해, 훌륭한 젊은이가 처음 청혼할 때 아가씨 마음이 지금처럼 너그럽고 다정하길 바랄 뿐입니다. 물론 나 자신이 그런 젊은이로 변신해, 지금 이 자리에서 이렇게 좋은 기회를 누릴 수 있다면 더할 나위 없이 좋겠지만 말입니다."

"선생님은 가련한 브리틀스처럼 나이만 먹은 어린애로군요."

로즈가 반박하며 얼굴을 붉히자, 의사가 마음껏 웃으며 말했다.

"으음, 그것 역시 그렇게 심각한 문제는 아니랍니다. 하지만 아이 문제로 돌아가죠. 우리에게는 아직 합의해야 할 중요한 내용이 있습니다. 아이는 앞으로 한 시간 정도면 깨어날 게 분명합니다. 그러면 아래층에 있는 돌대가리 순경에게는 아이가 움직이거나 말하면 목숨이 위태롭다 말하겠지만, 우리가 아이와 대화를 나누는 건 위험하지 않을 겁니다. 따라서 지금 저는 이런 전제조건을 걸겠습니다. 두 분이 지켜보는 앞에서 제가 아이에게 여러 질문을 던져서 대답하는 말을 듣고 아이가 정말 나쁜 놈이라면 (그럴 가능성이 훨씬 큰데), 두 분이 냉정하게 판단하기에도 그런 사실이 분명하게 드러난다면, 아이 문제는 아이 운명에 맡기고 저는 더 개입하지 않기로 말입니다, 어떤 경우에도."

"아, 안 돼요, 고모님!"

로즈는 애원하고, 의사는 다그쳤다.

"그래야 해요, 마님! 동의하십니까?"

"저 아이는 악에 물들지 않았어요. 그건 불가능해요."

"잘 됐군요. 그렇다면 제가 제시한 조건에 충분히 응할 수 있을 테니까요."

그래서 결국 이들은 약정을 맺고 자리에 앉아서 올리버가 깨어나기만 초조하게 기다렸다.

두 숙녀는 로스번 선생이 예상한 것보다 오랫동안 인내심을 발휘해야 했다. 한 시간이 지나고 또 한 시간이 지나도 올리버는 여전히 깊은 짐에 빠졌기 때문이다. 그래서 두 사람이 마음씨 착한 의사에게 올리버가 마침내 말을 걸어도 충분할 정도로 정신을 차렸다는 정보를 실제로 들은 건 초저녁이었다. 로스번 선생 말이, 아이는 심하게 아프고 피를 많이 흘려서 기운이 하나도 없는 터라 상식적으로 본다면 다음 날 아침까지 기다리는 게 좋겠지만 무언가를 말하려고 애쓰는 기색이 또렷하니, 나중으로 미루기보다는 지금 당장 말할 기회를 주는 게 훨씬 좋을 것 같다는 것이다.

대화는 오랜 시간 이어졌다. 올리버가 지금까지 살아온 과정을 모두 털어놓는데 통증은 계속 밀려들고 체력은 마냥 떨어져서, 툭하면 말을 멈출 수밖에 없기 때문이다. 하지만 아픈 아이가 힘없는 목소리로 이런 저런 인간에게 매정하고 사악하게 학대당한 내용을 천천히 열거하는 소리를 깜깜한 실내에서 듣는 느낌은 정말 엄숙했다. 아! 인간이 같은 인간을 착취하고 억압하면 끔찍한 잘못을 저지르는 흉흉한 증거가 묵직한 먹구름처럼 느리지만 더할 나위 없이 확실하게 하늘나라로 올라 가니, 그 인간은 저세상에서 끔찍한 고통을 겪으며 모든 죗값을 갚아야 한다는 사실을 한 번이라도 생각할 수 있다면, 죽은 사람이 뼈저리게 후회하는 목소리로 하는 증언을, 어떤 권력도 억누를 수 없고 아무리 거만한 인간이라도 외면할 수 없는 증언을 단 한 번만 듣거나 상상할 수 있다면, 일상생활에서 흔하게 나타나는 부당한 착취와 억압은 물론 온갖 고통과 불행과 죄악은 모두 어떻게 변할까!

그날 밤에 머리를 눕힐 베개는 다정한 손이 부드럽게 매만지고 잠을 자는 동안에는 착하고 사랑스러운 이가 지켜보니, 올리버는 어찌나 평온하고 행복하던지 당장 죽어도 여한이 없을 것 같았다.

중요한 대화를 끝내고 올리버가 다시 안정을 취하는 순간, 의사는 두 눈에서 눈물을 훔치며 갑자기 마음이 약해진 자신을 나무라다가 자일스 집사에게 공격을 퍼붓기 위해 아래층으로 내려갔다. 그런데 거실에 아무도 없는 걸 보고, 주방에서 공격하면 효과가 훨씬 좋겠다는 생각을 떠올리곤 그곳으로 들어섰다.

거기에서 두 하녀와 브리틀스, 자일스 집사, 공적을 인정받고 초대받 아 온종일 마음껏 먹으며 재미있는 시간을 보내던 땜장이, 경찰관이 모여서 가정의회 국회의원 모임을 여는 중이었다. 경찰관은 커다란 경찰봉에 커다란 머리통, 커다란 덩치, 커다란 발목부츠 차림으로 덩치에 걸맞게 흑맥주를 많이 마신 것처럼 보이고 실제로도 그랬다.

전날 밤에 일어난 사건이 아직도 화제였다. 의사가 들어간 순간에도 자일스 집사는 자신이 침착하게 행동한 내용을 자세히 설명하고, 브리틀스는 상관이 말을 채 마치지도 않은 상태에서 그렇다고 맞장구치며 한 손으로 맥주잔을 치켜드는 중이었다.

"모두 잠자코 앉으시오!"

의사가 소리치며 한 손을 흔들자, 자일스 집사가 대답했다.

"고맙습니다, 선생님. 마님하고 아씨가 맥주를 내주셨는데, 좁은 방 구석에서 혼자 홀짝거리느니 여럿이 마시는 게 좋을 것 같아서 이렇게 모인 겁니다."

브리틀스가 맞장구치며 나지막하게 중얼거렸다. 자일스 집사님 덕분에 좋은 시간을 보내게 된 걸 신사 숙녀 모두 고마워한다는 말 같았다. 그러자 자일스 집사는 잔뜩 생색내며 주변을 둘러보는데, 모두 적절하게 행동하는 한 자신은 누구도 버리지 않겠다고 다짐하는 표정이었다. 그러더니 이렇게 물었다.

"환자는 오늘 밤엔 어떤가요, 선생님?"

"그저 그렇소. 그 문제 때문에 당신이 곤경에 처할 것 같아서 걱정이오, 자일스 집사."

의사가 대답하자, 자일스 집사가 덜덜 떨며 말했다.

"설마 환자가 죽는다는 말은 아니겠지요? 그 생각을 하면 마음이 정말 끔찍하답니다. 저는 물론이고 여기에 있는 브리틀스도 아이를 죽일 생각은 아니었답니다, 근방에 있는 은접시를 모두 훔쳐간다고 해도, 선생님."

"중요한 건 그게 아니에요. 당신은 기독교를 믿나요, 자일스 집사?"

의사가 신비로운 표정으로 묻자, 자일스 집사는 창백하게 변한 얼굴로 덜덜 떨며 대답했다.

"네, 선생님, 그렇다고 생각합니다."

"그렇다면 자네는 어떤가, 브리틀스?"

의사가 물으며 매섭게 쳐다보자, 브리틀스는 깜짝 놀라면서 대답했다.

"어이쿠, 선생님! 저 역시 자일스 집사님이랑 똑같습니다."

"그렇다면 나에게 대답하시게, 두 사람 모두! 두 사람은 이 층에 있는 아이가 간밤에 조그만 유리창으로 들어온 아이라고 맹세할 수 있소? 대답하시오! 어서! 우리 모두 들을 준비를 마쳤으니!"

평소에 누구보다 성격이 온화한 거로 유명한 의사가 잔뜩 분노하며 끔찍한 어투로 몰아세우자, 자일스와 브리틀스는 잔뜩 흥분한 데다 맥주까지 먹어서 흐리멍덩한 상태로 망연자실하며 서로를 물끄러미 쳐다보았다. 그러자 의사는 집게손가락을 엄숙하게 흔들다가 콧잔등을 톡톡 치더니, 경찰관에게 정신 바싹 차리고 들으라 촉구했다.

"두 사람이 하는 대답을 똑바로 들으시오, 알겠소, 경찰관? 이제 곧 매우 중요한 내용이 나올 테니 말이오."

경찰관은 정신을 최대한 바싹 차린 표정으로 경찰봉을 잡았다. 굴뚝 모서리에 아무렇게나 기대놓던 경찰봉이었다.

"두고 보면 알겠지만 신원을 확인하는 간단한 문제라오."

"네, 알겠습니다, 선생님."

경찰관이 대답하자마자 기침을 마구 해댔다. 남은 맥주를 급히 마시다가 일부가 엉뚱한 곳으로 흘러든 탓이다.

의사가 다시 말했다.

"이 집에 도적놈이 들어와서 일꾼 두 사람이 순간적으로 아이를 목격

16

했소, 화약 연기는 자욱하고 사방은 깜깜하고 종소리까지 정신 사납게 울려대는 상태에서 말이오. 그런데 다음 날 아침에 바로 이 집으로 어떤 아이가 찾아오는데, 팔에 붕대를 감았단 이유 하나로 일꾼 둘이서 난폭하게 취급하며 아이 목숨을 위태롭게 만들더니, 이제는 아이가 도적이라고 주장합니다. 문제는 두 사람 주장을 사실로 입증할 수 있느냐는 건데, 그러지 못할 때 두 사람은 어떤 벌을 받나요?"

경찰관이 심각한 표정으로 고개를 끄덕이더니, 바로 이게 법이 아니면 무엇이 법이겠냐 소리치고, 의사는 다시 모질게 다그쳤다.

"내가 다시 묻겠소. 두 사람은 아이 신분을 증명할 수 있다고 엄숙하게 맹세하오?"

브리틀스는 자일스 집사를 의심스러운 표정으로 쳐다보고 자일스 집사 역시 브리틀스를 의심스러운 표정으로 쳐다보았다. 경찰관은 한마디도 안 놓치려는 듯 손을 귀 뒤에 대고, 두 하녀와 땜장이는 똑바로 들으려고 몸을 앞으로 기울이고, 의사는 날카로운 눈매로 사람들을 훑어보는데, 대문에서 초인종 소리가 일어나면서 동시에 마차 바퀴 소리도 일어났다.

"런던에서 형사가 왔다!"

브리틀스가 소리쳤다. 정말 다행이라는 표정이었다.

"뭐라고?"

이번에는 의사가 황당한 표정으로 소리치자, 브리틀스가 촛불을 집어 들며 대답했다.

"보우 거리 형사[1]들이요. 제가 자일스 집사님과 함께 오늘 아침에 전갈을 보냈거든요."

"뭐라고?"

---

1) 런던 경시청을 정식으로 발족하기 전에는 수사기관이 '보우 거리'에 있었다.

의사는 다시 소리치고, 브리틀스는 다시 대답했다.

"네. 역마차 마부 편으로 전갈을 보낸 터라, 그렇지 않아도 왜 이렇게 안 오나 궁금하던 참이었답니다, 선생님."

"전갈을 보냈다고, 자네가? 저주받을…… 역마차가 천천히 왔군그래."

의사가 말하면서 자리를 피했다.

CHAPTER XXXI

위태로운 처지에 빠져들다

"누구세요?"

브리틀스가 물으며 쇠사슬을 그대로 둔 채 대문을 살짝 열고 촛불을 손으로 가리며 빠끔히 내다보자, 바깥에서 어떤 사내가 대답했다.

"문 여시오. 오늘 보낸 전갈을 받고 보우 거리에서 나온 형사들이오."

이 말에 브리틀스는 안도의 한숨을 내쉬며 대문을 활짝 열고, 덩치 좋은 사내는 커다란 외투 차림으로 기다리다가 아무 말 없이 안으로 들어오더니, 이 집에 사는 사람이라도 되는 듯 매트에다 신발을 태연하게 닦고 나서 말했다.

"아무든 나가서 우리 동료를 도와주겠나, 젊은이? 이륜마차를 타고 왔는데 말을 돌봐야 하거든. 그리고서 마차를 잠시 넣어둘 수 있겠나?"

브리틀스가 그렇다고 대답하며 한 건물을 가리키자, 덩치 좋은 사내는 대문으로 나가서 동료가 마차를 넣도록 돕고, 브리틀스는 감탄하는 눈으로 쳐다보며 불빛을 비춰주었다. 그런 다음에 집으로 들어가서 거실로 안내하자, 두 사람 모두 생긴 모습을 그대로 드러내며 커다란 외투와 모자를 벗었다.

대문을 두드린 사내는 단단한 체구에 키는 중간으로 나이는 쉰 살 정도로 보였다. 까맣게 반짝이는 머리를 짧게 깎고 구레나룻은 반쯤 기르고 얼굴은 동그랗고 눈매는 매서웠다. 다른 사람은 시뻘건 얼굴로 뼈만 앙상한 체구에 정말 기다란 장화를 신었는데, 못생긴 얼굴에 들창코는 끔찍했다.

"너희 주인에게 '떠버리'랑 '메줏덩어리'가 왔다고 전하지그래?"

체구 좋은 사내가 머리를 쓸어 넘기곤 수갑 한 벌을 탁자에 내려놓다가 덧붙였다.

"아, 안녕하십니까, 선생님. 괜찮으시다면 사적으로 몇 마디 대화를 나눌 수 있을까요?"

로스번 선생이 나타난 걸 보고 한 말이었다. 그러자 로스번 선생은 브리틀스에게 물러가라 손짓하고 두 숙녀를 모신 다음에 문을 닫고서 메일리 부인을 가리키며 소개했다.

"주인마님이십니다."

떠버리는 고개를 숙이며 인사하더니, 의자에 앉으라는 권고와 함께 탁자에 모자를 내려놓고 의자에 앉아 메줏덩어리에게 똑같이 하라는 신호를 보냈다. 메줏덩어리는 사교활동이 그다지 익숙하지 않거나 불편한 것처럼 보였다. 팔다리 근육을 먼저 이리저리 움직이다가 의자에 앉아 당혹스러운 표정으로 지팡이 손잡이를 입안에 쑤셔 넣을 정도였다.

"여기에서 일어난 도적사건에 관해서 묻겠는데, 선생님, 도대체 어떻게 된 건가요?"

로스번 선생은 시간을 벌려는 듯 완곡한 표현을 장황하게 섞어가며 설명하고, 떠버리는 메줏덩어리와 함께 잘 알겠다는 표정으로 서로에게 이따금 고개를 끄덕이다가 말했다.

"침입 현장을 살피기 전에 뭐라고 단언할 순 없지만 지금 당장으로선 촌뜨기 솜씨가 아니라는 정도는 확실하게 말할 수 있겠군요, 그치, 메줏덩어리?"

"물론이지."

메줏덩어리가 대답하자, 로스번 선생이 빙그레 웃는 얼굴로 물었다.

"두 분 숙녀가 알아듣도록 풀이하자면 촌뜨기가 아니란 표현은 이번에 침입한 범인이 시골 사람은 아니란 뜻이겠지요?"

"그렇습니다, 선생님. 도적놈이 침입한 사건에 대해서 하실 말씀은 이게 전분가요?"

떠버리가 묻자, 의사가 대답했다.

"그렇소."

"그렇다면 하인들이 여기에 있다고 말한 사내아이는 뭔가요?"

떠버리가 다시 묻고 의사 역시 다시 대답했다.

"아무것도 아니요. 하인 한 명이 겁에 질려서 아이가 집안으로 침입했다고 착각한 건데, 그건 말도 안 되는 헛소리에 불과하오."

"그렇다면 쉽게 처리할 수 있겠군……."

메줏덩어리가 중얼거리자, 떠버리는 정말 그렇다는 표정으로 머리를 끄덕이고 수갑 한 벌을 타악기라도 되는 듯 가볍게 만지작거리며 말했다.

"이 사람 말이 맞습니다. 아이는 누굽니까? 아이가 자신을 누구라고 설명하던가요? 어디에서 왔답니까? 하늘에서 뚝 떨어진 건 아닐 테니까요, 그죠, 선생?"

그러자 의사는 두 숙녀를 불안한 시선으로 바라보며 대답했다.

"그야 당연하지요. 모든 사정은 내가 잘 안답니다. 하지만 지금 그런 얘기를 하기 전에 도적놈들이 침입한 현장부터 둘러보고 싶지 않으세요?"

"물론이지요. 우선 범죄현장부터 둘러본 다음에 하인들을 심문하는 게 좋겠군요. 평상시에 우리가 수사하는 방식이랍니다."

그러자 환한 불을 다양하게 준비하고 현지 경찰관과 브리틀스와 자일스를 비롯한 모든 사람이 뒤따르는 가운데, 떠버리와 메줏덩어리는 복도 끝에 있는 조그만 방으로 들어가서 창문을 살피더니, 잔디밭을 빙글 돌아 바깥에서 창문을 들여다보고, 그런 다음에는 촛불을 비추며 덧창을 조사하고, 그런 다음에는 등불로 발자국을 살피고, 그런 다음에는 갈퀴로 덤불을 이리저리 쑤셨다. 그러더니 모두가 숨까지 죽이며 흥미진진한 표정으로 지켜보는 가운데 안으로 다시 들어오고, 자일스 집사와 브리틀스는 간밤에 자신들이 보고 듣고 대응한 내용을 멜로드라마처럼 설명하며 무려 여섯 번이나 반복하는데, 처음에는 중요한 내용에서 의견이 다른 게 하나에 불과하더니 나중에는 열 개를 넘기며 정점으로 치달았다. 그러자 떠버리와 메줏덩어리는 밖으로 나가서 오랫동안 협의하는데, 비밀스럽고 엄숙하단 점에서 위대한 의사들이 의학상으로 난해한 문제를 논의하는 건 어린애 장난에 불과했다.

그러는 사이에 의사는 옆방에서 몹시 불안한 표정으로 이리저리 서성이고 메일리 부인과 로즈 역시 불안한 얼굴로 쳐다보았다.

"정말이지, 어떻게 대처해야 좋을지 모르겠군요."

방향을 급하게 틀며 이리저리 서성이던 의사가 갑자기 멈추며 한탄하자, 로즈가 말했다.

"아이가 지금까지 살아온 불쌍한 과정을 그대로 전달하면 두 사람도 아이를 용서할 게 분명해요."

하지만 의사는 머리를 흔들며 대답했다.

"그런 일은 없어요, 친애하는 아가씨. 그런다고 해서 두 사람은 물론 위에서 결정하는 상급자 역시 아이를 용서하진 않아요. 저 사람들이 보기에 아이는 결국 일하기 싫어서 도망친 것에 불과하니, 세속적인 상식과 관점에서는 아이가 말한 내용 자체를 믿을 수 없는 거예요."

"하지만 선생님은 확실히 믿지요?"

로즈가 불쑥 묻자, 의사가 대답했다.

"왠지 모르겠지만 나는 믿어요. 내가 늙은 바보라서 그렇겠지요. 하지만 경험이 풍부한 경찰관에게는 어림 반 푼어치도 없답니다."

"왜요?"

로즈가 묻자, 의사가 대답했다.

"그건, 반대 신문하는 어여쁜 아가씨, 저 사람들이 보기에 꼴사나운 장면이 많은데, 아이가 증명할 수 있는 건 나쁜 부분밖에 없고 좋은 부분은 하나도 없기 때문이에요. 결국 저 사람들은 머리가 복잡한 나머지 어떤 내용도 당연하게 받아들이지 않고 원인과 결과를 따지기 시작하겠지요. 그런데 아이 스스로 말한 바에 의하면 아이는 예전에 도적놈들과 함께 지내다가 어떤 신사에게 소매치기했다는 죄목으로 경찰서에 끌려가고, 신사 집에서 지내다가 뭐가 뭔지 모르는 상황에서 어디가 어딘지 구분할 수 없는 곳으로 다시 끌려가요. 그리고 두 도적놈은 아이를 험하게 다루며 쳐트시로 데려와서 도적질을 시키려고 창문으로 들여보내지요. 아이가 소리를 지르며 집안 식구에게 알려서 떳떳한 처지가 되기 직전에 망할 놈의 잡종 똥개 같은 집사가 나타나서 총을 쏘고요! 아이가 올바르게 행동하는 걸 일부러 방해하려는 것처럼 말이에요! 이런 말을 저 사람들이 어떻게 받아들일지 아직도 모르겠어요?"

의사가 성급하게 말하자, 로즈가 미소를 머금으며 대답했다.

"물론 알아요. 하지만 그렇다고 해서 불쌍한 아이에게 죄를 뒤집어씌울 내용은 어디에도 없잖아요."

"없지요, 당연히 없지요! 여성 일반은 눈이 참 좋아요! 하지만 좋은 쪽이든 나쁜 쪽이든 한 면만 보지요, 처음에 보인 쪽만 말이에요."

의사는 경험에서 우러나온 결론을 내뱉더니, 두 손을 주머니에 찌른 채 실내를 훨씬 빠르게 거닐다가 덧붙였다.

"곰곰이 생각하면 할수록, 아이가 겪은 내용을 우리가 저 사람들에게 사실대로 말하면 끝없는 어려움과 고통에 휩싸일 거란 확신이 듭니다. 저 사람들은 하나도 안 믿을 게 분명해요. 결국에는 아이에게 아무런 해를 끼칠 수 없다 하더라도 조사를 계속해서 의심스러운 사항을 하나씩 밝혀나가다 보면 아이를 구하려는 두 분의 자비로운 계획은 실질적으로 상당한 방해를 받겠지요."

로즈가 한탄했다.

"아! 그럼 어떻게 하나요? 아, 아! 저 사람들을 도대체 왜 불렀단 말인가요?"

메일리 부인도 옆에서 한탄했다.

"그러게 말이야! 나라면 무슨 일이 있어도 안 불렀을 거야."

그러자 결국에는 로스번 선생이 자포자기 심정으로 의자에 차분하게 앉으며 말했다.

"지금으로써는 시치미를 딱 떼는 방법밖에 없습니다. 선의로 그런다는 걸 위안으로 삼으면서 말입니다. 아이가 열이 많이 나서 더는 말을 걸 수 없는 상태라는 게 그나마 다행입니다. 우리는 이걸 최대한 활용해야 합니다. 최선은 거짓말이지만 그건 우리 잘못이 아닙니다. 들어오세요!"

"고맙소, 선생."

떠버리가 대답하며 동료와 함께 들어오더니, 방문을 단단히 닫은 다음에 덧붙였다.

"이번 사건은 내부공모가 아닙니다."

"아니, 내부공모라는 건 도대체 무슨 말인가요?"

의사가 조급하게 묻자, 떠버리는 숙녀들이 모르는 건 동정하겠는데 의사가 모르는 건 경멸한다는 표정으로 바라보며 대답했다.

"하인이 관련된 경우에 우리는 그걸 내부공모라고 부른답니다."

"이번 사건에 의심스러운 사람은 아무도 없어요."

메일리 부인이 말하자, 떠버리가 다시 대답했다.

"그런 것 같습니다, 마님. 그렇다고 하더라도 하인이 연관되었을 가능성까지 없는 건 아닙니다."

"상식적으로 볼 때는 그럴 가능성이 훨씬 크답니다."

메줏덩어리가 덧붙이고, 떠버리는 계속 말했다.

"도시에서 온 녀석들이 분명합니다, 작업 솜씨가 일류급인 걸 보면."

"실력이 정말 대단하더군요."

메줏덩어리가 나지막하게 덧붙이고, 떠버리는 계속 말했다.

"어른 두 명에 아이가 한 명인데, 창문 크기로 보면 분명합니다. 지금 말할 수 있는 건 이게 전붑니다. 이 층에 있다는 아이를 지금 당장 보고 싶네요, 괜찮으시다면."

"두 분에게 마실 것부터 대접하는 게 어떨까요, 메일리 부인?"

의사가 말하는데, 얼굴이 밝았다. 뭔가 새로운 생각을 떠올린 것 같았다.

"아, 맞아요! 원하신다면 지금 당장 갖다 드릴게요."

로즈가 재빨리 말하자, 떠버리는 외투 소매로 입을 쓱 닦으며 대답했다.

"정말 고맙습니다, 아가씨! 이런 일을 하다 보면 목이 마를 때가 많답니다. 아무거나 간편하게 마실 거면 충분하니까 우리 때문에 너무 수고하지 마세요, 아가씨."

"뭐가 좋을까요?"

의사가 물으며 젊은 아가씨를 따라서 찬장으로 가자, 떠버리가 대답했다.

"괜찮다면 위스키 한 잔이요, 선생. 런던에서 마차를 타고 오노라면 매서운 추위에 시달리게 되는데, 부인, 위스키를 마시면 마음이 따듯하게 녹는답니다."

두 번째 말을 메일리 부인은 흥미진진한 표정으로 우아하게 받아들이고, 의사는 그 틈을 이용해서 살그머니 빠져나가고, 떠버리는 포도주잔 손잡이 대신 왼손 엄지와 검지 사이로 바닥을 움켜잡아 가슴으로 치켜들며 말했다.

"아! 저는 지금까지 이런 사건을 수없이 겪었답니다, 부인."

"에드먼턴 뒷골목 금고털이도 그랬잖아, 떠버리."

메줏덩어리가 동료에게 기억을 일깨우자, 떠버리가 대답했다.

"그래, 그것도 이번 사건과 비슷했어, 그치? 코주부가 저질렀어, 그건."

"자넨 그자가 저지른 짓이라고 계속 주장하는데, 내가 분명히 말하네만, 그건 내부인 소행이라고. 코주부는 나만큼이나 그 일이랑 상관이 없어."

메줏덩어리가 말하자, 떠버리가 반박했다.

"닥쳐! 그건 내가 잘 아니까. 코주부가 도적 당한 시간을 생각해! 정말 대단하지 않아? 내가 본 어떤 탐정소설도 그보다 대단하진 않다고!"

"어떤 사건인데요?"

로즈가 물었다. 불청객들을 부추겨서 기분이 붕 뜨도록 만들어야 했다.

"도적을 당한 사건인데, 아가씨, 하마터면 아무도 해결을 못 할 뻔했답니다. 지금 말한 코주부가……"

떠버리가 말하는데, 메줏덩어리가 끼어들며 설명했다.

"코주부란 코가 큰 사람이란 뜻입니다, 부인."

그러자 떠버리가 물었다.

"그 정도는 두 분 숙녀도 아신다고, 그렇지 않습니까? 자네는 내가 말할 때마다 툭하면 끼어드는군, 파트너! 내가 말한 코주부는, 아가씨, 전쟁터 다리 인근에서 주막을 하며 지하실에서 닭싸움이나 오소리싸움을 벌이곤 돈 많은 사람을 모아서 도박하도록 만드는데, 저도 자주 구경했지만, 경기 방식이 정말 그럴싸했답니다. 당시에 그는 혼자서 살았는데, 하루는 한쪽 눈에 까만 안대를 단 커다란 사내가 침실로 들어와서 침대 밑에 숨었다가 깜깜한 밤에 금화 삼백스물일곱 냥을 포댓자루째 훔치더니, 이 층 높이밖에 안 되는 창문으로 훌쩍 뛰어내렸답니다. 동작이 매우 날쌨지요. 하지만 코주부 역시 날쌨답니다. 그 소리를 듣고 잠에서 깨어나 침대를 쏜살처럼 뛰쳐나가며 도적놈을 향해 나팔총을 쏘아서 동네 사람을 모두 깨웠거든요.

동네 사람은 곧바로 추격전을 벌여서 뒤를 쫓다가 코주부가 쏜 총에 도적놈이 맞았단 사실을 발견했어요. 상당히 떨어진 울타리에 핏자국이 있었거든요. 하지만 흔적을 더는 못 찾고 거기에서 범인을 놓쳤답니다. 가지고 있던 돈을 모두 잃은 코주부 이름이 관보 파산 명단에 실리자, 불쌍한 사내를 돕기 위해 여기저기에서 다양한 성금과 후원금을 보냈는데 당사자는 너무나 커다란 손실에 낙담한 나머지 절망적인 표정으로 사나흘 동안 길거리를 오가며 머리칼을 쥐어뜯었지요. 사람들은 코주부가 자살할지도 모른다며 걱정했답니다.

그런데 하루는 코주부가 경찰서로 급히 뛰어와서 치안판사와 면담하고, 치안판사는 대화를 한참 나눈 다음에 종을 울려서 사복형사 젬 스파이어스에게 코주부를 따라가서 도적놈을 잡으라고 지시했답니다. 코주부가 '도적놈이 어제 아침에 우리 집을 지나는 걸 내가 보았소, 스파이어스'라 말하고, 스파이어스는 '그럼 당장 뛰어가서 목덜미를 낚아채지 그랬소!'라 말하니, 불쌍한 사내는 이렇게 대답했지요. '그때는 너무 놀라고 갑작스러워서 아무런 경황이 없었다오. 하지만 저녁 열 시와 열한 시 사이에 다시 지날 터이니, 우리가 그놈을 확실히 잡을 수 있을 거요.'

스파이어스는 이 말을 듣는 순간, 한 이틀 잠복할 걸 대비해서 깨끗한 속옷과 빗을 주머니에 넣고 따라나서고, 주막 창문 빨간 커튼 뒤에 숨어들어 모자까지 그대로 쓴 채 범인이 나타났다는 소리를 듣는 순간에 곧바로 뛰쳐나갈 준비를 했답니다. 그리곤 늦은 밤에 파이프 담배를 태우는데, 코주부가 갑자기 '도적놈이 나타났다! 도적놈 잡아라! 저놈 잡아라!' 하고 소리치는 거예요. 스파이어스는 쏜살같이 뛰쳐나가서 코주부가 고함지르며 잽싸게 뛰어가는 모습을 발견했어요. 스파이어스도 그쪽으로 달리고 코주부도 계속 달리고 사람들도 하나같이 그쪽을 쳐다보며 '도적 잡아라!' 소리치고 코주부 자신도 미친 사람처럼 끊임없이 소리쳤어요. 그러다가 코주부가 모서리를 돌아가는 바람에 스파이어스는 그 흔적을 놓쳐서 재빨리 모서리를 돌아, 사람들이 웅성대는 걸 발견하고 재빨리 달려들어서 '범인이 누구요?' 하고 물었더니, 코주부는 '제기랄! 또 놓쳤어요!' 하고 대답하는 거예요.

어이없게도 범인이 오간 데 없이 사라지니, 두 사람은 주막으로 돌아갔지요. 다음 날 아침에 스파이어스는 커튼 뒤로 다시 숨어들어서 눈에 까만 안대를 댄 커다란 사내가 나타나는지 살피는데, 눈이 못 견딜 정도로 아픈 거예요. 결국에는 잠시 눈을 감아서 통증을 가라앉힐 수밖에 없는데, 바로 그 순간에 코주부가 '도적놈이 나타났다!'고 소리쳤고요. 스파이어스는 또다시 뛰쳐나가고 코주부는 앞에서 열심히 달리며 어제보다 두 배 거리를 더 가더니, 이번에도 놓치고 만 거예요! 이런 일이 한두 번 더 일어나고 마을 사람 절반은 악마가 코주부네 집을 털고서 장난질 치는 거로 생각하고, 나머지 절반은 코주부가 너무 슬픈 나머지 미치고 말았다는 결론을 내렸지요."

"젬 스파이어스 사복형사는 뭐라고 했나요?"

의사가 물었다. 이야기를 시작한 직후에 방으로 돌아온 상태였다.

"젬 스파이어스는 오랫동안 아무 말도 않고 겉으로 안 그런 척하면서 모든 내용을 열심히 들었는데, 이건 스파이어스가 제대로 일할 줄 아는 사람이란 걸 보여주지요. 그러더니 하루는 아침에 주막으로 들어가서 코 담뱃갑을 꺼내며 '코주부, 여기에서 도적질한 사람이 누군지 알아냈소' 하고 말하자, 코주부는 '그래요? 아, 스파이어스, 그렇다면 누군지 알려주시오, 내가 제대로 복수하고 맘 편히 죽을 테니! 아, 스파이어스, 그놈은 지금 어디에 있소!' 하고 물었어요.

그러자 스파이어스는 코주부에게 코담배를 조금 내밀며 '이제 허튼 수작은 그만하시지! 바로 당신이 범인이니까' 하고 말했어요. 이 말이 맞았어요. 그 일로 인해 코주부는 돈을 꽤 벌었는데, 겉으로 아닌 척하려고 너무 애쓰지 않았다면 그런 사실 자체를 아무도 몰랐겠지요."

떠버리가 말하더니 술잔을 내려놓고 수갑끼리 쩽그랑 부닥치고, 의사는 이렇게 말했다.

"정말 신기하군요. 자, 이제 이 층으로 올라가실까요?"

"그럴까요?"

떠버리가 대답하더니 동료와 함께 로스번 선생 바로 뒤에서 올리버가 있는 침실을 향해 계단을 오르고 제일 앞에서는 자일스 집사가 촛불을 들고 길을 밝혔다.

올리버는 꾸벅꾸벅 조는데 열이 특히 심해서 상태가 매우 안 좋아 보였다. 하지만 의사에게 부축받으며 간신히 일어나 앉아서 낯선 사람을 쳐다보는데, 지금 무슨 일이 일어나는지는 물론 지금까지 벌어진 일이나 자신이 있는 곳조차 모르는 표정이었다. 그러자 로스번 선생은 부드러우면서도 강인한 어투로 말했다.

"아이는 저기 뒤쪽 아무개 땅에 장난삼아 살그머니 들어갔다가 실수로 스프링 총에 맞고서 다쳐 오늘 아침에 도움을 요청하러 여기에 왔으나 한 손에 촛불을 든 독특한 신사께서 대뜸 낚아채며 심하게 다룬 덕분에, 전문가 소견으로 볼 때, 목숨이 위험한 지경에 이르고 말았다오."

이 말을 듣고 떠버리와 메줏덩어리가 눈길을 돌려서 쳐다보자, 자일스 집사는 당황한 나머지 두 형사를 보다가 올리버를 쳐다보고 그러다가 로스번 선생을 쳐다보는데, 두려움과 당혹감으로 가득한 표정이 정말 우스꽝스러웠다.

"설마 그걸 부인하진 않겠지요?"

의사가 물으며 올리버를 다시 부드럽게 누이자, 자일스 집사가 대답했다.

"다 잘하려고 그런 겁니다, 나리. 당시에 저는 정말 그 아이라고 생각했습니다. 그렇지 않다면 이렇게 안 했을 겁니다. 저는 그렇게 비정한 성격이 아니랍니다, 나리."

"어떤 아이라고 생각했다고?"

떠버리가 묻자, 자일스가 대답했다.

"도적놈이 데려온 아이요, 나리! 도적놈에게 아이 한 명이 분명히 있었거든요."

"어때요? 지금도 그렇게 생각하나요?"

떠버리가 묻자, 자일스는 멍청한 표정으로 쳐다보며 반문했다.

"뭐가요?"

"그 아이라고 생각하느냐고, 멍청한 양반아!"

떠버리가 짜증 내며 말하자, 자일스는 잔뜩 후회하는 표정으로 대답했다.

"잘 모르겠어요, 정말 모르겠어요. 그 아이라고 장담할 순 없어요."

"그렇게 생각하는 이유는?"

"지금은 이유조차 모르겠어요. 그 애는 아닌 것 같아요. 아니, 그 아이가 아닌 게 분명합니다. 그럴 순 없으니까요."

"이 사람이 지금까지 술을 마시다 왔습니까, 선생?"

떠버리는 의사를 쳐다보며 묻고, 메줏덩어리는 극히 경멸스러운 표정으로 자일스를 나무랐다.

"정말 덜떨어진 사람이로군!"

이런 대화가 오가는 동안 로스번 선생은 환자 맥박을 재다가 침대 옆 의자에서 일어나, 이 문제에 대해 특별히 의심스러운 사항이 없다면 옆방으로 자리를 옮겨서 브리틀스까지 부르는 게 어떻겠냐고 두 형사에게 제안했다.

그래서 일행은 바로 옆방으로 가고, 새롭게 불려 온 브리틀스는 말도 안 되는 소리를 새롭게 늘어놓아서 존경스런 상관과 함께 또 다른 미로에 빠져들 뿐 새로운 사실은 조금도 못 밝히고 당혹감만 키우니, 사실 자신은 지금 당장 아이를 데려와도 모른다고, 올리버를 그 아이라고 생각한 건 자일스 집사님이 그렇게 말했기 때문이라고, 자일스 집사님 역시 자신이 너무 성급하게 판단한 것 같다고 불과 오 분 전에 주방에서 고백했다고 선언했다.

독특한 내용이 새롭게 나오는 가운데, 자일스 집사가 실제로 사람을 쏘았는지에 대한 의문이 새롭게 일어나서 집사가 쏘았다는 권총과 한 쌍을 이루는 권총을 조사한 결과, 화약과 갈색 종이만 있을 뿐 치명적인 총알은 장전하지 않았다는 사실을 확인하고 모두 강한 인상을 받는데, 의사는 예외였다. 십 분 전에 총알을 제거한 당사자기 때문이다. 하지만 이런 사실에 무엇보다 커다란 인상을 받은 사람은 바로 자일스 집사였다. 자신이 똑같은 인간에게 치명상을 입혔다는 사실에 근심 걱정이 오랫동안 가득하던 차에 이런 말을 들으니까 마음이 놓인 것이다. 결국, 두 형사는 올리버에 대한 신경을 접고 처트시 경찰관을 집에 머물도록 하고, 자기네는 내일 아침에 다시 오겠다 약속한 다음, 숙박할 공간을 찾아서 읍내로 갔다.

다음 날 아침에는 사내 두 명과 어린애 한 명이 간밤에 수상한 행동을 하다가 잡혀서 킹스턴 유치장에 간혔다는 소문이 들려, 떠버리와 메줏덩어리는 그곳으로 당장 떠났다. 하지만 조사한 결과 수상한 행동이란 건 다른 사람 건초더미에 들어가서 잠을 잤다는 내용이 전부고, 물론 이것 역시 범죄행위니 유치장에 며칠 가두어야 하겠지만, 자비로운 영국 법과 신민에 대한 국왕의 자비 역시 중요하니, 다른 증거가 없는 한, 혼자든 여럿이든 다른 사람 건초더미에서 잠잔 행위 자체를 두고 무장 강도를 저질러서 사형에 처할 확실한 증거로 볼 순 없었다. 그래서 떠버리와 메줏덩어리는 갈 때처럼 지혜롭게 곧장 돌아왔다.

그래서 조사를 좀 더 진행하고 대화를 충분히 나눈 결과, 읍내 치안 판사는 올리버가 필요할 경우에 즉시 출두시키겠다고 메일리 부인과 로스번 의사가 공동으로 보증하도록 만들고, 떠버리와 메줏덩어리는 금화 두 냥을 받고[2] 서로 다른 의견을 주장하며 런던으로 돌아갔다. 메줏덩어리는 모든 상황을 고려할 때 내부인이 도적질하려다가 실패한 게 분명하다는 것이고, 떠벌이는 모든 정황을 코주부 사건과 똑같은 방식으로 해석하려는 경향이 강했다.

한편, 올리버는 메일리 부인과 로즈와 마음씨 따뜻한 로스번 의사가 힘을 합쳐서 돌본 덕분에 건강을 조금씩 회복하니, 고마운 마음이 용솟음치는 기도를 하늘이 듣는다면 – 하늘도 이런 기도는 들어줄 수밖에 없으니 – 부모 없는 아이가 기원한 은총은 고마운 사람들 영혼으로 깊숙이 스며들어 평화롭고 행복한 마음을 가득 채울 터였다.

---

2) 당시는 경찰청을 정식으로 발족하기 전이라서 경찰에겐 이렇게 받는 사례가 주 수입원이었다.

CHAPTER XXXII

올리버가 다정한 사람들과 행복하게 살아가는 이야기

올리버는 병이 가볍지도 단순하지도 않았다. 팔이 부러진 걸 제때 치료하지 않아서 통증이 심한 데다, 차갑고 습한 공기에 오랫동안 노출된 탓에 열과 오한이 몇 주 동안 심하게 일어나서 보기에도 딱했다. 하지만 마침내 서서히 좋아지다가 말도 조금씩 할 수 있게 되자 눈물을 글썽이면서 주인마님과 아씨마님에게 마음속 깊이 감사한다고, 자신이 체력을 회복해서 다시 제대로 움직인다면 어떤 일이든 해서 고마운 마음을 표현하고 싶다고, 그래서 가슴에 가득한 보은과 사랑을 보여주고 싶다고, 두 분 도움으로 불쌍한 아이가 죽을 수도 있는 비참한 상태를 벗어났으니 두 분이 친절한 마음으로 베푸신 은혜에 헛되게 행동하지 않는 건 물론 아주 미미할지언정 앞으로 몸과 마음을 다 바쳐서 두 분에게 헌신하고 싶다고 말했다.

올리버가 어렵게 애쓰며 창백한 입술로 감사하다는 말을 이렇게 힘없이 뱉어내자 로즈가 말했다.

"불쌍한 것! 네가 그러고 싶다면 앞으로 우리를 도와줄 일이 정말 많을 거야. 우리는 시골로 내려갈 예정인데, 고모님께서는 너도 데리고 가실 생각이야. 주변이 조용하고 공기는 맑고 봄날이라 모든 게 쾌적하고 아름다우니, 며칠만 지나면 너도 건강을 찾을 거야. 그래서 네가 수고를 감수할 수만 있다면 우리는 너에게 많은 일을 시킬 거야."

"수고라니요! 아, 친애하는 아씨마님, 제가 아씨마님을 위해 일할 수만 있다면, 아씨마님 꽃에 물을 주고 아씨마님 새들을 보살피고 아씨마님이 행복하도록 온종일 뛰어다닐 수만 있다면 저는 무슨 일이든 할 거예요!"

올리버가 말하자, 로즈 아씨가 방긋 웃으며 대답했다.

"그럴 필요까진 없어. 내가 아까 말한 것처럼 너에게 다양한 일을 시킬 거야. 네가 지금 약속한 절반만 해도 우리는 매우 행복하겠지."

"그렇게 말씀하시다니, 아씨마님, 참으로 다정하시군요!"

올리버가 감탄하자, 로즈가 대답했다.

"너로 인해 나는 말로 형용할 수도 없을 정도로 행복할 거야. 친애하는 고모님께서 네가 우리에게 설명한 참혹하고 끔찍한 상황에서 사람을 구하셨다는 생각만 해도 나는 말할 수 없을 정도로 기쁘지만, 우리 고모님이 사랑과 애정으로 구한 대상이 참으로 좋아하면서 감사하는 모습을 본다면 나로선 네가 상상할 수도 없을 정도로 기쁠 테니까 말이야. 무슨 말인지 알겠니?"

로즈가 물으며 깊은 생각에 잠긴 얼굴을 쳐다보자, 올리버는 간절한 어투로 대답했다.

"네, 아씨마님, 그래요! 하지만 저는 배은망덕한 사람이란 생각이 들어요."

"누구에게?"

아씨마님이 묻자, 올리버는 대답했다.

"예전에 저를 다정하게 돌봐주신 노신사 할아버지와 가정부 할머니에게요. 제가 행복하게 지내는 걸 아신다면 두 분도 아주 기뻐하실 거예요."

"당연히 그러시겠지. 그래서 로스번 선생님은 네가 체력을 충분히 회복해서 여행을 다닐 수 있으면 너를 데리고 그분들을 만나러 가시겠다고 벌써 친절하게 약속하셨단다."

로즈가 말하자, 올리버는 정말 기뻐서 환한 얼굴로 소리쳤다.

"정말요, 아씨마님? 다정한 두 분 얼굴을 다시 볼 수 있다면 저는 참으로 기뻐서 어쩔 줄 모를 거예요!"

마침내 올리버는 여행을 충분히 견딜 정도로 회복해, 하루는 아침에 메일리 부인이 내준 조그만 마차를 타고 로스번 선생과 함께 길을 나섰다. 이윽고 처트시 다리에 도착하는 순간, 올리버는 얼굴이 몹시 창백하게 변하면서 비명을 내지르고, 의사는 평소처럼 깜짝 놀라며 물었다.

"얘야, 왜 그러니? 뭐가 보이거나 들리거나 느껴지는 거니?"

그러자 올리버는 마차 창문 바깥을 가리키며 소리쳤다.

"저기요, 선생님. 저 집!"

"그래, 저 집이 어때서? 마부, 마차를 세우시오. 저기로 가시오."

의사가 소리치더니, 다시 물었다.

"얘야, 저 집이 어떻다는 거니, 응?"

"도적들…… 저를 저 집으로 데려갔어요!"

올리버가 속삭이자, 의사가 소리쳤다.

"나쁜 놈들! 마부! 나를 내려주시오!"

하지만 마부가 마부석에서 미처 내리기도 전에 의사는 마차에서 그냥 뛰어내려 폐가를 향해 달려가더니, 발로 현관문을 미친 사람처럼 차기 시작했다. 그러다가 추악하게 생긴 조그만 꼽추 사내가 현관문을 갑자기 여는 바람에 의사는 발을 막 내차던 관성 때문에 하마터면 복도로 곤두박질칠 뻔했다.

"누구요? 도대체 무슨 일이오?"

"무슨 일이냐고? 아주 큰 일이야! 도적질 사건!"

의사가 소리치며 조금도 망설이지 않고 상대편 목덜미를 움켜잡자, 꼽추 사내가 쌀쌀맞게 대답했다.

"그렇다면 살인사건도 일어나겠군, 당신이 손을 안 치운다면. 무슨 말인지 알아들어?"

"그래, 알아듣는다!"

의사가 소리치며 상대 목덜미를 마구 흔들다가 물었다.

"망할 놈은 어디에 있어? 악당 이름이…… 그래, 빌 사익스, 맞아. 빌 사익스는 어디에 있어, 도적놈아?"

꼽추 사내는 물끄러미 쳐다보는 표정이 극도로 놀랍기도 하고 화도 치미는 것 같더니, 몸을 교묘하게 비틀며 손아귀에서 벗어나 끔찍한 욕설을 마구 퍼부어대며 집으로 들어갔다. 하지만 현관문을 채 닫기도 전에 의사는 무작정 밀고 입구로 들어가서 이리저리 둘러보는데, 가구도 사람도 물건도, 심지어 찬장 위치까지도 올리버가 말한 것과 달랐다.

그러자 꼽추 사내가 날카롭게 노려보다가 소리쳤다.

"아니, 난폭하게 밀고 들어온 이유가 뭐야? 우리 집을 털겠다는 거야, 나를 죽이겠다는 거야? 어느 쪽이야?"

"그런 짓을 하려는 사람이 쌍두마차를 타고 오겠어, 어리석은 흡혈귀야?"

의사가 짜증스럽게 소리치자, 꼽추 사내가 다시 물었다.

"그렇다면 원하는 게 뭐야? 당장 꺼지지 못해, 경을 치기 전에? 염병

할 놈아!"

"내가 나가고 싶으면 나갈 거야!"

로스번 선생이 소리치더니, 다른 거실을 들여다보는데, 처음 본 것과 마찬가지로 올리버가 말한 그런 느낌은 전혀 없었다. 그래서 이렇게 소리쳤다.

"언젠가는 네놈 정체를 밝혀내고 말겠어."

그러자 추악한 꼽추가 빈정댔다.

"그러셔? 만나고 싶으면 언제든 찾아와, 나는 여기에 있으니까. 네놈 같은 작자를 겁내려고 이십오 년을 여기에서 미친 사람처럼 혼자 산 건 아니야. 이런 짓을 벌였으니, 나중에 대가를 꼭 치를 거야. 대가를 꼭 치를 거라고."

꼽추 사내가 소리치다가 분노가 솟구치는 듯 바닥을 데굴데굴 구르며 비명을 질러댔다.

"정말 멍청한 짓이야, 이건. 아이가 잘못 본 게 분명해."

의사가 혼자 중얼대더니, 이렇게 소리쳤다.

"자! 이거나 받아 넣고 조용히 하라고."

그러면서 꼽추에게 돈을 조금 던져주고 마차로 돌아왔다.

꼽추는 욕설과 저주를 마구 퍼부으며 마차 문까지 쫓아오더니, 로스번 선생이 마부를 쳐다보고 지시하는 사이에 안으로 고개를 들이밀고 올리버를 쳐다보는데, 눈빛이 어찌나 날카롭고 매서우면서도 분노와 복수심으로 가득한지, 올리버는 그 후로도 몇 달 동안 자나 깨나 그 눈초리를 잊을 수 없었다. 꼽추는 무서운 저주를 계속 퍼부어대고 마부는 마부석에 다시 올라서 가던 길을 재촉하니, 뒤에서는 꼽추가 두 발로 땅바닥을 구르며 머리칼을 쥐어뜯는데, 진짜 화난 것 같기도 하고 화난 척하는 것 같기도 했다.

오랫동안 침묵이 흐른 다음에 의사가 물었다.

"내가 바보야! 너도 내가 바보란 사실을 알았니, 올리버?"

"아니에요, 선생님."

"그렇다면 내가 바보란 사실을 잊지 마라."

의사가 말하더니, 한동안 침묵하다가 다시 말했다.

"멍청한 놈. 설사 그 집이 맞고 도적놈이 거기에 있다고 해도 나혼자서 뭘 어떻게 하겠다고……. 설사 돕는 사람이 있다 해도 이쪽 정체만 드러내고 지금까지 쉬쉬하던 내용을 불가피하게 실토하는 셈이 될 뿐 아무런 소득이 없잖아. 그러니 나는 된통 당해도 싸. 언제나 충동적으로 행동하다가 이런저런 곤경에 빠져드니 말이야. 이번에라도 정신을 차리면 좋겠어."

그런데 사실, 훌륭한 의사는 평생 충동적으로 행동하긴 해도 나쁜 충동에 휩싸인 적은 없어서 지금까지 특별히 비난받거나 고통에 휩싸이기는커녕 주변 모든 사람에게 따뜻한 존경과 애정을 받았다. 하지만 사실대로 말하자면, 이번에는 올리버 이야기가 옳다는 사실을 처음으로 확인할 기회가 왔는데 모든 증거가 어긋나는 걸 보고 실망한 나머지 순간적으로 자제력을 잃고 말았다. 그러나 의사는 곧바로 정신을 차리고 이런저런 질문을 퍼부어 올리버 대답이 충분히 타당하고 솔직한 건 물론 매우 성실하고 진실하다는 사실을 확인하고 앞으로는 올리버 말을 완전히 믿기로 마음먹었다.

올리버는 노신사 할아버지가 사는 거리 이름을 아니, 마차는 그쪽으로 곧장 달려갔다. 그쪽 거리에 들어서는 순간, 올리버는 가슴이 마구 뛰어서 숨조차 제대로 못 쉴 지경이었다.

"그래, 어떤 집이니, 얘야?"

로스번 선생이 묻는 말에 올리버는 창문 바깥에서 손으로 열심히 가리키며 대답했다.

"저거요! 저거! 하얀 집. 아! 서두르세요! 어서 가세요! 몸이 너무 떨려서 죽을 것만 같아요."

그러자 의사는 어깨를 다정하게 두드리면서 달랬다.

"진정해, 진정해! 조금만 참으면 만날 수 있어. 네가 이렇게 무사히 잘 지내는 걸 보면 그분들도 정말 좋아하실 거야."

"아! 그러면 정말 좋겠어요! 두 분은 저에게 정말 잘하셨어요, 정말, 정말 잘하셨어요."

마차가 굴러갔다. 그리고 멈췄다. 하지만 그 집이 아니라 다음 집이었다. 마차는 몇 걸음 더 나아가다가 다시 멈췄다. 올리버는 기대감에 부풀어서 행복한 눈물을 가득 흘리며 창문을 올려다보았다.

아아! 그런데 하얀 집은 텅 비고 창가에는 벽보가 붙었다.

'세를 놓습니다!'

"옆집을 두드려 보자."

로스번 선생이 말하더니, 올리버 팔을 잡고 다가가서 물었다.

"저 집에 사시던 브라운로우 선생님이 어디로 가셨는지 아시오?"

하인은 잘 모르겠다며 안으로 들어가서 물어보겠다고 했다. 그러더니 금방 돌아와서 브라운로우 선생은 부동산을 모두 팔고 육 주 전에 서인도제도로 떠났다고 대답하는 게 아닌가! 올리버는 두 손을 움켜잡으며 뒤로 힘없이 주저앉고, 로스번 선생은 잠시 침묵하다가 다시 물었다.

"집안일을 하시던 할머니도 함께 가셨소?"

"그렇습니다, 나리. 노신사 어르신과 가정부 할머니, 노신사와 자주 어울리시던 친구분이 함께 가셨습니다."

"그렇다면 지금 당장 집으로 방향을 돌리도록. 도중에 멈춰서 말에게 먹이를 먹일 생각도 말고, 어처구니없는 런던을 완전히 벗어날 때까지!"

로스번 선생이 마부에게 소리치자, 올리버가 사정했다.

"헌책방 주인아저씨는요, 선생님? 제가 가는 길을 알아요. 제발 부탁이니 그분이라도 찾아가요! 제발요!"

"불쌍한 것! 오늘 하루에 실망한 건 이 정도로 충분해. 너나 나나 충분하다고. 우리가 찾아간다면 헌책방 가게가 불났거나 주인이 죽거나 도망치고 없을 거야. 그러니 집으로 곧장 돌아가자!"

의사가 충동적으로 내뱉은 의견에 따라 마차는 집으로 곧장 달렸다.

행복한 와중에도 올리버는 너무 크게 실망한 나머지 마음이 아리고 슬펐다. 병에 시달리는 동안에도 노신사 할아버지와 베드윈 부인이 자신에게 할 말을 떠올리면서 얼마나 좋아했던가! 기나긴 낮과 밤을 수없이 보내는 동안에도 두 분이 베푼 은혜를 떠올렸다고, 그래서 잔인하게 헤어진 걸 슬퍼했다고 말하면 두 분이 매우 기뻐할 거로 생각하면서 얼마나 좋아했던가! 수많은 고통과 시련이 몰려들더라도 꾹 참다 보면 자신이 강제로 끌려갔다고 설명해서 두 분 의심을 말끔하게 풀어 줄 기회가 꼭 올 거라는 희망 하나로 지금까지 얼마나 악착스럽게 버티었던가! 그런데 두 분이 멀리 떠났다고, 자신을 사기꾼에 도적놈으로 확신한 채 떠났다고, 그래서 자신이 죽는 날까지 해명할 수 없게 되었다고 생각하니, 이제 더는 못 견딜 것 같았다.

하지만 이런 상황에서도 새롭게 만난 은인들은 예전과 똑같이 행동했다. 다시 보름이 지나면서 쾌청하고 따뜻한 날씨는 본격적으로 펼쳐지고 나무마다 새순이 돋고 꽃마다 꽃봉오리를 풍성하게 맺을 때 그들은 처트시 저택을 몇 달 동안 떠날 채비에 들어갔다. 유대인 영감이 그렇게 탐내던 접시는 은행에 맡기고 자일스 집사가 남아서 하인 한 명과 저택을 관리하도록 한 채, 머나먼 시골 별장으로 떠나면서 올리버를 데려간 것이다.

병약한 아이가 내륙지방에서 향긋한 공기와 푸른 언덕과 울창한 숲을 느끼는 기쁨과 즐거움, 평화로운 마음과 차분한 평정심을 어찌 다 설명할 수 있겠는가! 갑갑하고 시끄러운 곳에서 고통에 찌들던 사람들 마음속으로 평화롭고 고요한 경치가 파고들어 지칠 대로 지친 마음 깊숙한 곳에서 새로운 기운이 솟구치는 느낌을 누가 다 형용할 수 있겠는가! 사람이 붐비는 답답한 거리에서 고된 노동으로 일생을 보낼 뿐 새로운 변화는 기대조차 못 하는 사람들, 기존질서를 습관처럼 받아들이며 매일매일 지나다니는 좁다란 길에서 돌멩이 하나 벽돌 하나까지 사랑하는 것처럼 변한 사람들, 이런 사람들조차 죽음의 손길이 다가오면 생생한 자연을 마지막으로 잠깐이나마 바라보길 갈망하니, 그렇게 한다면 오랜 고통과 쾌락의 현장에서 멀찌감치 벗어나는 즉시 새로운 인물로 거듭날 것 같지 않겠는가! 그래서 햇살이 내리쬐는 신록으로 날마다 조금씩 다가가며 하늘과 언덕과 들판과 반짝이는 수면을 보고 마음속 추억을 되살리고, 하늘나라를 미리 경험하는 식으로 급격하게 나빠지는 건강을 받아들이고, 불과 몇 시간 전에 외로운 침실 창문에서 침침하고 희미한 눈으로 가만히 바라보는 동안 평화롭게 떨어지던 태양처럼 무덤으로 평화롭게 들어갈 것 같지 않겠는가! 평화로운 시골풍경이 일깨우는 추억은 이 세상 것도 아니고 세상에서 떠올리는 수많은 생각이나 희망도 아니다. 이런 추억은 우리 마음에 부드럽게 스며들어 사랑하던 사람 무덤에 바칠 화환을 새롭게 엮는 방법을 떠올릴 수도 있고, 우리 생각을 정화해서 오랜 원한과 증오를 삭일 수도 있다. 하지만 이런 추억 밑바탕에는, 생각이 아무리 부족한 사람이라도, 오래전에, 정말 아득한 옛날에, 이런 느낌이 있었다는 의식이 희미하면서도 애매하게 존재하니,

머나먼 훗날에 대한 생각을 엄숙하게 떠올리면서 이면에 존재하는 속된 마음과 자만심을 반성하도록 만들기도 한다.

그들이 찾아간 지역은 참으로 아름다웠다. 지금까지 지저분한 사람들 사이에 끼어서 시끄럽고 소란한 가운데 지내던 올리버는 새로운 세상에 들어선 기분까지 들었다. 장미와 인동덩굴은 별장 담벼락마다 달라붙고 담쟁이덩굴은 나무줄기마다 휘감으며 오르고, 정원에서 피어나는 꽃은 향긋한 향기를 사방에 내뿜었다. 바로 옆에는 아담한 교회와 공동묘지가 있는데, 비석이 흉물스런 모습으로 여기저기에 늘어선 대신 소박하고 아담한 봉분이 쭉 늘어서서 신선한 잔디와 이끼에 뒤덮이고, 밑에서는 마을 사람들이 영면을 취했다. 올리버는 여기에 자주 찾아와서 어머니가 잠들었음 직한 외로운 무덤을 떠올리다가 바닥에 앉아서 몰래 흐느끼기도 하지만, 머리를 들어서 파란 하늘을 쳐다보면 어머니가 무덤에 있다는 생각이 사라져, 슬프게 울더라도 고통스럽진 않았다.

행복한 나날이었다. 낮은 평화롭고 고요하며 밤은 걱정도 없고 근심도 없었다. 비좁은 방에 갇혀서 괴로워할 필요도 없고 비참한 사람들과 어울릴 필요도 없었다. 즐겁고 행복한 생각만 가득했다. 올리버는 아침이면 조그만 교회 근처에 사는 백발 노신사를 찾아가서 글을 더 잘 읽고 더 잘 쓰는 법도 배웠다. 노신사는 다정하게 말하며 열심히 가르치고 올리버 역시 노신사를 즐겁게 하려고 최선을 다했다. 그런 다음에는 메일리 부인과 로즈 아씨와 함께 산책하러 나가거나 책을 주제로 토론하는 내용을 듣거나 그늘진 곳에서 아씨마님 옆에 앉아 책 읽는 소리를 들으며 황홀경에 빠져들다 보면 날이 어두워서 글씨가 안 보일 지경이 된다. 그러면 올리버는 정원이 내다보이는 조그만 방에서 다음 날 공부할 내용을 열심히 예습했다. 그리고는 황혼이 질 무렵에 두 숙녀가 다시 산책하러 나가면 자신도 따라 나가서 두 사람이 나누는 얘기를 재미있게 듣다가, 두 숙녀 가운데 한 분이 꽃이 갖고 싶은데 올라가서 딸 수 있는 위치에 있거나 물건을 놓고 왔는데 재빨리 뛰어서 가져올 수 있을 때마다 더할 나위 없이 신속하게 움직였다. 그러다가 사방이 어둡게 변하면 집으로 돌아와, 아씨마님은 피아노에 앉아서 경쾌한 곡조를 연주하거나 고모님이 좋아하는 옛날 노래를 부드러운 목소리로 나지막하게 불렀다. 이럴 때는 촛불조차 안 켜니, 올리버는 창가에 앉아서 달콤한 음악을 들으며 황홀경에 빠져들었다.

일요일에는 지금까지 지낸 일요일과 얼마나 다르게, 행복한 시기에 보낸 다른 요일과 마찬가지로 얼마나 행복하게 보냈던가! 아침에 조그만 교회에 가면 창가에서는 녹색 잎사귀가 펄럭이고 새들은 노래하고 공기는 달콤한 향내를 머금은 채 나지막한 현관으로 살금살금 스며들어 소박한 실내를 향긋한 냄새로 가득 채웠다. 가난한 사람들은 단정하고 말쑥한 차림으로 참석해서 경건하게 무릎 꿇고 기도하니 일요일마다 함께 모이는 걸 지겨운 의무가 아니라 정말 흥겨운 과정으로 여기는 것 같고, 노랫소리는 거칠어도 진실하며 (최소한 올리버 귀에는) 지금까지 다른 교회에서 들은 어떤 노래보다 아름다웠다. 그런 다음에는 평상시처럼 산책에 나서서 노동하는 사람들이 깔끔하게 정돈하며 살아가는 집을 이리저리 방문하고, 밤에는 한 주일 동안 공부한 성서 구절을 읽는데, 그러다 보면 올리버는 성직자 이상으로 커다란 자부심을 만끽했다.

아침이면 여섯 시에 일어나서 들판을 널찍하게 돌며 울타리에 피어난 야생화를 양껏 뽑아 한 아름 들고 집으로 돌아와서 세심한 신경과 관심을 기울이며 아침 식탁을 최대한 아름답게 장식했다. 개쑥갓을 뜯어다가 로즈 아씨가 기르는 새에게 주는 일도 맡았는데, 올리버는 이쪽 분야에 대해서도 마을 서기에게 탁월한 개인지도를 받은 터라 새장을 정말 멋지게 장식할 수 있었다. 그래서 새들이 하루를 멋지고 상쾌하게 보내도록 한 다음에는 마을에 심부름 가서 어려운 사람을 돕고, 그런 일도 없을 때는 잔디밭에서 희귀한 크리켓 놀이를 하고, 그런 일도 없을 때는 정원을 가꾸거나 화초를 손질했다. 올리버는 이쪽 분야에 대해서도 본업이 정원사인 스승님에게 배운 터라 마음을 다하며 열심히 일하니, 로즈 아씨는 나중에 나타나서 올리버가 손질한 모습을 하나씩 살피며 끝없는 칭찬을 늘어놓았다.

이렇게 석 달이 흘렀다. 커다란 축복과 은총을 받은 사람만 누릴 것 같은 행복한 시기가 올리버로서는 더할 나위 없이 고마웠다. 한쪽에서는 가장 순수하고 다정한 사랑을 베풀고 다른 한쪽에서는 감사하는 마음이 영혼에서 진실하고 따뜻하게 우러나오니, 올리버 트위스트가 노마님 및 아씨마님과 한가족처럼 지내며 온 마음을 다해서 따르고 두 은인 역시 그런 올리버를 자랑스럽게 여기며 사랑하는 건 참으로 당연한 결과였다.

CHAPTER XXXIII

올리버가 은인들과 행복하게 지내는데
갑자기 장애물이 생기다

　봄은 순식간에 지나고 여름이 다가왔다. 처음에는 마을이 아름다웠
다면 지금은 모든 게 풍성하고 화려하게 빛났다. 애초에 벌거벗어 보잘
것없게 보이던 커다란 나무들이 이제 화려한 생명력을 마음껏 뽐내며
풍성한 녹색 가지를 공중에 뻗어서 목마른 땅바닥을 아늑하게 가리니,
시원하고 쾌적한 그늘에 앉으면 광활한 들판이 햇살을 흠뻑 머금으며
지평선 너머로 내달리는 광경이 한눈에 들어오고, 대지는 녹색 망토를
화려하게 걸치며 사방에 풍성한 향기를 내뿜었다. 일 년 가운데 활력이
최고조에 달하는 시기니 무엇이든 활달하게 자랐다.

　하지만 조그만 시골 별장은 여전히 조용한 분위기고 사람들은 쾌활
하면서도 차분하게 살았다. 건강할 때와 아플 때 사람을 대하는 자세는
많이 다른 게 일반이지만, 올리버는 이미 오래전에 건강을 회복해서
체력을 단단히 다졌는데도 사람을 따뜻하게 대하는 자세는 조금도 변
하지 않았다. 질병과 고통에 시달리느라 체력이 하나도 없어서 돌보는

사람에게 모든 걸 의존할 수밖에 없을 때와 마찬가지로 여전히 다정하고 상냥하고 사랑스러우니 말이다.

하루는 밤 경치가 유난히 아름다워서 평소보다 오랫동안 산책했다. 낮에는 유별나게 덥더니, 밤에는 달이 환하게 뜨고 바람이 시원하게 불어서 유별나게 상쾌했다. 로즈 아씨 역시 기분이 좋아서 흥겨운 대화를 나누며 오랫동안 걷다 보니 평소에 산책하던 범주를 훨씬 넘었다. 그래서 메일리 부인이 힘들어하자, 천천히 걸어서 집으로 돌아왔다. 집에 들어서자마자 아씨마님은 소박한 보닛 모자를 벗어 던지고 평소처럼 피아노에 앉았다. 몇 분 동안 건반을 무심하게 훑더니 이윽고 엄숙한 가락을 나지막하게 연주하는데, 갑자기 흐느끼는 소리가 들리는 게 아닌가!

"로즈, 왜 그러니?"

노부인이 묻자, 로즈 아씨는 아무런 대답도 않고 황급히 빠르게 연주하는 게, 갑자기 묻는 소리를 듣고 고통스러운 상념에서 깨어난 것 같았다. 하지만 메일리 부인은 급히 일어나서 굽어보며 다시 물었다.

"로즈, 왜 그래! 무슨 일이야? 눈물을 흘리다니! 얘야, 무슨 걱정이라도 있니?"

"아무것도 아니에요, 고모님, 아무것도. 저도 왜 이러는지 모르겠어요. 뭐라고 설명할 수 없지만 느낌이……."

로즈 아씨가 대답하는데, 메일리 부인이 끼어들었다.

"얘야, 혹시 어디 아픈 건 아니니?"

"아니에요, 아니에요! 아, 아픈 건 아니에요!"

로즈 아씨가 대답하더니, 갑자기 심한 냉기가 몰려드는 듯 부르르 떨면서 덧붙였다.

"금방 괜찮아질 거예요. 부탁인데, 창문 좀 닫아주겠니, 올리버?"

올리버는 재빨리 움직이고, 아씨마님은 명랑한 기분을 회복해서 훨씬 경쾌하게 연주하려고 애쓰더니, 손가락을 갑자기 건반에 힘없이 떨궜다. 그리곤 두 손으로 얼굴을 감싸며 소파에 쓰러져서 더는 못 참고 또다시 눈물을 터트렸다. 그러자 노마님이 다정하게 껴안으며 달랬다.

"얘야! 네가 이러는 모습을 생전 처음 보는구나."

"저도 고모님을 놀라게 할 생각은 없었어요. 그래서 힘껏 노력했지만 어쩔 수가 없네요. 아무래도 몸이 병난 것 같아요, 고모님."

로즈 아씨는 실제로 아팠다. 촛불을 가까이 대니, 집으로 돌아오고 얼마 안 되는 사이에 대리석처럼 하얗게 변한 얼굴이 보였기 때문이다. 아름다운 모습은 그대로나 표정은 확실히 변해서 다정한 얼굴에 불안하고 초췌한 기색이 가득했다. 이런 표정은 생전 처음이었다. 일분이 또 지나자 이번에는 얼굴에 홍조가 새빨갛게 번지면서 부드럽고 파란 눈에 퀭한 느낌이 어렸다. 그러다가 먹구름이 지나면서 그늘을 드리운 것처럼 다시 사라지더니, 죽은 사람처럼 창백한 혈색으로 돌아왔다.

올리버는 노마님을 초조한 눈으로 지켜보다가 이런 변화에 매우 놀란다는 사실을 깨달았다. 물론 올리버 자신도 놀랐는데 노마님이 가볍게 넘기는 척하려고 애쓰는 모습을 보고 자신도 똑같이 노력해서 나름대로 성공하고, 노마님은 밤이 깊으니 가서 쉬라 말하고, 로즈 아씨는 아까보다 기분도 좋고 체력도 좋아진 모습으로 한숨 자고 나면 괜찮을 거라고 안심시켰다.

그래서 노마님이 로즈 아씨를 바래다주고 돌아오자, 올리버는 이렇게 물었다.

"아무 일 아니겠지요? 아씨마님이 오늘 밤엔 안 좋아 보이지만……."

그러자 노마님은 말하지 말라고 손짓하곤 어두운 방구석에 가만히 앉아 한동안 침묵하더니, 마침내 덜덜 떨리는 목소리로 말했다.

"나도 아무 일 아니면 좋겠어, 올리버. 지금까지 몇 년 동안 조카딸 덕분에 행복하게 지냈어. 너무 행복했던 것 같아. 이제는 불행을 맞닥뜨려야 할 시간이 온 것 같으니까. 하지만 그것만 아니면 좋겠어."

"어떤 거요?"

"조카딸을 잃는, 내가 오랫동안 의지하며 살아온 조카딸을 잃는 크나큰 충격."

"아, 말도 안 돼요!"

올리버가 급히 소리치자, 노마님이 두 손을 쥐어짜면서 대답했다.

"나도 그러면 좋겠구나, 얘야!"

"그렇게 끔찍한 일이 정말로 일어나진 않겠지요? 두 시간 전만 해도 아무렇지 않았잖아요."

"그래도 지금은 굉장히 아프고 앞으로는 훨씬 나빠질 게 분명해. 아, 아, 가엾은 로즈! 아, 아, 로즈 없이 어떻게 살아갈까!"

노마님이 엄청난 슬픔에 빠져들자, 올리버는 슬픈 마음을 억누른 채 노마님에게 그러지 말라고 감히 나무라곤, 귀하신 아씨마님을 위해 차분한 마음을 유지해야 한다고 진심으로 간청하더니, 아무리 애써도 터져 나오는 눈물을 어쩌지 못한 채 이렇게 덧붙였다.

"아! 아씨마님이 매우 젊고 착하시며, 주변 사람 모두에게 많은 기쁨과 평안을 선사하신다는 사실을 생각하세요, 노마님! 노마님 자신을 위해서도 그렇고 아씨마님을 위해서도 그렇고 아씨마님 덕분에 행복한 수많은 사람을 위해서도 그렇고, 아씨마님이 죽는 일은 절대로 없을 거예요. 하늘이 아씨마님을 이렇게 일찍 데려가진 않을 거예요."

그러자 노마님이 올리버 머리에 한 손을 올려놓으며 대답했다.

"그만하렴! 불쌍한 것, 생각하는 게 정말 어리구나. 하지만 네 덕분에 할 일을 깨달았어. 순간적으로 깜빡 잊었지만, 올리버, 오랫동안 살면서 병을 앓다가 죽은 사람을 참 많이도 겪은 터라, 사랑하는 사람과 이별하는 고통을 너무나 잘 알아서 그런 거니까 용서하렴. 나는 지금까지 많은 걸 보았어. 젊고 착한 사람이라고 해서 사랑하는 사람을 위해 항상 오래 사는 건 아니란 사실을 잘 알지만, 그런 사람이라면 그나마 슬픔을 달래는 데 도움이 된단다. 하늘은 정의로우며, 그런 과정을 통해서 우리에게 여기보다 훨씬 좋은 세상이 있다는 사실과 그곳으로 떠날 시간이 멀지 않다는 사실을 깨닫고 깊이 생각하도록 하니까. 하느님 뜻대로 이루소서! 저는 조카딸을 사랑하고, 하느님은 그 사실을 잘 아십니다!"

올리버는 노마님이 이렇게 기도하더니 저절로 흘러나오는 한탄을 최대한 억제하며 마음을 가다듬다가 차분하고 굳건하게 변하는 모습을 보고 깜짝 놀랐다. 더욱더 놀란 건 이렇게 굳건한 자세를 오랫동안 유지했다는 사실이다. 이후에 끊임없이 간호하고 보살피는 동안 항상 민첩하고 침착하며 자신에게 닥친 일을 차분하게 수행하면서 겉으로 항상 명랑한 표정을 하신 것이다. 하지만 올리버는 아직 어린 터라, 이렇게 힘겨운 상황에서 사람이 강인한 마음으로 놀라운 능력을 발휘할 수 있다는 사실을 알 수 없었다. 하기야 그렇게 행동하는 당사자도 자신이 그런 사실을 잘 모르는데 올리버가 어떻게 알겠는가?

불안한 밤이 계속되었다. 그러다가 아침은 다가오고 노마님 예언은 확실하게 맞아떨어졌다. 로즈 아씨는 극히 위험한 열병 초기 단계였다. 그래서 노마님은 손가락을 올려서 자기 입술에 대고 올리버를 가만히 바라보며 말했다.

"우리가 신속하게 움직여야 해, 올리버, 불필요한 슬픔에 빠져들지 말고. 이 편지를 로스번 선생님에게 수단과 방법을 가리지 말고 보내야 해. 읍내 시장으로 달려가. 들판으로 난 샛길로 가면 육 킬로미터에 불과할 거야. 그래서 말을 모는 사람에게 건네주어, 처트시로 당장 달려가게 하는 거야. 여인숙에 있는 사람에게 말하면 다 알아서 할 거야. 나는 네가 이 일을 제대로 해내리라 믿는다."

올리버는 당장에라도 출발하고 싶은 마음에 제대로 대답할 수도 없고, 노마님은 잠시 생각하다가 다시 말했다.

"여기에 또 다른 편지가 있지만 지금 보내야 할지 아니면 상황을 보고 나서 보내야 할지 모르겠구나. 상황이 최악으로 치닫지 않는 한 보내지 말아야 하거든."

"그 편지도 처트시로 보내는 건가요, 노마님?"

올리버가 물으며 빨리 출발하고 싶은 생각에 덜덜 떨리는 손을 앞으로 내밀었다. 그러자 노마님은 "아니"라고 대답하면서 기계적으로 편지를 내밀었다. 올리버가 흘낏 쳐다보니, 지방 저택에 있는 해리 메일리 영주에게 보내는 건데, 그곳이 어딘지는 알 수 없었다.

"그럼 출발할까요, 노마님?"

올리버가 물으며 초조한 눈빛으로 쳐다보자, 노마님이 편지를 다시 가져가며 대답했다.

"당장은 내일까지 기다려보는 게 좋겠구나."

그러면서 지갑을 내주자, 올리버는 조금도 망설이지 않고 출발해서 최대한 빠르게 달렸다.

들판을 쏜살같이 달리고 밭과 밭 사이로 난 좁다란 길을 뛰고 양쪽으로 높이 자란 곡식에 가려서 안 보이다가 농부들이 풀을 베고 건초를 만드느라 정신없이 일하는 밭으로 나와, 가끔 숨을 고르는 외에는 단 한 번도 안 멈추고 온몸에 먼지를 뒤집어쓰고 땀을 뻘뻘 흘리면서 읍내 조그만 장터에 도달했다.

올리버는 그제야 달리기를 멈추고 여인숙을 찾으려고 주변을 둘러보았다. 하얀 은행건물이 보이고 빨간 양조장 건물이 보이고 노란 읍사무소 건물이 보이는데, 한쪽 구석에 커다란 건물이 있고 사방에 녹색 나무가 가득하며 바로 앞에 걸린 '조지네'라는 간판이 보여, 올리버는 그곳으로 재빨리 달렸다.

대문간에서 꾸벅꾸벅 조는 집배원에게 말하니, 집배원은 궁금한 내용을 모두 듣고 나서 말구종에게 보내고, 말구종 역시 처음부터 모두 듣고 나서 여인숙 주인에게 보내는데, 여인숙 주인은 커다란 키에 파란 넥타이, 하얀 모자, 암갈색 짧은 바지, 거기에 맞도록 목이 높이 올라오는 부츠 차림으로 마구간 입구 펌프에 몸을 기댄 채 은제 이쑤시개로 이를 쑤시는 중이었다.

여인숙 주인은 계산서를 작성하려고 안으로 느긋하게 들어가고 역시 오랜 시간을 들여서 계산서를 작성하더니, 요금까지 받고 나서 비로소 말에 안장을 앉히고 기수를 준비시키느라 또 십 분은 족히 잡아먹었다. 그러는 동안 올리버는 초조하고 불안해서 안절부절못하는 게, 그럴 수만 있다면 자신이 직접 말에 뛰어올라 다음 역참까지 전속력으로 달리고 싶은 심정이었다. 하지만 마침내 모든 준비가 끝나자 올리버는 제발 빨리 전달하라 간청하며 조그만 편지를 건네고, 기수는 말에게 박차를 가해서 울퉁불퉁한 장터 판석 도로를 달그락거리며 읍내를 벗어나더니, 잠시 후에는 유료도로를 전속력으로 질주했다.

도움을 청하는 전갈을 보낸 데다 시간도 허비하지 않았다는 생각에 올리버는 가벼운 마음으로 여인숙 마당을 나왔다. 그래서 입구 모서리를 막 돌다가 망토로 온몸을 감싼 커다란 어른과 실수로 부닥쳤다. 상대는 입구에서 막 나오는 중이었다.

"어이쿠! 이게 도대체 뭐야?"

사내가 소리치더니 갑자기 몸을 움츠리며 노려보고, 올리버는 재빨리 사과했다.

"죄송합니다, 선생님. 집으로 가려고 서둘다가 선생님이 나오시는 걸 못 봤습니다."

하지만 사내는 까맣고 커다란 눈으로 노려보며 혼자서 중얼거렸다.

"죽일 놈! 이런 걸 누가 생각이나 했겠어! 뼈를 갈아도 시원찮을 놈! 돌로 만든 관에 넣어도 벌떡 일어나서 이렇게 달려들겠지!"

올리버는 이상한 사내가 이상한 표정으로 쳐다보며 이상하게 말하는 소리를 듣고 당혹스러워서 더듬거렸다.

"정말 죄송합니다. 다치진 않으셨겠지요?"

하지만 사내는 꽉 깨문 이 사이로 끔찍한 소리를 중얼거렸다.

"썩어 문드러질 놈! 나에게 한 마디만 뱉어낼 용기가 있었다면 이런 놈은 한밤중에 깨끗하게 치워버렸을 거야. 네놈 머리에 저주가 내리고 네놈 심장에 흑사병이나 들어라, 도깨비 같은 놈! 여기에서 도대체 뭘 하는 게냐?"

사내는 두서없는 말을 뱉어내다가 주먹을 흔들면서 다가오는 기세가 한 대 때릴 것 같더니, 땅바닥에 벌러덩 쓰러져서 몸을 비비 꼬고 입에 거품까지 물며 발작했다.

올리버는 미친 섯처럼 보이는 사내가 발작하는 장면을 잠시 바라보다가 여인숙으로 뛰어가서 도움을 요청했다. 그래서 여인숙 안으로 무사히 데려가는 걸 확인하고 나서 집으로 방향을 돌려, 잃어버린 시간을 벌충하는 의미로 최대한 빠르게 달리는데, 지금 막 헤어진 사내가 이상하게 행동하는 장면이 계속 떠올라서 놀랍기도 하고 두렵기도 했다.

하지만 이런 광경은 뇌리에 오래 남지 않았다. 별장에 도착하자마자 관심을 기울일 일이 정말 많아, 자신에 관한 생각 자체를 기억에서 완벽하게 몰아냈기 때문이다.

로즈 아씨는 병세가 급격히 나빠지더니, 자정이 되기도 전에 헛소리를 뱉어냈다. 현지 의사가 옆자리를 지키며 계속 치료하는데, 환자를 처음 볼 때만 해도 노마님을 옆으로 데려가서 병세가 몹시 심각하다 선언하곤 "말이 났으니 말인데, 환자가 살아나면 그게 오히려 기적"이라는 말까지 덧붙인 상태였다.

그날 밤에 올리버는 침실에서 툭하면 일어나 방문을 살그머니 나서고 계단을 살금살금 올라, 환자가 있는 침실에서 무슨 소리가 안 들리나 귀를 기울인 게 한두 번이 아니다! 아, 쿵쾅거리는 발소리가 갑자기 일어나면 생각하기도 싫은 끔찍한 사태가 일어난 건 아닐까 두려운 마음에 온몸이 얼마나 떨리고 이마에 식은땀은 얼마나 맺히던가! 다정한 사람이 무덤에 한 발을 들여놓았다고, 건강과 생명을 어서 되찾도록 해달라고 슬픔이 가득한 어투로 간절하게 기도하니, 여기에 비하면 예전에 한 수많은 기도는 아무것도 아닐 정도다!

아, 불안감은, 사랑하는 사람이 금방이라도 목숨을 잃을 것 같은 판국에 옆에 가만히 있을 수밖에 없는, 끔찍하게 고통스러운 불안감은 또 어떻던가! 아, 다양한 생각이 고통스럽게 몰려들며 끔찍한 영상을 만들어대니, 심장은 얼마나 격렬하게 뛰고 호흡은 얼마나 가쁘던가! 아, 환자가 겪는 고통을 줄이고 생명을 구하기 위해 무엇이든 해야 한다는 절박감은 간절하나 그럴 능력은 없으니, 얼마나 울적하고 서글프던가! 어떤 고문이 여기에 버금갈 수 있단 말인가! 열이 최고조로 치달을 때는 도대체 무슨 방법으로 증세를 완화해야 한단 말인가!

아침이 다가오고, 조그만 시골 별장은 고요하고 적막했다. 사람들은 나지막하게 속삭이고 대문에는 걱정스러운 표정을 머금은 얼굴이 때때로 나타나니, 여자와 아이들은 눈물을 흘리며 돌아갔다. 올리버는 낮에는 물론 어둠이 깔린 다음에도 몇 시간이 지나도록 정원을 조용히 오가다가 환자 침실을 향해 수시로 눈을 들어서 깜깜한 창문을 쳐다보곤 길게 드러누운 주검이라도 본 것처럼 부르르 떨었다. 그날 밤늦게 로스번 선생이 도착하더니, 고개를 돌려서 시선을 피하며 말했다.

"상태가 심각해요. 정말 젊고 사랑스러운 아가씨지만 가망은 거의 없어요."

다시 아침이 찾아왔다. 태양은 밝게, 아무런 걱정근심이 없는 것처럼 밝게 빛나고 아씨마님 주변에는 풀 한 포기, 꽃 한 송이까지 활짝 피어났다. 모든 풍경이 강인한 생명력을 자랑하며 흥겹게 노래하지만 아름답고 젊은 아씨마님은 체력이 빠르게 떨어졌다. 올리버는 교회 공동묘지로 가서 녹색 봉분에 걸터앉아 아씨마님을 위해서 말없이 기도하며 흐느꼈다.

주변 풍경이 참으로 평화롭고 아름다웠다. 햇살이 비추는 곳은 환희로 가득하고 여름새가 부르는 노래는 상쾌하고 공중을 급하게 날아가는 까마귀는 참으로 자유로워 모두 즐겁게 노닐며 생명을 노래하니, 올리버는 콕콕 쑤시는 눈을 들어서 주변을 둘러보다가 지금은 죽는 시기가 아니라는, 하찮은 미물조차 저렇게 좋아하며 즐겁게 지내는 시기에 로즈 아씨가 죽을 순 없다는, 무덤은 춥고 음산한 겨울에나 어울리지 햇살과 향기가 가득한 여름에는 안 어울린다는 생각이 본능적으로 떠올랐다. 소름 끼치는 수의는 다 늙어서 쭈글쭈글한 사람이나 감싸는 거지, 젊고 우아한 아가씨를 감싸는 건 아니라는 생각마저 들었다.

교회에서 불길한 종소리가 일어나며 올리버 생각을 산산이 부서뜨렸다. 종소리는 일어나고, 일어나고, 또 일어났다! 장례식을 알리는 종소리였다. 소박하게 차려입은 문상객이 묘지 입구에 들어서는데 하얀 상장을 단 걸 보면 어린애가 죽은 게 분명했다. 사람들이 모자를 벗은 채 무덤 주변에 섰다. 흐느끼는 사람들 사이에서 어머니가 – 죽은 아이 어머니가 – 보인다. 하지만 태양은 밝게 빛나고 새들도 계속 노래한다.

올리버는 아씨마님이 베푼 다양한 은혜를 떠올리며, 그래서 자신이 매우 고마워한다는 사실을 끊임없이 보여줄 기회가 다시 찾아오기를 간절하게 기원하며 집으로 걸었다. 그동안 아씨마님에게 헌신적으로 봉사한 터라 자신이 게으르거나 생각이 짧았다는 식으로 자책할 이유는 없지만, 자신이 좀 더 열심히 좀 더 성실하게 행동했다면 좋았을 것 같은 사례가 다양하게 떠오르며 아쉬움을 자아냈다.

우리는 주변 사람을 대할 때 정말 조심해야 한다. 사람이 죽으면 살아남은 사람은 자신이 제대로 못 하고 소홀해서 잃어버린 수많은 내용이, 조금 더 잘했으면 좋았을 거란 생각이 문뜩문뜩 떠오르는 법이니 말이다! 그런데 그럴 대상이 사라진 상태에서 이렇게 후회하는 이상으로 고통스러운 건 없으니, 아직 시간이 있을 때 이런 사실을 명심해야 한다.

올리버가 집에 도착하니, 노마님은 조그만 거실에 앉아있었다. 그 모습을 보는 순간 올리버는 가슴이 철렁 내려앉았다. 노마님은 지금까지 조카딸 침대 곁을 떠난 적이 한 번도 없기 때문이다. 도대체 어떤 변화가 일어났기에 노마님이 밖으로 나왔을까 생각하니, 온몸이 덜덜 떨었다. 그러다가 아씨마님이 깊은 잠에 빠져들었다는, 깨어나면 건강을 회복할 수 있고 아니면 그대로 작별해서 세상을 떠날 수 있다는 말을 들었다.

두 사람은 말하는 것조차 두려워 몇 시간 동안 가만히 앉아서 귀만 기울였다. 손조차 안 댄 음식을 치우고 생각이 다른 데 있다는 사실을 잘 보여주는 표정으로 가만히 바라보는 가운데 태양은 조금씩 떨어지다가 마침내 천지 사방을 화려한 색조로 물들이며 작별을 예고했다. 바로 그때 다가오는 발소리를 예민한 귀가 포착했다. 그래서 로스번 선생이 나오는 방문으로 자기도 모르게 달려갔다.

"로즈는 어떻소? 어서 말씀하시오! 무엇이든 견딜 수 있소, 가슴 졸이는 긴장감만 아니라면! 아, 예수님 이름으로 어서 말씀하시오!"

노마님이 울부짖자, 의사가 부축하며 대답했다.

"진정하세요. 제발 부탁이니, 이성을 잃지 마세요, 마님."

"어서 나를 놓아요! 우리 소중한 조카딸! 아, 조카딸이 죽었어! 완전히 죽은 거야!"

"아니에요! 하느님이 자비를 베푸신 덕분에 아가씨는 앞으로 오래오래 살면서 우리를 축복할 거예요."

의사가 단호하게 선언하자, 노마님은 그 자리에서 무릎을 꿇으며 두 손을 모으려고 애쓰는데 몸을 지탱하던 힘이 첫 번째 감사기도와 함께 하늘나라로 날아가면서 그대로 무너져, 의사가 얼른 내민 두 팔에 쓰러졌다.

CHAPTER XXXIV

새롭게 등장하는 젊은 신사를 소개하고
올리버가 겪는 새로운 모험을 언급하다

감당할 수 없을 정도로 엄청난 행복이 몰려들었다. 올리버는 뜻밖의 소식에 어안이 벙벙하고 넋까지 달아나서 흐느낄 수도, 말할 수도, 진정할 수도 없었다. 새로운 사실을 제대로 이해조차 못 하다가 조용한 초저녁 공기를 마시고 오랫동안 돌아다니면서 안도의 눈물을 한 차례 터뜨린 다음에야 비로소 머리는 더할 나위 없이 즐거운 변화를 한순간에 받아들이고 가슴은 견딜 수 없을 정도로 고통스러운 부담을 말끔히 씻어내는 것 같았다.

어둠이 빠르게 내려앉을 즈음에는 환자가 머무는 침실을 장식하려고 세심하게 선별해서 꺾은 꽃을 한 아름 안고 집으로 발길을 돌렸다. 그래서 도로를 따라 기분 좋게 걷는데, 뒤에서 전속력으로 달려오는 마차 소리가 일어났다. 돌아보니, 사륜 역마차 한 대가 엄청난 속도로 달려오고 말은 급히 달리는데 도로는 좁은 터라, 올리버는 마차가 지날 때까지 담장에 바싹 기대야 했다.

마차가 쏜살같이 지날 때는 머리에 하얀 수면 모자를 걸친 사내를 얼핏 보았는데 얼굴이 눈에 익은 것 같지만, 워낙 짧은 순간이라서 제대로 확인할 수 없었다. 그런데 수면 모자가 차창 밖으로 나오더니 쩌렁쩌렁한 목소리로 마차를 멈추도록 소리치고 마부는 곧바로 고삐를 당기며 말을 세웠다. 그러자 수면 모자가 다시 나타나더니, 똑같은 목소리가 올리버 이름을 부르며 소리쳤다.

"이리 와! 올리버, 새로운 소식은 없나? 로즈 아씨는, 올리버?"

"자일스 집사님이세요?"

올리버가 소리치며 마차 문으로 달리자, 자일스 집사는 수면 모자를 다시 내밀며 무슨 대답을 하려는데 갑자기 젊은 신사가 뒤로 잡아당기더니, 로즈 아씨는 어떻게 됐느냐고 초조한 어투로 물으며 소리쳤다.

"좋아진 거야, 나빠진 거야?"

"좋아졌어요…… 아주 많이!"

올리버가 급히 대답하자, 젊은 신사가 소리쳤다.

"하느님 감사합니다! 확실하지?"

"확실합니다, 나리. 불과 몇 시간 전에 좋아졌는데, 로스번 선생님이 위험한 고비를 모두 넘겼다고 말씀하셨어요."

올리버가 대답하자, 젊은 신사는 더는 말을 않고 마차 문을 열어서 밖으로 뛰어나오더니, 올리버 팔을 잡고 나란히 걸으며 떨리는 목소리로 물었다.

"확실한 거지? 네가 잘못 알 가능성은 없는 거지, 그치? 나를 속여서 쓸데없는 희망을 품도록 하지 말렴."

"그런 일은 절대 없어요, 나리. 제 말을 믿으셔도 돼요. 로스번 선생님 말씀이 로즈 아씨는 앞으로 오래오래 사시면서 우리를 축복하실 거래요. 제 귀로 분명히 들었어요."

참으로 행복한 순간을 다시 떠올리다 보니 올리버 눈에는 눈물이 맺히고, 젊은 신사는 얼굴을 돌려서 시선을 피한 채 한동안 침묵했다. 올리버 생각에 흐느끼는 소리가 한 번 이상 들린 것 같았다. 하지만 상대편 감정을 충분히 짐작하는 터라 쓸데없이 방해하지 않으려고 애쓰며 멀찌감치 떨어진 채 꽃다발에 관심을 기울이는 척했다.

이러는 내내, 자일스 집사는 하얀 수면 모자를 쓰고서 마차 계단에 앉아 팔꿈치를 무릎에 기댄 채 하얀 점이 여기저기에 박힌 파란색 순면 손수건으로 두 눈을 훔쳤다. 정직한 집사가 억지로 우는 척하는 게 아니란 사실은 자신에게 지시하는 젊은 신사를 쳐다볼 때 두 눈이 빨갛게 달아오른 걸 보면 충분히 짐작할 수 있었다.

"당신은 마차를 타고 어머니에게 먼저 가시오, 자일스 집사. 나는 천천히 걸으면서 마음을 진정한 다음에 뵙는 게 좋겠소. 내가 곧 도착한다고 어머니에게 전하시오."

젊은 신사가 말하자, 자일스 집사는 손수건을 주름진 얼굴에 마지막으로 문지르며 대답했다.

"죄송합니다만, 해리 도련님. 그 말씀을 집배원에게 전하도록 하신다면 저로선 정말 고맙겠습니다. 이런 모습을 하녀들에게 보이면 권위가 깎여서 앞으로 제대로 일을 부릴 수 없을 테니까요."

그러자 해리 도령은 빙그레 웃으며 대답했다.

"으음, 당신 좋을 대로 하시오. 그럼 짐은 마차 편으로 보내고 당신은 원한다면 우리를 따라오시오. 하지만 수면 모자는 훨씬 적절한 모자로 바꾸시오. 사람들이 우리를 미친 사람으로 볼 테니 말이오."

자일스 집사는 자신이 보기 흉한 모자 차림이란 사실을 비로소 깨닫고 재빨리 벗어서 주머니에 넣곤 마차에서 훨씬 점잖고 의젓한 모자를 꺼냈다. 그러자 집배원은 마차를 몰며 사라지고, 올리버는 자일스 집사와 해리 도령과 함께 느긋하게 걸었다.

올리버는 이렇게 걸으면서 호기심 가득한 눈으로 새로 등장한 인물을 틈틈이 살폈다. 나이는 대략 스물다섯으로 보이고 키는 중간이며 솔직하게 보이는 얼굴은 미남인 데다 행동거지는 편해서 호감이 갔다. 한쪽은 나이가 많고 한쪽은 나이가 젊다는 차이는 있지만 젊은 신사는 노마님과 얼굴이 정말 비슷해, 조금 전에 어머니라고 말하는 소리를 안 들었다 해도 두 사람 관계를 쉽게 짐작할 수 있을 것 같았다.

별장에 도착하니, 노마님은 아들이 나타나기만 초조하게 기다리는 중이었다. 그래서 양쪽 모두 서로를 커다랗게 반긴 후에 젊은 신사가 속삭였다.

"어머니! 편지를 보내지 그러셨어요."

"편지를 쓰긴 했는데, 가만히 생각하니, 로스번 선생 의견을 들은 다음에 보내는 게 좋을 것 같아서 보류했단다."

"하지만 하마터면 끔찍한 상황이 벌어질 뻔했잖아요! 그러다가 로즈가 – 차마 입에 담을 수도 없는데 – 이번에 앓다가 다른 방향으로 갔다면 어머니는 자신을 스스로 도저히 용서할 수 없었을 거예요! 그리고 저는 두 번 다시 행복할 수 없을 테고요!"

"그렇게 됐다면, 해리, 어차피 너는 두 번 다시 행복을 느낄 수 없을 테니, 네가 여기에 하루 이틀 일찍 도착한다고 해서 무슨 차이가 있겠니."

"저야 당연히 그렇겠지요, 어머니. 하지만 제가 무엇 때문에 가정법을 사용하겠어요? 저는…… 저는…… 어머니도 잘 아시잖아요…… 확실하게!"

젊은 신사가 말하자, 노마님이 대답했다.

"내가 아는 건 로즈는 누구보다 훌륭하고 순수한 사랑을 남성에게 받을 자격이 있다는 사실이야. 내가 아는 건 로즈는 이웃을 사랑하고 헌신하는 품성을 타고났으며, 따라서 그만큼 깊고 영원한 사랑을 받을 자격이 있다는 사실이야. 내가 이런 사실을 모른다면, 사랑하는 사람이 변심할 때 로즈 심장이 무너질 게 분명하단 사실을 모른다면, 이렇게 엄격한 태도를 유지하며 어려운 처지를 자처하지도 않고, 그래서 속으로 혼자서 수많은 갈등에 시달리지도 않았을 거야."

"정말 몰인정하시네요, 어머니. 어머니는 제가 아직도 어리다고, 그래서 자기 마음도 모르고 영혼이 갈망하는 대상도 모른다고 생각하시나요?"

아들이 묻자, 노마님은 아들 어깨에 한 손을 올리며 대답했다.

"사랑하는 아들아, 젊은 사람은 다양한 충동을 느끼지만 오래가지 않아. 욕구를 충족하는 순간에 덧없이 사라지는 법이란다."

노마님이 아들 얼굴을 열심히 쳐다보다가 다시 말했다.

"특히 중요한 건, 열정이 불타고 야심도 많은 젊은이가 오명으로 얼룩진 여인과 결혼한다면 설사 여인이 잘못한 건 하나도 없다 하더라도 마음이 차갑고 심보가 더러운 사람들은 그 여인과 자녀를 흉보고, 남편이 세상에서 성공하는 만큼 노골적으로 깔보며 경멸한다는 사실이야. 그러다 보면 아무리 관대하고 착한 사람이라도 그런 여인과 결혼한 걸 후회하겠지. 그러면 여인은 남편이 그런다는 사실을 알고 한층 더 고통스러워할 거고."

그러자 젊은 신사가 성급하게 반박했다.

"어머니, 그런 사람은 이기적인 짐승에 불과해요. 그렇게 행동하는 사람은 어머니가 묘사한 여인과 어울릴 자격이 없어요."

"지금은 그렇게 생각하겠지, 해리."

"앞으로도 영원히 그럴 거예요! 지난 이틀 동안 정신적으로 심대한 고통을 겪다 보니 제가 마음에 품은 열정은, 어머니도 잘 알다시피, 어제 시작한 것도 아니며 가볍게 생겨난 것도 아니란 말씀까지 드리게 되네요. 로즈에게, 상냥하고 아름다운 소녀에게 저는 마음을 바쳤어요, 남성이 여성에게 바칠 수 있는 제일 강력한 마음을. 로즈가 없으면 제 인생은 아무런 의미도 없고 전망도 없고 희망도 없어요. 어머니가 이렇게 중요한 문제에 반대하시는 건 어머니 손으로 저에게서 평화와 행복을 빼앗아 허공에 날려버리는 거예요. 어머니, 그러니 이 문제에 대해서 그리고 저에 대해서 다시 생각하시고 제가 바라는 행복을 가볍게 무시해도 되는 정도로 여기지 마세요."

"해리, 내가 이러는 이유는 마음이 따뜻하고 민감한 사람들이 상처를 안 받게 하려는 거야. 하지만 이제 이 문제에 대해선 충분히 얘기한 것 같구나, 필요 이상으로."

노마님이 말하자, 해리 도령이 급히 제안했다.

"그렇다면 이 문제는 로즈에게 결정을 맡기세요. 어머니는 너무 과도한 의견을 강요해서 제 길에 장애물을 드리우지 마시고요."

"나는 절대 안 그래. 하지만 네가 충분히 고려해서……"

"지금까지 충분히 고려했어요, 어머니! 지난 몇 년 동안 충분히 고려했어요. 제 마음을 진지하게 돌아볼 능력이 생긴 이후로 끊임없이 고려했어요. 그런데 제 마음은 지금까지 변한 게 하나도 없고 앞으로도 영원히 그릴 거예요. 그러니 이런 마음을 고백하는 자체를 미루면서 고통스러워할 이유가 무어죠? 그러면 특별히 좋은 거라도 있나요? 아니에요! 이번에는 로즈에게 제 마음을 고백하겠어요."

"마음대로 하렴."

"어머니 말씀을 들으니, 로즈가 냉랭하게 받아들일 거로 생각하시는 것 같군요, 어머니."

"냉랭하진 않을 거야, 절대로."

"그렇다면 뭔가요? 혹시 사랑하는 사람이라도 생겼나요?"

"그런 것도 아니야. 내가 잘못 본 게 아니라면 너는 로즈 마음을 이미 너무 강력하게 사로잡았어."

노마님은 아들이 말하려고 하는 걸 막으며 계속 말했다.

"내가 말하고 싶은 건 이번에 모든 가능성을 걸고 모험하기 전에, 희망을 최고 수준으로 끌어올리기 전에, 로즈의 내력에 대해 잠시라도 생각하고, 아들아, 그래서 의심스러운 출생과정에 대한 인식이 로즈가 내릴 결정에 어떤 영향을 미칠지 생각하라는 거야. 로즈는 크든 작든 모든 문제에 대해 고상한 마음으로 최선을 다해서 자신을 완벽하게 희생하며 우리에게 헌신하는 특징이 있다는 사실을 살피면서 말이다."

"그게 무슨 말씀인가요?"

"그건 스스로 알아보렴. 나는 이제 로즈에게 돌아가야 하겠다. 하느님께서 축복하시길!"

"오늘 밤에 다시 뵐 수 있을까요?"

젊은 아들이 간절한 표정으로 말하자, 노마님이 대답했다.

"나중에, 내가 로즈 곁을 떠나면."

"제가 여기에 왔다는 사실은 로즈에게 말씀하실 거죠?"

"당연하지."

"제가 그동안 얼마나 걱정하고 얼마나 괴로워하고 얼마나 보고 싶었는지도 알려주세요. 이런 부탁을 거절하진 않으시겠죠, 어머니?"

"그러마. 모두 전달하마."

노마님이 대답하더니, 아들 손을 다정하게 잡아주고 나서 급히 사라졌다.

이런 대화가 바삐 오가는 동안 로스번 선생은 올리버와 함께 한쪽 구석에 있다가 해리 도령에게 손을 내밀어서 악수를 청하고, 두 사람은 따뜻한 인사를 주고받았다. 그런 다음에 젊은 신사는 이런저런 질문을 퍼붓고 의사는 환자 상태를 자세히 설명하니, 젊은 신사는 올리버 설명을 듣고 그런 것처럼 매우 좋아하며 희망과 기대감에 부풀고, 자일스 집사 역시 짐을 바삐 운반하는 와중에 귀를 열심히 기울여서 모두 들었다. 그러자 의사는 설명을 모두 마친 다음에 이렇게 물었다.

"요새도 사람에게 총을 쏘시오, 자일스 집사?"

"아닙니다, 선생님."

자일스 집사가 대답하면서 얼굴을 빨갛게 물들이자, 의사가 다시 물었다.

"도적놈도 안 잡고 집안에 침입한 범인을 알아보는 척도 안 하시오?"

"그럴 일은 조금도 없습니다, 선생님."

자일스 집사가 대답하는데, 매우 진지했다.

"으음, 그렇다니 안타깝군. 당신은 그런 일을 정말 잘하는데 말이오. 그래, 브리틀스는 어떤가요?"

"그 아이도 잘 지냅니다, 선생. 선생님에게 정중한 인사를 전하라고 부탁했답니다."

자일스 집사가 말하며 평소에 자주 사용하는 집사 특유의 어투를 회복하자, 로스번 선생이 말했다.

"고맙군요. 당신을 보니, 내가 급히 호출받기 하루 전에 착하신 마님 부탁으로 당신에게 유익한 심부름을 한 게 생각나는구려. 한쪽 구석으로 가서 잠시 얘기를 나눌까요?"

자일스 집사는 상당히 놀란 표정으로 당당하게 걸어가 한쪽 구석에서 의사와 잠깐이나마 속삭이며 대화하는 영광을 누리더니, 대화가 끝난 다음에는 허리를 수없이 숙이며 인사하다가 유난히 위엄 어린 걸음으로 물러났다. 두 사람이 속삭이며 대화한 내용은 거실에서 안 드러나도 주방에서는 순식간에 나오고 말았으니, 자일스 집사는 주방으로 곧장 걸어가서 흑맥주 한 잔을 달라고 요청한 다음, 정말 장엄하면서도 효과적인 방식으로 도적놈이 들어왔을 때 자신이 용감하게 행동한 걸 마님께서 좋게 보시고 자신이 아무 때나 찾아서 사용하도록 현지 은행에다 금화 스물다섯 냥을 맡겼다고 선언했기 때문이다. 그러자 두 하녀가 깜짝 놀란 표정으로 이제 어깨에 힘이 잔뜩 들어가겠다고 말하자, 자일스 집사는 "아니"라고 대답하곤, 만일 자신이 아랫사람에게 거만하게 구는 것 같으면 바로 지적하라고 부탁했다. 그리곤 자신이 겸손한 사례를 다양하게 늘어놓는데, 위대한 인물이 말할 때 흔히 그런 것처럼 적당히 독창적인 내용에 두 하녀는 배꼽을 잡으며 웃었다.

위층에서도 남은 저녁 시간을 유쾌하게 보냈다. 의사는 기분이 매우 좋고, 해리 도령은 처음에 피곤하기도 하고 깊은 생각에 잠기기도 했으나 훌륭한 신사가 의사생활을 하면서 겪은 사례를 다양하게 늘어놓고 농담도 재미있게 걸치는 재담에 넘어갈 수밖에 없으니, 올리버 역시 지금까지 들은 이야기 가운데서 가장 재미있는지라 배꼽을 잡으며 웃고, 의사 자신도 확실히 만족스러운 표정으로 마구 웃어대, 해리 도령 역시 감정이입이 되면서 마음껏 웃을 수밖에 없었다. 세 사람은 주어진 상황에서 최대한 유쾌한 시간을 보내다가 몹시 늦은 밤에 고맙고 가벼운 마음으로 각자 휴식하러 물러났다. 오랜 걱정과 불안감에 시달린 터라 절실하게 필요한 휴식이었다.

올리버는 다음 날 아침에 상쾌한 기분으로 일어나서 이리저리 돌아다니며 평상시처럼 일했다. 이렇게 기쁘고 희망찬 느낌은 며칠 만에 처음이었다. 새장을 꺼내서 새들이 노래하도록 예전 자리에 걸고, 로즈 아씨가 아름다운 꽃을 보고 향내를 맡으며 기뻐하도록 최대한 예쁜

야생화를 잔뜩 꺾었다. 지난 며칠 동안 걱정근심이 가득해서 아무리 아름다운 사물이라도 울적하게 보이던 현상은 마술처럼 사라졌다. 녹색 잎사귀에 맺힌 이슬은 더할 나위 없이 아름답게 반짝이고, 바람이 부스럭거리며 지나는 소리는 더할 나위 없이 달콤하고, 하늘은 더할 나위 없이 파랗고 상쾌했다. 마음 상태에 따라서 외부 사물이 다르게 보이기 때문이니, 인간이 같은 자연을 바라보고 같은 인간을 바라보며 모든 게 어둡고 우울하다고 한탄하는 건 틀린 말이 아니다. 마음과 눈이 뒤틀려서 그렇게 보일 뿐이다. 아름다운 색조는 아주 섬세해, 눈이 훨씬 맑아야 제대로 바라볼 수 있으니 말이다.

당시에 올리버가 확실히 주목한 변화 가운데 지적할 가치가 있는 건 아침마다 나들이하는 사람이 한 명 더 생겼다는 사실이다. 해리 도령은 올리버가 꽃을 한 아름 안고 집으로 돌아오는 걸 본 첫날 이후로 꽃에 대한 열정에 사로잡혀서 꽃꽂이에 대단한 감각을 보이는데, 올리버를 훨씬 앞지를 정도였다. 올리버는 이런 점에서 뒤떨어지는 반면에 제일 아름다운 꽃이 있는 장소를 아니, 매일 아침 두 사람은 함께 사방을 돌아다니며 활짝 핀 꽃 가운데에서 제일 아름다운 꽃을 집으로 가져왔다. 로즈 아씨는 이제 침실 창문을 열었는데, 화려한 여름 공기를 마음껏 들이켜서 기운을 북돋고 싶었기 때문이다. 하지만 격자 창문 바로 안에도 언제나 꽃을 잔뜩 꽂은 화병이 있었다. 매일 아침 아주 조심스럽게 꽂아놓은 꽃이었다. 그런데 화병에 꽂힌 꽃을 매일 갈아주긴 해도 시든 꽃을 버리는 법은 절대로 없고, 의사 역시 아침에 산책하러 나갈 때마다 정원에서 격자 창문을 올려다보면서 고개를 의미심장하게 끄덕인다는 사실에 올리버는 주목하지 않을 수 없었다. 이러는 가운데 하루하루가 지나고 로즈 아씨는 빠르게 회복했다.

로즈 아씨는 노마님과 이따금 짧은 거리를 산책할 뿐 주로 침실에서 지내는데 올리버까지 시간을 한가롭게 보낸 건 아니다. 백발 노신사가 가르치는 내용을 두 배는 열심히 배우며 노력한 결과, 올리버 자신이 놀랄 정도로 실력이 늘어났다. 뜻밖의 현상이 일어나서 올리버가 엄청나게 놀라며 커다란 고통에 휩싸인 건 바로 이렇게 열심히 공부할 즈음이었다.

올리버는 책을 읽을 때마다 일 층 뒤쪽 구석에 있는 조그만 방을 주로 이용했다. 격자창이 달린 소박한 방인데, 창틀을 타고 재스민과 인동덩굴이 올라와서 실내에 향긋한 냄새를 가득 풍겼다. 격자창을 내다보면 정원이 보이는데, 거기에는 조그만 방목장으로 통하는 쪽문이 있고, 너머로는 목초지와 숲이 멋들어지게 펼쳐졌다. 다른 인가는 하나도 없어서 전망이 쭉 뻗어 나가는 곳이었다.

어느 아름다운 초저녁, 땅거미가 지기 시작할 즈음, 올리버는 바로 이 창가에 앉아서 책을 읽었다. 그래서 오랫동안 깊이 몰두하는데, 낮에 유난히 더운 데다 매우 열심히 공부한 터라 꾸벅꾸벅 졸기 시작하나, 책을 쓴 저자가 누군지 모르겠지만, 저자를 깔본 결과는 전혀 아니었다.

자신도 모르게 깊은 잠에 빠져들다 보면 몸은 잠들어도 정신은 주변 사물을 바라보며 마음대로 돌아다닐 때가 있다. 몸이 무겁게 가라앉으며 힘까지 쭉 빠진 나머지 머릿속 생각이나 몸을 마음대로 못 움직이는 상태를 잠든 상태라고 한다면 이건 잠든 게 분명하다. 하지만 의식은 주변을 마음대로 돌아다녀, 이럴 때 꿈을 꾼다면 꿈에서 떠올린 환영은 현실에서 말한 내용과 흘러나온 소리를 놀라울 정도로 신속하게 받아들이면서 현실과 환영이 이상하게 뒤섞이니, 결국에는 두 가지를 분리하는 자체는 거의 불가능하게 된다. 이런 상태는 그렇게 놀라운 현상도 아니다. 확실한 사실 하나는, 이럴 때면 촉각과 시각이 잠시 사라진다

해도 잠자면서 떠올린 생각과 주변에서 벌어지는 환영은 외부 사물이 가만히 나타난 자체로 심각한 영향을 받을 수 있으니, 이런 사물은 눈을 감은 우리 주변에 실제로 나타난 게 아닐 수도 있고 정신이 들어서 둘러보면 주변에 없을 수도 있다.

올리버는 자신이 조그만 방에 있다는 사실은 물론 자기 앞 책상에 책이 있다는 사실과 달콤한 공기가 격자창 바깥으로 기어 올라온 식물 사이에서 부스럭거린다는 사실까지 완벽하게 느꼈다. 그렇지만 잠든 것 역시 확실했다. 그런데 갑자기 환영이 변했다. 주변이 꽉 막혀서 답답했다. 자신이 유대인 영감네 집에 다시 갇혔다는 생각과 함께 공포에 빠져드는 느낌이었다. 무시무시한 유대인 영감이 예전과 마찬가지로 구석 자리에 앉아서 자신을 가리키더니, 바로 옆에 앉은 또 다른 사내를 바라보며 속삭였다.

"여보게, 그만하게! 저 아이가 분명히 맞네. 그만 가세."

유대인 영감은 이렇게 말하는 것 같고, 상대편은 이렇게 대답하는 것 같았다.

"저 애가 맞는다고? 그럼 내가 잘못 볼 수도 있었다는 거야? 유령이 저놈 형상으로 수없이 나타나고 그사이에 저놈이 있어도, 저놈에겐 정말 독특한 게 있어서 나는 한눈에 알아볼 수 있어. 당신이 저놈을 땅 밑 십오 미터 깊이에 묻고 아무런 표시를 안 해도 나는 저놈이 묻혔단 사실을 단번에 알 수 있다고!"

사내가 끔찍한 증오심을 드러내며 이렇게 말하는 것 같아서 올리버는 공포에 떨다가 깨어나서 벌떡 일어났다.

맙소사! 도대체 저게 무엇이기에 심장이 이렇게 고동쳐서 말을 할 수도 없고 몸을 움직일 수도 없단 말인가! 깜짝 놀라서 뒤로 화들짝 물러나기 전에 손만 내밀면 닿을 곳에, 그렇게 가까운 곳에, 바로 앞에,

창가에, 바로 저기에, 유대인 영감이 나타나, 실내를 들여다보다 자신과 시선이 마주쳤다. 유대인 영감이 나타났다! 옆에서는 여인숙 마당에서 욕설을 퍼붓던 사내가, 분노 때문인지 두려움 때문인지 아니면 둘 다 때문인지, 하얗게 질린 얼굴로 오만상을 찡그리며 노려보았다.

두 사람은 순식간에 나타나서 힐끗 쳐다보더니, 곧바로 사라졌다. 하지만 올리버를 알아보고, 올리버 역시 그들을 알아보았다. 그래서 두 사람 표정이 뇌리에 단단히 박혔다. 돌에 새기기라도 한 것처럼 뇌리에 단단히 틀어박혔다. 올리버는 순간적으로 꼼짝을 못 하다가 창문에서 정원으로 뛰어내리며 사람 살리라고 커다랗게 소리쳤다.

CHAPTER XXXV

올리버가 주장한 추격전은 결과가 불만스럽고,
해리 도령은 로즈 아씨와 중요한 대화를 나누다

급하게 외치는 소리를 듣고 집안사람들이 각자 있던 자리에서 급히 달려가니, 올리버는 잔뜩 흥분해서 창백한 얼굴로 건물 뒤쪽 초원지대를 가리키며 "유대인 영감! 유대인 영감!"이란 말만 간신히 뱉어낼 뿐이었다.

자일스 집사는 도대체 무슨 소리인지 알아들을 수 없어서 어리벙벙했으나, 해리 도령은 머리가 팍팍 돌아가는 데다 올리버가 겪어온 삶을 어머니에게 들은 터라 단번에 알아들었다. 그래서 모서리에 세워놓은 묵직한 몽둥이를 집어 들며 물었다.

"그놈이 어느 쪽으로 갔니?"

그러자 올리버는 유대인 영감이 도망간 쪽을 가리키며 대답했다.

"저쪽이요. 순식간에 사라졌어요."

"그렇다면 도랑으로 숨어들겠군. 따라와! 나랑 멀리 떨어지지 말고"

해리 도령이 소리치고 울타리를 훌쩍 뛰어넘으며 엄청난 속도로 달렸다. 다른 사람은 아무리 열심히 쫓아도 따라잡을 수 없었다.

자일스 집사는 최선을 다해서 쫓아가고 올리버도 마찬가지였다. 잠시 후에는 산책하러 나갔던 로스번 선생까지 막 돌아오던 길에 울타리를 껑충 뛰어넘어 그 나이에 상상할 수 있는 이상으로 재빨리 달려서 순식간에 따라잡더니, 만만찮은 속도로 나란히 달리며 도대체 무슨 일이냐고 커다랗게 물어댔다.

숨 돌릴 여유도 없이 모두 열심히 달리는 가운데 마침내 올리버가 가리킨 들판으로 선두가 들어서더니, 도랑과 울타리 근처를 샅샅이 뒤지기 시작해 나머지 일행은 그때 비로소 따라붙고, 올리버는 자신들이 열심히 추격하는 이유를 로스번 선생에게 설명했다.

하지만 수색은 아무런 소득도 없었다. 최근에 사람이 지나간 발자국 흔적조차 안 보였다. 이제 일행은 조그만 언덕에 올라서 사방으로 오륙 킬로미터는 족히 뻗어 나간 들판을 둘러보았다. 왼쪽 우묵한 분지에 마을이 있는데 거기로 가려면 올리버가 지적한 방향으로 달리다가 광활한 들판에서 커다란 원을 그려야 해서 이렇게 짧은 시간에 사라지는 건 어림도 없었다. 다른 쪽에는 목초지 외각에 울창한 숲이 있어도 마찬가지 이유로 숨을 수 없었다.

"꿈을 꾼 것 같구나, 올리버."

해리 도령이 말하자, 올리버는 끔찍한 노인네 면상을 떠올리는 자체로 부르르 떨면서 대답했다.

"아, 아니에요, 나리. 제가 아주 똑똑히 보았어요. 두 사람을 보았어요, 지금 나리를 보는 것처럼 확실하게."

"그럼 또 한 사람은 누구니?"

해리 도령과 로스번 의사가 동시에 묻자, 올리버가 대답했다.

"여인숙 마당에서 갑자기 마주쳤다고 제가 말씀드린 바로 그 사람이에요. 눈이 마주쳤어요. 확실히 장담할 수 있어요."

"두 사람이 이쪽으로 도망쳤니? 확실하니?"

해리 도령이 묻자, 올리버가 대답했다.

"두 사람이 창문에 있었던 만큼이나 확실해요."

그러더니 별장 정원과 초원을 가르는 울타리를 가리키며 덧붙였다.

"커다란 사내는 바로 저기를 풀쩍 뛰어넘고 유대인 영감은 몇 걸음 더 달리다가 저 틈새를 기어서 지났어요."

해리 도령과 로스번 선생은 올리버가 진지한 얼굴로 대답하는 걸 가만히 바라보다가 서로를 쳐다보았다. 올리버 대답이 틀림없다고 수긍하는 것 같았다. 하지만 어디를 가도 두 사내가 발을 허둥지둥 내디디며 도망친 흔적은 없었다. 풀이 높이 자랐으나 발에 밟혀서 쓰러진 풀 역시 어디에도 없었다, 자신들이 지나면서 밟은 곳만 빼면. 도랑 양옆과 가장자리는 축축한 진흙인데, 몇 시간 사이에 사람이 지나간 신발 자국은 물론이고 누구든 발을 내디딘 흔적조차 없었다.

"정말 이상하군요!"

해리 도령이 말하자, 의사도 동조했다.

"그래, 정말 이상하군. 떠버리와 메줏덩어리가 와도 못 찾겠어."

아무리 수색해도 소용이 없을 게 분명한데 그들은 포기하지 않았다. 하지만 결국 밤이 찾아오면서 더는 어쩔 도리가 없자, 그때 비로소 마지못해 포기했다. 자일스 집사는 올리버에게 인상착의와 옷차림새를 최대한 자세히 듣고 마을로 가서 술집마다 돌아다녔다. 최소한 유대인 영감은 매우 특이하게 생겼으니, 행여나 술집에 들러서 술을 마시거나 주변을 돌아다녔다면 기억하는 사람이 분명히 있을 터였다. 하지만 자일스 집사 역시 불가사의한 사태를 설명할만한 정보를 하나도 못 구한 채 빈손으로 돌아왔다.

다음날, 탐문수색을 새롭게 시작했지만 마찬가지로 성과는 하나도 없었다. 세 번째 날에는 행여나 두 사람을 발견하거나 정보를 들을 수 있을까 기대하며 해리 도령이 올리버를 데리고 읍내 장터로 갔으나 이번 역시 성과가 없는 건 똑같았다. 그렇게 며칠이 지나다 보니, 새로운 증거가 안 나오면 어떤 사건이든 슬그머니 꼬리를 감추는 것처럼 이번 사건 역시 서서히 잊히기 시작했다.

그러는 동안에도 로즈 아씨는 빠르게 회복했다. 이제 침실에서 나와 주변을 돌아다니며 가족과 어울려서 모든 사람을 기쁘게 할 수도 있었다.

얼마 안 되는 가족 사이에 행복한 변화가 눈에 띄게 나타나고 별장 여기저기에서 명랑한 목소리와 쾌활한 웃음소리가 다시 들리나, 가끔은 사람들 사이에서 긴장감이 감돌고 로즈 아씨도 예외가 아니니, 올리버 역시 이런 분위기를 모를 리 없었다. 노마님은 아들과 함께 문을 꼭꼭 닫은 방에서 오랜 시간을 보낼 때가 많고, 로즈 아씨 얼굴에는 눈물을 흘린 자국이 다시 나타났다. 로스번 선생이 처트시로 돌아갈 날을 잡은 다음에 이런 징후는 더욱 늘어났다. 아씨마님과 또 한 사람이 누리는 평화에 영향을 미치는 일이 어떤 식으로든 일어나는 게 분명했다.

그러던 어느 날 아침, 로즈 아씨 혼자 거실에 있을 때 해리 도령이 나타나서 약간 망설이다가 잠시 말 좀 해도 되겠냐고 허락을 구하더니, 의자를 옆으로 끌어당기며 덧붙였다.

"몇 마디만…… 단 몇 마디만 하면 충분하오, 로즈. 내가 무슨 말을 할지는 아마 그대도 알 것이오. 지금까지 내 입술로 그대 앞에서 직접 언급한 적은 없지만 내가 가슴에 품은 가장 소중한 희망을 그대도 모르진 않을 테니 말이오."

로즈 아씨는 해리 도령이 나타난 순간부터 얼굴이 몹시 창백했으나 이건 최근에 병을 앓은 결과일 수도 있다. 어쨌든 로즈 아씨는 고개를 끄덕이고 허리를 숙여서 옆에 있는 화초를 바라보며 상대가 계속 말하기만 조용히 기다렸다.

"나는…… 나는…… 여기를 벌써 떠나야 했소."

해리 도령이 말하자, 로즈 아씨가 대답했다.

"그래요, 정말 그래야 했어요. 이렇게 말해서 죄송스러운데, 저는 오빠가 떠나기만 바랐어요."

"내가 여기에 온 건 너무나 걱정스러웠기 때문이오. 끔찍하게 고통스러웠소. 나의 모든 소망과 희망이 달린 소중한 존재를 영원히 잃는 건 아닐까 두려워서 말이오. 그대는 죽기 일보 직전이었소. 이 세상과 하늘나라 사이에서 부들부들 떨면서 말이오. 우리는 젊고 아름답고 선한 사람이 병에 걸리면 순수한 영혼은 찬란하고 영원한 안식처로 자신도 모르게 떠난다고 알고 있소. 우리는 - 아, 하늘이여, 저희를 도우소서! - 가장 훌륭하고 가장 아름다운 사람이 한창 꽃피우다가 시들어버린 사례를 너무나 많이 보았소."

이런 말이 나올 때 다정한 소녀는 두 눈에 눈물이 고이다가 허리를 숙이고 쳐다보던 꽃에 한 방울 뚝 떨구니, 꽃잎이 순식간에 밝게 빛나며 더욱 아름다운 자태를 뽐냈다. 젊고 싱그러운 마음이 눈물로 삐져나와서 자연계에 존재하는 가장 아름다운 꽃과 동격이라고 말하는 것 같았다.

젊은 남자는 열정적으로 계속 이어나갔다.

"하느님이 내려보내신 천사처럼 아름답고 순수한 여인이 삶과 죽음 사이에서 방황했소. 아! 자신이 속한 머나먼 하늘나라가 눈앞에 가만히 펼쳐지니, 슬픔과 고통만 가득한 인간 세상으로 여인이 다시 돌아올 거라고 누가 기대나 했겠소! 아, 로즈, 로즈, 저 하늘에서 환한 빛이 지상에 드리운 희미한 그림자처럼 그대가 사라지고 없다는 건, 그대가 다시 살아나서 여기에 남아야 하는 사람들과 함께 지낼 가망이 없다는 건, 그래야 하는 이유를 조금도 알 수 없다는 건, 누구보다 훌륭하고 멋진 사람들이 참으로 이른 나이에 훨훨 날아드는 찬란한 하늘나라로 그대 역시 날아갈 수밖에 없다는 건, 이렇게 억지로 마음을 달래면서도 사랑하는 사람들 품으로 그대를 돌려달라고 기도할 수밖에 없다는 건…… 어느 하나 끔찍하지 않은 게 없으니, 내가 어떻게 감당할 수 있겠소! 이런 고통에 나는 밤낮으로 시달렸소. 그대가 죽도록 놔둘 순 없다는, 내가 헌신적으로 사랑한다는 사실도 모른 채 보낼 순 없다는 이기적인 후회와 공포와 걱정근심이 회오리처럼 몰아쳐서 모든 이성과 지각이 마비될 지경이었소. 그런데 그대가 회복했소. 한 시간 한 시간이 다르고 하루하루가 다를 정도로 건강한 기력이 조금씩 돌아와서 몸속을 힘겹게 순환하는 생명의 기운과, 지칠 대로 지쳐서 모든 힘을 소진한 기운과 뒤섞이며 다시 힘차게 솟구쳤소. 나는 그대가 죽기 직전에 삶으로 돌아서는 과정을 간절한 열망과 깊은 애정이 축축하게 젖은 눈으로 지금까지 지켜보았소. 내가 그런 모습을 안 보면 좋았을 거란 말은 마시오. 그런 모습을 보면서 인간 전체에 대한 애정을 새삼스레 느꼈으니 말이오."

"그런 뜻은 아니었어요. 제가 바라는 건 오빠가 여길 떠나서 고귀하고 고상한 활동을, 가치가 충분한 일을, 다시 추구하는 것뿐이에요."

로즈 아씨가 말하며 흐느끼자, 해리 도령이 그 손을 잡으며 대답했다.

"나에겐 그대 마음을 얻으려고 애쓰는 이상으로, 현존하는 가장 고귀한 감성을 추구하는 이상으로 중요한 건 없소. 로즈, 아, 참으로 소중한 로즈! 나는 그대를 오랫동안, 정말 오랫동안 사랑했소. 세상에 나가서 명성을 얻은 다음에 그대를 자랑스럽게 찾아가 오직 그대를 위해서 명성을 쌓았다고 말하고 싶었소! 그런 행복한 순간이 찾아오면 어린 시절부터 사모하던 수많은 징표를 하나씩 열거해서 그대와 맺은 무언의 계약을 떠올리며 그대에게 청혼하는 게 꿈이었소! 그런 순간은 아직 안 왔으니 명성도 못 얻고 어린 시절의 꿈도 실현을 못 했지만, 나는 지금 이 자리에서 오랫동안 그대만 바라보던 마음을 바쳐, 그대가 대답하는 말에 나 자신을 온전히 걸고자 하오."

그러자 로즈는 요동치는 마음을 억누르며 대답했다.

"오빠는 늘 다정하고 고상하게 행동했어요. 저는 오빠가 믿는 것처럼 감정도 없고 고마워할 줄도 모르는 사람이 아니라는 말로 대답을 대신하겠어요."

"그 말은 내가 그대 마음 얻기 위해 계속 노력해도 된다는 뜻이오, 사랑하는 로즈?"

"저를 잊기 위해서 계속 노력해야 한다는 뜻입니다, 오빠. 서로를 깊이 생각하는 우정까지 잊으라는 건 아닙니다. 그러면 제가 너무 깊은 상처를 받을 테니까요. 하지만 저를 연인으로 생각하는 마음은 잊어야 합니다. 오빠가 좋아할 여인은 아주 많다는 사실을 생각하시고 세상을 둘러보세요. 원한다면 다른 여인에 대한 열정을 저에게 털어놓으세요. 그러면 저는 가장 진실하고 따뜻하고 충실한 친구가 되어드릴 테니까요."

이 말과 함께 잠시 침묵이 흐르는 사이에 로즈는 한 손으로 얼굴을 가린 채 눈물을 펑펑 흘리고, 해리 도령은 다른 한 손을 여전히 꼭 잡았다. 그러더니 마침내 나지막한 목소리로 물었다.

"그렇게 결정한 이유는 무엇이오, 로즈?"

"물론 오빠는 그걸 들으실 자격이 있어요. 하지만 오빠가 무슨 말을 해도 저는 결심이 흔들리지 않아요. 이건 제가 꼭 지켜야 하는 의무니까요. 여러 사람을 위해서, 그리고 저 자신을 위해서 꼭 지켜야 하는 의무요."

"그대 자신을 위해서?"

"네, 오빠. 저는 친구도 없고 가진 것도 없는 데다 이름은 더러우니, 오빠의 성급한 열정에 야비하게 타협해서 바싹 달라붙었다고, 그래서 오빠 앞길을 방해한다고 의심할 명분을 오빠 친구들에게 안 주는 건 저 자신을 위해서 꼭 지켜야 할 의무입니다. 그리고 오빠는 세상에 나아가서 할 일이 많으니, 너그럽고 따뜻한 품성 때문에 커다란 장애물을 선택하는 일이 없도록 하는 건 오빠와 오빠 부모님을 위해서 제가 꼭 지켜야 할 의무입니다."

"나를 생각하는 마음이 그런 의무감 때문이라면……"

해리 도령이 말하자, 로즈는 얼굴을 빨갛게 물들이며 재빨리 반박했다.

"그런 건 아니에요."

"그렇다면 그대도 나를 사랑하오? 아, 사랑하는 로즈, 그렇다고 대답하시오. 제발 그렇다고 대답하시오. 그래서 크나큰 좌절과 절망에 시달리는 마음을 조금이라도 달래주시오!"

"제가 그럴 수 있다면, 그래도 사랑하는 사람이 나쁜 길로 안 들어선다면, 저로선 기꺼이……"

"내가 고백한 사랑을 완전히 다른 식으로 받아들일 수 있다는 거요? 최소한 이것만은 숨기지 마시오, 로즈."

"그래요."

로즈가 대답하더니, 잡힌 손을 빼내며 덧붙였다.

"잠깐만! 이렇게 고통스러운 대화를 계속하는 이유가 무어죠? 저는 너무 고통스럽지만 동시에 영원한 행복도 느낄 수 있어요. 지금 그런 것처럼 저는 한때나마 오빠 마음속에 가장 높은 자리를 차지했다는 자체로 행복할 거고, 앞으로 오빠가 세상에서 성공하고 커다란 업적을 쌓는 걸 볼 때마다 저 역시 새로운 힘과 용기를 얻을 테니까요. 잘 가세요, 해리 오빠! 오늘 우리가 만난 식으로는 두 번 다시 만나지 말아요. 이런 관계만 아니라면 우리는 오랫동안 행복한 관계를 유지하며 살아갈 수 있어요. 그러면 저는 하느님께서 모든 은총을 베풀어 오빠가 마음껏 번창하며 행복하게 살아가도록 진실하고 솔직한 마음으로 기도할 거예요!"

"딱 한 마디만 더, 로즈 그대가 이렇게 나오는 이유를 그대 목소리로 듣고 싶소. 그대 입술에서 나오는 소리로 듣고 싶소!"

해리 도령이 묻자 로즈는 단호한 어투로 대답했다.

"오빠는 앞길이 창창해요. 오빠에겐 다양한 재능과 강력한 인맥이 있으니 공직생활을 하는 데 많은 도움이 될 거예요. 하지만 그런 사람들은 자부심이 강하니, 저는 저에게 생명을 주신 어머니를 경멸할 게 분명한 사람들과 어울리고 싶은 마음이 없고 어머니 자리를 훌륭하게 채워주신 고모님 아들이 불명예 속에서 좌절하는 것 역시 바라지 않아요."

로즈는 순간적으로 단호한 의지가 흔들리자 고개를 재빨리 돌려서 시선을 피하며 계속 말했다.

"한 마디로, 제 이름에는 세상이 무고한 사람에게 씌운 오점이 있어요. 이런 오점 때문에 다른 사람에게 피해를 주는 일 없이, 오로지 저 혼자서 비난을 감수하겠어요."

그러자 해리 도령이 로즈 앞으로 몸을 던지며 소리쳤다.

"한 마디만 더, 로즈. 참으로 소중한 로즈! 딱 한 마디만 더! 내가 지금만 한 행운을 못 누렸다면, 세상에서 흔히 말하는 것처럼 평화로운 삶을 평범하게 살아갈 운명이라면, 가난하고 병들어 무기력한 존재라면, 그래도 나에게 등을 돌리겠소? 나를 거절하는 이유는 내가 출세해서 부귀영화를 누리며 살아갈 운명이기 때문이오?"

"대답을 강요하지 마세요. 그런 질문은 있을 수 없어요, 앞으로 영원히. 그렇게 묻고서 대답을 강요하는 건 정말 가혹하고 불공평해요."

로즈가 말하자, 해리 도령이 반박했다.

"내가 감히 소망하는 대답을 그대가 한다면 그 대답은 내가 앞으로 외롭게 살아갈 인생길에 행복한 빛줄기를 비추며 앞길을 환하게 밝힐 것이오. 오로지 그대 하나만 사랑하는 사람을 위해서 몇 마디 한다면 그건 나에게 정말로 소중한 등불이 될 것이오. 아, 로즈 그대를 변함없이 뜨겁게 사모하는 자격으로, 내가 그대를 위해 지금까지 겪은 모든 고통과 앞으로 감내할 모든 고통의 이름으로 묻노니, 그것 하나만 대답해주오!"

"좋아요. 오빠가 완전히 다르게 살아갈 운명이라면, 저보다 사정이 약간 좋을 뿐 월등하게 좋은 건 아니라면, 평화롭고 한적한 곳에서 오빠를 돕고 위로하며 소박하게 살 수 있다면, 야심이 많은 명망가 사이에서 오명을 뒤집어쓰고 약점을 잡힐 일이 없다면, 이런 시련까지 겪을 필요는 없겠지요. 지금 이 순간에도 저는 모든 이유에서 행복해요, 정말 행복해요. 하지만 이런 시련을 겪을 필요가 없다면 그만큼 더 행복하겠지요."

이렇게 고백하다 보니 오래전 어릴 적에 간직한 소망이 마음속에서 마구 피어올랐다. 하지만 이런 소망은 그대로 시들 수밖에 없으니, 로즈는 눈물을 쏟으면서 아픈 마음을 달랠 뿐이었다.

"마음이 약해지는 건 어쩔 수 없네요. 하지만 결심을 굳세게 다지려면 이런 과정도 필요하겠지요."

로즈가 말하더니, 한 손을 내밀며 덧붙였다.

"인제 그만 떠날 때가 되었네요, 정말로."

"한 가지만 약속하시오. 한 번만, 딱 한 번만 더, 가령 일 년 안에, 어쩌면 훨씬 가까운 시기에, 이 문제를 둘러싸고 나와 마지막으로 딱 한 번 더 논의하겠다고 말이오."

해리 도령이 말하자, 로즈는 우울한 미소를 머금으며 대답했다.

"저는 올바른 결정을 내렸어요. 제 결심을 바꾸려고 하시는 건 아무런 소용이 없을 거예요."

"아니요. 그대가 원한다면 똑같은 말을 해도 상관없소! 나는 내가 지닌 모든 지위와 재산을 그대 발 앞에 내려놓겠소. 그래도 그대가 현재와 같은 태도를 고수한다면, 나는 말과 행동으로 그걸 바꾸려 들지 않겠소."

"그렇다면 그렇게 하지요. 고통만 더하겠지만 그즈음이면 저 역시 훨씬 잘 견딜 수 있을 테니까요."

로즈가 말하며 손을 다시 내밀었다. 하지만 젊은 사내는 상대를 가슴에 꼭 껴안고 아름다운 이마에 키스를 새기더니, 황급히 밖으로 나갔다.

CHAPTER XXXVI

분량이 적은 데다 중요하게 보이지 않아도 앞 이야기를 이어가는 후속편으로, 그리고 때가 되면 나올 속편을 이해하는 열쇠로 꼭 필요한 부분이다

로스번 선생은 올리버와 함께 아침 식사를 하는 자리에 해리 도령이 합석하자 이렇게 물었다.

"그래서 자네도 오늘 아침에 나와 함께 출발하기로 마음먹은 건가, 응? 맙소사, 자네는 단 몇 시간 사이에 생각과 마음이 왔다 갔다 하는군!"

그러자 해리 도령은 특별한 이유도 없이 얼굴을 빨갛게 물들이며 대답했다.

"나중에 정반대로 말씀하실 때가 있을 겁니다."

"자네 말이 맞으면 좋겠군. 하지만 그런 일은 없을 것 같네. 어제 아침만 해도 자네는 효성이 지극한 아들답게 여기에 머물며 모친을 모시고 바닷가로 가겠다고 성급하게 결정했어. 정오 직전에는 런던으로 가겠다고, 그래서 내가 마차를 타고 가는 데까지 함께 가는 영광을 베풀겠다고 선언했지. 그런데 밤에는 뭔지 모를 이유로 자네 모친과

로즈 아씨가 깨어나기 전에 출발하자고 재촉했어. 그래서 어린 올리버는 온갖 꽃을 꺾으러 가야 하는 시간인데도 아침 식탁에서 이렇게 꼼짝도 못 하고, 너무 안타깝지 않니, 올리버?"

로스번 선생이 묻는 말에 올리버가 대답했다.

"선생님과 해리 나리께서 멀리 떠나실 때 집에 없으면 몹시 아쉬울 테니까요, 선생님."

"착한 아이로구나. 나중에 돌아오면 나를 찾아오너라. 하지만 궁금해서 묻는 말인데, 해리, 높은 양반들에게 무슨 연락을 받아서 이렇게 갑작스럽게 떠나는 건가?"

로스번 선생이 묻자, 해리 도령이 대답했다.

"높은 양반이라면 저희 숙부님을 말씀하시는 것 같은데, 여기에 온 다음부터 지금까지 연락받은 건 하나도 없답니다. 이 시기에는 숙부님을 어디든 급하게 모시고 갈 일이 생길 가능성도 없고요."

"으음, 그렇다면 자네는 정말 별난 친구야. 하지만 그 사람들은 이번 성탄절 직전 선거로 자네를 의회에 집어넣을 테니, 이렇게 갑작스럽게 마음을 바꾸고 태도를 바꾸는 건 정치인으로 살아갈 준비를 하는 데에 딱 어울린다고 할 수 있어. 정치인은 그렇거든. 그러니 미리 연습하는 것도 바람직해. 지위든 명성이든 재물이든 얻으려면 말이야."

로스번 선생이 말하자, 해리 도령은 한두 마디라도 반박할 것 같은 표정으로 바라보다가 "두고 보면 알겠지요"라고 짧게 말하는 거로 만족할 뿐 더는 말하지 않았다. 그런 직후에 역마차는 현관 앞에 도착하고, 자일스 집사는 짐을 운반하러 들어오고, 마음씨 착한 의사는 짐 싣는 걸 확인하러 부산스럽게 나갔다. 그러자 해리 도령이 나지막한 어투로 말했다.

"올리버, 너에게 할 말이 있어."

동작 하나하나에 슬픈 기운과 동시에 들뜬 기운이 겹친 걸 보고 올리버는 깜짝 놀라, 해리 도령이 손짓하는 대로 창가 구석으로 다가갔다. 그러자 해리 도령이 올리버 팔에 한 손을 올리며 물었다.

"이제 글씨를 잘 쓸 수 있니?"

"그런 것 같아요, 나리."

"나는 아주 오랫동안 여기에 못 올 거야. 그러니 네가 나에게 편지를 보내면 좋겠어, 가령 이 주일에 한 번씩, 한 주 건너서 월요일마다, 런던 중앙우체국으로. 그럴 수 있겠니?"

"물론이죠, 나리. 기꺼이 그렇게 하겠어요."

올리버가 대답했다. 자신에게 할 일이 생긴 게 정말 기뻤다.

"우리 어머니와 로즈 아씨가 어떻게 지내는지 알고 싶어. 그러니 산책은 어땠는지, 무슨 대화를 나눴는지, 로즈 아씨가 – 아니, 내 말은 두 분이 – 행복하고 건강하게 지내는지 어떤지를 편지에 가득 적어서 알려주는 거야. 무슨 말인지 알겠니?"

"네, 나리, 충분히 알겠습니다."

올리버가 대답하자, 해리 도령이 급히 덧붙였다.

"두 분에겐 이런 사실을 말씀드리지 않는 게 좋겠구나. 어머니께서 괜히 걱정스러운 나머지 편지를 훨씬 자주 보내실 수도 있으니 말이야. 이건 너와 나만 아는 비밀로 하는 거야. 그래서 나에게 모든 내용을 알려주는 거야! 너만 믿으마."

올리버는 자신이 매우 중요한 역할을 한다는 사실에 우쭐해서 비밀을 꼭 지키겠다고, 그리고 모든 내용을 상세히 알리겠다고 굳게 다짐했다. 그러자 해리 도령은 자신 역시 많은 관심을 기울이며 돌봐주겠다고 다짐한 다음에 밖으로 나갔다.

로스번 선생은 역마차에 벌써 올라타고 자일스 집사는 조금 더 머물라는 지시를 받은 터라 역마차 문을 열어 한 손으로 잡아주고, 하녀들은 정원에서 쳐다보았다. 해리 도령은 별장 격자 창문을 슬쩍 쳐다보다가 마차에 올라탔다. 그리고 소리쳤다.

"어서 달려요! 아주 빨리, 힘껏, 전속력으로! 하늘을 나는 속도로 달리고 싶으니까, 오늘은."

그러자 로스번 선생이 앞 유리창을 황급히 내리곤 마부에게 소리쳤다.

"여보게! 나는 하늘을 나는 속도에 훨씬 못 미치는 게 좋네. 알겠나?"

마차는 아무런 소리도 안 들릴 때까지 눈으로 간신히 쫓아갈 만큼 우당탕거리며 빠르게 달려서 먼지 구름에 휩싸인 채 도로를 따라 이리저리 굽이치니, 중간에 물체가 가려서 안 보이다가 다시 나타나곤 했다. 그러다가 결국에는 먼지 구름조차 사라지고, 가만히 바라보던 사람들은 이리저리 흩어졌다.

하지만 마차가 사라진 다음에도 그쪽만 오랫동안 바라보는 인물이 있으니, 해리 도령이 눈을 들어서 바라본 격자 창문 하얀 커튼 바로 뒤에 앉은 로즈 아씨였다. 그런 로즈 아씨가 마침내 입을 열었다.

"오빠가 아주 씩씩하고 행복한 것 같아. 안 그럴까 걱정했는데, 내 생각이 틀렸던 거야. 정말, 정말 다행이야."

눈물은 슬픔을 나타내지만 기쁨을 나타내기도 한다. 하지만 로즈 아씨가 창가에 구슬프게 앉아서 한쪽만 열심히 바라보며 흘리는 눈물은 기쁨이 아니라 슬픔을 말하는 것 같았다.

CHAPTER XXXVII

독자 여러분은 여기에서 정반대 사례를 목격하는데,
결혼생활에서 드물지 않게 나타나는 상황이다

범블은 구빈원 거실에 앉아서 우울한 시선을 고정한 채 불 꺼진 벽난로만 바라보았다. 때는 바야흐로 여름이나 밝은 햇살 대신 희미한 햇살이 다가와서 차가운 벽난로 표면을 창백하게 비췄다. 천장에는 종이로 만든 파리 망이 대롱거리고, 범블은 우울한 생각에 잠긴 채 가끔 고개를 들어서 그쪽을 바라보았다. 벌레는 번지르르한 파리 망 주변으로 무심하게 날아들고 범블은 깊은 한숨을 내쉬는데, 그럴 때마다 얼굴을 뒤덮은 우울한 그림자는 훨씬 짙어만 갔다. 깊은 명상에 잠기다 보니, 날벌레를 볼 때마다 과거에 겪은 고통스러운 사건이 떠오르는 것 같았다.

보는 사람 가슴이 시원하면서도 울적한 느낌이 드는 건 범블의 우울한 표정 때문만은 아니었다. 겉으로 보기에 특별히 부족한 건 없으나 범블 자신을 규정하는 복장을 자세히 살피면 사회적 위치에 정말 커다란 변화가 일어났다는 사실을 느낄 수 있었다. 레이스 달린 상의와 삼각모자가 이제는 안 보였다. 무릎까지 올라오는 짧은 바지는 그대로고 새까만 순면 스타킹도 그대로지만 예전에 입던 짧은 바지는 아니었다. 상의는 폭이 넓지만, 그런 점에서 예전에 입던 상의와 똑같지만, 아, 다른 부분은 달라도 너무나 달랐다! 전지전능한 삼각모자 역시 소박한 원형 모자로 바뀌었다. 하급관리가 이제는 아니다.

사람이 살다 보면 승진하는 수도 있으니, 그렇게 되면 물질적인 보상이 늘어서 몸에 걸치는 상의와 조끼도 훨씬 고급스럽고 위엄 있게 보이는 법이다. 육군 원수는 거기에 맞는 정복이 있고 주교는 비단 무릎 덮개가 있고 변호사는 비단 가운이 있고 하급관리는 삼각모자가 있다. 그런데 주교에게 비단 무릎 덮개를 빼앗고 하급관리에게 삼각모자와 레이스 달린 상의를 빼앗는다면 어떻게 되겠는가? 사람들 눈에는 단순한 상의나 조끼 문제가 아니라 위엄을 해치고 성스러운 느낌까지 훼손하는 문제로 보일 수밖에 없을 터였다.

범블은 코니 부인과 결혼하고 구빈원 원장이 되었다. 그래서 새로운 하급관리가 등장하며 권력을 잡았다. 삼각모와 황금빛 레이스 상의와 지팡이는 그쪽으로 모두 넘어갔다. 그러니 범블로서는 한숨과 한탄이 절로 나올 수밖에 없었다.

"아, 내일이면 이렇게 된 것도 두 달이나 되는구나! 한 세월은 지난 것 같아."

이 말은 8주라는 짧은 시간에 다양한 행복을 집약적으로 체험했다는 뜻일 수 있으나, 한숨까지 쉬는 걸 보면 완전히 다른 뜻일 가능성도 컸다.

범블은 같은 생각에 깊이 빠져들며 또다시 중얼거렸다.

"나를 팔아버린 거야, 찻숟갈 여섯 개, 각설탕 집게 한 벌, 우유단지 하나, 중고 가구 몇 점, 금화 스무 냥에 말이야. 너무 싸게 판

거야. 싸구려로, 너무 싸구려로!"

바로 그때 날카로운 소리가 범블 귓전에 울렸다.

"싸구려라고? 당신은 어떤 가격이라도 비싸게 팔아먹은 거야. 내가 너무 많이 쳐준 건 하늘에 계신 하느님이 아셔!"

고개를 돌리니 흥미진진한 배우자 얼굴이 보이는데, 범블이 불평하는 소리를 몇 마디만 듣고서 어림잡아 대충 찔러본 상태였다.

"범블 부인!"

범블이 말했다. 감상에 빠져든 엄숙한 목소리였다.

"뭐?"

"괜찮다면 나를 쳐다보시게."

범블이 말하며 부인에게 두 눈을 고정했다. (그리고는 속으로 중얼거렸다. '저 여자가 이런 눈빛을 버틴다면 무엇이든 버틸 수 있다는 거야. 이건 극빈자에게 단 한 번도 실패한 적이 없는 눈빛이거든. 이런 눈빛이 효과가 없으면 나는 저 여자에게 어떤 힘도 쓸 수 없어.')

눈을 살짝만 부리려도 극빈자들이 꼼짝을 못한 건 먹은 게 너무 적어서 기운이 없기 때문인지, 아니면 예전의 코니 부인이 매서운 눈초리에 유난히 강한 건지는 논란의 여지가 많다. 확실한 건 범블이 부린 눈초리에 간호부장이 압도당하기커녕 정말 경멸스럽다는 표정으로 쳐다보며 비웃는 소리까지 내는데, 그 소리가 진짜처럼 들렸다는 사실이다.

너무나 갑작스러운 소리에 범블은 처음에는 못 믿겠다는 표정으로, 다음에는 깜짝 놀란 표정으로 쳐다보았다. 그러더니 조금 전 상태로 빠져들며 명상에 잠기는데, 배우자 목소리가 다시 일어나서 관심을 사로잡았다.

"그렇게 앉아서 종일 코만 골아댈 거야?"

"나는 마음이 내킬 때까지 여기에 앉아있을 거야. 그리고 코를 곤적은 없지만 그러고 싶으면 코도 골고 하품도 하고 재채기도 하고 웃기도 하고 울기도 할 거야. 이건 내가 지닌 특권이라고."

"당신이 지닌 특권?"

범블 부인이 빈정댔다. 말할 수 없을 정도로 경멸하는 어투였다.

"내가 말했잖아. 남성이 지닌 특권은 명령하는 거라고."

"그럼 여성이 지닌 특권은?"

예전에 사망한 코니 선생 미망인 출신이 소리치자, 범블은 호통을 쳤다.

"복종하는 거지, 부인. 예전에 불행하게 사망한 남편께서 당신에게 그걸 가르쳐주어야 했어. 그랬다면 지금까지 살았을지도 모른다고. 아, 그러면 얼마나 좋을까! 불쌍한 사람 같으니!"

범블 부인은 결정적인 순간이 도래했다는 사실을, 마지막 일격을 가해서 어느 한쪽이 주도권을 거머쥘지 최종적으로 단호하게 결정할 필요가 있다는 사실을 단번에 깨닫곤 죽어서 없는 사람까지 언급하며 변죽을 울리는 소리가 나오자마자 의자에 주저앉아 정말 매정한 짐승이라고 비명을 질러대고 눈물까지 흘리며 발작했다.

하지만 범블은 마음에 방수처리를 한 터라 눈물이 파고들 여지가 없었다. 비버 가죽 모자는 물로 빨 수 있으니 빗물을 맞으면 오히려 좋은 것처럼 범블 역시 소나기치럼 흘리는 눈물에 오히려 신경이 단단하게 변하면서 강력한 힘을 발휘했다. 눈물은 상대가 그만큼 약하단 사실을 드러내는 데다 자신이 그만큼 강하다는 사실까지 암묵적으로 인정하는 셈이라서 기분이 좋고 의기양양한 느낌까지 들었다. 그래서 범블은 극히 만족스러운 표정으로 훌륭한 부인을 바라보며 더 커다랗게 울라고, 많이 울면 건강에 좋아서 의사들이 권한다고 오히려 부추기며 말했다.

"허파가 열리고 얼굴도 씻어주고 눈 운동도 하고 성질도 가라앉는 효과가 있어. 그러니까 맘껏 울라고."

범블이 이렇게 익살을 늘어놓고는, 자신이 우월하단 사실을 적절하게 과시한 사내가 흔히 그런 것처럼 벽걸이에서 모자를 집더니, 아주 흥겨운 표정으로 머리에 삐딱하게 쓰고 두 손을 주머니에 찌른 채 온몸으로 익살맞은 동작까지 느긋하게 하면서 문가를 향해 어슬렁어슬렁 나아갔다.

코니 부인 출신 배우자는 자신이 우는 방법을 구사한 건 육체적으로 공격하는 방법보다 간편하기 때문이지만 이제 두 번째 방법을 구사할 때가 되었다는 사실을 깨닫고, 범블 역시 그러한 사실을 곧바로 깨달았다.

범블이 이런 사실을 처음으로 체험한 증거는 쿵! 소리와 함께 모자가 실내 반대편 끝으로 갑자기 날아가는 식으로 나타났다. 부인이 탁월한 실력으로 남편 머리에서 모자를 날려버리는 예비 동작과 동시에 한 손으로 목덜미를 단단히 움켜잡고 다른 손으로 (놀라운 속도와 파괴력을 발휘하며) 소나기 주먹을 퍼부었다. 그러더니 다양성을 살리는 차원에서 얼굴을 할퀴고 머리칼을 잡아 뜯는 식으로 상대가 도발한 행위에 벌을 충분히 내리고 확 밀쳐버리는데, 그 자리에 의자가 있어서 천만다행이었다. 그러더니 용기가 있으면 남자가 지닌 특권에 대해 다시 떠들어보라고 소리쳤다. 그리곤 잇따라 명령했다.

"일어나! 여기서 당장 꺼져, 나에게 필사적으로 당하고 싶지 않으면"

범블은 필사적으로 당하는 게 어떤 걸까 곰곰이 생각하며 비참한 표정으로 일어났다. 그리곤 모자를 집어 들고 문을 쳐다보았다.

"갈 거야, 안 갈 거야?"

범블 부인이 소리치자, 범블은 문 쪽으로 재빨리 움직이며 대답했다.

"갈 거야, 여보, 갈 거라고. 처음엔 그럴 생각이 없었는데…… 지금은 나갈 거야, 여보! 당신이 폭력적으로 나와서 정말이지 난……"

바로 이 순간에 범블 부인은 격투 도중에 양탄자가 비뚤어진 걸 발견하고 제자리에 돌려놓을 생각으로 앞으로 황급히 나아가고, 범블은 하던 말을 마무리할 생각조차 포기하고 코니 부인 출신에게 전쟁터를 완전히 넘긴 채 재빨리 도망쳤다.

범블은 완벽하게 기습공격을 당해서 철저하게 패배했다. 범블에게는 평소에 약한 자를 괴롭히는 경향이 분명히 있고 자질구레한 가혹 행위를 통해서 상당한 쾌락을 만끽하는 경향도 있었다. (말할 필요도 없지만) 한 마디로 몹시 비겁한 자였다. 지금 나는 범블을 비방하자는 게 전혀 아니다. 공직생활을 하며 상당한 존경과 찬사를 받는 사람은 대체로 비슷한 약점을 지녔기 때문이다. 지금 내가 한 말은 범블 역시 공직생활을 할 자격이 충분하다는 사실을 독자에게 알리자는 것이니, 흉보는 게 아니라 칭찬하는 말이라고 할 수 있다.

하지만 범블이 망신을 당하는 건 아직 끝난 게 아니었다. 구빈원을 한 바퀴 둘러보는데, 구빈법이 사람들에게 너무 가혹하다는, 마누라를 교구에 맡기고 도망친 남정네에게 벌을 줄 것이 아니라 오랫동안 상당한 고통을 감내한 공적을 인정하고 상을 주어야 한다는 생각이 난생처음으로 들었다. 그러다가 여성 극빈자들이 교구 속옷 빨래를 하는 방에 도달하니, 거기에서 얘기를 나누는 소리가 흘러나왔다. 그래서 범블은 천부적으로 타고난 위엄을 잔뜩 긁어모으며 중얼거렸다.

"에헴! 최소한 여기에 있는 여인네들은 내가 지닌 특권을 존중하겠지. 이봐! 당신네, 왈패들! 이렇게 떠들어대는 이유가 뭐야?"

범블은 이렇게 말하면서 문을 열고 잔뜩 화난 표정으로 사납게 들어서다가 곧바로 기가 꺾이며 움츠러들었다. 뜻밖에도 자기 마누라 형상에 두 눈이 꽂힌 것이다.

"아니, 여보! 당신이 여기에 있을 줄은 몰랐군."

"몰랐다고? 당신이야말로 여긴 뭐하러 온 거야?"

"사람들이 수다를 떠느라 일을 제대로 않는단 생각이 들었거든, 여보."

범블이 대답하며 빨래통 앞에 있는 노파 두 명을 쳐다보니, 그들은 구빈원 원장이 쩔쩔매는 걸 경이로운 눈으로 바라보는 중이었다.

"이 사람들이 수다나 떠는 줄 알았다고? 그게 당신하고 무슨 상관인데 그래?"

범블 부인이 다그치자, 범블이 온순하게 반박했다.

"아니, 여보……"

"그게 당신하고 무슨 상관이냐고?"

범블 부인이 다시 다그치자, 범블은 꼬리를 내리고 말았다.

"맞아, 맞아, 간호부장은 당신이니까, 여보. 하지만 나는 당신이 여기에 있는 줄 몰랐다고."

"내가 분명히 알려주지, 범블 선생. 우리는 당신이 어떤 식으로든 간섭하는 걸 원치 않아. 당신은 전혀 아무런 상관도 없는 일에 끼어드는 걸 무척 좋아해. 그래서 언제 보아도 멍청하게 보이니, 구빈원 사람들 모두 당신이 돌아서자마자 비웃는 거라고. 알겠으면 어서 꺼져!"

극빈자 노파 두 명이 정신없이 킥킥거리며 즐거워하는 표정을 범블은 정말 고통스럽게 바라보며 잠시 머뭇거렸다. 하지만 범블 부인은 성미가 급한 나머지 비누 거품이 가득한 양푼을 움켜잡더니, 뚱뚱한 몸뚱이에 비누 거품을 뒤집어쓰고 싶지 않으면 당장 꺼지라고 명령하며 문가를 가리켰다.

범블에게 무슨 방도가 있겠는가? 그래서 꼬리를 완전히 내린 표정으로 주변을 둘러보곤 슬그머니 움직여서 문가에 도달하자, 극빈자 노파 두 명이 킥킥대던 소리는 너무 재미있어서 도저히 못 참겠다는 듯 날카로운 웃음소리로 변하고 말았다. 범블로서는 도저히 견딜 수 없는 상황이었다. 극빈자 앞에서 채신머리를 모두 깎인 것이다. 극빈자 앞에서 모든 위엄과 권위를 잃은 것이다. 극히 높고 화려한 관리 신분에서 마누라에게 무시당하는 처지로 비참하게 전락한 것이다. 씁쓸한 생각에 이런 말이 절로 흘러나왔다.

"불과 두 달 사이에! 딱 두 달밖에 안 됐는데! 두 달 전만 해도 교구 구빈원에 관한 한 나는 모든 걸 마음대로 하면서 수많은 사람을 부려먹었는데, 이제는……!"

정말이지 너무했다. 범블은 깊은 몽상에 빠져들며 대문으로 다가가서 문을 열어주는 아이에게 귀싸대기를 후려치곤 괴로운 심정을 얼싸안고 거리로 나섰다.

그래서 한쪽 길을 오르다가 다른 쪽 길을 내려가는 식으로 계속 걸으며 끝없이 치미는 슬픔을 달래는데, 너무나 급작스러운 감정 변화에 목이 탔다. 하지만 수많은 술집을 지나치다가 샛길에 있는 술집 앞에서 마침내 걸음을 멈추고 블라인드 너머로 재빨리 살피니, 객실이 텅 빈 게 손님이라곤 딱 한 명밖에 없었다. 바로 그 순간에 비가 억수로 쏟아지며 결심을 재촉했다. 결국 범블은 안으로 들어가서 마실 걸 주문하고 계산대를 지나, 거리에서 훔쳐본 객실로 들어섰다.

거기에 앉은 사내는 신체가 커다랗고 피부는 까무잡잡하며 몸에 걸친 망토는 매우 컸다. 낯선 분위기를 물씬 풍기는데, 얼굴이 눈에 띄게 수척하고 옷에 먼지가 잔뜩 묻은 걸 보면 멀리서 온 사람 같았다. 그는 범블이 들어설 때 곁눈질로 살짝 쳐다보더니, 범블이 묵례하는 걸 보고도 고개를 끄덕여서 답례하는 기색조차 없었다.

범블은 두 사람 몫은 충분할 정도로 위엄을 부리며 진 칵테일을 말없이 들이켜고 위풍당당한 허세를 드러내며 신문을 읽었다. 낯선 사람이 훨씬 친숙하게 굴었다 해도 마찬가지일 터였다.

하지만 이런 상황에 부닥친 사내라면 흔히 그럴 것처럼 범블 역시 강렬한 호기심을 억누를 수 없어서 낯선 사내를 이따금 살짝살짝 훔쳐보는데, 그럴 때마다 낯선 사람 역시 자신을 훔쳐본다는 사실을 깨닫고 당황하며 시선을 황급히 거두었다. 그 눈빛이 너무 특이해서 범블은 더더욱 당혹스러울 수밖에 없는데, 예리하게 번뜩이는 눈빛에 상대를 의심하고 불신하는 느낌이 예전에 마주친 어떤 눈빛보다 섬뜩하고 역겨운 기분마저 들었다.

이런 식으로 서로를 흘낏흘낏 쳐다보며 시선을 몇 차례 마주치자, 낯선 사람이 거칠고 굵은 목소리로 침묵을 깨뜨렸다.

"나를 찾으려던 것이었소, 아까 창문으로 들여다본 게?"

"특별히 그런 건 아니오만, 귀하 성함이······."

범블이 말을 중단했다. 낯선 사람 이름을 묻다가 멈추면 상대가 이름을 말할 거로 생각했기 때문이다.

"나를 찾던 게 아니군, 내 이름을 모르는 걸 보면. 어차피 모르는 이름이라면 안 묻는 편이 좋을 거요."

상대가 말하는데, 입술에 빈정거리는 표정이 가만히 깃들었다.

"불편을 끼칠 의도는 아니었소, 젊은이."

범블이 위풍당당하게 말하자, 낯선 사람이 대답했다.

"불편을 느낀 적도 없소."

짧은 대화를 뒤이어 침묵이 또 흐르는데, 이번에도 낯선 사람이 깨뜨렸다.

"전에 본 적이 있는 것 같은데요? 당시에는 옷차림이 많이 달랐지요. 지나치면서 보기만 했는데, 다시 보니 알 것 같소. 당신은 예전에 여기에서 공직생활을 한 적이 있어요, 그렇지 않나요?"

상대가 하는 말에 범블은 깜짝 놀라며 대답했다.

"그렇소. 교구 관리였소."

상대가 머리를 끄덕이며 대답했다.

"맞아, 내가 당신을 본 게 그런 모습이었소. 지금은 무슨 일을 하시오?"

범블은 낯선 사내가 불필요하게 친밀하게 구는 일이 없도록 견제하려고 강인한 어조로 느긋하게 대답했다.

"구빈원 원장이오. 구빈원 원장, 젊은이!"

"당신은 당시에도 그런 것처럼 지금도 이익이 될 만한 걸 당연히 열심히 찾아다니겠지요?"

낯선 사내가 묻더니, 상대가 깜짝 놀라는 표정을 매섭게 바라보며 다시 말했다.

"주저하지 말고 편하게 대답하시오. 나는 당신을 아주 잘 안다오."

범블은 매우 당혹스런 표정을 짓더니, 한 손으로 두 눈에 그늘을 만들어서 상대를 머리끝부터 발끝까지 자세히 살피며 대답했다.

"가정을 꾸린 사내라면 기회가 있을 때마다 정직하게 돈 버는 걸 독신 사내보다 싫어할 순 없겠지요. 교구 관리는 보수가 충분치 않기 때문에 푼돈이 가끔 정중하고 정당한 방식으로 생기는 걸 외면할 순 없다오."

낯선 사내는 빙그레 웃으며 머리를 다시 끄덕였다. 마치 상대를 제대로 보았다고 말하는 것 같았다. 그리곤 종을 울리고 범블이 마신 텅 빈 잔을 술집주인에게 내밀며 말했다.

"이 잔을 가득 채우시오. 아주 독하고 뜨겁게 말이오. 당신은 그런 걸 좋아하지요?"

"너무 독하지 않으면."

범블이 대답하며 미묘하게 헛기침하자, 낯선 사내가 무뚝뚝하게 말했다.

"무슨 뜻인지 아시겠지요, 주인장?"

술집주인은 빙그레 웃으며 사라지더니 곧이어 김이 모락모락 올라오는 커다란 잔을 가져오고, 범블은 그걸 들어서 한 입 꿀꺽 마시는 순간에 눈물이 핑 돌았다. 그러자 낯선 사내는 문과 창문을 모두 닫고서 이렇게 말했다.

"내가 하는 말을 잘 들으시오. 나는 오늘 당신을 찾으려고 여기에 오고, 악마는 동료에게 가끔 그러는 것처럼 우연한 기회를 만들어주니, 내가 여기에 앉아서 당신 생각에 골몰할 때 바로 당신이 여기로 들어왔소. 나는 당신에게 정보를 듣고 싶소. 중요한 내용은 아니어도 공짜로 알려달라는 건 아니란 사실을 미리 밝혀두겠소."

낯선 사내는 이렇게 말하더니, 딸랑거리는 동전 소리가 밖에서 안 들리도록 조심스럽게 금화 두 냥을 꺼내서 식탁 너머로 밀었다. 범블이 진짜 금화인지 꼼꼼하게 검사한 다음에 몹시 만족스러운 표정으로 조끼 주머니에 넣자, 사내가 다시 말했다.

"기억을 뒤로 돌려보시오, 가령, 십이 년 전 겨울로."

"정말 오래전이군. 좋소. 그렇게 했소."

"배경은 구빈원."

"좋소!"

"시간은 밤."

"알았소."

"장소는 정신이 없는 곳, 바람을 피운 여자가 절망에 빠져서 생명과

건강을 불법으로 내지르는 곳, 빽빽 울어대는 아기를 교구에 퍼질러
대는 곳이오. 그런 다음에 여자는 온갖 굴욕을 안고 무덤에 들어가서
썩어 문드러지지!"

낯선 사내가 흥분한 어투로 설명하는 말을 제대로 쫓아갈 수 없어서
범블이 불쑥 물었다.

"분만실 말이오?"

"그렇소. 거기에서 사내아이가 태어났소."

"그런 아이는 아주 많다오."

범블이 의기소침하게 말하며 고개를 흔들자, 낯선 사내가 소리쳤다.

"모두가 악마 같은 자식이지요! 하지만 내가 얘기하는 아이는 한
명이오. 얼굴이 순하고 창백하게 보이는 아이, 여기에서 장의사 도제로
일하던 아이, 거기에서 자기 관을 만들고 안에 들어가서 못을 박으면
좋으련만, 나중에 런던으로 도망친 아이……."

"아니, 올리버, 꼬마 트위스트를 말하는 거 아니오! 올리버라면 내가
잘 알지요. 그렇게 고집이 센 꼬마 악당은 없으니……."

올리버가 정말 사악하단 사실을 둘러싸고 범블이 장광설을 늘어놓
으려고 하는 걸 낯선 사내가 재빨리 차단하며 말했다.

"내가 듣고 싶은 건 그 아이에 관한 내용이 아니오. 그 아이에 관한
건 이미 충분히 들어서 잘 아오. 내가 듣고 싶은 건 노파, 그 아이
생모를 간호했나는 노파요. 그 노파는 지금 어디에 있소?"

낯선 사내가 묻자, 취기를 느끼던 범블이 익살을 떨었다.

"지금 어디에 있느냐고요? 대답하기 힘든 질문이로군. 노파가 어느
쪽으로 갔든 거기에는 산파가 필요 없어서 일자리를 못 구하고 빈둥거
릴 테니 말이오."

"무슨 뜻이오?"

낯선 사내가 단호한 어조로 묻자, 범블이 대답했다.

"지난겨울에 죽었다는 뜻이오."

이런 대답에 낯선 사내는 범블을 물끄러미 바라보며 시선을 오랫동안 거둘 생각을 않는데, 눈빛에 생기가 사라지면서 공허하게 변하는 걸 보면 깊은 생각에 잠긴 것 같았다. 그래서 새로운 사실을 다행스럽게 받아들여야 할지 실망스럽게 받아들여야 할지 한동안 확신을 못 하는 것 같다가 마침내 숨을 편하게 내쉬며 시선을 거두더니, 별일 아니라고 말했다. 그리고 벌떡 일어나는 게 금방이라도 떠날 것 같았다.

하지만 범블은 극히 교활한 인물이라, 배우자 가슴에 담긴 비밀을 털어놓는 대가로 상당한 돈을 챙길 기회가 생겼다는 사실을 단번에 깨달았다. 샐리 할멈이 죽던 밤은 지금도 기억이 생생하고 그날 일어난 사건에 대해서 기억이 생생할 이유 역시 충분하니, 코니 부인에게 청혼한 사건이 일어난 게 바로 그날이기 때문이다. 당시에 코니 부인이 혼자서 목격한 내용을 털어놓은 적은 지금까지 한 번도 없는데 구빈원 간호사던 할멈이 올리버 트위스트 생모를 간호할 때 발생한 사건과 관계가 있다는 사실만큼은 범블 역시 충분히 들은 터였다. 그래서 이런 내용을 황급히 떠올리곤 낯선 사내에게 은밀하게 말했다, 노파가 죽기 직전에 문을 걸어 잠그고 방 안에 함께 있던 여인이 있다고, 그 여인은 당신이 궁금하게 여기는 내용을 알고 있을 가능성이 아주 크다고.

그러자 낯선 사내는 경계심을 풀다가 이 말을 듣는 순간에 새롭게 되살아나는 두려움을 또렷하게 드러내며 물었다.

"어떻게 하면 그 여인을 만날 수 있소?"

"나라면 충분히 만나게 할 수 있소."

범블이 대답하자, 낯선 사내가 황급히 물었다.

"언제?"

"내일."

"그렇다면 내일 저녁 아홉 시에……"

낯선 사내가 말하더니, 종이 한 장을 꺼내서 초조한 마음이 그대로 드러난 글씨로 강변 주소를 애매하게 적으며 덧붙였다.

"저녁 아홉 시에 여기로 데려오시오. 비밀을 지켜야 한다는 사실은 말할 필요도 없겠지. 그러는 게 당신에게도 유리할 테니."

낯선 사내는 이렇게 말한 후, 문가로 가다가 잠시 걸음을 멈추고 술값을 냈다. 그리곤 서로 갈 길이 다르다고 말하더니, 내일 저녁에 약속한 시각을 다시 한 번 강조하는 거로 인사를 대신하며 떠났다.

교구 공직자는 주소를 흘깃 쳐다보다가 이름이 없다는 사실을 발견했다. 그런데 낯선 사내는 그리 멀리 가지 않은 터라, 이름을 물으려고 급히 쫓았다. 그래서 팔을 건들자, 낯선 사내가 재빨리 돌아서며 소리쳤다.

"왜 그러시오? 나를 따라온 이유가 뭐요?"

"물어볼 것이 있소. 어떤 이름으로 당신을 찾아야 하오?"

범블이 묻자, 낯선 사내가 대답했다.

"몽스!"

그리곤 황급히 떠났다.

CHAPTER XXXVIII

범블 부부와 몽스가 밤에 만나서 주고받은 대화를 열거하다

먹구름이 잔뜩 껴서 우중충한 여름날 저녁이다. 당장에라도 비를 뿌릴 것처럼 온종일 위협하면서 수증기를 천천히 긁어모으더니, 마침내 굵은 빗줄기를 뚝뚝 떨구는 모습이 번개가 몰아치는 폭풍으로 곧바로 변할 것 같을 때 범블 부부는 읍내 중심가에서 벗어나, 금방이라도 무너질 것 같은 주택이 옹기종기 모인 조그만 마을로 곧장 나아갔다. 중심가에서 약 이삼 킬로미터 떨어진 곳으로, 건강에 안 좋은 강변 저지대 마을이었다.

두 사람 모두 낡고 초라한 겉옷을 걸쳤다. 빗줄기도 피하고 다른 사람 눈길도 피하는 이중 목적에 합당한 차림이다. 남편은 손에 제등을 들었는데 아직은 불을 안 붙이고 몇 걸음 앞에서 진창길을 터벅터벅 걷는 자세가 묵직한 발자국을 남겨서 마누라에게 밟고 오도록 배려하는 것 같았다. 두 사람 모두 입을 꼭 다문 상태라서 범블은 가끔 걸음을 늦추고 배우자가 쫓아오는지 보려는 듯 고개를 돌려 바로 뒤에서 쫓아

온다는 사실을 확인하곤 속도를 바꿔서 상당히 빠르게 걸으며 목적지를 향해 나아갔다.

성격이 또렷한 마을이었다. 주민은 다양한 노동에 종사하며 생계를 꾸리는 척하지만 실제로는 범죄와 약탈을 일삼는 야비한 악당으로 오래전부터 유명하기 때문이다. 주변에는 허술한 오두막이 가득했다. 일부는 벽돌을 대충 쌓아서 급하게 짓고 일부는 벌레 먹은 낡은 선박 목재로 허술하게 지었는데, 일정한 질서를 유지하려는 노력조차 없어서 하나같이 강변 둑 바로 옆에 뒤죽박죽으로 뒤엉긴 상태였다. 물이 줄줄 새는 보트 서너 척을 진흙탕으로 끌어올려서 주변을 나지막하게 에워싼 담벼락에 단단히 묶고 여기저기에 노와 밧줄을 널어놓은 게, 얼핏 보면 비참한 움막에 사는 사람들이 강에서 일하며 먹고 사는 것 같지만, 하나같이 부러지고 끊어져서 쓸모라곤 전혀 없는 걸 보면 실제로 사용하려는 게 아니라 겉모습만 그럴싸하게 꾸미려고 그런 거란 사실을 어렵지 않게 추측할 수 있었다.

오두막이 옹기종기 모인 한가운데에는 위층이 강 위로 삐져나온 커다란 건물이 한 동 있었다. 공장으로 사용하던 건물로, 처음에는 그곳 주민에게 일자리를 제공한 게 분명하다. 하지만 이미 오래전에 폐허로 변했다. 생쥐와 구더기와 습기 때문에 나무 말뚝이 대부분 썩어 문드러져서 건물 상당 부분은 물속으로 이미 가라앉고 나머지 부분도 짙은 강물 위로 기우뚱하며 기운 걸 보면 옛 동료와 똑같은 운명이 되어서 적낭히 뒤따를 기회만 엿보는 것 같았다.

훌륭한 부부가 멈춘 곳은 바로 이 황폐한 건물 앞이다. 바로 그 순간에 공중에서 천둥소리가 처음 일어나며 빗줄기를 무섭게 뿌려대기 시작하고 범블은 손에 든 종이쪽지를 보며 중얼거렸다.

"약속한 장소는 여기 어디가 분명해."

"이봐, 거기!"

위에서 들리는 목소리에 범블이 머리를 추켜드니 이 층에서 문밖으로 상반신을 내밀고 쳐다보는 사내가 어렴풋이 보이는데, 사내가 다시 소리쳤다.

"잠시만 기다려요. 내가 금방 내려갈 테니."

그러더니 사내 머리가 사라지고 문은 닫혔다.

"저 사람이야?"

범블 부인이 묻자, 범블이 그렇다며 고개를 끄덕였다.

"그렇다면 내가 한 말 명심하고 최대한 침묵하도록. 그러지 않으면 우리 속마음이 단번에 드러날 테니까."

간호부장이 말하자, 범블은 정말 후회스럽다는 눈빛으로 건물을 쳐다보며 이번 계획을 계속 추진하는 건 바람직하지 않다는 의견을 막 개진하려는 참에 몽스가 나타나서 입을 다물고 말았다. 두 사람이 서 있는 근처에서 조그만 문을 열더니, 안으로 들어오라고 손짓하다가 발을 쿵쿵 구르며 초조하게 소리친 것이다.

"들어와요! 꾸물대지 말고!"

여자는 처음에 망설이다가 다시 재촉하기도 전에 대담하게 들어서고, 범블은 처지는 게 창피하기도 하고 두렵기도 해서 바로 뒤를 따르지만, 표정은 몹시 불안하고 평소에 누구보다 두드러지던 위엄은 어디에도 안 보였다.

"이런 날씨에 비를 맞으면서 머뭇거리는 이유가 도대체 뭐요?"

몽스가 돌아서며 범블에게 말했다. 대문 빗장을 지른 다음이었다.

"열기를…… 열기를 식히고 있었을 뿐이오."

범블이 더듬거리며 불안한 눈으로 주변을 둘러보자, 몽스가 반박했다.

"열기를 식힌다! 지금까지 내린 비는 물론이고 앞으로 내릴 비를 모두 맞아도 우리가 몸에 달고 다니는 지옥불은 절대로 끌 수 없소. 열기를 그렇게 쉽게 식힐 순 없으니까 꿈도 꾸지 마시오!"

몽스는 그럴싸한 말을 한 다음에 간호부장에게 몸을 돌려서 가만히 쳐다보니, 쉽게 겁먹지 않는 범블 부인이지만 결국엔 시선을 피하다가 눈길을 바닥에 깔았다.

"이쪽이 그 여인이오?"

몽스가 묻자, 범블은 마누라가 경고한 내용을 마음에 새기면서 대답했다.

"에헴! 그렇소, 바로 그 여인이오."

"당신은 여자에겐 비밀을 지킬 능력이 없다고 생각하나 보지요?"

간호부장이 불쑥 끼어들며 묻곤 탐색하는 눈초리를 그대로 돌려주자, 몽스가 대답했다.

"여자는 완전히 들통 날 때까지 한 가지 비밀만은 꼭 지킨다는 사실을 나는 잘 아오."

"그게 뭔가요?"

간호부장이 또 묻고, 몽스는 다시 대답했다.

"부정한 행위. 따라서 여자가 교수형을 당하거나 유배형을 당할만한 비밀을 알아도 행여나 누구에게 털어놓진 않을까 걱정하는 법은 없다오, 최소한 나는! 무슨 말인지 알겠소, 부인?"

"모르겠네요."

간호부장이 대답하면서 얼굴을 살짝 붉히자, 몽스가 다시 말했다.

"당연히 모르겠지! 당신이 어떻게 알겠소?"

그러더니 웃는 건지 찡그린 건지 모를 표정으로 두 사람을 쳐다보며 따라오라고 다시 손짓한 후, 천장은 낮아도 실내는 상당히 넓은 공간을 급히 가로질렀다. 그래서 위층 창고로 이어지는 가파른 계단 같기도

하고 사다리 같기도 한 곳을 오르려고 준비하는데, 틈새를 타고 번갯불이 번쩍하더니, 곧이어 천둥이 일어나서 금방 쓰러질 것 같은 건물을 통째로 뒤흔들었다. 그러자 몽스가 뒤로 움찔하며 소리쳤다.

"저 소리를 들어보시오! 저 소리를 들어봐! 우르릉 쾅쾅대는 소리가 악마 동굴 수천 개에서 메아리치는 것 같군. 나는 저 소리가 정말 싫소!"

그리곤 잠시 침묵하다가 얼굴에서 두 손을 갑자기 떼어내, 잔뜩 뒤틀린 데다 색깔까지 변한 얼굴을 보여주고 범블은 말로 형용할 수 없는 불안감에 휩싸이니, 몽스가 그 모습을 쳐다보며 말했다.

"이따금 이런 발작이 일어나는데, 천둥이 칠 때 특히 그렇다오. 하지만 이제 걱정할 것 없소. 이번 발작은 다 끝났으니."

이렇게 말하면서 먼저 사다리를 오르더니, 새롭게 나타난 공간에서 유리창 덧문을 급히 닫고 도르래 밧줄 끝에 달린 등불을 낮추자, 천장에 달린 육중한 대들보에서 등불이 대롱거리며 내려와 밑에 있는 낡은 탁자 하나와 의자 세 개를 희미하게 밝혔다. 그래서 세 사람 모두 의자에 앉자, 몽스가 말했다.

"본론으로 빨리 들어가는 게 우리 모두에게 좋겠소. 저 여인이 무언가를 안다는 거지요?"

범블에게 한 질문이나 범블 부인이 대뜸 자신은 모든 내용을 완벽하게 안다고 암시하며 대답해, 몽스가 다시 물었다.

"이 사람 말은 노파가 죽던 날 밤에 당신이 옆에 있다가 중요한 내용을 들었다고 하던데……"

"당신이 말한 아이 생모에 대한 내용. 맞아요."

간호부장이 말을 가로채며 대답하자, 몽스가 다시 물었다.

"제일 먼저 묻고 싶은 건, 노파가 어떤 말을 했느냐는 것이오."

"그보다 중요한 건 그 내용에 얼마만 한 값어치가 있느냐는 것이겠지요."

"그걸 도대체 어떻게 알겠소, 어떤 내용인지도 모르는데?"

몽스가 반박하자, 범블 부인이 대답했다. 배우자를 완벽하게 굴복시킬 정도로 기가 팔팔한 여인다웠다.

"내가 장담하건대, 다른 사람은 몰라도 당신은 잘 알 거예요."

범블 부인 말에 몽스는 잘 알겠다는 표정으로 의미심장하게 물었다.

"으음! 돈을 주고받을만한 가치가 충분할 수도 있단 뜻이오?"

"어쩌면요."

차분한 대답이 나왔다.

"노파에게 무언가를 받았다면, 목에 차고 있던 무언가를 받았다면, 그래서……"

몽스가 말하는데, 범블 부인이 다시 끼어들었다.

"우선 돈부터 거는 게 좋을 겁니다. 지금까지 들은 바에 의하면, 당신은 내가 아는 내용을 꼭 들어야 할 사람이니까요."

범블은 비밀에 대해서 자신이 원래 아는 내용 이상을 배우자에게 들은 적이 없는 터라 목을 길게 빼고 눈을 동그랗게 떠서 놀란 표정을 그대로 드러낸 채 대화 내용에 귀를 기울이며 자기 부인과 몽스를 번갈아서 바라보다가, 몽스가 비밀을 듣는데 얼마면 되겠냐고 엄숙하게 묻는 말에 또다시 놀랐다. 하지만 여자는 조금 선과 마찬가지로 극히 냉정하게 반문했다.

"당신에게 그게 얼마만 한 가치가 있나요?"

"아무런 값어치도 없을 수 있고 금화 스무 냥 값어치는 나갈 수도 있소. 어서 말씀하시오, 어떤 쪽인지 알도록."

"당신이 언급한 액수에 금화 다섯 냥을 더해서 스물다섯 냥을 먼저

주세요. 그러면 내가 아는 내용을 모두 털어놓지요. 그전에는 안 돼요."

"금화 스물다섯 냥!"

몽스는 깜짝 놀라며 뒤로 주춤하고, 범블 부인은 다시 말했다.

"나는 최대한 소박하게 말한 겁니다. 그렇게 많은 돈도 아니고"

"듣고 나면 아무런 가치도 없는 하찮은 내용일 수 있는데, 게다가 아무런 소용도 없어서 십이 년 동안이나 케케묵은 건데, 그게 많은 돈은 아니라니!"

몽스가 초조한 어투로 소리치자, 간호부장은 단호하면서도 무관심한 표정을 그대로 유지하며 대답했다.

"이런 내용은 좋은 포도주처럼 잘 묵힌 상태에서 적당한 시간을 흘려보내다 보면 가치가 두 배로 뛰기도 하지요. 그리고 십이 년 동안 케케묵은 내용이라고 하는데, 만이천 년이나 천이백만 년은 케케묵은 다음에 비로소 정말 궁금한 이야기를 늘어놓는 경우도 종종 있지요!"

"돈을 냈는데 듣고 보니 아무런 내용도 아니라면 어떻게 하겠소?"

몽스가 머뭇거리며 묻자, 간호부장이 대답했다.

"그럼 다시 빼앗으면 되겠지요. 나는 여자에 불과한 몸으로 보호자조차 없이 여기에 혼자 왔으니까."

그러자 범블이 무서워서 벌벌 떠는 목소리로 공손하게 말했다.

"혼자는 아니지, 여보, 보호자가 없는 것도 아니고. 내가 여기에 있잖아, 여보."

범블이 이를 달달 떨면서 계속 말했다.

"게다가 몽스는 신사라서 교구 관리에게 폭력을 행사할 가능성이 없다고 내가 분명히 말하지만, 몽스는 내가 젊은이가 아니란 사실이나 내가 한창때를 살짝 넘겼다는 사실까지 잘 알아, 여보. 하지만 다시 분명히 말하는데, 나는 지극히 단호한 관리인 데다 한 번 건들면 힘이 보통은 아니란 사실 역시, 한 번 건들면 어쩔 도리가 없다는 사실 역시 몽스는 잘 알아, 여보."

범블은 이렇게 말하고 손에 든 제등을 단단히 움켜잡는 척하면서 허세를 부리지만 동작마다 겁에 잔뜩 질린 표정은 상대가 특별히 체중 감량 훈련을 받은 극빈자가 아닌 한 자신에겐 약간의 도발이 필요하다는 사실을, 아니, 상당한 도발이 필요하단 사실을, 그래야 전쟁이라도 벌일 것처럼 단호하게 행동할 거란 사실을 또렷하게 보여주었다.

"당신은 바보라서 혀를 안 놀리는 편이 훨씬 좋아."

범블 부인이 말하고, 몽스는 더욱 무자비하게 덧붙였다.

"훨씬 나직하게 말할 수 없다면 여기에 오기 전에 혀를 잘라내는 게 좋을 뻔했군. 그래! 이자가 당신 남편이라는 거요?"

"이자가 남편이라!"

간호부장이 킥킥 웃는 어투로 질문을 받아넘기고, 몽스는 여인이 말하면서 남편을 쏘아보는 매서운 눈길을 알아채곤 이렇게 말했다.

"당신네가 들어올 때 그럴 수도 있다는 생각은 들었소. 그렇다면 정말 잘 됐군. 두 사람을 상대해야 하는데 그게 일심동체라면 나는 망설일 필요가 그만큼 적으니 말이오. 자, 본론으로 들어갑시다. 여길 보시오!"

몽스가 허리에 달린 호주머니에다 손을 넣어서 무명 가방 하나를 꺼내더니, 금화 스물다섯 냥을 세서 탁자에 내려놓고 여인에게 밀어주며 다시 말했다.

"자, 이걸 받으시오. 저주받을 천둥이 지붕 꼭대기 너머로 몰아칠 것 같으니까 그게 지나간 다음에 당신 이야기를 듣도록 합시다."

실제로 천둥소리는 훨씬 가깝게 바로 머리 위에서 울리는 것 같다가 잠잠하게 변하고, 몽스는 탁자에서 얼굴을 들더니 여인이 하는 말을 들으려고 상체를 앞으로 숙였다. 사내 두 명은 이야기를 듣고자 조그만 탁자 위로 상체를 숙이고 여인은 조그맣게 속삭이는 말이 들리도록 상체를 숙이니, 세 사람 얼굴이 금방이라도 닿을 것 같았다. 공중에 매달린 등에서 희미한 불빛이 곧장 비추어 그렇지 않아도 창백하고 불안한 느낌을 더욱 창백하고 불안하게 만드는 데다 음침하고 어두운 그림자를 드리워 얼굴마다 턱없이 끔찍하게 보이는 가운데 간호부장이 입을 열었다.

"샐리 할멈이라고 부르던 여자가 죽을 때 그 옆을 지킨 사람은 나 하나였답니다."

"옆에 다른 사람은 없었소? 거지나 멍청이가 병들어서 다른 침대에 누워있진 않았소? 다른 사람이 주변에서 엿듣다가 무슨 말인지 알아들을 가능성은 없었소?"

몽스는 공허하게 속삭이듯 묻고, 여인은 대답했다.

"단 한 명도 없었답니다. 나 혼자였어요. 죽음이 다가오는 순간, 그 옆에 오직 나밖에 없었어요."

"다행이군. 계속 말씀하시오."

몽스가 말하며 열심히 쳐다보고, 간호부장은 다시 말했다.

"할멈은 젊은 여자에 대해, 자신이 죽어가는 바로 그 방 바로 그 침대에서 몇 년 전에 아기를 낳은 여자에 대해 말했어요."

"아아! 그렇게 되었군!"

몽스는 덜덜 떨리는 입술로 중얼대며 뒤쪽을 흘낏 쳐다보고, 간호부장은 남편을 향해 머리를 가볍게 끄덕이며 계속 말했다.

"아이는 지난밤에 당신이 이름을 언급한 사내아이고, 간호사 할멈은 산모에게서 물건을 훔쳤어요."

"살았을 때?"

몽스가 묻자, 여인은 몸을 부르르 떨며 대답했다.

"죽었을 때. 할멈은 피가 채 식지도 않은 시신에서 산모가 마지막 숨을 거두며 아기를 위해 보관해 달라고 간청한 물건을 훔쳤어요."

그러자 몽스는 간절한 어투로 열심히 물었다.

"그래서 그걸 팔았소? 팔았다면 어디에서? 언제? 누구에게? 얼마나 오래전에?"

"할멈은 그 말을 힘겹게 하다가 그대로 쓰러져서 죽었답니다."

간호부장이 대답하자, 몽스는 심하게 억눌러서 그만큼 더 섬뜩하게 들리는 목소리로 다시 물었다.

"다 말하지 않고? 거짓말이야! 나를 속일 생각은 않는 게 좋아. 할멈이 또 말한 게 있어. 당신네 두 사람을 갈기갈기 찢어발겨서라도 그 내용을 알아내고 말겠어."

낯선 사내가 사납게 말해도 여인은 (범블과 정반대로) 전혀 동요하지 않은 채 차분하게 대답했다.

"할멈이 한 말은 그게 전부예요. 하지만 내 가운을 한 손으로 힘껏 잡은 터라, 나는 할멈이 죽은 걸 알고서 억지로 손을 떼어내다가 손에 꼭 움켜쥔 더러운 종잇조각 하나를 발견했답니다."

"거기에는……."

몽스가 얼굴을 앞으로 쭉 내밀며 끼어들자, 여인이 대답했다.

"아무것도 없었지요. 전당포에서 발행한 전당표였으니까."

"무슨 전당표?"

"차근차근 말하지요. 내 생각엔 장신구가 돈이 될까 해서 할멈이 오랫동안 보관하다가 전당포에 맡기곤 해마다 돈을 긁어모아서 이자를 내는 식으로 물건이 넘어가는 걸 막은 것 같아요. 뭔가 이익이 될 만할 때 다시 찾으려고 말이에요. 그런데 이익이 될 만한 건 하나도 안 생기고 할멈은 내가 말한 대로 닳고 닳아서 누더기로 변한 종잇조각 하나를 한 손에 움켜쥔 채 죽은 거예요. 이틀 뒤가 만기고 나 역시 언젠가 거기에서 무엇이 나와도 나올 거란 생각에 저당물을 찾아왔지요."

"그건 지금 어디에 있소?"

몽스가 재빨리 묻자, 여자가 대답했다.

"여기요."

그러더니 물건을 처분할 수 있어서 다행이라는 듯 손목시계가 간신히 들어갈까 말까 한 조그만 염소 가죽 가방 하나를 탁자에 황급히 던지고, 몽스는 재빨리 집어서 덜덜 떨리는 손으로 가방을 열었다. 거기에서 황금으로 만든 조그만 금합이 나오고 금합에서는 머리 타래 두 가닥과 금으로 만든 평범한 결혼반지 하나가 나오는데, 여인은 이렇게 덧붙였다.

"안쪽에 '아그네스'라고 새겨져 있답니다. 성을 적는 자리는 빈칸으로 놔두고 다음에 날짜를 적었는데, 아이가 태어나기 일 년 전이랍니다. 내가 알아낸 건 그게 전부에요."

"그게 전부라고?"

몽스가 중얼거렸다. 조그만 금합에 담긴 내용물을 샅샅이 살핀 다음이었다.

"그래요."

이야기가 끝났는데도 금화 스물다섯 냥을 가져가겠다는 말이 안 나와 정말 다행이라는 듯 범블은 숨을 길게 쉬더니, 용기 내서 땀을 닦았다. 이야기를 계속하는 동안 콧잔등으로 줄줄 떨어지던 땀이었다.

짧은 침묵이 흐른 뒤에 범블 부인이 몽스에게 말했다.

"나는 이야기가 시사하는 바에 대해서 아는 게 하나도 없어요, 나 혼자 추측한 것 외에는. 알고 싶지도 않고요. 모르는 편이 훨씬 안전할 테니까. 하지만 두 가지를 물어보고 싶은데, 괜찮겠어요?"

그러자 몽스는 상당히 놀란 기색으로 대답했다.

"물어도 좋소. 하지만 대답할지 안 할지는 또 다른 문제요."

"그렇다면 세 가지가 되겠군."

범블이 웃자는 소리로 끼어들고, 간호부장은 이렇게 물었다.

"나에게 들으려고 한 내용이 이건가요?"

"그렇소. 또 묻고 싶은 건?"

"나에게 들은 내용으로 무얼 할 생각인가요? 나에게 불리한 일이 생길 수도 있나요?"

"없소. 나에게도 그렇고. 잘 들으시오! 인제 더는 관심을 보이지 마시오, 당신네 목숨이 조금이라도 소중하다면."

몽스는 이렇게 말하면서 탁자를 갑자기 옆으로 밀더니, 판자에서 쇠고리를 잡아당겨 범블 발 바로 옆으로 커다란 함정을 활짝 열어, 범블이 뒤로 허둥지둥 물러나게 하더니, 깜깜한 구멍으로 등불을 낮추며 말했다.

"아래를 내려다보시오. 나를 겁낼 필요는 없소. 그럴 생각이었다면 당신네가 저기에 앉은 동안 저 밑으로 충분히 떨어뜨릴 수 있었으니까 말이오."

그러자 간호부장이 용기를 내서 구멍 옆으로 다가가고, 범블도 호기심에 이끌려서 똑같은 모험을 벌였다. 폭우로 불어난 흙탕물이 밑에서 쏜살같이 흐르는데, 이끼와 진흙더미에 부닥쳐서 소용돌이를 일으키는 소리만 가득할 뿐 다른 소리는 하나도 안 들렸다. 원래 밑에 물레방아가 있었는데, 지금은 썩은 말뚝 몇 개만 남아서 거센 물살이 휩쓸며지나고, 아직 남은 물레방아 파편은 앞으로 곤두박질치는 걸 막으려고 쓸데없이 애쓰는 방해물에 걸려서 버둥대는 게 새로운 동력을 받아야 앞으로 내달릴 것 같았다.

"사람 몸뚱이가 저 밑으로 떨어지면 내일 아침에 어디쯤 있겠소?"

몽스가 물으며 어두운 구멍 속에서 등불을 이리저리 흔들고, 범블은 생각만 해도 아찔한 표정으로 대답했다.

"산산조각이 나서 이십 킬로미터 하류에 있겠지요."

몽스는 가슴에 급히 찔러 넣었던 조그만 금합을 꺼내더니, 도르래에 달린 채 바닥에 누워있던 납추에 단단히 묶어서 물살 속으로 던졌다. 그러자 밑으로 곧장 떨어지더니 극히 조그만 소리와 함께 물살을 가르며 완벽하게 사라졌다.

세 사람은 서로를 가만히 쳐다보는데, 모두 숨소리가 훨씬 편하게 변한 것 같았다. 이윽고 몽스가 뚜껑을 닫아 함정을 원래처럼 묵직하게 채우며 말했다.

"됐어! 책에서 말하듯, 바다는 시신을 뱉어내는 경우가 있어도 금과 은은 물론 쓰레기까지 그대로 간직하니 말이야. 우리는 할 말이 더는 없으니, 재미있는 모임은 이제 해산하는 게 좋겠소."

"좋지요."

범블이 재빨리 대답하자, 몽스가 무서운 눈초리로 쳐다보며 다짐했다.

"당신은 혓바닥을 입속에 고이 간직하는 게 좋을 거요, 알겠소? 당신 부인은 걱정이 없지만 말이오."

"믿어도 좋소, 젊은이. 모두를 위해서 비밀은 꼭 지키리라, 몽스."

범블이 공손하게 대답하더니, 사다리 쪽으로 조금씩 허리를 숙였다.

"그렇게 말하니 당신 자신을 위해서 다행이군. 당신이 가져온 제등에 불을 붙이시오! 그리고 최대한 빨리 사라지시오."

몽스가 말했다. 말이 빨리 끝나서 정말 다행이었다. 그렇지 않으면 십오 센티미터밖에 안 되는 사다리에서 몸을 구부린 범블이 아래층으로 곤두박질칠 수도 있었기 때문이다. 그는 몽스가 밧줄에서 풀어낸 등불로 자신이 가져온 제등에 불을 붙이고 한 손에 들더니, 대화를 더 이어나가려는 노력은 배제한 채 계단을 말없이 내려가고 부인은 뒤를 따랐다. 몽스는 제일 뒤에서 내려왔다. 중간에 잠시 멈춰서 빗방울이 때리는 소리와 물살이 빠르게 흐르는 소리 외엔 아무것도 안 들린다는 사실을 확인한 다음이었다.

세 사람은 아래층을 천천히 조심스럽게 가로질렀다. 몽스는 그림자가 나타날 때마다 깜짝깜짝 놀라고, 범블은 등불을 바닥에서 삼십 센티미터 높이로 낮추어 또 다른 함정이 없나 불안한 눈으로 살피면서 조심스럽게, 그러면서도 덩치에 안 어울릴 정도로 가볍게 걸었다. 두 사람이 들어온 대문에서 몽스는 빗장을 풀어 살며시 열고, 결혼한 부부는 신비로운 인물과 고갯짓을 주고받은 다음에 장대비가 내리는 어둠 속으로 빠져나왔다.

두 사람이 떠나자마자, 몽스는 혼자 있는 게 참을 수 없을 정도로 싫은 듯, 아래층 어딘가에 숨겨놓은 아이를 불러서 등불을 들고 앞장서라고 명령하더니, 지금 막 내려온 이 층으로 다시 올라갔다.

CHAPTER XXXIX

독자 여러분이 잘 아는 여타의 존경스런 인물은 최근에 어떻게
지내는지 알려주고 몽스와 유대인 영감은 훌륭한 머리를 어떻게
맞대는지 보여주다

앞 장에서 훌륭한 인물 셋이 가벼운 업무를 처리한 다음 날 저녁,
빌 사익스는 낮잠에서 깨어나 졸린 목소리로 짜증스럽게 저녁 몇 시냐
고 소리쳤다.

빌 사익스가 소리친 방은 처트시로 원정을 떠나기 이전에 살던 방은
아니지만 똑같은 도시에 있는 데다 예전에 살던 집에서 그리 멀지도
않았다. 하지만 좋아 보이지 않는 것 역시 예전에 살던 집과 비슷했다.
실내는 비좁고 초라하며 가구는 허술하고, 완만한 지붕에 달린 조그만
창문 하나만 빛이 흘러드는데 바로 바깥은 답답하고 지저분한 골목이
었다. 멋진 신사 빌 사익스는 최근에 형편이 안 좋다는 사실을 이런저
런 흔적이 보여주는데, 가구는 거의 없고 편안한 느낌 역시 전혀 없는
데다 갈아입을 옷이나 속옷처럼 쉽게 가지고 다닐 수 있는 물건조차
안 보인다는 사실은 극단적인 빈곤상태를 알려주었다. 하지만 이런
상태를 무엇보다 확실하게 보여주는 건 몹시 수척하고 초라한 빌 사익

스 자신이었다.

그는 지금 침대에 누워서 커다란 하얀색 외투를 실내복처럼 두르고, 얼굴은 병들어서 시체처럼 창백하고, 수면 모자는 더럽고, 수염은 일주일이나 안 깎아서 뻣뻣하고 새까맣게 자라는 등 안 좋은 몰골을 그대로 드러냈다. 개는 침대 옆에 앉아서 무언가를 탐내는 표정으로 주인을 바라보다가 거리나 건물 아래층에 소리가 나면 귀를 쫑긋 세우고 나지막하게 으르렁거렸다. 그런데 창문 옆에 앉아서 도적놈이 늘 입고 다니는 낡은 조끼를 열심히 꿰매는 여인이 있으니, 궁핍한 가운데 병자를 간호하느라 얼굴이 창백하고 핼쑥한 게, 빌 사익스가 묻는 말에 대답하는 목소리가 아니라면 앞에서 등장한 낸시라는 사실을 알아보는데 상당한 어려움을 겪을 것 같았다.

"일곱 시가 조금 지났어. 오늘 밤엔 좀 어때, 빌?"

낸시가 묻자, 빌 사익스는 자기 눈과 팔다리에 저주를 퍼부으며 대답했다.

"힘이 하나도 없어. 여기, 나를 좀 거들어줘. 삐거덕거리는 침대에서 벗어나고 싶으니까."

병이 났다고 해서 성질까지 무딘 건 아니라, 낸시가 부축하며 일으켜서 의자로 데려가는데, 제대로 하라며 다양한 욕설을 퍼붓다가 급기야 한 대 후려치고 나서 소리쳤다.

"질질 짜는 거야? 제기랄! 물끄러미 서서 훌쩍거리지 좀 마. 그 정도밖에 못 하겠다면 완전히 끝장내자고. 내 말 듣는 거야?"

낸시는 얼굴을 옆으로 돌린 채 억지로 웃으며 대답했다.

"그래, 듣고 있어. 도대체 왜 이러는 거야?"

그러자 빌 사익스는 한쪽 눈에서 대롱거리는 눈물방울을 바라보며 으르렁댔다.

"어이쿠! 이제 정신 좀 차렸나? 그러는 편이 훨씬 좋을 거야."

"맙소사, 설마 오늘 밤도 달달 볶을 생각은 아니겠지, 빌?"

낸시가 말하며 상대편 어깨에 손을 올리자, 빌 사익스가 반문했다.

"그러면 안 되는 거야?"

그러자 낸시는 여성 특유의 다정하고 상냥한 어투로 말했다.

"나는 지금까지 온갖 고통을 감수하고 숱한 밤을 지새우며 당신을 보살피고 간호했어, 어린아이를 돌보는 것처럼. 그래서 당신이 이제 비로소 정신을 차린 거라고. 이런 생각을 한다면 나를 조금 전처럼 대할 순 없는 거야, 그치? 어서 대답해, 이제 안 그러겠다고."

"그래, 그래, 알았어. 안 그러지. 빌어먹을, 이놈의 여편네가 또 왜 질질 짜는 거야!"

빌 사익스가 짜증 내자, 낸시는 의자로 풀썩 쓰러지며 대답했다.

"아무것도 아니야. 신경 쓸 필요 없어. 금방 끝나니까."

"뭐가 금방 끝나? 또 멍청한 짓을 하려는 거야? 일어나서 부지런히 일이나 해. 세상 물정 모르고 말도 안 되는 생각으로 날 속여먹을 생각은 말고."

잔인한 목소리였다. 평소에는 이런 투로 몇 마디 소리치면 효과가 곧바로 나타났다. 하지만 낸시 역시 기진맥진해서 기운이 하나도 없는 타라 빌 사익스가 이런 상황에서 흔히 그러듯 욕설과 협박을 늘어놓기도 전에 의자 등받이 너머로 머리를 떨구며 혼절하고 말았다. 낸시는 평소에 히스테리를 부려도 다른 사람에게 도움을 안 받고 혼자서 좌충우돌하며 씩씩대다가 끝내는 식이라서, 빌 사익스는 갑작스러운 상황에 도대체 무얼 어떻게 해야 할지 몰라 당혹스러웠다. 그래서 하느님에게 욕설을 내뱉다가 이런 방식은 아무런 효과도 없다는 사실을 깨닫고 도와줄 사람을 찾았다.

"이 집에 무슨 문제가 있나, 친구?"

유대인 영감이 고개를 빼죽 들이밀며 묻는 말에 빌 사익스는 재빨리 대답했다.

"낸시 좀 도와줄 수 있겠어? 가만히 서서 쳐다보고 피식피식 웃으며 재잘대지 말고!"

유대인 영감은 깜짝 놀라는 소리를 내며 낸시 곁으로 급히 다가가고, '미꾸라지'는 훌륭한 영감 바로 뒤에서 잇따라 들어오며 손에 든 보따리를 바닥에 급히 내려놓고 뒤이어 들어온 찰리 베이츠에게서 병을 낚아채 이로 코르크 마개를 재빨리 따더니 거기에 든 내용물을 낸시 목구멍으로 흘리는데, 행여나 실수하지 않도록 자신이 먼저 맛본 다음이었다. 그러더니 이렇게 소리쳤다.

"찰리는 낸시 누나에게 시원한 공기를 보내줘. 할아버지는 낸시 누나 두 손을 탁탁 때리세요. 빌 아저씨는 꽉 죄는 속치마를 풀어주고."

모두가 달려들어서 힘껏 거들고 특히 찰리 베이츠는 자신이 맡은 역할에 전례 없이 열심이니, 얼마 안 가서 바람직한 효과가 나타났다. 낸시가 조금씩 정신을 차리다가 침대 옆 의자로 비틀거리며 다가가서 베개에 머리를 파묻어, 예기치 않게 나타난 손님들은 빌 사익스 혼자 상대할 수밖에 없었다. 그래서 유대인 영감에게 물었다.

"아니, 도대체 무슨 사악한 바람이 불어서 여기까지 오셨나?"

"사악한 바람은 전혀 아니야, 친구. 사악한 바람은 누구에게도 좋을 게 없는데 나는 정말 좋은 걸 가져왔거든, 자네가 보면 매우 좋아할 것을. 얘야, '미꾸라지', 보따리를 풀어. 하찮은 물건이지만 우리가 오늘 아침에 돈을 탈탈 털어서 사온 걸 빌에게 보여줘."

유대인 영감이 시키자, '미꾸라지'는 낡은 식탁보로 묶은 꽤 커다란 보따리를 풀어서 거기에 든 내용물을 하나씩 건네고, 찰리 베이츠는 그걸 받아서 귀하고 훌륭한 물건이라는 찬사를 늘어놓으며 탁자에 올렸다. 큼지막한 고기 파이를 보여주며 이렇게 소리치는 식이었다.

"이런 토끼고기 파이는 어디에도 없어요, 빌 아저씨. 살은 맛있고 다리는 얼마나 부드러운지, 빌 아저씨, 입에서 뼈까지 살살 녹기 때문에 발라낼 필요조차 없고, 42페니를 준 녹차 230g은 향이 정말 강해서 끓는 물에 타면 찻주전자 뚜껑이 날아갈 정도죠. 촉촉한 설탕[3] 750g은 흑인들이 나쁜 걸 하나도 안 타서 정말 맛있고요! 밀기울 빵 2kg을 반으로 자른 덩어리 두 개에다 이제 막 구운 신선한 빵 500g, 더블치즈, 거기에다 지금까지 마신 그 무엇보다 훌륭한 술!"

찰리 베이츠가 마지막 찬사를 늘어놓으며 커다란 주머니에서 포도주병을 꺼내 코르크 마개를 조심스럽게 따는 동안, '미꾸라지'는 자신이 들고 있던 술병에서 독한 위스키를 가득 따르고, 빌 사익스는 그걸 목구멍으로 단숨에 털어 넣었다. 그러자 유대인 영감이 극히 만족스러운 표정으로 두 손을 비비며 말했다.

"아! 이제 됐어, 빌, 이제 자네는 됐다고."

"됐다니! 당신이 이렇게 나타나서 도와줄 생각을 않는 바람에 하마터면 스무 번은 끝장날 뻔했다고. 사람을 이런 지경에 처박아놓고 삼 주 넘게 모른 척하면 어떻게 하느냐고, 배신자 악당아?"

빌 사익스가 소리치자, 유대인 영감이 어깨를 으쓱하며 말했다.

"얘들아, 이 친구 하는 말 좀 들어봐! 우리가 이렇게 훌륭한 물건을 가지고 왔는데 말이야."

그러자 빌 사익스는 탁자를 흘낏 쳐다보고 약간 누그러진 표정으로 말했다.

"물건은 그런대로 괜찮군. 하지만 뭐라고 변명할 거야, 나를 여기에

---

3) moist sugar, 정제하지 않은 설탕.

처박아놓아 배도 곯고 몸도 축나고 돈도 떨어지는 등 고생이란 고생은 잔뜩 시켜서 나락으로 떨어지게 하더니, 내가 저 똥개라도 되는 것처럼 오랫동안 거들떠보지 않은 이유를? 저놈의 똥개는 안으로 집어넣어, 찰리!"

그러자 찰리 베이츠는 시킨 대로 하면서 소리쳤다.

"이렇게 재미있는 개는 생전 처음 봐. 시장에 있는 할멈처럼 음식 냄새를 기막히게 맡잖아! 이놈을 무대에 올리면 크게 성공할 거야, 연극이 다시 살아날 거라고."

개는 침대 밑으로 들어가서 여전히 성질 부리며 으르렁대고, 빌 사익스는 커다랗게 소리쳤다.

"그만 짖어대! 뭐라고 변명하겠느냐고, 말라비틀어진 장물아비 영감아, 엉?"

"그동안 런던을 떠났네, 일주일 동안, 친구, 볼일이 있어서."

유대인 영감이 대답하자, 빌 사익스가 다시 물었다.

"그럼 다른 두 주일 동안은 뭘 한 거야? 다른 두 주일 동안은 뭘 했기에 나를 쥐구멍에 든 병든 생쥐처럼 내버려두었느냐고?"

"나도 어쩔 수 없었네, 빌. 여러 사람 앞에서 이렇다저렇다 설명할 순 없지만 나도 어쩔 수 없었네, 명예를 걸고 말하는데."

유대인 영감이 말하는 소리에 빌 사익스는 극단적인 혐오감을 드러내며 으르렁댔다.

"뭐를 걸고 말해? 야! 파이 조각 하나만 잘라와, 너희 두 꼬마 가운데 한 명, 더러운 입맛 좀 씻어내게, 숨 막혀 죽을 것 같으니까."

"성질 내지 말게, 친구. 나는 자네를 잊은 적이 한 번도 없어, 빌. 단 한 번도."

유대인 영감이 부드럽게 말하자, 빌 사익스는 쓸쓸하게 웃으며 대답했다.

"그래, 맞아! 나를 잊은 적이 단 한 번도 없을 거야. 내가 학질에 걸려 여기에 누워서 열이 펄펄 나는 몸으로 덜덜 떠는 동안, 빌에게 이걸 시키자, 빌에게 저걸 시키자, 몸만 좋아지면 이 일 저 일 모두 하겠지, 싼값에, 빈털터리라서 어떤 일이든 할 수밖에 없으니까, 하면서 음모를 꾸미고 계략을 세웠을 테니 말이야. 저 여자가 아니면 나는 죽었다고."

유대인 영감이 이 말을 안 놓치고 재빨리 받아쳤다.

"그것 보라고, 빌. 저 여자가 아니면! 그런데 저렇게 능숙한 여자를 자네에게 소개한 사람이 바로 나, 불쌍한 페이긴 영감 아닌가?"

"그 말은 맞아! 그러니까 그만해, 그만하라고."

낸시가 앞으로 급히 나오며 말했다. 그러면서 대화는 새로운 방향으로 접어들었다. 유대인 영감이 교활하고 간교하게 보내는 눈빛을 받아 사내아이 두 명이 낸시에게 술을 따라주고, 낸시는 그걸 받아서 조금씩 홀짝거리고, 빌 사익스가 협박을 늘어놓아도 유대인 영감은 유쾌한 농담으로 받아들이는 건 물론, 빌 사익스가 독주를 계속 받아 마시며 한두 마디씩 내뱉는 험악한 농담에 폭소까지 터트리는 식으로 상대편 성질을 조금씩 가라앉혔다. 그러자 결국에는 빌 사익스가 이렇게 말했다.

"좋아, 좋아, 다 좋아. 하지만 오늘 밤에 당신에게 현금을 받아야 하겠어."

"지금 나는 수중에 동전 한 닢 없다네."

"그렇다면 당신 집에 많을 테니 거기에 가서 받아야겠군."

빌 사익스가 말하는 소리에 유대인 영감이 두 손을 들어 올리며 소리쳤다.

"많다니! 나에게 얼마가 있는지는……"

"그래, 당신에게 얼마가 있는지는 나도 모르고 당신도 몰라, 너무 많아서 셀 수 없으니까. 그래서 오늘 밤에는 돈을 받아야 하겠어. 더는 왈가왈부하지 마."

빌 사익스가 소리치자 유대인 영감이 한숨을 내쉬며 대답했다.

"그래, 그래. '미꾸라지' 편으로 바로 보내도록 하지."

"그렇게는 안 돼. '미꾸라지'는 사기를 너무 잘 쳐. 여기에 오는 걸 깜박했다거나 길을 잃었다거나 함정을 피하느라 올 수 없었다는 식으로 변명을 늘어놓겠지, 당신이 시키는 대로 낸시가 가져오는 게 제일 확실해. 낸시가 돌아올 때까지 나는 침대에 누워서 잠이나 자야겠어."

유대인 영감은 엄청나게 밀고 당기며 씨름해서 금화 다섯 냥을 금화 세 냥과 은화 네 냥에 동전 여섯 냥으로 줄이더니, 이제 자신이 집안 살림을 꾸릴 돈은 동전 열여덟 냥밖에 안 남았다는 말을 엄숙하게 반복하며 누차 강조하고, 빌 사익스는 받을 돈이 그것밖에 없다면 그걸로 만족해야 하겠다며 무뚝뚝하게 말하고, 낸시는 유대인 영감 집으로 따라갈 준비를 하고, '미꾸라지'와 찰리 베이츠는 음식을 찬장에 넣었다. 이윽고 유대인 영감은 애정이 가득한 친구를 떠나 집으로 향하고 낸시와 사내아이 두 명은 뒤를 따랐다. 그러는 동안 빌 사익스는 침대에 몸을 던져서 낸시가 돌아올 때까지 잠자며 시간 보낼 채비에 들어갔다.

얼마 후에 이들이 유대인 영감네 집으로 늘어서니, 토비 크래킷은 치틀링과 카드놀이에 열다섯 판째 열중하는데 치틀링이 계속 잃은 건 물론 열다섯 판째에 마지막 6펜스까지 잃었다는 사실은 굳이 언급할 필요도 없어, 사내아이 두 명이 재미있다는 표정으로 쳐다보았다. 토비 크래킷은 사회적 위치나 정신적 능력이 많이 떨어지는 청년과 놀다가 들킨 걸 몹시 창피하게 여기는 표정으로 하품하면서 빌 사익스 소식을 묻고는 모자를 집어서 떠나려고 채비하자, 유대인 영감이 물었다.

"찾아온 사람이 아무도 없었나, 토비?"

토비 크래킷이 옷깃을 세우며 대답했다.

"하나도 없어서 싸구려 맥주처럼 따분하더군. 내가 집을 이렇게 오랫동안 지켰으니 뭔가 그럴싸하게 보답해야 할 거야, 영감. 제기랄, 무료 배심원처럼 주머니가 텅텅 비어서 여기에 있는 젊은이랑 재미있게 놀아줄 인간성만 없었다면 뉴게이트 교도소처럼 곤하게 잤을 거야. 정말 끔찍하게 따분했거든!"

토비 크래킷은 이런 말을 뱉어내곤, 자신처럼 중요한 인물에게 은화는 푼돈밖에 안 된다는 식으로 건방 떨면서 돈을 쓸어 모아 안주머니에 쑤셔 넣더니 매우 우아하면서도 고상한 자세로 으스대며 밖으로 나가자, 치틀링은 멋진 걸음걸이와 장화가 완전히 사라질 때까지 숭배하는 눈초리로 쳐다보다가 저런 분과 어울리느라 6페니를 열다섯 번 지급한 건 정말 싼 편이라고, 그만한 돈을 잃는 건 아무것도 아니라고 자신만만하게 말했다. 그러자 찰리 베이츠가 정말 재미있다는 표정으로 핀잔을 주었다.

"형은 정말 이상한 사람이야!"

"그렇지 않아. 내 말이 맞지요, 할아버지?"

치틀링이 묻자, 유대인 영감은 두 제자에게 눈을 찡긋하곤 상대 어깨를 도닥이며 대답했다.

"그럼, 그렇고말고. 너는 정말 똑똑한 청년이야."

"그리고 크래킷 아저씨는 대단한 멋쟁이죠, 그죠, 할아버지?"

"그럼, 당연하지."

"그리고 크래킷 아저씨랑 가까이 지내는 건 좋은 거죠, 할아버지?"

"그야 당연하지. 저 아이들은 크래킷이 상대를 안 하니까 샘나서 저러는 거야."

유대인 영감 말에 치틀링이 의기양양하게 소리쳤다.

"아, 그렇구나! 크래킷 아저씨가 내 돈을 모두 빨아가긴 했어도 돈이란 건 언제든 밖에 나가서 벌면 그만이라고요, 안 그래요, 할아버지?"

"그럼, 당연하지. 그러니까 빨리 일하러 나가서 잃은 돈을 단번에 만회하는 게 좋겠어, 시간 낭비 말고, 치틀링. '미꾸라지'! 찰리! 이제 일하러 나갈 시간이야. 어서 움직여! 열 시가 다 됐는데 지금까지 아무 일도 안 했잖아."

두 아이는 유대인 영감이 하는 말에 따라 낸시에게 고개를 끄덕이고 모자를 집어서 밖으로 나가더니, 길을 가는 내내 치틀링을 다양하게 흥보며 재미있는 시간을 보내지만, 솔직하게 말해서 치틀링 행동은 그렇게 눈에 띄는 것도 아니고 이상한 것도 아니다. 런던 전역에서 혈기왕성한 수많은 젊은이가 상류사회에 발을 들여놓으려고 치틀링 이상으로 많은 돈을 쓰는 데다, 상류사회를 구성하는 훌륭한 신사 역시 대부분 토비 크래킷과 비슷한 방식으로 돈을 번다는 평판이 자자하기 때문이다.

어쨌든 모두 밖으로 나가자, 유대인 영감이 말했다.

"이제 내가 가서 현금을 가지고 오마, 낸시. 이건 아이들이 가져온 자잘한 물건을 보관하는 조그만 벽장 열쇠일 뿐이란다, 얘야. 나는 돈을 넣고 자물쇠를 채우지 않아, 그럴만한 돈이 없거든…… 하! 하! 하!…… 자물쇠로 채울만한 돈은. 이 일은 돈이 안 되는 데다, 낸시, 고마워하는 사람도 없지만 나는 젊은 사람들이랑 어울리는 게 좋아서 꾹 참고 일하는 거야, 내가 꾹 참고 일하는 거라고."

유대인 영감이 열쇠를 품에 황급히 넣어서 숨기며 중얼댔다.

"쉿! 저게 누구지? 잘 들어봐!"

탁자에서 팔짱을 끼고 앉은 모양이 낸시는 누가 찾아왔든, 그 사람이 오든 가든 아무런 관심도 없다는 표정이 또렷한 가운데 낯선 사내가 중얼거리는 소리를 들었다. 그와 동시에 번개처럼 빠르게 보닛 모자와 숄을 벗어서 탁자 밑에 넣었다. 그리고 재빨리 돌아서는 유대인 영감에게 실내가 후덥지근하다고 늘쩍지근한 어투로 투덜대서 지금 막 보여준 단호하면서도 재빠른 행동과 완전히 다른 모습을 보여주었다.

"제기랄! 내가 기다리던 사람이군. 지금 계단을 내려오는 중이야. 저 사람이 있는 동안 돈 얘기는 한 마디도 꺼내지 마, 낸시. 오래 머물지 않을 거야. 십 분도 안 걸려."

유대인 영감이 갑작스러운 훼방꾼에게 짜증 난 어투로 속삭이곤 깡마른 집게손가락을 입술에 대더니, 사내 발소리가 계단을 다 내려오자 촛불을 들고 문가로 나아갔다. 방문객 역시 유대인 영감과 동시에 도착하더니, 실내로 황급히 들어온 다음에 비로소 낸시가 있다는 사실을 알아차렸다.

몽스였다. 그런데 낯선 여자를 발견하고 주춤하며 뒷걸음질 치자, 유대인 영감이 말했다.

"내가 데리고 일하는 젊은이 가운데 한 명일세. 가만히 있어, 낸시."

낸시는 탁자로 다가가서 아무런 관심도 없다는 눈빛으로 몽스를 흘낏 쳐다보다가 눈길을 거두더니, 몽스가 유대인 영감을 쳐다보는 순간 다시 재빨리 훔쳐보는데 탐색하는 눈빛이 얼마나 예리하고 의미심장한지, 옆에서 구경꾼이 목격했다면 동일 인물에게서 이렇게 다른 눈빛이 나올 수 있다는 사실을 도저히 못 믿을 것 같았다.

"무슨 소식 있나?"

유대인 영감이 묻자, 몽스가 대답했다.

"대단한 소식이 있지."

"그래서…… 좋은 건가?"

유대인 영감이 물었다. 너무 낙관적으로 말해서 상대가 짜증 내는 건 아닐까 두려운 듯 주저하는 눈치였다. 하지만 몽스는 빙그레 웃으며 대답했다.

"나쁜 건 아니야, 최소한. 이번에는 정말 신속하게 움직였거든. 그래서 당신에게 할 말이 있어."

낸시는 몽스가 자신을 가리키는 걸 알았으나 탁자 쪽으로 몸을 바싹 숙일 뿐, 밖으로 나가겠다는 제안을 안 했다. 그러자 유대인 영감은 밖으로 나가라고 하면 낸시가 돈 얘기를 꺼낼까 두려운지 위층을 가리키며 몽스를 데리고 밖으로 나갔다.

"우리가 전에 들어간 끔찍한 구멍은 아니겠지?"

계단을 오르면서 몽스가 말하는 소리를 낸시는 들었다. 유대인 영감이 웃으면서 뭐라고 대답하는데 알아들을 순 없고, 계단 판자가 삐걱거리는 소리로 판단하건대, 삼 층으로 안내하는 것 같았다.

발소리가 건물 전체로 울려 퍼지는 가운데 낸시는 신발을 벗고 가운으로 머리를 덮어서 두 팔을 감싸곤 문가에서 숨을 죽이고 귀를 가만히 기울였다. 그러다가 소리가 멈추는 순간에 문을 살그머니 열고 나가서 믿을 수 없을 정도로 조용히 아무 소리도 안 내며 계단을 올라가 위층 어둠 속으로 사라졌다.

그래서 방을 십오 분 정도 넝 비우더니, 이번에도 신기할 정도로 조용하게 실내로 살그머니 들어서고, 곧이어 두 사내가 내려오는 소리도 일어났다. 몽스는 거리로 곧장 나가고 유대인 영감은 돈을 가지러 위층으로 다시 올랐다. 그래서 돌아오니, 낸시는 숄과 보닛 모자를 고쳐 쓰는 모습이 금방이라도 떠날 채비를 하는 것 같았다. 그런데 유대인 영감이 촛불을 내려놓다가 깜짝 놀라서 뒤로 주춤하며 소리쳤다.

"아니, 낸시! 얼굴이 왜 그렇게 창백해!"

"창백하다고?"

낸시가 그대로 물으며 두 손으로 두 눈에 그늘을 만드는 게 마치 유대인 영감을 자세히 보려는 것 같았다.

"정말 끔찍해. 여기에서 도대체 뭘 하고 있었던 거야?"

"아무것도 안 했어, 답답한 공간에 앉아서 지겹도록 기다리는 외에는."

낸시가 대수롭지 않게 대답하다가 재빨리 덧붙였다.

"어서 줘! 돌아가야 하니까."

유대인 영감은 한숨 소리와 함께 돈을 하나씩 세며 낸시 손에 건네주었다. 그리고 두 사람은 아무 말 없이 헤어졌다. "잘 가라", "잘 있어라"고 말한 게 전부였다.

낸시는 큰길로 나오자마자 현관 계단에 앉았다. 순간적으로 너무 당혹스러워서 도저히 못 걸을 것 같았다. 그러더니 갑자기 일어나서 빌 사익스가 기다리는 방향과 정반대 방향으로 급히 걸으며 속도를 올리다가 마침내 마구 달리기 시작했다. 그리고 완전히 지친 다음에 비로소 멈춰서 가쁜 숨을 내쉬다가 갑자기 정신이 드는 듯, 자신이 의도한 대로 할 수 없다는 사실에 한탄하며 두 손을 비틀고 눈물을 터뜨렸다.

눈물을 흘리다가 진정했는지 아니면 자신이 완전히 절망적인 상태라는 사실을 깨달았는지, 결국 방향을 돌려서 낭비한 시간도 벌충하고 정신없이 빠르게 돌아가는 머릿속 생각에 보조도 맞추려고 오던 길을 재빨리 달려서 얼마 후에는 도적놈이 기다리는 숙소에 도달했다.

낸시가 흥분한 모습을 드러냈는지는 모르겠지만 빌 사익스는 아무 것도 눈치를 못 챘다. 돈을 받아왔는지 묻고서 그렇다는 대답이 나오자

만족한 듯 으르렁 소리를 뱉어내며 머리에 베개를 베고 눕더니, 낸시가 방해한 잠에 다시 빠져들기 시작했기 때문이다.

낸시로선 다행스럽게도, 빌 사익스는 돈이 생기자 다음날 온종일 마음껏 먹고 마시느라 정신이 없어서 거친 성질까지 상당히 부드럽게 변한 나머지 여자 행동이나 태도에 가혹하게 비판할 마음도 의지도 없었다. 하지만 낸시는 극히 대담하면서도 위험한 행동을 결심할 때 흔히 그런 것처럼 멍청하면서도 불안한 표정이 얼굴에 가득하니, 눈매가 매서운 유대인 영감이라면 새로운 사실을 깨닫고 당장 필요한 조치를 하겠지만 빌 사익스는 그런 걸 섬세하게 구분할 능력이 없는 데다 주변 사람에게 퉁명스럽고 거칠게 굴며 고집을 피울 뿐 세심한 문제에 굳이 신경을 안 쓰니, 앞에서 언급한 것처럼 기분까지 유별나게 좋은 상태라서 특별히 이상한 기색을 조금도 못 느끼고 관심조차 없는지라, 낸시가 실제보다 훨씬 더 흥분했더라도 빌 사익스가 의심할 가능성이 거의 없었다.

날이 저물면서 낸시는 더욱 흥분하더니, 밤이 다가올 때는 가만히 앉아서 도적놈이 술을 마시다가 잠들기만 기다리는데 볼때기가 유난히 창백한 데다 두 눈에서 불꽃까지 타올라, 마침내 빌 사익스도 알아채고 깜짝 놀랐다.

빌 사익스가 이런 증상을 처음 알아챈 건 학질을 앓은 뒤끝이라 힘이 하나도 없어 침대에 누워서 열을 떨어뜨리려고 진에 뜨거운 물을 타서 마시곤 세 번짼가 네 번짼가 빈 잔을 채우도록 내밀 때였다. 그래서 낸시 얼굴을 물끄러미 바라보다가 두 손을 바닥에 대고 몸을 일으키며 소리쳤다.

"아니, 그게 뭐야! 얼굴이 되살아난 시체처럼 보여. 무슨 일이야?"

"무슨 일? 아무 일 아니야. 왜 그렇게 빤히 쳐다보는 거야?"

낸시가 되묻자, 빌 사익스는 낸시 팔을 잡고 거칠게 흔들며 다그쳤다.

"도대체 무슨 짓을 하려는 거야? 도대체 뭐야? 무슨 꿍꿍이야? 무슨 생각을 하는 거냐고?"

"여러 가지 생각, 빌."

낸시가 대답하며 부르르 떨더니, 그와 동시에 두 손으로 두 눈을 누르며 다시 물었다.

"그게 어쨌다는 거야? 뭐가 문제데?"

억지로 쾌활한 척 꾸민 어투에 빌 사익스는 조금 전의 황량하고 딱딱한 표정보다 훨씬 강한 인상을 받은 것처럼 말했다.

"내가 장담하는데, 너는 열병에 걸려서 그런 증세가 나타난 게 아니라면 뭔가 몹시 수상쩍은 생각을 하는 게 분명해, 매우 위험한 생각. 혹시 너, 지금…… 아니야, 제기랄! 그럴 리 없어!"

"뭐가?"

낸시가 묻자, 빌 사익스는 상대를 뚫어지게 바라보면서 혼자 중얼거렸다.

"이렇게 야무진 계집은 어디도 없다고. 그렇지 않다면 삼 개월 전에 멱을 따버렸겠지. 지금은 열병에 걸린 거야. 그래서 저런 거야."

빌 사익스는 이렇게 자신을 위로하며 술잔을 바닥까지 쭉 들이켜더니 다양한 욕설을 내뱉으며 약을 달라고 했다. 낸시는 벌떡 일어나서 등으로 가리며 약을 재빨리 타더니, 내용물을 다 먹을 때까지 그릇을 입술에 대주었다. 그러자 약을 모두 마신 다음에 도적놈이 말했다.

"자, 이제 내 옆에 앉아서 본래 얼굴로 돌아가, 아니면 네가 못 알아볼 정도로 얼굴을 확 바꿔버릴 테니까."

낸시는 순순히 응했다. 빌 사익스는 자기 손으로 낸시 손을 꽉 잡고 베개에 기대더니, 낸시에게 시선을 고정했다. 그러다가 두 눈을 감더니,

다시 뜨고, 또 감더니 또 떴다. 그리곤 몸을 이리저리 뒤척이다가 다시 꾸벅꾸벅 졸고 또 졸고, 그럴 때마다 공포에 질린 표정으로 벌떡 일어나서 멍한 눈으로 주변을 둘러보는데, 이번에도 그렇게 또 일어나다가 풀썩 쓰러지며 곤한 잠에 빠져들었다. 움켜잡은 손도 풀고 치켜든 팔은 옆으로 느슨하게 떨어뜨린 모습이 혼수상태에 빠진 것 같았다.

"아편이 드디어 효력을 발휘하는군. 지금도 너무 늦었을지 몰라."

낸시가 중얼거리며 침대 옆에서 일어났다. 그리고 보닛 모자와 숄을 바삐 걸치면서, 곤하게 잠자는 빌 사이크스가 갑자기 깨어나서 묵직한 손으로 어깨를 잡을 것 같은 공포에 번뜩번뜩 놀라며 뒤를 돌아보더니, 마침내 침대로 몸을 가만히 숙여서 도적놈 입술에 키스하곤 문을 조용히 여닫은 다음에 밖으로 급히 나갔다.

야경꾼이 골목에서 아홉 시 반이라고 소리치며 큰길 쪽으로 나아가자, 낸시가 재빨리 물었다.

"아홉 시 반이 지난 지 오랜가요?"

"십오 분만 지나면 열 시 종이 울릴 겁니다."

야경꾼이 대답하며 등불을 들어서 낸시 얼굴을 비쳤다.

"앞으로 한 시간 안에 도착할 수 없을 텐데."

낸시가 중얼거리며 야경꾼 곁을 지나서 골목길을 빠르게 내려갔다.

가난한 사람들이 사는 런던 동부에서 부자들이 사는 런던 서부로 이어지는 골목과 대로마다 늘어선 다양한 상점이 여기저기에서 문을 닫기 시작했다. 시계는 열 시를 때리고 낸시는 마음이 초조했다. 그래서 행인을 팔꿈치로 이리저리 밀치며 비좁은 판석 도로를 따라 급히 걸었다. 붐비는 거리에서 말머리에 거의 부닥칠 정도로 쏜살처럼 지나니, 옹기종기 모여서 똑같은 기회만 엿보던 사람들은 순식간에 멀어지는 뒷모습을 바라보며 "여자가 미쳤군!" 하고 중얼거렸다.

부자들이 사는 지역에 도달하니 거리는 비교적 한산해, 이곳 사람들은 낸시가 허둥지둥 지나는 모습을 호기심 가득한 눈초리로 쳐다보았다. 여자가 저렇게 빠른 속도로 도대체 어디를 가는지 보려는 듯 뒤에서 여러 사람이 걸음을 재촉해, 일부는 앞질러서 뒤를 돌아보며 조금도 안 줄어드는 속도에 깜짝 놀라다가 하나둘씩 뒤로 쳐지니, 결국엔 따라오는 사람이 하나도 없는 상태에서 목적지에 거의 도달했다.

하이드파크 근처 조용하고 깨끗한 거리에 자리한 가족용 호텔[4]이었다. 대문 입구에서 환하게 타오르는 등불을 바라보며 목적지로 다가가자, 시계가 열한 시를 때렸다. 낸시는 결정을 못 한 듯 잠시 주변을 배회하면서 마음을 다지다가 시계 종소리에 마음을 정하곤 입구로 들어섰다. 문지기 자리는 텅 비었다. 그래서 불안한 기색으로 주변을 둘러보다가 계단을 향해 나아갔다.

"아니, 아가씨! 여기에서 무얼 하는 게요?"

말쑥하게 차려입은 여자가 뒤쪽 문에서 물으며 내다보자, 낸시가 대답했다.

"이 집에 머무는 숙녀요."

"숙녀! 어떤 숙녀?"

여자가 다시 물었다. 깔보는 눈빛이 가득했다.

"로즈 아씨."

낸시가 대답했다.

여자는 낸시 차림새를 어느새 충분히 파악하곤 거드름피우며 깔보는 눈빛으로 심부름꾼을 부르고, 낸시는 자신이 찾아온 용건을 다시 그대로 말했다.

"누가 찾는다고 전할까요?"

---

4) 지방에 사는 부유층에게 집 전체를 일정 기간 빌려주는 소규모 호텔.

심부름꾼이 묻는 말에 낸시가 대답했다.

"누구라고 말해도 모를 거예요."

"그럼 용건은?"

"그것도 마찬가지예요. 나는 아씨를 지금 당장 만나야 해요."

낸시가 대답하자, 심부름꾼이 낸시를 대문 쪽으로 밀면서 소리쳤다.

"어서 나가! 이래도 소용없어. 어서 꺼져."

"강제로 들어내기 전엔 못 나가! 그런데 당신네 두 사람으로는 절대로 들어낼 수 없어."

낸시가 사납게 소리치다가 주변을 둘러보며 호소했다.

"나처럼 불쌍한 사람이 찾아왔다고 알려줄 사람이 여기에 한 명도 없나요?"

이렇게 호소하자 얼굴이 잘생긴 것처럼 보이는 남자 요리사가 다른 하인과 구경하다가 관심을 보이고 앞으로 나오며 간섭했다.

"가서 얘기를 전하지그래, 조?"

"그래도 소용없어요. 아씨마님이 이런 여자를 만날 거로 생각하세요?"

낸시가 의심스럽다는 사실을 이런 식으로 돌려서 말하자, 하녀 네 사람은 갑자기 순결한 분노가 치솟는 걸 느끼곤 저런 여자는 여성에게 치욕을 안겨주는 인물이니 도랑으로 무자비하게 내던져야 한다고 열변을 토했다.

그러자 낸시는 사내들을 다시 바라보며 사정했다.

"나는 아무렇게나 대해도 좋아요. 하지만 그러기 전에 먼저 제 말부터 들어주세요. 제발 부탁이니, 내가 찾아왔다는 사실을 알려주세요."

얼굴이 착해 보이는 요리사는 다시 끼어들고, 심부름꾼은 일단 소식을 전하기로 마음먹고 계단에 한 발 올리며 물었다.

"뭐라고 전하면 되겠소?"

그러자 낸시가 대답했다.

"젊은 여자가 로즈 아씨에게 은밀한 자리에서 긴히 전할 말이 있다고, 처음 몇 마디를 들어보면 중요한 내용이니 들어야 할지 사기꾼이니 밖으로 내쫓아야 할지 알 거라고 전하세요."

"과장이 너무 심하군!"

심부름꾼이 말하자, 낸시는 단호하게 받아쳤다.

"당신은 말을 전하고 대답이나 알려주세요."

심부름꾼은 위층으로 뛰어오르고 낸시는 창백한 얼굴로 입술을 덜덜 떨며 숨소리조차 죽인 채 귀를 기울이고, 하녀 네 사람은 순결한 분노를 터트리며 경멸하는 말을 늘어놓더니 심부름꾼이 돌아와서 위층으로 올라오라고 말하는 걸 듣고서 한층 더 사납게 비난했다.

"이런 세상에는 얌전하게 살아도 아무런 소용이 없다고."

첫 번째 하녀가 말했다.

"사나운 불을 견디는 데에는 황금보다 놋쇠가 좋은 법이야."

두 번째 하녀가 말하자, 세 번째 하녀는 "여자가 어떻게 저런 식으로……" 하고 말하는 거로 만족하고, 네 번째 하녀는 "정말 창피해!"라고 말해서 사중창을 마무리했다.

그렇지만 낸시는 가슴에 훨씬 중요한 문제가 있어서 이런 소리에 개의치 않았다. 심부름꾼을 쫓아서 팔다리를 덜덜 떨며 조그만 대기실로 들어서니, 천장에서 등불이 주변을 밝히는 가운데 심부름꾼은 낸시를 홀로 남겨두고 밖으로 나갔다.

CHAPTER XL

앞 장 속편에 해당하는 내용으로, 이상한 대화를 소개하다

낸시는 거리에서 그리고 런던에서 가장 시끌벅적한 매음굴과 범죄 소굴에서 지금까지 인생을 허비해도 여성 특유의 속성을 여전히 지녔기에, 자신이 들어온 문 맞은편 문에서 다가오는 발소리를 듣는 순간, 그래서 조금 후에 조그만 방에서 벌어질 새로운 분위기를 떠올리는 순간, 뼛속 깊은 곳에서 치솟는 수치심에 온몸이 움츠러들었다. 자신이 상대를 과연 온전히 대할 수 있을까 염려스러운 느낌마저 들었다.

하지만 바람직한 감정과 충돌하는 건 자존심이니, 이는 가장 타락하고 저급한 사람이나 정말 고결하고 자신만만한 사람이나 똑같은 결점이라고 할 수 있다. 도적과 깡패하고 어울리는 비참한 신분, 비참한 소굴로 쫓겨난 부랑자, 교도소와 감옥선[5]에서 지내는 인간쓰레기와 어울리고 교수대 그늘을 피부로 느끼며 살아가는 인물, 이렇게 타락한

---

5) 교도소가 부족한 나머지 강물에 띄워서 감옥으로 사용한 배를 말하는데, 당시에는 이런 배가 영국 곳곳에 있었다.

존재조차 자존심을 느끼곤 여성 특유의 감성을 나약한 증거로 여기지만 사실 이것은 낸시에게 아직 인간성이 남았다는, 아주 어릴 적부터 인생을 허비하며 포기한 인간성이 아직은 살았다는 증거였다.

낸시는 고개를 살짝 들어서 앞에 나타난 인물이 아주 젊고 날씬하고 아름다운 여인이란 사실을 파악하곤 눈길을 바닥에 깔더니 머리를 무관심하고 부자연스럽게 흔들며 말했다.

"만나는 게 참으로 힘드네요, 아씨. 누구라도 그럴 것처럼 나 역시 화나서 그냥 가버렸다면 아씨는 나중에 큰일을 겪고 커다랗게 후회했을 거예요."

그러자 로즈가 대답했다.

"행여나 당신에게 거칠게 행동한 사람이 있었다면 정말 미안합니다. 이제 잊어버리세요. 그리고 저를 찾아온 이유를 알려주세요. 당신이 찾는 사람은 바로 저랍니다."

참으로 친절하고 다정한 어투, 거만하거나 불쾌한 기색은 조금도 없는 부드러운 태도에 낸시는 깜짝 놀라서 눈물을 터트리더니, 얼굴 앞으로 두 손을 모으며 감탄했다.

"아, 아씨, 아씨! 아씨 같은 사람이 많으면 저 같은 사람은 훨씬 줄어들 거예요…… 정말로…… 정말로!"

"의자에 앉으세요. 당신이 가난이나 힘든 일로 고생한다면 제가 최선을 다해서 기꺼이 도와드리겠어요. 정말입니다. 그러니 의자에 앉으세요."

로즈가 진정 어린 목소리로 말하자, 낸시는 여전히 흐느끼며 대답했다.

"그냥 서 있을게요, 아씨. 그리고 제가 어떤 사람인지 충분히 모르면서 이렇게 친절하게 말씀하시지 마세요. 시간이 많이 늦었네요. 문을…… 문을…… 꼭 닫았나요?"

"네."

로즈가 대답하더니 필요한 경우에 조금이라도 빨리 사람을 부르려는 것처럼 뒤로 몇 걸음 물러나며 다시 물었다.

"왜요?"

"아씨 손에 제 목숨과 다른 사람 목숨을 맡기려고 하기 때문입니다. 저는 어린 올리버가 펜턴빌 집에서 심부름 나온 날 밤에 억지로 끌어다가 유대인 영감에게 데려다준 여자입니다."

"당신이!"

로즈는 깜짝 놀라고 낸시는 대답했다.

"네, 접니다, 아씨! 아씨가 들은 악명 높은 인간이, 도적들과 어울리며 사는 인간이, 런던 거리에서 세상을 처음 보고 느낀 이후로 더 좋은 인생은 경험한 적도 없고 다정한 말은 들어본 적 없는 인간이 바로 접니다. 아, 하느님, 저를 불쌍히 여기소서! 그래요, 아씨, 저를 대놓고 꺼리셔도 괜찮습니다. 저는 아씨 생각보다 나이가 어리지만 그런 분위기에 매우 익숙하답니다. 사람이 붐비는 거리를 지날 때는 몹시 가난한 여자까지 뒤로 비켜나지요."

"어떻게 이리도 끔찍할 수가!"

로즈가 한탄하면서 자신도 모르게 뒤로 물러나고, 낸시는 계속 말했다.

"친애하는 아씨, 무릎을 꿇고서 하늘에 감사하세요, 어린 시절부터 보살피고 돌볼 사람이 있었다는 걸, 추위와 굶주림에 시달린 적도 없고 폭력과 술주정에 시달린 적도 없고 그보다 더한 것에 시달린 적이 한 번도 없었다는 걸. 하지만 저는 아주 어릴 때부터 그런 걸 겪었답니다. 뒷골목과 도랑은 저에게 요람이며 결국엔 죽어 나갈 자리랍니다."

"정말 안 됐군요! 그런 말을 들으니 가슴이 미어지네요!"

로즈가 목멘 소리로 말하자, 낸시가 대답했다.

"하늘이시여, 선량한 아씨를 축복하소서! 제가 때때로 무슨 일을 겪는지 아신다면 아씨는 저를 정말로 가엾게 여기실 거예요. 하지만 오늘은 제가 몰래 엿들은 내용을 알려드리려고, 제가 여기에 온 걸 알면 저를 죽일 게 분명한 사람들에게서 몰래 도망쳐 나왔습니다. 몽스라는 사람을 아십니까?"

"아니요."

"그 사람은 아씨를 알고 여기에 계신 것도 알아요, 제가 아씨를 찾아온 것도 그 사람이 말하는 소리를 들었기 때문이에요."

"하지만 저는 그 이름을 들어본 적이 없어요"

"그렇다면 다른 이름을 사용하는 게 분명해요. 전에도 그럴 거란 생각은 했답니다. 오래전에, 도적질하려고 밤에 올리버를 아씨 집에 집어넣은 직후에 저는 의심을 품고 깜깜한 곳에 숨어들어서 몽스가 유대인 영감과 나누는 대화를 엿들었답니다. 그래서 무슨 내용을 들었느냐면, 몽스가, 아씨에게 아느냐고 물은 사람이……."

"네, 말씀하세요."

"우리가 올리버를 처음 잃기 직전에 몽스는 우리 아이 두 명과 함께 있는 모습을 우연히 보고서 자신이 찾는 아이란 사실을 - 무엇 때문에 찾는지 나로선 당시에 알 수 없었지만 - 단번에 깨달은 거예요. 그래서 유대인 영감과 협상을 맺었답니다, 올리버를 다시 데려오면 일정한 금액을 주고, 올리버를 도적으로 만들면 다시 돈을 주기로. 몽스란 작자는 모종의 이유로 올리버를 도적으로 만들려 하거든요."

"어떤 이윤데요?"

"그걸 알아내려고 열심히 들을 때 벽에 그림자가 어려서 몽스에게 들켰답니다. 그런 상황에서 정체를 안 드러내고 제때 도망치기란 정말 쉬운 일이 아니랍니다. 하지만 저는 도망치고, 간밤에 비로소 그 작자를 다시 보았답니다."

"그래서 무슨 일이 있었나요?"

"제가 말씀드리지요, 아씨. 간밤에 그 작자가 다시 찾아왔어요. 그래서 이번에도 두 사람은 위층으로 올라가고, 저는 그림자가 비치는 일이 없도록 숄로 온몸을 감싼 채 살금살금 쫓아가서 문가에 귀를 대고 다시 엿들었답니다. 제가 처음에 들은 몽스 말은 이랬어요. '그래서 아이 신분을 나타내는 유일한 증거는 강물 바닥에 가라앉고 생모에게서 그걸 받은 할망구는 무덤에 묻혀서 썩어간다.' 두 사람이 웃는 소리와 정말 잘했다고 말하는 소리가 들리더니, 몽스는 아이 얘기를 계속하다가 갑자기 흥분한 어투로 꼬마 악마에게 갈 돈을 이제 모두 차지하게 되었지만 그래도 자신은 다른 방식이 훨씬 좋다고, 유대인 영감이 일 처리를 제대로 해서 올리버를 맘껏 부려 먹으며 이익을 챙기다가, 그래서 올리버가 교도소를 전전하다가 결국엔 교수대에 오르도록 만드는 식으로 아버지 유언을 엉망으로 만들면 훨씬 재밌을 거라고 말했어요."

"어떻게 그럴 수가!"

"제 입에서 나온 말이지만 모두 사실이랍니다, 아씨. 그런 다음에 제가 듣기엔 평범해도 아씨가 듣기엔 정말 이상한 욕설을 늘어놓으며 자기 목을 위험에 빠뜨리지 않고 아이 목숨을 빼앗아서 원한을 갚을 수만 있다면 기꺼이 그렇게 하겠다고, 하지만 그럴 순 없으니, 올리버가 전환기를 겪을 때마다 옆에서 지켜볼 터인데, 아이가 출생한 비밀과 과거 전력을 활용하면 끊임없이 괴롭힐 수 있을 거라고 하면서 '한 마디로, 유대인 영감, 당신은 유대인이지만 나처럼 이복동생 올리버에게 씌울 올가미를 궁리한 적은 한 번도 없을 거야' 하고 말했답니다."

"이복동생!"

"몽스 자신이 그렇게 말했답니다."

낸시가 대답하더니, 말을 시작한 이후로 빌 사익스 환영이 끊임없이 나타나는 바람에 어쩔 수 없다는 듯 불안한 눈으로 주변을 끊임없이 둘러보며 덧붙였다.

"그게 전부가 아니에요. 몽스는 아씨와 또 다른 마님 얘기를 하면서 올리버가 두 분 수중에 들어간 건 하늘의 뜻이거나 악마의 장난인 것 같다며 폭소를 터트리더니, 그나마 다행스러운 건 두 분에게 억만금이 있더라도 두 발로 걷는 개자식 정체를 파악하는 데에 돈을 쓸 일은 없다는 사실이라고 말했답니다."

"설마 진심으로 한 말은 아니겠지요?"

로즈가 창백한 얼굴로 묻자, 낸시는 머리를 흔들며 대답했다.

"안타깝게도 매우 진지하고 엄숙하게 말했답니다. 그는 증오심이 일어나면 정말 진지하게 변하거든요. 저는 나쁜 사람을 많이 알지만, 몽스가 하는 말을 한 번 듣느니 차라리 나쁜 사람들이 하는 말을 열 번 듣겠어요. 시간이 많이 지났네요. 이럴 의도로 밖에 나갔다는 의심을 안 받으려면 이제 돌아가야 해요. 그것도 정말 빠르게요."

"그럼 저는 무얼 어떻게 하나요? 당신이 없으면 지금까지 들은 내용으로 제가 어떻게 하겠어요? 돌아가다니! 당신 말대로 그렇게 끔찍한 사람들에게 돌아가려는 이유는 무언가요? 옆방에서 신사 한 분을 곧바로 모셔올 터이니 이런 사실을 다시 그대로 알려주신다면 당신이 안전하게 살만한 곳을 제가 곧바로 마련해 드리겠어요."

"하지만 저는 돌아가고 싶어요. 아니, 돌아가야 해요. 왜냐하면……아씨처럼 순수한 분에게 어떻게 설명해야 할까요……? 왜냐하면 제가 아씨에게 말한 사람 가운데 한 사람이 몹시 절박한 사정에 처해서 곁을

138

지켜야 하기 때문이에요. 제가 구원받을 가능성을 차라리 포기할지언정 그 곁을 떠날 순 없기 때문이에요."

"당신은 전에도 소중한 올리버 편을 들어준 적이 있고 이번엔 커다란 위험을 무릅쓰고 여기까지 찾아와서 자신이 엿들은 내용을 알려주었어요. 행동이 진실하고 말도 진실하다는 건 현 생활을 창피하게 여기고 회개한다는 증거니, 저는 당신이 아직은 새로운 삶을 살아갈 수 있다고 확신해요."

착한 여인이 말하더니, 눈물이 글썽이는 얼굴로 두 손을 모으며 간절하게 덧붙였다.

"아! 같은 여자로서 간청하는 말을 외면하지 마세요. 당신에게 이렇게 동정과 연민이 가득한 목소리로 하소연하는 사람은 처음이잖아요, 생전 처음이잖아요. 내 말을 들으세요. 내가 훨씬 바람직하게 살아가도록 도울게요."

하지만 낸시는 바닥에 쓰러져서 무릎을 꿇으며 울음을 터트렸다.

"아씨, 사랑스럽고 다정한 천사 같은 아씨, 저에게 그렇게 말하며 축복한 사람은 실제로 아씨가 처음이에요. 몇 년 전에 이 말을 들었더라면 죄악과 슬픔만 가득한 삶에서 벗어나는 데 도움이 되었겠지만, 지금은 너무 늦었어요, 너무 늦었어!"

"회개와 속죄는 언제 해도 안 늦어요."

로즈가 사정해도 낸시는 너무나 고통스러워서 몸부림치며 울부짖었다.

"늦었어요. 이제 저는 그 사람을 떠날 수 없어요! 저 때문에 그 사람을 죽일 순 없어요."

"그러는 이유가 무언가요?"

"그 무엇도 그 사람을 구할 순 없기 때문이에요. 제가 지금까지 말씀드린 내용을 다른 사람에게 말한다면, 그래서 그들을 잡도록 협조한다면, 그 사람은 죽을 게 분명해요. 누구보다 대담하고 잔인한 사람이니까요!"

"그런 사람 때문에 미래의 모든 희망을, 당장 확실하게 구원받을 가능성을 어떻게 포기할 수 있나요? 그건 미친 짓이에요."

"그것까진 모르겠어요. 제가 아는 건 저 혼자만 이러는 게 아니라 저처럼 타락해서 비참하게 살아가는 여성이라면 누구나 그런다는 사실이에요. 저는 돌아가야 해요. 지금까지 나쁜 짓을 저질러서 하느님이 분노하신 건지 모르겠지만, 저는 모든 고통과 학대를 받으면서도 그 사람에게 끌린답니다. 결국에는 그 사람 손에 죽을 수밖에 없다는 사실을 깨닫더라도 저는 변함이 없을 거예요."

"내가 어떻게 해야 하나요? 이런 식으로 당신을 떠나보낼 순 없어요."

로즈가 한탄하자, 낸시가 일어서며 대답했다.

"아니, 그러셔야 하고, 아씨, 또 그러실 거예요. 아씨는 제가 떠나는 걸 막지 않으실 거예요, 저는 아씨가 선량하단 사실을 믿고 지금까지 아씨는 저에게 약속을 강요할 수 있는데도 그러지 않았으니까요."

"당신에게 이런 내용을 들었으니, 그렇다면 나는 어떻게 해야 하나요? 모든 비밀을 밝혀야 해요. 그렇지 않으면 저에게 이런 내용을 말한 게 당신이 그렇게 간절하게 도우려는 올리버에게 무슨 도움이 되겠어요?"

로즈가 묻자, 낸시가 대답했다.

"비밀을 지킬만한 친절한 신사가 주변에 있을 터이니 내용을 알려주고 어떻게 하면 좋을지 물으세요."

"그렇다면 필요할 경우에 어디에 가야 당신을 찾을 수 있나요? 당신이 말한 끔찍한 사람들이 사는 곳을 알려는 게 아니라 일정한 시간에 당신이 산책하거나 지나다니는 장소를 알고 싶은 거예요."

"제 비밀을 철저하게 지키고, 혼자 오시거나 내용을 아는 사람 한 명만 데리고 오신다고, 그리고 저를 감시하거나 미행하지 않겠다고 약속할 수 있나요?"

낸시가 묻는 말에 로즈는 대답했다.

"엄숙하게 약속합니다."

"죽지 않고 살았다면 매주 일요일 밤 열한 시에서 열두 시 종이 칠 때까지 런던교를 걸어 다니겠어요."

낸시가 말하곤 문을 향해 급히 나아가자, 로즈가 소리쳤다.

"잠깐만. 당신 처지를, 그리고 거기에서 벗어날 가능성을 한 번만 더 생각하세요. 저에게 말씀만 하세요. 자발적으로 찾아와서 중요한 내용을 알려준 사람이, 그리고 지금까지 구원의 손길을 전혀 못 누린 여인이, 그런 도적에게, 그런 사람에게 돌아갈 건가요, 한마디만 하면 깨끗하게 벗어날 수 있는데? 무엇에게 홀렸기에 그런 곳에 다시 돌아가서 사악하고 끔찍한 불행에 시달리려고 하는 거죠? 아! 당신 가슴에는 내가 감화할 수 있는 실마리가 하나도 없는 건가요? 제가 아무리 호소해도 당신은 그렇게 끔찍한 열정을 물리칠 수 없는 건가요?"

간절한 하소연에 낸시는 차분하게 대답했다.

"아씨처럼 젊고 선하고 아름다운 아가씨도, 집도 있고 친구도 있고 숭배자가 있는 아가씨도, 부족한 것 하나 없이 모든 걸 누리는 아가씨도 누구에게 마음을 주면 사랑으로 모든 고통을 감내하겠지요. 하지만 몸을 가릴 지붕이라곤 관 뚜껑밖에 없고 병들거나 죽을 때 병원 간호사 외에는 지켜볼 친지도 없는 저 같은 여인은 썩어 문드러진 마음을 어떤 남자에게 주면 비참하게 살아오는 내내 텅텅 비었던 가슴을 그 사람으로 가득 채우니, 누가 우리를 고칠 수 있겠습니까? 우리네 같은 여인을 불쌍히 여기세요, 아씨. 여자다운 감정이라곤 딱 하나만 남아, 그것으로 자존심을 지키며 위안으로 삼는 게 아니라 새로운 폭력과 고통을 초래하는 우리네 같은 여인네를 불쌍히 여기세요."

그러자 로즈는 잠시 침묵하다가 불쑥 말했다.

"그렇다면 내가 돈이라도 드릴 테니 가져가세요. 그러면 정직하게 살 수 있을 거예요, 최소한 우리가 다시 만날 때까지는."

"한 푼도 받을 수 없어요."

낸시가 대답하며 손을 흔들자, 로즈는 앞으로 부드럽게 다가가며 사정했다.

"내가 당신을 도우려는 노력을 외면하지 마세요. 나는 정말로 당신을 돕고 싶어요."

그러자 낸시는 자기 손을 쥐어짜며 대답했다.

"아씨가 저를 도와주는 제일 좋은 방법은 지금 당장 제 목숨을 앗아가는 거예요. 내 처지를 오늘 밤처럼 슬프게 느낀 적은 없으며 지금까지 살아온 지옥에서 안 죽은 것만 해도 저에겐 은총이니까요. 행운이 가득하길, 어여쁜 아씨, 그래서 제가 굴욕을 겪는 만큼 아씨에겐 행복이 가득하길!"

불행한 여인은 이렇게 말하곤 커다랗게 흐느끼며 돌아서고, 로즈는 실제로 발생한 일이 아니라 한줄기 꿈이 언뜻 스친 것 같은 너무나 이상한 만남에 압도당한 채 의자에 풀썩 주저앉아서 어지러운 생각을 가다듬으려고 애썼다.

CHAPTER XLI

불행과 마찬가지로 놀라운 일 역시 연달아 일어난다

로즈 아씨는 상당히 어려운 시련에 봉착하고 말았다. 올리버를 둘러싼 비밀을 조사하고 싶은 욕구는 간절하고 욕망은 타오르는데 자신에게 지금 막 놀라운 사실을 알려준 비참한 여인이 젊고 순수한 마음으로 자신을 믿으니, 그 믿음을 저버릴 순 없었다. 참으로 순수한 말과 태도에 커다랗게 감동하다가 급기야 자신이 보호하는 아이를 사랑하는 마음까지 뒤섞여, 버림받은 여인이 지난 삶을 회개하고 새롭게 살아가도록 돕고 싶은 마음이 진심으로 간절하게 일어났다.

그들은 런던에서 딱 삼 일만 머물다가 먼 해안으로 떠나서 몇 주일 머물 예정이고 지금은 첫째 날 한밤중이었다. 그렇다면 로즈는 앞으로 어떻게 해야 한단 말인가? 과연 마흔네 시간 안에 할 수 있는 게 무어란 말인가? 어떻게 하면 여행을 연기하고도 아무런 의심을 안 받을 수 있단 말인가?

로스번 선생도 지금 함께 머무는데, 앞으로 이틀 동안 그럴 예정이다. 하지만 로즈는 훌륭한 신사가 매우 격정적이란 사실을 너무나 잘 알며, 따라서 올리버를 납치한 여인에게 분노부터 터트릴 게 너무나 분명하니, 자신이 낸시를 옹호할 때마다 경험 많은 인물에게 도움을 못 받을 바에야 비밀을 털어놓을 이유도 없었다. 이런 이유로 메일리 부인에게 비밀을 털어놓는 것 역시 신중에 신중을 기할 수밖에 없으니, 비밀을 처음 듣는 순간에 훌륭한 의사와 제일 먼저 상의하려고 들 게 분명하기 때문이다. 변호사를 찾아가서 상의하는 것 역시 설사 로즈가 그렇게 하는 방법을 안다고 하더라도 같은 이유로 전혀 고려할 수 없었다. 한 번은 해리 오빠에게 도움을 청할까 하는 생각도 들었으나, 마지막에 헤어지던 모습이 떠오르는 데다, 이제는 자신을 잊고 행복하게 사는 법을 배웠을 터인데 다시 부르는 건 옳지 않은 것 같아서 두 눈에 눈물만 글썽였다.

이렇게 다양한 생각을 하느라 마음이 혼란스러워, 이런 방법이 좋을 것 같다가도 다른 방법으로 바뀌고 그러다가 이것도 저것도 모두 안 되겠다는 생각이 연속으로 떠올라, 로즈는 마음을 졸이며 불면의 밤을 지새웠다. 그리고 다음 날 역시 절박한 마음으로 혼자서 곰곰이 생각한 끝에 해리 오빠와 상의하는 게 좋겠다는 결론을 내렸다. 이런 생각이 든 것이다.

'해리 오빠가 여기로 오는 걸 고통스러워한다면 나 역시 참으로 고통스러울 거야! 하지만 어쩌면 안 올지도 몰라. 편지만 보내거나, 오긴 해도 나랑 안 만나려고 애쓸 가능성도 있고……. 멀리 떠날 때 그런 것처럼. 나는 오빠가 그럴 줄 몰랐어. 하지만 그러는 편이 우리 둘에게 훨씬 좋아.'

슬픔이 차올라서 로즈는 펜을 떨어뜨리더니, 소식을 전할 종이에 자신이 흐느끼는 모습을 보일 순 없다는 듯 고개를 돌렸다. 그리곤 펜을 오십 번은 들다가 내려놓길 반복하며 빈 종이에 첫 줄을 어떻게 쓸까 곰곰이 생각하는데, 자일스 집사에게 호위받으며 거리를 산책하던 올리버가 심하게 흥분한 채 숨 가쁜 표정으로 뛰어들었다. 뭔가에 몹시 커다랗게 놀란 것 같았다.

"왜 그렇게 흥분한 거니?"

로즈가 물으며 다가가자, 올리버가 대답했다.

"이유는 모르겠는데 금방이라도 숨이 막힐 것 같아요. 아, 아씨마님! 제가 드디어 그분을 만날 수 있다고, 그래서 아씨마님 역시 제가 말한 모든 게 사실이란 걸 알 수 있다고 생각해 보세요!"

"나는 지금까지 네가 사실대로 말하지 않았다고 생각한 적이 한 번도 없어."

로즈가 달래더니, 다시 물었다.

"그런데 도대체 무슨 일이니? 지금 누구 얘길 하는 거니?"

"노신사 할아버지를, 저에게 많은 은혜를 베푸신 노신사 할아버지를, 브라운로우 선생님을, 우리가 툭하면 얘기하던 분을 보았어요."

올리버는 말조차 제대로 안 나오는 어투로 대답하고 로즈는 대뜸 물었다.

"어디에서?"

그러자 올리버는 기쁜 눈물을 흘리며 대답했다.

"마차에서 내리셔서 집으로 들어가셨어요. 저는 말을 못 걸었어요. 노신사 할아버지께서 저를 못 보시고 저는 너무 떨려서 다가갈 수도 없고 말을 걸 수도 없었어요. 하지만 자일스 집사님이 저 대신 노신사 할아버지가 그 집에 사시는지 묻고, 사람들은 그렇다고 대답했어요."

올리버가 종이쪽지를 펼치며 계속 말했다.

"여길 보세요. 여기에요. 여기에 그분이 사시니…… 저는 여기로 곧장 가야겠어요! 아, 아! 그분을 다시 뵙고 그분 말씀을 다시 들으면 기분이 어떨까요!"

이런 말을 비롯해 기뻐서 마냥 늘어놓는 감탄사에도 로즈는 정신을 바짝 차리고 주소를 읽었다. 스트랜드 크레이븐 거리였다. 로즈는 새롭게 등장한 기회를 적극적으로 활용하기로 마음먹으며 소리쳤다.

"서둘러! 사람들에게 전세마차를 부르라 말하고, 나와 함께 출발할 준비해. 단 일 분도 지체하지 않고 내가 너를 거기로 곧장 데려가겠어. 고모님에게는 우리가 한 시간 정도 나갔다가 돌아온다는 말만 할 거니까 너도 최대한 빨리 준비해."

올리버는 서둘라고 재촉할 필요가 조금도 없었다. 두 사람은 불과 오 분도 안 돼서 크레이븐 거리로 출발했다. 목적지에 도착하자, 로즈는 노신사에게 맞이할 준비를 시키겠다는 명분으로 올리버를 마차에 남겨두고 하인 편으로 명함을 들려 보내, 매우 급한 용건으로 브라운로우 선생님을 만나 뵙길 원한다고 요청했다. 하인은 금방 돌아오더니 계단을 오르라 청하고, 로즈는 그 뒤를 쫓아서 이 층 방으로 들어가, 암녹색 양복에 얼굴이 자비롭게 보이는 노신사 앞으로 나섰다. 멀지 않은 곳에 또 다른 노신사가 무명으로 만든 짧은 바지에 각반을 차고 의자에 앉았는데, 그렇게 자비롭게 보이진 않는 모습으로 두꺼운 지팡이 손잡이에 두 손을 모아서 턱을 받친 상태였다.

암녹색 양복 차림 노신사가 예의 바른 자세로 급히 일어나며 정중하게 말했다.

"맙소사, 정말 미안하오, 아가씨. 귀찮은 사람이 찾아온 줄 알았는데…… 용서하길 바라오. 의자에 앉아요."

"브라운로우 선생님이시죠?"

로즈가 물으며 다른 신사를 바라보던 시선을 돌려서 쳐다보자, 노신사가 대답했다.

"그렇습니다. 이쪽은 제 친구 그림위그라고 합니다. 그림위그, 자리 좀 비워주겠나?"

노신사가 하는 말에 로즈가 재빨리 끼어들었다.

"저희가 이번에 나눌 대화는 신사분에게 자리를 비우는 수고를 끼칠 필요가 없을 것 같습니다. 제가 아는 게 정확하다면 지금 제가 말씀드리려는 내용을 저분도 아시니까요."

브라운로우 선생은 고개를 끄덕이며 동의하고, 그림위그 선생은 아주 뻣뻣하게 허리를 숙여서 인사하는 척하며 의자에서 일어나다가 허리를 다시 뻣뻣하게 숙여서 사례하며 다시 앉자, 당연히 로즈는 당혹스런 표정으로 다시 입을 열었다.

"제 말씀을 들으시면 정말 놀라시겠는데 선생님은 제가 소중하게 여기는 어린 친구에게 아주 선하고 자비로운 은혜를 베푸신 적이 있으시니, 그 아이에 대한 이야기를 다시 들으면 정말 좋아하실 거라고 저는 확신합니다."

"그렇소!"

브라운로우 선생이 말하고, 로즈는 대답했다.

"아이 이름은 올리버 트위스트라고 합니다."

그림위그 선생은 탁자에 놓인 커다란 책에 깊은 관심을 보이다가 이 말이 넣어지자마자 깜짝 놀라서 책을 쾅 닫으며 뒤로 물러나 의자에 등을 기댄 채 오랫동안 멍한 표정으로 바라보았다. 그러다가 그런 감정을 드러낸 게 창피한 듯 재빨리 움직여서 원래 자세로 돌아가 정면을 바라보며 그윽한 휘파람을 기다랗게 부는데, 텅 빈 허공으로 날아가는 대신 뱃속 가장 은밀한 곳으로 스며드는 것 같았다.

브라운로우 선생 역시 깜짝 놀랐지만 그렇게 괴상한 방식으로 표현하진 않았다. 로즈 곁으로 의자를 바싹 끌어당기며 물은 것이다.

"제발 부탁이니, 젊은 아가씨, 당신이 말한, 하지만 다른 사람은 하나도 모르는 선행과 자선에 대한 문제는 완전히 논외로 하고, 불쌍한 아이에게 내가 품을 수밖에 없었던 부정적인 견해를 뒤바꿀 증거가 있다면 어서 알려주시오."

"나쁜 놈! 그놈이 나쁜 놈이 아니면 내 머리통을 먹어버리겠어."

그림위그 선생이 복화술을 사용한 것처럼 얼굴 근육을 조금도 안 움직이며 으르렁대자, 로즈가 얼굴을 붉히며 말했다.

"올리버는 품성이 고상하고 마음이 따뜻한 아이입니다. 하느님께서 나이에 어울리지 않는 시련을 주어도 괜찮겠다고 생각하시어 나이를 여섯 배나 더 먹은 어른과 견줘도 부족하지 않을 따뜻한 애정과 감성을 가슴에 심어주셨답니다."

"나는 이제 겨우 예순하나에 불과한데, 악마가 장난치는 게 아니라면 올리버는 최소한 열두 살은 되었을 테니, 그 말은 나에게 적용이 안 되겠군."

그림위그 선생이 여전히 딱딱한 얼굴로 말하자, 브라운로우 선생이 끼어들었다.

"저 친구에게 신경 쓰지 마시오, 로즈 아가씨. 진짜 그렇게 생각하는 건 아니니까."

"진짜 그렇게 생각하네."

그림위그 선생이 으르렁대자, 브라운로우 선생은 벌컥 화내며 반박했다.

"아니야, 그렇지 않아."

"아니라면 내 머리통을 먹어버리겠네."

"정말 그렇다면 그런 머리통은 잘라내는 게 좋겠군."

브라운로우 선생이 말하자, 그림위그 선생은 지팡이로 바닥을 내려치며 대답했다.

"그렇게 하겠다고 나설 사람이 누군지 무척이나 궁금하군."

이렇게 심각한 분위기로 치닫다가 각자 코담배를 맡고 나서 악수하는데, 두 노신사에게는 일종의 통과의례였다. 브라운로우 선생이 다시 말했다.

"자, 로즈 아가씨, 당신이 인간적인 마음으로 그렇게 관심을 보이는 주제로 돌아갑시다. 불쌍한 아이에 대해서 당신이 아는 내용을 모두 알려주시겠소? 허락하신다면 먼저 말씀드리겠는데, 나는 올리버를 찾으려고 모든 수단을 동원했으며 이 나라를 벗어난 이후로는 올리버가 예전 동료에게 사주받아서 나를 속이고 도적질했다는 사실을 끊임없이 의심한답니다."

로즈는 지금까지 생각을 가다듬은 터라 올리버가 브라운로우 선생 댁을 떠난 이후에 처한 다양한 상황을 단번에 자연스럽게 설명했다. 낸시에게 들은 정보는 나중에 단둘이 있을 때 말하기로 마음먹고, 올리버에게 지난 몇 개월 사이에 슬픈 일이 있었다면 그건 예전에 도움받은 은인을 다시 만날 수 없었기 때문이라는 말로 마무리했다.

"하느님 고맙습니다! 그 말을 들으니 더할 나위 없이 행복합니다. 하지만 지금 올리버가 어디에 있다는 말씀은 아직 안 하시는군요, 로즈 아가씨. 아가씨를 탓하고 싶은 마음은 없지만…… 도대체 올리버를 안 데려온 이유가 무어란 말입니까?"

브라운로우 선생이 하는 말에 로즈가 대답했다.

"올리버는 지금 대문 앞 마차에서 기다리고 있답니다."

"우리 집 대문 앞!"

노신사가 깜짝 놀라더니, 더는 아무 말도 않고 방문을 급히 나가고 계단을 내려가고 마차 발판에 올라서 안으로 들어갔다.

브라운로우 선생이 나가고 방문이 닫히자, 그림위그 선생은 머리를 추켜들어 자신이 앉은 의자 뒷다리 하나를 축으로 삼아서 지팡이와 탁자를 활용하며 연속으로 세 바퀴를 돌더니, 벌떡 일어나서 절뚝거리며 최대한 빠르게 실내를 최소한 열 번은 이리저리 거닐다가 로즈 앞에서 갑자기 멈추고, 아무런 설명도 없이 키스했다. 너무나 유별난 행동에 깜짝 놀라며 젊은 숙녀가 벌떡 일어나자, 그림위그 선생이 말했다.

"괜찮소, 괜찮아! 겁낼 거 없소. 나는 아가씨 할아버지뻘이오. 당신은 상냥한 사람이오. 나는 당신이 좋소. 드디어 오는구먼!"

그림위그 선생이 원래 자리로 재빨리 돌아가자, 실제로 브라운로우 선생은 올리버와 함께 돌아오고 그림위그 선생은 아주 다정하게 맞이했다. 순간적으로 몰려드는 감동이 올리버를 오랫동안 돌보며 마음을 쓴 대가로 받는 보상 전부라고 해도 로즈는 충분히 만족할 수 있을 것 같았다.

"그런데 우리가 잊지 말아야 할 사람이 또 있군."

브라운로우 선생이 말하곤 종을 울리며 소리쳤다.

"베드윈 부인을 보내겠나?"

나이 많은 가정부는 자신을 부르는 소리에 신속하게 응하며 문가에서 무릎을 구부려 정중하게 인사하곤 지시사항이 나오기만 기다리고, 브라운로우 선생은 성미 급하게 말했다.

"맙소사, 눈이 하루가 다르게 나빠지는구려, 베드윈."

그러자 할머니 가정부가 대답했다.

"네, 그러네요, 나리. 나이를 먹으니까 시력이 하루가 다르네요, 나리."

"그런 말은 나도 할 수 있겠소. 하지만 안경을 쓰고서 당신을 부른 이유를 직접 확인하시겠소?"

브라운로우 선생이 말하자 할머니 가정부는 주머니를 뒤지며 안경을 찾기 시작했다. 하지만 올리버는 더 못 참겠다는 듯 정겨운 품으로 그대로 뛰어드니, 할머니 가정부 역시 꼭 껴안으며 감탄했다.

"아아, 하느님 고맙습니다! 우리 착한 아이로구나!"

"사랑하는 할머니!"

올리버는 소리치고, 할머니는 품에 꼭 껴안으며 다시 말했다.

"드디어 돌아왔구나, 돌아왔어. 이럴 줄 알았어. 정말 좋아 보여, 옷도 점잖은 집 자제 차림이고! 이렇게 오랫동안 어디에 있었니? 아, 얼굴은 여전히 상냥해도 혈색이 좋구나. 눈동자는 부드러워도 슬프지 않고 지금까지 네 얼굴과 눈빛과 조용한 미소를 단 한 번도 잊은 적이 없단다. 젊고 쾌활할 때 저세상으로 떠난 소중한 아들을 매일같이 떠올리면서 너 역시 한 번도 안 빠뜨렸단다."

영혼이 맑은 할머니는 이렇게 말하더니, 올리버를 앞으로 밀어서 얼마나 자랐는지 살피다가 다시 꼭 껴안고 손가락으로 머리칼을 다정하게 쓰다듬으며 올리버 목에 기댄 채 웃다가 울기를 반복했다.

브라운로우 선생은 가정부 할머니와 올리버가 지난 얘기를 느긋하게 나누도록 놔둔 채 로즈를 데리고 다른 방으로 가서 낸시가 한 말을 모두 듣더니, 적지 않게 놀라면서 당혹감에 빠져들았다. 로즈는 친하게 지내는 로스번 선생에게 비밀을 털어놓지 않은 이유도 함께 설명하고, 노신사는 매우 적절하게 행동한 것 같다면서 자신이 훌륭한 의사 선생을 만나서 진지한 대화를 나누겠다고 약속했다. 이런 계획을 최대한 빨리 실행하기 위해 브라운로우 선생은 오늘 저녁 여덟 시에 호텔로 찾아가고, 로즈는 그전까지 메일리 부인에게 지금까지 일어난 모든 내용을 조심스럽게 알린다는 약속도 했다. 이렇게 필요한 조치를 논의한 후, 로즈는 올리버를 데리고 집으로 돌아갔다.

착한 의사 선생이 분노를 터트릴 거라는 로즈 판단은 정확하게 맞아떨어졌다. 낸시가 한 일을 알리자마자 저주와 협박을 퍼붓다가 떠버리와 메줏덩어리에 알려서 정교하게 수사해 누구보다 먼저 처벌하도록 하겠다고 장담하더니, 실제로 두 사람을 찾아가려고 모자까지 머리에 썼다. 그래서 어떤 결과가 나올지 조금도 생각하지 않고 화가 치미는 대로 행동하려는 걸, 브라운로우 선생 역시 성미가 급한 터라 마찬가지로 펄쩍 뛰기도 하고 물불 안 가리고 행동하면 안 되는 이유를 상세히 설명하기도 해서 간신히 막았다. 그러자 두 숙녀와 합류한 다음에 성미급한 의사는 이렇게 따졌다.

"그럼 도대체 어떻게 해야 한단 말이오? 남자와 여자 악당 모두에게 감사하다는 결의를 하고 우리가 존경한다는 표시로, 그리고 올리버에게 다정하게 행동한 걸 사례한다는 표시로 각자 금화 백 냥씩 받으라고 간청이라도 해야 한단 말이오?"

그러자 브라운로우 선생이 웃으며 대답했다.

"그런 건 아니오. 천천히 아주 조심스럽게 처리해야 한다는 뜻이오."

"천천히 아주 조심스럽게! 나라면 그놈들을 싹 쓸어다가……"

의사가 소리치자, 브라운로우 선생이 끼어들었다.

"교도소로 보낸다고 칩시다. 하지만 그런다고 해서 우리가 생각하는 목적을 이룩하는데 어떤 도움이 될지 생각해 보시오."

"무슨 목적?"

"당장은 올리버 부모를 찾는 것, 그리고 우리가 들은 내용이 사실이라면 억울하게 빼앗긴 유산을 올리버에게 되찾아주는 것이 되겠지요."

브라운로우 선생이 말하자, 로스번 선생은 손수건으로 열기를 식히면서 대답했다.

"아! 그걸 깜빡 잊었구려."

"선생도 알다시피, 그 불쌍한 여자를 완전히 논외로 쳐서 안전을 보장하고 나머지 악당을 모조리 잡았다가 법의 심판대에 세운다고 해서 우리에게 좋은 점이 무어겠습니까?"

브라운로우 선생이 계속하는 말에 의사가 대답했다.

"최소한 몇 놈은 목을 매달고 나머지는 유배를 보내겠지요."

그러자 브라운로우 선생이 미소를 지으며 대답했다.

"좋군요. 하지만 때가 되면 어차피 그들은 그렇게 될 게 분명한데, 우리가 끼어들어서 시기를 앞당기는 건 내가 볼 때 돈키호테 같은 행동에 불과할 뿐, 우리 이익에…… 최소한 올리버 이익에 반할 가능성이 큽니다."

"왜요?"

"우리가 몽스라는 남자를 굴복시키지 않는 한 이번 문제를 밑바닥까지 상세히 파헤치는 건 현실적으로 극히 어렵기 때문이오. 이렇게 하려면 모든 계획을 세세하게 짜서 주변에 악당이 없을 때 몽스를 붙잡아야 하오. 왜냐하면, 경찰이 몽스를 체포한다고 해도 우리에겐 그를 확실하게 얽어맬 증거가 하나도 없기 때문이오. (내가 판단하기에도 그렇고 다양한 사실도 그렇게 보이는데) 몽스는 악당 무리와 연루해서 도적질한 적이 한 번도 없소. 그러니 그냥 풀려나거나 경범죄로 며칠 고생하는 이상의 형벌을 받을 가능성은 거의 없는데, 그렇게 되면 당연히 우리 앞에서 입을 꽉 닫아 벙어리에 장님에 귀머거리에 바보천치 노릇을 할 터이니, 우리가 뜻을 이루는 데에는 아무런 도움도 안 되겠지."

브라운로우 선생이 말하자, 의사가 성급하게 물었다.

"그렇다면 다시 묻겠는데, 선생은 여자에게 한 약속을 지킨다는 게 과연 온당하다고 생각하십니까? 선의로 약속한 건 사실이지만……"

로즈가 끼어들려고 하자 브라운로우 선생이 재빨리 막으면서 말했다.

"이 문제는 다시는 논의하지 맙시다, 친애하는 아가씨. 약속은 지켜야 합니다. 그런다고 해서 우리가 하는 일에 조금이라도 방해가 되는 일은 없을 겁니다. 하지만 우리로서는 행동방침을 구체적으로 정하기 전에 그 여인을 만나서 법이 아니라 우리가 직접 처리한다는 걸 전제로 몽스란 작자를 우리에게 구체적으로 보여줄 수 있는지, 혹은 그럴 수 없거나 그러지 않을 경우에 우리가 찾도록 그자가 자주 나타나는 장소와 인상착의를 알려줄 수 있는지 확인해야 합니다. 하지만 우리가 그 여인을 만나려면 일요일 밤이어야 하는데 오늘은 화요일입니다. 따라서 그때까지 완벽하게 조용히 지낼 것을, 그리고 올리버 자신에게도 비밀로 할 것을 제안합니다."

로스번 선생은 꼬박 닷새나 일을 미루자는 제안에 얼굴을 잔뜩 찌그렸으나 당장 더 좋은 방법이 떠오르는 것도 아니라는 사실을 인정할 수밖에 없었다. 게다가 로즈와 메일리 부인 모두 브라운로우 선생을 강력하게 지지해서 제안은 만장일치로 통과했다. 그러자 브라운로우 선생이 다시 말했다.

"제 친구 그림위그에게 도움을 청하고 싶소. 성격은 별나도 눈매가 날카로우니 우리에게 많은 도움이 될 겁니다. 게다가 변호사 훈련을 받고서 이십 년 동안 사건 의뢰를 받아 재판진행에 참여한 게 단 한 건밖에 없는 바람에 정나미가 떨어져서 그만둔 경력도 있습니다. 함께 일하는 게 좋겠는지 아닌지를 여러분이 결정하십시오."

"저 역시 지인을 불러도 된다면 선생 친구를 끌어들이는데 이의는 없습니다."

의사가 말하자, 브라운로우 선생이 되물었다.

"투표로 결정해야 합니다. 그분이 누군가요?"

"여기에 계시는 마님 자제분이자 젊은 아가씨…… 오랜 친구랍니다."

의사가 대답하며 메일리 부인을 가리키고 로즈를 의미심장한 눈길로 쳐다보았다.

로즈는 얼굴을 빨갛게 물들였으나 (자신이 반대해도 소수의견으로 끝날 걸 알았는지) 특별히 반대하지도 않아, 해리 도령과 그림위그 선생이 함께 활동하는 거로 결정되니, 이번에는 메일리 부인이 말했다.

"이번 조사를 성공적으로 수행할 가능성이 아주 조금만 있더라도 당연히 우리는 런던에 머물겠습니다. 우리 모두 깊은 관심을 보이는 문제를 해결하기 위해서라면 본인은 어떤 수고나 비용도 아끼지 않을 터이며, 실낱같은 희망이라도 있는 한 열두 달이 지나더라도 여기에 기꺼이 머물겠습니다."

브라운로우 선생이 맞장구쳤다.

"좋습니다! 그런데 여러분 얼굴을 보니까 제가 올리버 이야기를 제대로 확인할 때까지 기다리지 않고 영국을 갑자기 떠난 이유를 궁금하게 여기는 것 같은데, 적당한 순간이 오면 저 스스로 설명할 터이니 그때까지 아무것도 묻지 않길 부탁하는 바입니다. 저를 믿어주세요. 저는 선의로 이렇게 요청하는 겁니다. 까딱하다간 실현 불가능한 희망을 일깨워서 그렇지 않아도 어려운 상황에 괜한 실망과 혼란만 부추길 수 있기 때문입니다. 자, 갑시다! 저녁 준비를 다 했다는 전갈도 왔고 어린 올리버는 옆방에 혼자 있으니, 어쩌면 우리가 자신과 지내는 게 싫증 나서 세상으로 내쫓을 음모를 꾸민다고 불길하게 생각할 수도 있으니까요."

노신사는 이렇게 말하곤 메일리 부인에게 한 손을 내밀어 저녁상을 차린 식당으로 에스코트하고, 로스번 선생은 로즈를 에스코트하며 뒤따르니, 이번 회의는 완전히 끝나고 말았다.

CHAPTER XLII

올리버 예전 동료가 천재적인 특징을
유감없이 발휘하여 런던에서 유명인사가 되다

낸시가 빌 사익스를 억지로 재우고 스스로 결단해서 로즈 아가씨를 급히 찾아가던 밤에 두 사람이 국도를 따라 런던으로 걸어오고 있었으니, 그 이야기를 여기에서 다루는 게 좋을 것 같다.

남자 한 명과 여자 한 명인데, 수컷 하나와 암컷 하나라고 말하는 게 좋을 수도 있겠다. 남자는 팔다리가 길어서 발을 질질 끌며 안짱다리로 걷고 체구는 삐쩍 말라 어릴 때는 덜 자란 어른처럼 보이고 어른일 때는 웃자란 아이로 보일 것 같은, 나이를 알아보기 어려운 형상이기 때문이다. 반면에 여자는 어리지만 묵직한 짐을 끈으로 동여서 등에 걸머지고 버틸 정도로 체격이 건장하고 다부졌다. 남자는 짐이 많지 않았다. 평범한 손수건으로 만든 조그만 보따리를 막대기에 묶어서 어깨에 대롱대롱 걸친 정도라, 언뜻 보기에도 정말 가벼웠다. 이런 상황에다 다리까지 유난히 길어서 남자는 여자보다 대여섯 걸음을 가볍게 앞지르니, 가끔 머리를 홱 돌려서 쳐다보는 표정은 너무 느리다고 타박하면서 힘 좀 내라고 재촉하는 것 같았다.

두 사람은 먼지가 풀풀 이는 국도를 따라 역마차가 빠르게 질주할 때마다 길을 내주려고 옆으로 비키는 외에는 주변 풍경에 아무런 관심도 없이 앞에서 말한 식으로 힘겹게 걷다가 마침내 하이게이트 구름다리를 지나는데, 앞에서 가던 남자가 걸음을 멈추고 뒤에서 오는 여자에게 짜증스런 어투로 소리쳤다.

"빨리 좀 올 수 없어? 너는 너무 게을러빠졌어, 샬롯."

"짐이 정말 무겁단 말이야."

여자가 말하며 다가오는데 지칠 대로 지쳐서 금방이라도 숨이 넘어갈 것 같았다.

"무겁다니! 도대체 무슨 소릴 하는 거야? 네가 맡은 역할이 뭔데?"

남자가 소리치더니, 조그만 보따리를 다른 쪽 어깨로 옮기며 다시 말했다.

"어이쿠, 또 쉬는 거야? 맙소사, 너는 사람을 정말 짜증 나게 하는구나. 너 같은 사람은 어디에도 없을 거야!"

"아직 멀었어?"

여자가 묻더니, 둑에 등을 기댄 채 땀이 줄줄 흐르는 얼굴로 쳐다보자, 다리가 기다란 사내는 앞을 가리키며 대답했다.

"아직 멀었냐고? 거의 다 왔어. 저길 봐! 바로 저게 런던 불빛이야."

"그래도 삼 킬로미터는 족히 넘겠어."

여자가 낙담한 어투로 말하자 남자가 대답하는데, 바로 노아 클레이폴이었다.

"삼 킬로미터든 삼십 킬로미터든 신경 쓰지 말고 벌떡 일어나서 따라와. 아니면 발로 차서 혼쭐을 낼 테니."

노아가 이렇게 말하며 잔뜩 화내, 그렇지 않아도 새빨간 코를 더욱 새빨갛게 물들이며 다가오는 표정이 정말 발로 찰 것 같아서 여자는 더 말하지 않고 벌떡 일어나 남자 옆에서 터벅터벅 걸었다. 그래서 몇백 미터를 걸은 다음에 다시 물었다.

"오늘 밤엔 어디서 묵을 거야, 노아?"

"그걸 내가 어떻게 알아?"

노아가 대답했다. 걷는 게 힘들어서 잔뜩 성질난 어투였다.

"가까우면 좋겠어."

"안 돼, 가까운 데는. 절대로 안 되니까 아예 생각조차 말라고."

"왜?"

"내가 아니라고 하면 아닌 거니까 왜 그러느냐, 무엇 때문이냐 묻지 마."

노아가 목에 힘주며 대답하자, 샬롯이 말했다.

"그래도 그렇게 짜증스럽게 말할 필요는 없잖아."

그러자 노아가 다시 말하는데, 비아냥대는 어투였다.

"런던 입구에서 처음 보이는 주막에 묵는데 소어베리가 쫓아와서 늙어빠진 코를 들이밀며 우리에게 쇠고랑을 채우고 수레에 처박아서 끌고 가면 참 좋겠구나, 그치? 안 돼! 최대한 좁은 길로 숨어다니면서 내가 보기에 가장 후미진 주막이 나타날 때까지 마냥 걸을 거야. 나에게 이런 머리가 있는 걸 너는 고마워할 줄 알아야 해. 처음에 우리가 일부러 엉뚱한 길로 접어들어 시골을 빙 돌지 않았다면 너는 일주일 전에 잡혀서 교도소에 갇히고 말았을 거야, 아가씨. 그런데 너는 멍청해서 그렇게 당해도 싸."

"내가 너만큼 똑똑하지 않다는 건 나도 알아. 하지만 나에게 모든 책임을 뒤집어씌우거나 내가 교도소에 갇혀도 싸다는 말은 하지 마. 내가 그렇게 되면 너 역시 마찬가지니까."

"돈궤에서 돈을 꺼낸 건 너라고!"

"네가 시킨 거잖아."

"그래서 내가 그 돈을 받았어?"

"아니, 나를 믿고는 나에게 맡겼지. 자기는 정말 착해."

여자가 말하곤, 남자 턱을 톡톡 치더니 상대 팔에 자기 팔을 꼈다.

실제로 그랬다. 하지만 노아에겐 누구건 바보처럼 맹목적으로 신임하는 습관이 없으니, 속을 자세히 들여다본다면 노아가 샬롯을 이 정도로 신뢰한 이유는 행여나 잡힐 경우에 돈이 여자 품에서 나와, 자신은 도적질에 가담하지 않았다고 주장해서 무사히 벗어날 가능성을 그만큼 높여야 하기 때문이다. 물론 지금으로선 그런 속내를 드러낼 이유가 없으니, 두 사람은 함께 사랑스럽게 걸었다.

이렇게 신중한 계획에 근거해 노아는 멈추지 않고 계속 걸어서 이슬링턴 '천사'에 도착해, 사람도 마차도 붐비는 걸 보고서 마침내 런던을 정확히 찾아왔다고 제대로 판단했다. 그래서 잠시 걸음을 멈추고 가장 붐비는, 따라서 꼭 피해야 하는 거리를 둘러보다가 '성 요한 도로'로 들어서니 얼마 후에는 더러운 길이 복잡하게 얽히고설킨 지역이 나오는데, '그레이 여인숙 소로'와 스미스필드 가축시장 사이로, 너무나 저급하고 불결한 나머지 도시 환경사업조차 완전히 외면한 곳이었다.

노아는 뒤에 샬롯을 달고 이런 길을 굽이굽이 지나다가 도랑에 뛰어들어 조그만 주막 외관 전체를 한눈에 넣어서 살피더니, 너무 눈에 띄어서 안 맞는다는 모호한 판단을 내리곤 다시 걸었다. 그래서 지금까지 본 어떤 주막보다 초라하고 지저분한 주막 앞에서 마침내 걸음을 멈추더니, 도로를 건너 맞은편에서 자세히 살핀 다음에 비로소 저기에서 오늘 밤을 묵겠다고 정중하게 선언했다.

"그러니까 이제 짐을 줘."

노아가 말하더니, 여자 어깨에서 끈을 벗겨 자기 어깨에 걸치며 덧붙였다.

"너는 입을 꾹 다물고 있어, 내가 말하라고 시킬 때까지는. 저 집 이름이 뭐지? 세…… 세…… 세…… 뭐야?"

"절름발이."

샬롯이 대답하자, 노아가 말했다.

"세 절름발이라. 간판 그림도 아주 좋아. 그럼 이제 뒤를 바싹 따라와."

이 말과 함께 노아는 삐걱거리는 문을 어깨로 밀며 안으로 들어가고 샬롯은 뒤를 따랐다.

내부에는 젊은 유대인 한 명밖에 없는데, 그는 계산대에 양쪽 팔꿈치를 대고 더러운 신문을 읽다가 노아를 빤히 쳐다보고, 노아 역시 그를 빤히 쳐다보았다.

노아가 자선 학교 교복을 입었더라면 젊은 유대인이 빤히 쳐다볼 수도 있겠지만, 상의와 배지를 없애고 가죽바지에다 짧은 작업복을 입은 터라 주막에서 별다른 관심을 보일 이유는 특별히 없는 상태였다.

"여기가 세 절름발인가요?"

노아가 묻자, 젊은 유대인이 대답했다.

"그게 여기 이름입니다."

"지방에서 올라오다가 길에서 어떤 신사를 만났는데 여기를 추천하더군요."

노아가 말하며 샬롯을 쿡 찔러서 자신이 멋들어지게 말하는 솜씨를 보라고, 하지만 깜짝 놀란 표정을 떠올리진 말라고 경고하는 것 같더니, 이렇게 덧붙였다.

"오늘 밤은 여기에서 묵겠소."

"그럴 수 있는디 모드겠더요. 하디만 알아보디요."

심부름하는 바니가 대답하자, 노아가 다시 말했다.

"먼저 우리를 자리로 안내해서 차갑게 식힌 쇠고기와 맥주 한 주전자부터 준 다음에 알아보겠소?"

바니는 두 사람을 뒤에 있는 조그만 방으로 순순히 안내하고 요청한 음식을 가져와서 식탁에 놓더니, 오늘 밤을 여기에서 묵을 수 있다고 알려준 다음에 사랑스러운 커플이 요기하도록 밖으로 나갔다.

그런데 이 방은 계산대 바로 뒤 계단 서너 개 밑으로, 바닥에서 150 ㎝ 높이 벽면에 조그만 유리창을 몰래 박아 넣은 터라, 주막 관계자는 조그만 커튼을 젖히면 (벽이 유리창을 가려서 수직으로 올라간 대들보와 벽 사이로 머리를 집어넣고 들여다보기 때문에) 조금도 들킬 염려 없이 내부에 있는 손님을 살필 수 있을 뿐 아니라 칸막이벽에 귀를 대면 안에서 나누는 대화까지 비교적 또렷하게 들을 수 있었다. 그래서 주점 주인이 몰래 훔쳐보다가 고개를 뺀 지 오 분도 안 되고 바니는 위에서 언급한 말을 하고 이제 막 돌아온 순간, 유대인 영감이 저녁 일과의 하나로 어린 제자들 소식을 물어보려고 주점으로 들어왔다. 그러자 바니가 속삭였다.

"쉿! 낯던 사람들이 옆방에 있더요."

"낯선 사람들?"

유대인 영감이 속삭이는 말로 묻자, 바니가 덧붙였다.

"그런데 아주 이당한 다람들이에요. 지방에서 올라왔는데, 영감님이랑 달 어울릴 것 같다요."

유대인 영감은 이 정보를 꽤 진지하게 받아들이는 것처럼 보이더니, 걸상에 올라 은밀한 위치에서 유리창에 한쪽 눈을 대고 가만히 바라보는데, 노아는 접시에서 차갑게 식힌 쇠고기를 집고 주전자에서 흑맥주를 따라 자신은 마음껏 먹고 마시면서도 옆에서 먹고 싶은 걸 꾹 참으며 기다리는 샬롯에게는 식이요법이라도 하듯 조금씩 떼어주었다. 그러자 유대인 영감이 바니를 돌아보며 속삭였다.

"아하! 저 친구 표정이 마음에 드는군. 우리에게 쓸모가 있을 것 같아. 여자를 길들이는 법도 벌써 깨우치고 말이야. 얘야, 찍소리도 내지 마, 저 애들이 하는 말을 들어야 하니까."

유대인 영감은 유리창에 한쪽 눈을 다시 들이대고 칸막이벽에 귀를 댄 채 열심히 듣는데, 간절하면서도 미묘한 표정이 늙은 도깨비 같았다.

노아는 두 발을 쭉 뻗고 계속 말하는데, 유대인 영감이 너무 늦게 도착한 터라 시작 부분은 들을 수 없었다.

"그래서 나는 신사가 될 생각이야. 지겨운 관은 이제 작별하고 앞으로는 신사답게 살아가는 거야. 그러니 너도 그러고 싶으면 숙녀로 살아."

"나도 당연히 그러고 싶지만, 자기야, 사람이 돈궤를 털고 매일같이 도망 다닐 순 없는 거잖아."

샬롯이 대답하자, 노아가 말했다.

"돈궤 같은 건 잊어버려! 돈궤 말고도 털만 한 건 아주 많으니까."

"그게 무슨 말이야?"

"주머니, 여자들 손가방, 주택, 역마차, 은행!"

노아가 말하는데, 흑맥주를 마셔서 의기양양한 어부였다.

"하지만 너 혼자서 그런 일을 할 순 없잖아, 자기야."

"그런 일을 할 수 있는 사람을 찾아서 함께 어울리는 거야. 그러면 우리는 어떤 식으로든 쓸 만한 일을 할 수 있을 거야. 너만 해도 여자 쉰 명 역할은 능히 하잖아. 내가 시키면 사람도 아주 교활하게 속이고 말이야."

"야아, 자기가 그렇게 말하니까 기분이 아주 좋아!"

샬롯이 감탄하며 못생긴 사내 얼굴에 키스했다.

"맙소사, 그만해. 너무 이러지 마, 짜증 날 수도 있으니까."

노아가 말하더니, 샬롯을 떼어내며 엄숙하게 덧붙였다.

"나는 무리를 모아서 두목 노릇을 하며 아무도 모르게 뒤도 밟고 허풍도 실컷 떨 거야. 나에겐 이런 일이 딱 어울려, 수입만 충분하면. 그러니 이쪽 방면에 실력이 좋은 신사를 만날 수 있다면 네가 지닌 금화 스무 냥짜리 은행권을 주어도 싼 거야…… 어차피 우리는 그걸 처분할 방법조차 모르잖아."

노아는 이런 의견을 개진한 다음에 매우 지혜로운 표정으로 흑맥주 주전자를 들여다보며 내용물을 잘 흔들다가 샬롯에게 선심이라도 쓰듯 고개를 끄덕이고 맥주를 한 모금 마셨다. 속이 아주 든든한 것 같았다. 한 모금 더 마실까 곰곰이 생각하는데 갑자기 문이 열리더니, 낯선 사람이 들어오며 흥을 깨뜨렸다.

낯선 사람은 유대인 영감이었다. 영감은 극히 다정한 표정으로 허리를 깊숙하게 숙이며 다가와서 바로 옆 탁자에 자리를 틀더니, 씩 웃으며 쳐다보는 바니에게 마실 것을 주문한 다음에 두 손을 비비면서 말했다.

"밤이 상쾌한 게, 선생, 작년보다는 꽤 선선하군. 지방에서 올라온 것 같은데, 선생?"

"그걸 어떻게 아세요?"

노아가 묻자, 유대인 영감이 대답했다.

"런던에는 그런 흙먼지가 별로 없거든."

유대인 영감이 대답하며 노아 신발과 샬롯 신발과 보따리 두 개를 가리키자, 노아가 소리쳤다.

"눈매가 정말 날카로우시군요. 하! 하! 하! 내가 하는 말 좀 들어봐, 샬롯!"

"그럼, 당연하지, 친구. 대도시에서는 아주 날카로울 필요가 있다네."

유대인 영감이 대답하더니, 은밀하게 속삭이는 목소리로 덧붙였다.

"진짜로."

그러면서 오른손 검지로 콧잔등 옆을 톡 치자, 노아도 똑같이 따라 하는데 코가 그렇게 커다란 게 아니라서 완벽하게 성공할 순 없었다. 하지만 유대인 영감은 그걸 자기 의견에 동조한다는 표시로 해석한 듯 바니가 가져온 술을 따라주는 호의를 보이자, 노아는 입맛을 쩝쩝 다시며 말했다.

"정말 좋은 술이네요."

"그래! 이런 걸 매일 마시려면 주머니나 여자들 손가방이나 주택이나 역마차나 은행을 털어야 하겠지."

노아는 자신이 한 말을 그대로 반복하는 소리를 듣자마자 의자에 앉은 채 뒤로 주춤하곤 극단적인 공포에 잿빛처럼 창백한 얼굴로 유대인 영감과 샬롯을 번갈아 쳐다보았다. 그러자 유대인 영감이 의자를 가까이 끌어당기며 말했다.

"걱정하진 말게, 친구. 하! 하! 하! 자네가 하는 말을 우연히 들은 사람이 나밖에 없어서 다행이야. 나밖에 없어서 정말 다행이라고."

하지만 노아는 자존심 강한 신시 자태를 포기하고 쭉 뻗은 다리를 움츠려서 의자 밑으로 재빨리 집어넣으며 더듬거렸다.

"제가 훔친 게 아니에요. 이 아이가 그런 거예요. 이 아이가 돈을 꺼냈다고요. 샬롯, 네가 그런 건 너도 잘 알잖아."

"누가 꺼냈든 누가 그랬든 상관없어, 친구. 나도 그쪽 분야에 종사하기 때문에 자네가 맘에 들거든."

"어떤 분야요?"

노아가 살짝 기운 내서 묻자, 유대인 영감이 대답했다.

"그런 쪽 사업 말이야. 이 집에 오는 사람은 누구나 마찬가지야. 자네가 제대로 찾아왔어. 여기는 정말 안전해. '절름발이'보다 안전한 곳은 런던 어디에도 없어. 내가 마음을 먹으면 그렇다는 뜻이야. 그런데 나는 자네와 젊은 처자가 마음에 드니까 내가 말한 대로 마음 편히 먹어도 괜찮아."

노아는 이런 말을 듣고서 마음이 편하게 변했을지언정 몸뚱이까지 그런 건 아니었다. 발을 질질 끌고 몸을 이리저리 비틀어 이상야릇한 자세를 취하면서 공포와 의심이 가득한 표정으로 상대를 쳐다보았기 때문이다. 그러자 유대인 영감은 친근한 표정으로 고개를 끄덕이고 격려하는 방법으로 먼저 여자부터 안심시키고 나서 이렇게 말했다.

"내가 하나만 더 말하겠네. 나에게 친구가 한 명 있는데 자네가 품은 소망을 충족시키는 건 물론 자네를 올바른 방향으로 인도할 수 있을 것 같아. 그러면 자네가 생각하기에 가장 적합한 분야에서 작업하도록 하면서 다른 분야 기술도 모두 가르쳐줄 거야."

"진담인 것처럼 말씀하시네요."

노아가 말하자, 유대인 영감이 어깨를 으쓱하며 물었다.

"진담이 제일 좋은 거 아닌가? 자! 내가 자네와 단둘이서 할 말이 있으니, 밖으로 나가세."

"우리가 자리를 바꾸는 수고를 할 필요는 없어요. 저 애는 어차피 꾸러미를 들고 이 층으로 올라가야 하니까. 샬롯, 짐을 옮겨서 정리해."

노아가 말하는데, 두 다리는 어느새 조금씩 다시 벌어졌다.

당당하게 명령하는 말에 샬롯은 조금도 투덜대지 않고 복종해 꾸러미를 들어서 끙끙대며 밖으로 나가고, 노아는 문을 열어준 채 가만히 지켜보았다. 그러더니 자리에 다시 앉으면서 사나운 야수를 길들인 주인 같은 어투로 말했다.

"저 여자는 길이 참 잘 들었지요?"

"아주 완벽해. 자네는 천재군, 친구."

유대인 영감이 칭찬하며 어깨를 툭툭 치자, 노아가 대답했다.

"내가 천재가 아니라면 여기까지 오지도 못했을 거예요. 그건 그렇고, 저 여자가 돌아오기 전에 말씀하시죠?"

"그래, 자네 생각은 어떤가? 내 친구가 자네 마음에 든다면 함께 일하는 게 좋지 않겠나?"

"업무 실력이 뛰어난가요? 중요한 건 그거잖아요!"

노아가 반문하며 조그만 눈 하나로 윙크했다.

"이쪽 계통에서는 최고지. 일꾼도 많고 사업상 맺은 인맥도 최고야."

"일꾼은 모두 도시 출신인가요?"

"지방 출신은 하나도 없어. 그러니 그 친구가 자네를 받아들일 가능성은 없겠지, 내가 추천한다고 해도, 최근에 일손이 달리는 편만 아니라면."

"그 사람에게 넘겨주어야 하나요?"

노아가 물으며 짧은 바지에 달린 주머니를 톡톡 치자, 유대인 영감은 단호하게 대답했다.

"그렇게 안 하면 아예 말도 못 꺼내지."

"하지만 금화 스무 냥은…… 너무 많잖아요!"

"제대로 처분할 수 없는 은행권 지폐라면 그렇지도 않아. 일련번호와 발행날짜가 있지? 그럼 은행에서 지급을 정지했을 거고? 아! 그건 그 친구에게도 별로 쓸모가 없어. 해외로 내보내야 하는 터라 시장에서 제대로 받을 수 없거든."

"그럼 언제 만날 수 있나요?"

노아가 망설이는 표정으로 묻자, 유대인 영감이 대답했다.

"내일 아침."

"어디에서요?"

"여기에서."

"으음! 조건은 어떤가요?"

"신사답게 생활하는 조건…… 숙식 제공에 파이프 담배와 술은 무료…… 자네가 번 거 절반, 그리고 젊은 처자가 번 거 절반."

유대인 영감이 대답했다. 아주 멋진 조건이었다. 하지만 노아 클레이폴은 탐욕이 절대로 적지 않으니, 완벽하게 자유로운 상태라면 이런 조건을 과연 받아들였을까 정말 의심스럽다. 하지만 자신이 거절하면 상대편은 자신을 경찰에 곧바로 넘길 수도 있다는 (이것보다 가능성이 적은 일도 일어났다는) 생각이 떠올라 마음이 조금씩 약해지더니, 결국엔 그 정도면 만족스러운 것 같다고 대답하곤 이렇게 덧붙였다.

"할아버지도 알겠지만 저 여자는 꽤 많은 일을 할 수 있으니, 나는 아주 가볍게 일하면 좋겠어요."

"취미처럼 가볍게 하는 일?"

"네, 그런 거랑 비슷해요. 당장은 나에게 어떤 일이 맞을까요? 말하자면, 힘을 쓸 필요도 없고 위험하지도 않은 일 같은 거요!"

"자네가 다른 사람을 몰래 염탐한 이야기를 들었네, 친구. 내 친구는 그런 일을 능숙하게 처리할 사람이 필요해, 간절하게."

"맙소사, 그런 말을 한 건 맞고 그런 일을 가끔 하는 것도 괜찮긴 하지만, 그 자체로 돈이 생기는 건 아니잖아요."

노아가 천천히 대답하자, 유대인 영감은 곰곰이 생각하는 척하다가 말했다.

"그 말도 일리가 있군! 그래, 돈이 안 생길 수도 있어."

"그럼 어떻게 하죠? 아무도 모르게 하는 일, 확실하면서도 집에 머무는 것만큼 위험하지 않은 일은 없을까요?"

노아가 걱정스러운 표정으로 바라보며 묻자, 유대인 영감이 반문했다.

"그렇다면 늙은 여자가 어떨까? 가방이나 보따리를 낚아채고 모퉁이 너머로 재빨리 도망치면 돈벌이가 상당하거든."

"그러면 소리를 마구 질러대지 않나요, 할퀴는 사람도 있고? 그런 일은 안 맞을 것 같아요. 다른 일은 없을까요?"

노아가 머리를 절레절레 흔들며 묻자, 유대인 영감이 노아 무릎에 한 손을 올려놓으며 대답했다.

"가만! 꼬마치기."

"그게 뭔가요?"

"꼬마는 구리동전과 은화를 들고 엄마 심부름 가는 어린애를 뜻하는 거야. 치기는 아이들 돈을 빼앗은 다음에 - 아이들은 언제나 돈을 손에 쥐니까 - 한 대 갈겨서 도랑에 처넣고 아주 느긋하게 걸어가는 거고, 어린애가 쓰러져서 다친 것 외에는 문제 될 게 하나도 없다는 듯이 말이야. 하! 하! 하!"

"하! 하! 하! 제가 원하는 게 바로 그런 일이에요!"

노아가 감탄하며 지나칠 정도로 황홀경에 빠져들자, 유대인 영감이 대답했다.

"그래, 그렇겠지. '캠든 타운'이나 '전투 다리'처럼 아이에게 심부름 시키는 동네[6] 서너 곳을 정해서 언제든 마음이 내키는 시간에 원하는 만큼 아이들을 덮치는 거야. 하! 하! 하!"

---

6) 하인이 없어서 아이에게 심부름시키는 런던 변두리 주택가를 뜻한다.

유대인은 노아 옆구리를 쿡 찌르며 함께 오랫동안 폭소를 터트렸다. 그러다가 샬롯이 돌아오고 노아 역시 정신이 들자 이렇게 물었다.

"그래요, 정말 좋아요! 내일 몇 시에 만날까요?"

"열 시면 괜찮겠나?"

유대인 영감이 묻더니, 노아가 고개를 끄덕이자, 이렇게 물었다.

"훌륭한 친구에게 자네 이름을 무어라고 말할까?"

"볼터.[7] 모리스 볼터. 이쪽은 볼터 부인이랍니다."

노아가 대답했다. 이런 상황에 대비해서 미리 준비한 이름이었다. 그러자 유대인 영감이 기괴할 정도로 정중하게 허리 숙여서 인사하며 말했다.

"볼터 부인을 받들어 모시나이다. 앞으로 귀하와 친숙하게 지내길 바라는 바입니다."[8]

"신사분이 하는 말 들었어, 샬롯?"

노아가 호통치자, 볼터 부인이 유대인 영감에게 한 손을 내밀며 대답했다.

"그래, 노아!"

"저 여자는 일종의 애칭으로 저를 노아라고 부른답니다. 이해하시죠?"

모리스 볼터로 바뀐 노아가 쳐다보며 말하자, 유대인 영감은 처음으로 진실을 말했다.

"그럼, 그럼, 당연히 이해하고말고. 그럼 좋은 밤, 편하게 쉬시게!"

유대인 영감은 작별인사를 여러 번 반복하다가 떠나고, 노아 클레이폴은 훌륭하신 귀부인에게 잘 들으라고 말하더니, 자신이 조금 전에 협의한 내용을 설명하며 거만하게 으스대, 남성 특유의 자부심은 물론

---

7) 도망자란 뜻이다.
8) 전통 예법에 따라 숙녀를 처음 소개받을 때 하는 말이다.

이고 런던과 인근 지역을 특별히 할당받은 꼬마치기 신사 특유의 당당
한 모습을 그대로 드러냈다.

CHAPTER XLIII

'미꾸라지'가 곤경에 처하다

"그렇다면 할아버지 친구란 사람은 바로 할아버지 자신이네요? 맙소사, 간밤에도 어쩐지 그런 것 같더니만!"

'볼터'라고도 하는 노아가 투덜댔다. 유대인 영감과 바로 다음 날 맺은 계약에 따라 그 집으로 옮긴 이후였다.

"사람은 누구나 자신과 친구야. 자신보다 좋은 친구는 어디에도 없다고."

유대인 영감이 대답하며 정말 간사하게 웃자, 모리스 볼터는 세상 이치에 통달한 사람처럼 말했다.

"늘 그런 건 아니겠지요. 자신이 제일 커다란 적일 때도 있거든요."

"그런 말은 믿지 말게. 자신을 적으로 삼는 건 자신을 제일 싫어해서가 아니라 자신을 제일 좋아하기 때문이야. 쯧쯧! 현실적으로 그런 건 있을 수 없어."

"그러면 안 되겠지요, 설사 있다고 해도."

"그래야 도리에 맞지. 마법사는 3번이 마법의 숫자라고도 하고 7번이 그렇다고 말하기도 하는데, 둘 다 아니야, 친구. 그건 1번이라고."

"하! 하! 하! 1번이여, 영원하여라."

볼터가 소리치자, 유대인 영감은 교통정리를 할 필요가 있다고 느끼곤 이렇게 말했다.

"우리처럼 조그만 공동체에서는, 친구, 나도 그렇고 다른 아이도 그렇고 모두 1번이야."

"설마!"

볼터가 깜짝 놀라자, 유대인 영감은 못 들은 척하면서 계속 말했다.

"자네도 알겠지만, 우리는 서로 밀접한 연관을 맺어서 이해관계가 일치하기 때문에 그럴 수밖에 없어. 예를 들어, 자네 목적은 1번을, 즉 자네 자신을 보살피는 거야."

"당연하죠. 그 부분은 제대로 짚었어요."

"으음! 하지만 자네는 자신을 1번으로 보살필 수 없어, 나를 1번으로 신경 쓰지 않으면."

"2번이겠지요."

볼터가 대답하며 이기적인 속성을 그대로 드러내자, 유대인 영감이 반박했다.

"아니야, 그렇지 않아! 자네 자신이 자네에게 그런 만큼 나 자신도 자네에게 똑같이 중요해."

"비록 할아버지는 정말 좋은 사람이고 나 역시 할아버지를 매우 좋아하지만 그래도 우리는 그럴 정도로 친한 사이가 아니잖아요."

볼터가 또 끼어들자, 유대인 영감은 두 손을 앞으로 내밀고 어깨를 으쓱하며 말했다.

"이렇게 생각해 보라고. 자네는 정말 멋진 일을 했어, 그래서 나는 자네를 좋아해. 하지만 동시에 그 일 때문에 자네는 목에 넥타이를 묶을 수도 있어. 묶는 건 아주 쉽지만 푸는 건 몹시 어렵지. 쉬운 말로 교수형!"

너무 꽉 조이는 느낌이 드는 듯 볼터는 한 손으로 목도리를 잡으며 알겠다고 중얼거리는데, 말투는 그래도 속마음까지 그런 건 아니고, 유대인 영감은 계속 말했다.

"교수대는, 친구, 매우 흉악한 도로 표지판으로, 도로가 조금 후에 날카롭게 꺾인다는 사실을 알려줘. 그래서 대담한 친구들이 널찍한 대로를 마음껏 달리다가 멈추도록 하지. 자네에게 1번은 이런 길을 최대한 멀리하고 편한 길만 가는 거야."

"그야 당연하죠. 그런데 이런 얘기를 하는 이유가 뭔가요?"

볼터가 묻자, 유대인 영감이 눈썹을 추켜세우며 대답했다.

"내 뜻을 자네에게 또렷하게 전달하려는 거야. 자네가 편한 길만 갈 수 있는지는 나에게 달렸어. 내가 하는 사업이 잘 되는지는 자네에게 달렸고. 첫 번째는 자네 1번이고 두 번째는 내 1번이야. 자네가 자네 1번을 소중히 여길수록 내 1번에 신경을 써야 하는 거라고. 그래서 내가 처음에 그렇게 말한 거야, 모두를 1번으로 여겨서 우리가 하나로 뭉쳐야 한다고, 한꺼번에 산산조각이 안 나려면."

"맞는 말이네요. 아! 할아버지는 괴팍하면서도 정말 똑똑한 거 같아요!"

볼터가 깊이 생각하는 표정으로 대답하자, 유대인 영감은 이렇게 찬양하는 말을 단순한 칭찬이 아니라 자신이 교활한 천재란 인상을 풋내기에게 확실히 심어준 증거로 여기며 기뻐했다. 자기 밑에서 일할 사람은 처음부터 이런 느낌을 마음 깊이 새기는 게 좋기 때문이다. 그래서 이런 인상을 좀 더 바람직하고 유익하게 강화하는 차원에서 연타를 날리기 위해 사실과 허구를 교묘하게 뒤섞어서 자신이 하는 작업규모가 얼마나 방대하고 다양한지 설명하며 효과를 극대화해, 볼터가 영감에 대한 존경심을 눈에 띄게 키우면서 동시에 막연한 공포심을 적당하게 심어주는 효과를 정교하게 끌어내니, 이는 유대인 영감에게 극히 바람직한 현상이었다.

"이렇게 서로를 신뢰하니까 엄청난 손해를 본 것도 위로가 되는구먼. 솜씨가 제일 좋은 일꾼을 어제 아침에 빼앗겼거든."

유대인 영감이 말하자, 볼터가 깜짝 놀라며 물었다.

"설마 죽었단 말은 아니겠지요?"

"그럼, 그럼, 그 정도로 나쁜 건 아니야. 절대 아니라고."

"그렇다면 그 사람이……."

"잡혔어. 그래, 잡힌 거야."

"어떤 일로?"

"대단한 건 아니야. 소매치기했다는 혐의를 받았는데, 몸에서 은제 코 담뱃갑이 나왔어. 그 친구 물건이야. 코담배를 아주 좋아하거든. 경찰 측에서 오늘까지 잡아두는 거야. 진짜 주인을 찾을 수 있다고 생각하는 거지. 아! 그 친구는 코 담뱃갑 쉰 개 값어치는 충분하니, 빼낼 수만 있다면 그 정도 돈은 기꺼이 지급하겠어. 너도 '미꾸라지'를 만났어야 해, 너도 '미꾸라지'를 만났어야 한다고."

"뭐, 언젠가는 만나지 않겠어요?"

볼터가 대답하자, 유대인 영감이 한숨을 내쉬며 대답했다.

"그건 회의적이야. 경찰 측에서 새로운 증거를 못 찾으면 즉심에 넘어가서 육 주일 후에 만나겠지만, 증거를 찾으면 빵살이 건이거든. '미꾸라지'가 매우 똑똑한 아이라는 사실은 저들도 아니까 종신이 나올 거고. 그래, 맞아, 종신 이하는 절대로 안 나와."

"빵살이는 뭐고 종신은 뭐예요? 저에게 그런 식으로 말하면 아무 소용도 없어요. 제가 이해할 수 있는 말로 하세요."

볼터가 말하자, 유대인 영감이 이상한 표현을 평범한 말로 바꿔서 두 표현을 합치면 '종신유배형'이 된다는 사실을 알려주려고 하는데, 찰리 베이츠가 (두 손은 짧은 바지 주머니에 푹 찌르고 잔뜩 찡그린 얼굴은 희극적이면서도 비극적인 표정이 가득한 채) 갑자기 들어오는 바람에 말문이 막히고 말았다.

"다 끝났어요, 할아버지."

찰리 베이츠가 말했다. 풋내기하고 인사를 나눈 다음이었다.

"그게 무슨 말이니?"

"저들이 담뱃갑 주인을 찾은 데다 앞으로도 증인이 두세 명은 더 나올 테니, '미꾸라지'는 해외로 나가는 예약을 끝낸 셈이에요. 그래서 해외로 나가기 전에 그를 만나려면 상복 차림에 상장까지 둘러야 해요. 잭 도킨스가, 대단한 잭이, '미꾸라지'가, 교묘한 '미꾸라지'가 2페니 반 푼 가치밖에 안 나가는 코 담뱃갑 하나 때문에 해외로 쫓겨나다니! 나는 '미꾸라지'가 아무리 안 돼도 귀족 문장이 찍힌 금시계와 시곗줄 이하 때문에 이렇게 되리라곤 상상조차 못 했어요. 아, 명예도 영광도 없는 흔해 빠진 좀도둑이 아니라, 돈이 진짜 많은 노신사를 털어서 신사답게 나가야 하는데!"

찰리 베이츠가 불행한 친구를 아쉬워하는 심정으로 이렇게 투덜대며 서운하고 안타까운 얼굴로 제일 가까운 의자에 앉았다. 그러자 유대인 영감이 성난 표정으로 제자를 쏘아보며 소리쳤다.

"걔가 명예도 영광도 없다니, 도대체 그게 무슨 말이야! 걔는 무얼 하든 제일 잘했다고! 너희 가운데 '미꾸라지'를 따라잡거나 근처라도 쫓아갈 애가 한 명이라도 있었느냐고! 엉?"

"한 명도 없었지요. 단 한 명도."

찰리 베이츠가 대답하는데, 슬픔에 잠긴 목소리였다.

"그렇다면 그게 무슨 소리냐고? 도대체 우는 소리를 내는 이유가 뭐냐고?"

유대인 영감이 성질 부리며 말하자, 찰리 베이츠는 너무 슬프고 안타까운 나머지 똑같이 성질 부리며 훌륭한 인물에게 맞섰다.

"그런 건 기록에 없기 때문이에요! 그런 건 기소장에 안 나오고, 그래서 사람들은 '미꾸라지' 능력을 절반도 알 수 없기 때문이에요. 뉴게이트 목록에는 또 어떻게 나올까요? 어쩌면 아예 안 나올 수도 있어요. 어떻게 이런 일이, 아, 어떻게 이런 일이, 정말 너무나 충격이에요!"

찰리 베이츠가 말하자, 유대인 영감은 오른손을 내밀더니 볼터를 쳐다보고 중풍에라도 걸린 듯 온몸이 뒤흔들리는 폭소를 터트리며 말했다.

"하! 하! 하! 저 애들에게 자기 직업에 대한 자부심이 얼마나 강한지 보렴. 정말 아름답지 않니?"

볼터는 그렇다며 고개를 끄덕이고 유대인 영감은 찰리 베이츠가 슬퍼하는 모습을 만족스러운 표정으로 잠시 쳐다보더니, 옆으로 다가가서 등을 도닥이며 달랬다.

"걱정하지 말렴, 찰리. 다 알게 될 거야. 사람들이 분명하게 다 알게 될 거야. 매우 똑똑하단 사실을 모든 사람이 알게 된다고. '미꾸라지'가 직접 보여줄 테니까. 옛 친구나 스승을 창피하게 만들지 않을 테니까. 게다가 '미꾸라지'가 어리다는 사실을 명심하라고! 이렇게 어린 나이에 종신유배형을 간다는 자체는 정말 대단한 거야, 찰리!"

"으음, 그건 정말 대단한 영광이네요!"

찰리가 중얼거리는데 마음이 약간 놓이는 목소리고, 유대인 영감은 계속 말했다.

"나는 '미꾸라지'에게 필요한 걸 모두 줄 거야. 교도소에서, 찰리, 신사답게 지내게 할 거야. 신사답게! 맥주를 매일 마시고 마음껏 쓰고 남은 돈이 주머니에서 짤랑거리게 할 거라고."

"설마, 정말요?"

찰리 베이츠가 감탄하자, 유대인 영감이 대답했다.

"그래, 정말 그럴 거야. 게다가 우리는 커다란 가발⁹⁾도 구할 거야, 찰리, 말솜씨가 정말 좋은 놈으로. 그래서 변호를 맡길 거야. '미꾸라지'가 직접 연설도 할 거야, 그러고 싶다면. 그러면 신문에 이런 내용이 실리겠지. '교묘한 미꾸라지…… 날카로운 폭소가 터지다…… 법정이 완전히 뒤집히다…….' 알겠어, 찰리, 엉?"

"하! 하! 하! 그러면 정말 재미있겠네요, 그죠, 할아버지? '미꾸라지' 때문에 저들이 정말 골치 아플 거예요, 그죠?"

찰리 베이츠가 웃으며 말하자, 유대인 영감이 동조했다.

"그럼, 그렇고말고…… 당연히 그렇겠지."

"그래요, 정말 그럴 거예요."

찰리는 그대로 말하며 자기 손을 비벼대고, 유대인 영감은 어린 제자를 굽어보며 맞장구쳤다.

"그런 장면이 눈앞에 선하게 보이는 것 같아."

"나도 그래요. 하! 하! 하! 나도 그렇다고요. 눈앞에 선하게 보여요, 아주 확실하게, 할아버지. 정말 재밌어요! 엄청나게 재밌어요! 커다란 가발이 모두 엄숙한 표정을 띠우려고 애쓰는 가운데 '미꾸라지'가 일장 연설을 하네요, 판사 아들이 만찬석상에서 건배하려고 연설하는 것처럼 친숙하고 편안하게…… 하! 하! 하!"

---

9) 커다란 가발(a big-wig)은 판사와 검사와 변호사 등 법조인을 말한다.

한마디로 말해, 유대인 영감은 울적한 기분을 잘 맞춰주고 그래서 찰리 베이츠는 교도소에 갇힌 '미꾸라지'를 처음에 피해자로 바라보았으나 지금은 매우 훌륭하고 재미있는 연극에 등장하는 주인공으로 여기면서 탁월한 능력을 멋들어지게 발휘할 순간이 빨리 오기만 손꼽아 기다리게 된 것이다.

"오늘 '미꾸라지'가 어떻게 지내는지 알아봐야 하는데, 어떤 방법이 좋을까?"

유대인 영감이 중얼대자, 찰리가 물었다.

"내가 갈까요?"

"그건 절대 안 돼. 너 미쳤어, 정신이 나간 거야, 네 발로 스스로 들어가다니……. 안 돼, 찰리, 절대 안 돼. 이번에 하나를 잃은 거로 충분해."

"설마 할아버지가 직접 가겠다는 건 아니겠죠?"

찰리가 묻고서 장난스러운 표정으로 슬쩍 쳐다보자, 유대인 영감이 머리를 흔들며 대답했다.

"그것도 당연히 안 되겠지."

"그렇다면 여기에 있는 풋내기를 보내세요. 얘는 아무도 모르잖아요."

찰리 베이츠가 말하며 노아 팔에 한 손을 올렸다.

"그래, 저 애가 꺼리지 않는다면……"

유대인 영감이 말하자, 찰리가 끼어들었다.

"꺼려요! 꺼릴 이유가 무어겠어요?"

"그래, 사실은 아무것도 아니거든, 아무것도 아니야."

유대인 영감이 중얼대며 고개를 돌려서 쳐다보자, 노아는 깜짝 놀란 표정으로 문이 있는 뒤쪽으로 주춤하다가 머리를 흔들며 항변했다.

"당연히 꺼려야 하는 거 아니야? 싫어요, 싫어……. 그건 절대로 싫어. 그건 내가 담당할 업무가 아니라고요, 절대."

그러자 찰리 베이츠는 극히 경멸스런 표정으로 깡마른 노아를 훑어 보며 물었다.

"저 애가 담당할 업무는 무언가요, 할아버지? 조금이라도 문제가 있으면 도망치고 모든 게 괜찮으면 혼자서 밥그릇을 차지하는 거. 그게 저 아이 담당인가요?"

"너는 관심 꺼. 상급자에게 함부로 말하지 말고, 꼬마, 까딱하면 골로 가는 수가 있으니까."

볼터가 나무라니, 너무나 엄청난 협박에 찰리 베이츠가 폭소를 터트리는 바람에 유대인 영감은 시간이 꽤 지난 다음에 끼어들어, 볼터에게 경찰서에 찾아가는 건 조금도 위험하지 않다고, 이번에 저지른 사소한 문제와 인상착의에 관해서 런던까지 올라온 건 아직 하나도 없는 데다 런던에 은신했다는 생각조차 못 할 가능성이 크기 때문에 변장만 제대로 한다면 경찰서에 들어가는 것 역시 공원에 가는 만큼이나 안전하다고, 죄를 지은 사람이 자기 발로 찾아오리란 생각은 누구도 못하기 때문이라고 설명했다.

볼터는 이런 설명을 듣고 이해한 측면도 없는 건 아니지만, 유대인 영감에 대한 공포에 압도당한 나머지 결국엔 심부름을 다녀오기로 마지못해 동의했다. 그리곤 유대인 영감이 시키는 대로 마부 작업복과 우단으로 만든 짧은 바지로 갈아입고 가죽 각반까지 했다. 하나같이 유대인 영감이 만약에 대비해서 늘 준비해 놓는 복장이었다. 볼터는 여기에다 유료도로 통행료 영수증을 가득 꽂아놓은 중절모와 마부용 채찍까지 갖췄다. 이렇게 차려입고 시골에서 청과물을 팔려고 코번트 가든 시장으로 올라온 사람이 호기심에 이끌린 것처럼 경찰서로 어슬 렁거리며 들어가는 방식을 택한 건데, 어색한 데다 볼품없고 뼈만 앙상한 모습이 정말 그럴싸해, 유대인 영감은 볼터가 맡은 역할을 완벽하게 수행할 것을 조금도 의심치 않았다.

이렇게 모든 걸 준비한 다음에는 '미꾸라지'를 확인하는 데 필요한 특징까지 듣고 찰리 베이츠를 따라 어두운 길을 이리저리 돌아서 보우 거리 인근까지 갔다. 그러자 찰리 베이츠는 경찰서가 있는 위치를 정확히 설명하더니, 안에 들어가면 복도를 곧장 지나고 안뜰이 나오면 오른쪽 계단 위에 있는 문으로 들어가서 모자를 벗고 재판정으로 들어가라는 설명까지 구체적으로 하곤, 이제부터 혼자 가라고, 용건을 마치면 여기로 돌아오라고, 여기에서 기다리겠다고 약속했다.

노아 클레이폴이라고도 하고 모리스 볼터라고도 하는 작자는 지시받은 대로 정확히 움직인 덕분에 - 그리고 찰리 베이츠가 그곳 지리를 정확히 설명한 덕분에 - 누구에게 길을 묻거나 중간에 방해받는 일 없이 재판정까지 무사히 들어설 수 있었다. 더럽고 답답한 실내에는 사람이 - 주로 여인네가 - 가득해서 인파를 밀치며 나아가야 했다. 한쪽 끝에 단상을 높이 올려서 울타리로 막았는데, 왼쪽 끝에는 피고석이 있고 중간에는 증인석이 있으며 오른편에는 재판부 책상이 있지만 격벽으로 가려서 일반인은 볼 수 없으니, 원한다면 머릿속으로 상상할 수밖에 없었다.

피고석에는 여자 두 명밖에 없는데, 자신을 추종하는 친구들에게 고갯짓하고 서기는 객상 위로 상체를 구부린 평상복 사내와 경찰관 두 명에게 증언 선서를 읽어주었다. 교도관은 피고석 울타리에 기댄 채 커다란 열쇠로 자기 코를 톡톡 치다가 사람들 사이에서 지나치게 커다랗게 말하는 사람이 있으면 조용히 하라는 말로 억누르고, 야윌 대로 야윈 아기가 엄마 숄에 파묻힌 채 숨이 막혀서 가느다랗게 울어 엄숙한 법정 분위기를 깨뜨릴 때는 아기 엄마를 엄숙하게 쳐다보며

"아기를 데리고 나가라"고 명령했다. 실내는 답답하고 퀴퀴한 냄새가 나며, 벽은 때가 절어서 색깔이 바래고 천장은 아예 까맣게 변했다. 벽난로 선반 위에는 연기에 그을린 낡은 흉상이 있고 피고석 위에는 먼지투성이 시계가 있는데, 그나마 제대로 된 건 그것밖에 없는 것 같았다. 살아있는 생명체는 악행과 가난에 일상적으로 물들고 사방에서 기분 나쁘게 쳐다보는 무생물은 기름때에 두텁게 눌려서 하나같이 역겨웠다.

노아는 '미꾸라지'를 찾아 주변을 열심히 둘러보지만, 그 엄마나 누이라고 하면 딱 어울릴 여자 몇 명과 얼굴이 딱 그 아빠처럼 보이는 사내만 한두 명 보일 뿐, '미꾸라지' 인상에 딱 맞아떨어지는 인물은 하나도 없었다. 그래서 애매한 상태로 기다리니, 상급법원으로 송치되는 여자 두 명이 뻐기면서 나간 뒤에 새로운 죄수가 들어서는데, 자신이 찾아온 인물이란 사실을 단번에 느낄 수 있었다.

'미꾸라지'가 분명한 죄수는 교도관 앞에서 평소처럼 커다란 외투 소매를 말아 올리고 왼손은 주머니에 찌르고 모자는 오른손에 든 채 발을 질질 끌며 재판정에 나타나, 말로 형용할 수 없을 정도로 건들거리며 피고석에 자리하더니, 자신을 이렇게 수치스러운 자리에 세운 이유를 알고 싶다고 커다랗게 소리쳤다. 그러자 교도관이 말했다.

"입 닥치고 가만히 있어!"

"나도 영국인이라고. 기본권은 다 어디로 간 거야?"

"조금만 기다리면 온갖 기본권에다 맛있는 후추까지 잔뜩 생길 거야."[10]

교도관이 대답하자, '미꾸라지'가 다시 소리쳤다.

"기본권을 보장하지 않으면 저 판사들이 내무대신에게 경을 칠 테니

---

10) 유배를 떠나 실컷 고생할 거란 뜻이다.

두고 보라고. 그런데 도대체 나를 여기로 데려온 이유가 뭐야? 판사 나리께서 서류를 읽는 동안 나를 잡아두는 대신에 당장 풀어주면 고맙겠군. 시내에서 어떤 신사와 약속이 있는데, 나는 한번 말한 건 확실히 지키는 데다 시간 역시 정확히 지키기 때문에 내가 제시간에 안 가면 그 사람은 그냥 갈 거라고. 그러면 나로선 이렇게 붙잡아두어서 손해를 끼친 것 때문에 당신네에게 소송을 걸 수밖에 없는데, 그러면 안 되는 거잖아, 그럼, 안 되고말고!"

이 대목에서 '미꾸라지'는 이후 절차에 특별한 관심을 보이는 척하면서 교도관에게 "판사석에 앉은 두 영감태기 이름"이 뭐냐고 물었다. 그러자 찰리 베이츠가 그럴 것처럼 구경꾼 사이에서 폭소가 터져 나오고, 교도관은 소리쳤다.

"모두 조용!"

"이건 무슨 건인가?"

판사 한 명이 물었다.

"소매치기 건입니다, 판사님."

"저 아인 전에도 여기에 온 적이 있는가?"

"여러 번 왔어야 할 아입니다. 다른 기관에는 수없이 들어갔거든요. 제가 잘 압니다, 판사님."

교도관이 대답하자, '미꾸라지'가 말꼬리를 잡으며 소리쳤다.

"어이쿠! 당신이 나를 잘 안다고? 잘 됐군. 이제부터 명예훼손 사건으로 변했으니."

이 말에 폭소가 다시 터지고 조용하란 소리도 잇따랐다.

"그렇다면 증인은 어디 있소?"

서기가 묻자, '미꾸라지'가 다시 끼어들었다.

"그래, 맞아. 증인이 어디 있어? 내 눈으로 직접 보고 싶군."

이 소망은 곧바로 충족되었으니, 경찰관 한 명이 앞으로 나서서 증언하기 시작한 것이다. 사람이 많은 곳에서 죄수가 성명 불상의 신사 주머니에 손을 넣더니, 실제로 거기에서 손수건 한 장을 꺼냈는데 너무 낡아서 얼굴을 닦은 다음에 일부러 다시 집어넣는 광경을 목격했다. 그래서 자신이 재빨리 쫓아가 '미꾸라지'를 체포하고 몸을 뒤지니, 거기에서 은으로 만든 코 담뱃갑이 나왔는데, 뚜껑에 새긴 건 다른 사람 이름이었다. 따라서 궁궐에 입장할 수 있는 '신사명단'을 뒤져서 연락하니, 신사는 당장 쫓아와서 코 담뱃갑은 자기 물건이 확실하다고, 하루 전날에 앞에서 언급한 인파 사이를 빠져나올 때 잃어버렸다고 진술했다. 게다가 인파 사이에서 어린애 한 명이 급히 걸어가는 모습을 보았는데, 바로 여기에 있는 죄수라는 진술도 확보했다는 것이다.

"증인에게 물어볼 게 있는가, 소년?"

판사가 묻자, '미꾸라지'가 대답했다.

"저런 사람과 대화해서 나 자신을 비하하지 않겠소."

"할 말은 없는가?"

판사가 하는 말에 '미꾸라지'가 침묵하자, 교도관이 팔꿈치로 툭 치며 물었다.

"판사님께서 할 말이 없느냐고 물으시는 거 안 들려?"

그러자 '미꾸라지'가 아무것도 못 들은 표정으로 쳐다보며 물었다.

"미안하오만, 지금 나에게 뭐라고 하셨소, 친구?"

"이렇게 막돼먹은 꼬마 건달은 정말이지 처음 봅니다, 판사님."

교도관이 말하며 씩 웃더니, 이렇게 물었다.

"할 말은 하나도 없는 거야, 꼬마 사기꾼?"

"없어, 여기에서는, 여기는 정의를 추구하지 않는 데다 지금 내 변호사는 하원 부의장과 아침 식사를 하는 중이거든. 하지만 다른 데에서는 뭔가 할 말이 있을 거고 내 변호사도 그럴 거고 존경스러운 수많은 지인도 그럴 터이니, 저런 판사 나부랭이는 애초에 이 세상에 태어난 걸 후회하거나, 오늘 아침에 나를 재판하러 나오기 전에 자기 목을 모자걸이에 매달아서 죽여 달라고 하인에게 말하지 못한 걸 후회하게 될 거야. 내가……"

"됐어! 유죄! 데리고 가시오."

서기가 중간에 소리치자, 교도관이 말했다.

"따라와."

그러자 '미꾸라지'는 모자에 묻은 먼지를 손바닥으로 대충 털면서 대답했다.

"그래, 바로 따라가지! 아! (판사석을 향해) 겁에 질린 표정을 해도 소용이 없다고 당신네를 조금도 안 봐줄 테니까. 그럼, 어림 반 푼어치도 없지! 나를 이렇게 한 당신네에게 꼭 복수하겠어, 잘난 친구들아. 나는 세상을 다 준다고 해도 너희 같은 사람은 안 될 거야! 너희가 무릎을 꿇고 사정한다고 해도 나는 밖으로 안 나가겠어. 그러니 어서 교도소로 데려가라고! 어서 데려가!"

'미꾸라지'는 이렇게 말하다가 목덜미를 잡힌 채 끌려가면서도 의회 차원에서 문제 삼도록 하겠다고 공갈치더니, 안마당으로 들어선 다음에 비로소 매우 기쁘고 만족스러운 표정으로 교도관 얼굴을 쳐다보며 씩 웃었다.

노아는 '미꾸라지'가 조그만 독방에 갇히는 걸 확인한 다음에 찰리 베이츠가 기다리는 곳으로 최대한 빨리 돌아갔다. 그래서 조금 기다리니까 찰리 베이츠가 나타나는데, 은밀한 구석에 숨어서 주변을 살피며 풋내기를 쫓아온 무분별한 사람은 없다는 사실을 확인한 다음이었다. 그리곤 급하게 서둘러서 돌아갔다. '미꾸라지'가 그동안 교육받은 진가를 충분하게 발휘해서 드높은 명성을 날렸다는 사실을 유대인 영감에게 빨리 알리고 싶었다.

CHAPTER XLIV

로즈와 약속한 시각이 찾아왔으나 낸시가 약속을 못 지키다

낸시는 교활하게 시치미 떼는 실력이 탁월한데도 자신이 새로운 길을 선택했다는 사실을 떠올릴 때마다 마음이 흔들리는 걸 완전히 숨길 순 없었다. 간교한 유대인 영감과 잔인한 빌 사익스가 다른 사람에게 숨기는 음모를 자신에게는 그대로 털어놓는다는 사실이 떠올랐다. 자신을 믿을 수 있다고, 의심스러운 구석은 조금도 없다고 전면적으로 신뢰한 결과였다. 모든 음모가 정말 사악한 데다 그걸 꾸민 사람만큼이나 끔찍하며, 자신을 범죄와 불행의 심연으로 한 발씩 한 발씩 빠뜨리다가 도저히 도망갈 수 없게 한 유대인 영감에 대한 감정만큼이나 쓸쓸하지만, 자신이 폭로한 내용 때문에 유대인 영감이 그렇게 오랫동안 교묘하게 회피하던 법의 심판을 받게 되었다는, 이런 최후를 맞는 게 너무나 당연하지만 바로 자신 때문에 파멸을 맞이하게 되었다는 생각을 하면 아무리 유대인 영감이라도 측은한 마음이 들 때가 있었다.

하지만 이건 옛날 동료에게서 완전히 못 벗어났기 때문에 겪는 갈등

일 뿐, 낸시는 한 가지 목표에 마음을 고정한 채 무슨 일이 있어도 안 흔들리겠다고 단단히 결심했다. 예전에는 빌 사익스를 두려워하는 마음에 주춤하기도 했지만, 자신에 대한 비밀을 굳게 지키는 걸 조건으로 제시한 데다 빌 사익스가 드러날 수 있는 단서를 완전히 뺐으며, 비참한 죄악으로 가득한 생활에서 벗어나는 것조차 빌 사익스를 생각하는 마음으로 거절했으니, 이제 뭐가 더 필요하겠는가! 마음을 굳게 먹어야 했다.

정신적 갈등이 일어날 때마다 이런 식으로 매번 마무리하지만, 그래도 갈등은 일어나고 또 일어나며 흔적을 남겼다. 그래서 불과 며칠 사이에 얼굴이 창백하고 수척하게 변했다. 가끔은 바로 앞에서 벌어지는 일에 아무런 관심도 안 보이고 예전 같으면 가장 열심히 끼어들 대화조차 모른 척했다. 하지만 특별히 즐거울 것도 없는데 웃거나 아무런 이유나 의미 없이 떠들 때도 있었다. 그러다가 잠시 후에는 기운이 하나도 없어 가만히 앉아서 두 손에 머리를 누인 채 깊은 생각에 빠져들다가 갑자기 기운을 내려고 억지로 애쓰는 모습은 낸시 마음이 매우 불안하다는 사실을, 그리고 머릿속은 옆에서 동료들이 대화하는 내용과 완전히 동떨어진 문제에 몰두한다는 사실을 무엇보다도 또렷하게 보여주었다.

그렇게 일요일 밤은 찾아오고, 근처 교회는 종을 울려서 시간을 알렸다. 빌 사익스와 유대인 영감이 한참 대화하다가 입을 다물고 가만히 들었다. 낸시도 나지막한 의자에 웅크리고 있다가 고개를 들어서 가만히 들었다. 열한 시였다.

"이제 한 시간이면 자정이군."

빌 사익스가 말하더니, 블라인드를 올려서 밖을 내다보다가 자리로 돌아오며 덧붙였다.

"사방이 깜깜하고 음침해. 일하기 딱 좋은 밤이야."

"아! 당장은 준비한 일이 하나도 없다는 게 정말 안타깝군, 빌."

"옳은 말도 할 줄 아는군, 영감. 정말 안타까워, 일하고 싶은 마음이 굴뚝같은데 말이야."

빌 사익스가 무뚝뚝하게 말하자, 유대인 영감이 한숨을 내쉬며 힘없이 머리를 흔들었다. 그러자 빌 사익스가 다시 말했다.

"나중에 상황이 풀린 다음에 지금 낭비한 시간을 확실하게 보충하면 되는 거야. 내가 아는 건 이게 전부라고."

"정말 좋은 말이야, 친구."

유대인 영감이 말하더니, 용기를 내서 상대 어깨를 쓰다듬으며 덧붙였다.

"자네 말을 들으니까 위로가 되는군."

"내 말을 들으니까 위로가 된다! 마음대로 생각하시게."

빌 사익스가 말하자, 유대인 영감은 상대가 이런 식으로 받아들여서 마음이 놓인다는 듯 폭소를 터트리며 말했다.

"하! 하! 하! 오늘 밤에는 예전 모습으로 돌아온 것 같군, 빌. 예전 모습 그대로야."

"늙어서 말라비틀어진 손을 어깨에 올려놓으면 예전 느낌이 안 나니까 어서 치워."

빌 사익스가 말하며 유내인 영감 손을 치웠다.

"이것 때문에 불안한가, 빌, 경찰에게 잡힌 것 같아서?"

유대인 영감이 말했다. 모욕당한 느낌을 안 받으려고 애쓰는 어투였다.

"악마에게 잡힌 것 같아서. 얼굴이 당신처럼 생긴 사람은 어디에도 없을 거야, 당신 아버지만 빼고. 그런데 당신을 낳은 아버지는 빨간색이 감도는 희끗희끗한 수염을 지옥불에 지져대는 악마니, 이상할 것도 없겠군."

유대인 영감은 이런 찬사에 아무런 대답도 않고 빌 사익스 소매를 잡아당겨서 손가락으로 낸시를 가리키는데, 두 사람이 대화에 몰두한 틈을 타서 보닛 모자를 쓰고 막 나가려던 참이었다.

"이봐, 낸시! 이렇게 늦은 밤에 도대체 어딜 가는 거야?"

빌 사익스가 소리치자 낸시가 대답했다.

"멀지 않은 곳."

"무슨 대답이 그래? 내 말 안 들려?"

"나도 어딘지 몰라."

낸시가 대답하자, 빌 사익스는 낸시가 나가는 자체를 정말로 반대해서가 아니라 그저 오기 하나로 소리쳤다.

"그렇다면 나는 알지. 바로 여기니까. 자리에 앉아."

"몸이 안 좋아. 전에 말했잖아. 신선한 공기를 마시고 싶어."

"창문 밖으로 머리를 내밀어."

"그 정도로는 충분하지 않아. 거리에서 바람을 쐬고 싶다고."

"그렇다면 다 그만둬."

빌 사익스가 단호하게 말하면서 벌떡 일어나 방문을 잠그고 열쇠를 빼더니, 낸시 머리에서 보닛 모자를 벗겨 낡은 옷장 꼭대기로 던지며 다시 말했다.

"됐어. 이제 그대로 가만히 있어, 알았지?"

"모자가 없다고 못 나가는 건 아니야. 도대체 왜 이러는 거야, 빌? 지금 나한테 무슨 짓을 하는지 알아?"

낸시가 창백하게 변한 얼굴로 묻자, 빌 사익스가 소리쳤다.

"그럼, 당연히 알지! 제기랄!"

그러더니 유대인 영감을 쳐다보며 다시 말했다.

"저 여자가 정신이 나간 거야, 감히 나에게 저런 식으로 말하는 걸 보면."

"이러면 내가 물불 안 가릴 수도 있어. 나를 보내줘…… 지금 당장…… 어서."

낸시가 중얼거리며 가슴에 두 손을 얹었다. 터져 나오는 분노를 억누르려고 애쓰는 것 같았다.

"싫어!"

빌 사익스가 소리치자, 낸시는 발을 동동 구르며 간청했다.

"저 사람에게 나를 보내라고 말해, 페이긴 영감. 그러는 게 좋다고. 그게 훨씬 좋을 거라고. 내 말 안 들려?"

하지만 빌 사익스는 의자에 앉은 채 몸을 돌려서 똑바로 바라보며 소리쳤다.

"잘 들려! 잘 들린다고! 삼십 초만 더 지껄이면 개가 네년 목을 물어뜯어서 찍소리조차 못 하게 하겠어. 도대체 이러는 이유가 뭐야, 걸레 같은 계집아! 도대체 뭣 때문이냐고?"

"나를 보내줘."

낸시가 정말 진지하게 말하더니, 방문 앞에 그대로 주저앉으며 다시 사정했다.

"빌, 나를 보내줘. 지금 당신은 자신이 무슨 짓을 하는지도 몰라. 진짜 몰라. 딱 한 시간만…… 제발…… 제발!"

"이 년이 완전히 미친 게 아니라면 내 팔다리를 하나씩 잘라내고 말겠어! 일어나."

빌 사익스가 소리치며 팔을 거칠게 붙잡자, 낸시가 비명을 질렀다.

"나를 보내주기 전엔 못 일어나…… 나를 보내주기 전엔…… 절대로…… 절대로!"

빌 사익스는 가만히 쳐다보며 기회를 노리다가 갑자기 두 손을 움켜 잡곤, 몸부림치며 저항하는 낸시를 옆에 있는 조그만 방으로 질질 끌어가서 벤치에 앉더니, 의자로 밀쳐서 힘으로 내리눌렀다. 낸시는 몸부림 치기도 하고 애원하기도 하다가 열두 시 종소리가 울리자, 완전히 기진 맥진해서 더는 고집을 안 부렸다. 그러자 빌 사익스는 오늘 밤에 밖으로 나갈 생각은 조금도 말라 경고하고 욕설을 내뱉더니, 혼자서 기운을 차리도록 놔둔 채 유대인 영감에게 돌아갔다. 그리곤 얼굴에서 땀을 닦아내며 중얼댔다.

"후유! 정말 이상한 계집이야!"

"그 말이 맞아, 빌. 그 말이 맞아."

유대인 영감이 깊이 생각하는 표정으로 대답하자, 빌 사익스가 물었다.

"오늘따라 왜 이렇게 나가려고 애쓴 것 같아? 당신은 저 여자에 대해서 나보다 많이 아니까 대답해 봐. 도대체 왜 저런 거야?"

"고집, 여성 특유의 고집인 것 같아."

"제기랄, 내가 보기에도 그런 것 같아. 저 여자를 길들였다고 생각했는데 여전히 엉망이야."

빌 사익스가 으르렁대자, 유대인 영감이 깊이 생각하며 말했다.

"더 나쁜 것 같아. 이렇게 사소한 문제로 저런 적은 없거든."

"내 생각도 그래. 핏속에 아직도 살짝 남은 열병을 분출하지 못해서 저런 것 같아, 그지?"

"그런 것 같아."

"저 여자가 또 저러면 의사를 찾을 것도 없이 내가 피를 좀 뽑아야 하겠어."[11]

빌 사익스가 말하자, 유대인 영감은 치료방법에 동의하는 표정으로 고개를 끄덕이고, 빌 사익스는 다시 말했다.

"내가 쓰러져서 꼼짝도 못 할 때 저 여자가 밤낮없이 보살폈어. 당신은 뱃속이 까만 늑대처럼 얼씬도 안 할 때 말이야. 그래서 돈에 끊임없이 쪼들리다 보니, 괜히 걱정도 되고 짜증도 난 것 같아. 게다가 여기에서 오랫동안 갇혀 지내느라 갑갑하기도 하고, 그치?"

"맞아, 친구. 쉿!"

유대인 영감이 조그맣게 대답할 때 낸시가 다시 나타나서 예전 자리에 그대로 앉았다. 그러더니 두 눈이 빨갛게 달아오르고 퉁퉁 부은 상태로 몸을 앞뒤로 흔들다가 머리를 뒤로 젖히더니, 잠시 후에 마구 웃기 시작했다.

"맙소사, 이번엔 완전히 딴 판이로군!"

빌 사익스가 소리치면서 깜짝 놀란 표정으로 유대인 영감을 쳐다보니, 그는 못 본 척하라는 뜻으로 고개를 흔들고 잠시 뒤에는 낸시 역시 평소 같은 자세로 누그러졌다. 그러자 유대인 영감은 이제 또 그럴 염려는 없다고 빌 사익스에게 속삭이더니, 모자를 집어 들고 작별인사를 했다. 그래서 방문으로 걸어가다가 동작을 멈추고 뒤를 돌아보며, 괜찮다면 어두운 계단을 내려가도록 불빛을 비춰주겠느냐고 물었다. 그러자 빌 사익스가 파이프에 담배를 재우며 말했다.

"이봐, 밑까지 불을 비춰줘. 목이라도 부러져서 구경꾼이 실망하면 안 되잖아. 불을 비춰줘."

낸시는 촛불을 들고 아래층까지 쫓아갔다. 그래서 현관 앞에 도달하자, 유대인 영감은 자기 입술에 손가락을 대고 낸시에게 바싹 다가가더니, 조그맣게 속삭였다.

---

11) 당시만 해도 웬만한 병은 몸에서 피를 살짝 뽑는 방식으로 치료했다.

"왜 그러는 거야, 낸시?"

"무슨 뜻이야?"

낸시가 묻는데 똑같은 어투였다.

"아까 그런 이유."

유대인 영감이 다시 묻더니, 깡마른 집게손가락으로 계단 위를 가리키며 덧붙였다.

"저자는 짐승이야, 낸시, 정말 잔인한 짐승! 저자가 너에게 너무 심하게 군다면 차라리……."

"뭘?"

낸시가 물었다. 유대인 영감이 입을 귀에 닿을 정도로 가까이 대다가 말을 흐리며 두 눈으로 낸시를 가만히 쳐다보았기 때문이다.

"지금은 괜찮군. 나중에 다시 얘기하지. 친구가 필요하면 나에게 말해, 낸시, 확실한 친구 말이야. 나는 조용하고 은밀하게 처리하는 방법을 다양하게 알거든. 너를 개처럼 다루는 - 아니, 개보다 심해, 개한테는 가끔 비위를 맞추니까 - 저자에게 복수하고 싶으면 나에게 와. 저 녀석은 하루살이에 불과하지만 나는 아니라는 걸 예전부터 잘 알잖아, 낸시."

"당신이야 잘 알지. 그럼 잘 가라고."

낸시가 대답하는데, 감정이 하나도 없었다. 그러다가 유대인 영감이 손을 잡으려고 하자 몸을 뒤로 빼더니 잘 가라고 차분한 목소리로 다시 말하곤, 유대인 영감이 작별하면서 보내는 시선에 알았다며 고개를 끄덕이고 현관문을 닫았다.

집으로 걸어가는 유대인 영감 머릿속에는 이런저런 생각이 번잡스럽게 떠올랐다. 도적놈이 너무 잔인하게 행동하니, 결국 낸시가 더는 못 견디고 다른 사람을 만나는 게 분명했다. 이번 사태는 심증을 굳히는 계기일 뿐, 오래전부터 조금씩 들던 생각이었다. 무엇보다 태도가 확연하게 변해, 툭하면 혼자서 밖으로 나가고 동료들에 대한 관심도 예전과 달리 시큰둥한 데다 이렇게 늦은 밤에 밖으로 나가려고 몸부림까지 치는 걸 보면 그럴 개연성이 충분하니, 유대인 영감으로서는 거의 확신할 수 있었다. 낸시가 새로 좋아하는 대상은 자신이 부려 먹는 수하가 아닌 것 역시 확실했다. 따라서 낸시만 협조한다면 새로운 수하를 확보할 수도 있으니 유대인 영감 생각에는 미적거릴 이유가 조금도 없었다.

이게 전부가 아니다. 유대인 영감 머릿속에는 훨씬 음흉한 속셈도 있었다. 빌 사익스는 너무 많은 걸 아는 데다 툭하면 자신을 모욕하니, 유대인 영감은 겉으론 아닌 척하지만 속으로는 원한이 깊었다. 그런데 낸시가 돌아서면 빌 사익스가 가만있지 않을 터이고, 그러면 낸시는 자신이 무사할 수 없는 건 물론 자신이 좋아하는 사람 역시 팔다리가 부러지거나 목숨을 잃는 식으로 피해를 받을 수밖에 없다는 사실까지 잘 알 터였다. 그러다 보니 이런 생각마저 들었다.

'조금만 설득하면 빌 사익스를 독살하는 정도는 충분히 가능하지 않을까? 여자들은 사랑을 위해서라면 이런 일은 물론이고 더한 일도 하잖아. 그러면 위험한 악당, 내가 증오하는 악당을 없애고 그 자리에 새로운 녀석을 넣는 거야. 게다가 끔찍한 범죄행위를 내가 그대로 아는 셈이니, 낸시를 마음대로 부려 먹을 수도 있고.'

모두가 도적놈 집에서 잠시 혼자 앉아있는 순간에 떠오른 생각이니, 일부러 기회를 잡아서 헤어지기 직전에 두서없이 툭툭 말한 건 낸시 속마음을 떠본 것에 불과했다. 그런데 깜짝 놀란 표정은 물론이고 무슨 말인지 이해를 못 하겠다는 표정도 없었다. 낸시는 자기 뜻을 이해한 게 분명하다. 헤어지면서 낸시가 바라보던 시선 역시 그걸 증명한다.

하지만 빌 사익스를 죽이자는 음모에 반발할 가능성도 있으니, 이 문제부터 해결하는 게 무엇보다 중요했다. 그래서 유대인 영감은 집으로 살금살금 다가가며 곰곰이 생각했다.

'어떻게 하면 낸시를 옴짝달싹 못 하게 만들 수 있을까? 내가 시키는 대로 하도록 만들려면 어떻게 해야 할까?'

이런 인물은 계략이 풍부한 법이니, 낸시가 자백하지 않더라도 감시를 붙여서 좋아하는 대상을 알아내면, 그래서 빌 사익스에게 모두 털어놓겠다고 협박하면, 낸시는 빌 사익스를 보통 두려워하는 게 아니니까 빌 사익스와 함께 살 생각이 없는 한 자신이 시키는 대로 할 거란 생각을 떠올렸다. 그래서 이렇게 중얼거렸다.

"가능성이 충분해. 그렇게 되면 감히 내 말을 거역할 순 없을 거야. 자기 목숨은 물론이고 애인 목숨까지 달렸으니 말이야! 그럼 만사 오케이라고. 방법을 알았으니 작업에 들어가야 하겠군. 너는 여전히 내 손아귀를 벗어날 수 없다고, 낸시!"

유대인 영감은 음침한 표정으로 뒤를 돌아보고 대담무쌍한 악당이 있는 곳을 향해 주먹을 흔들며 위협하다가 길을 다시 재촉하며 뼈만 앙상한 손으로 누더기가 접힌 부분을 힘껏 비트는 게, 거기에 철천지원수라도 있어서 손가락마다 바쁘게 움직이며 짓이기는 것 같았다.

CHAPTER XLV

유대인 영감이 노아 클레이폴에게 은밀한 임무를 맡기다

유대인 영감은 다음 날 아침 늦지 않게 일어나서 풋내기가 나타나기만 조급하게 기다리는데, 당사자는 무한정 늑장을 부리다가 마침내 나타나서 아침상을 열심히 공략하며 게걸스럽게 먹어대기 시작했다. 그러자 유대인 영감이 의자를 끌어다가 바로 맞은편에 앉으며 입을 열었다.

"볼터."

"네, 또 뭐가 문젠가요? 음식을 먹는 사람에게 뭘 시킬 생각은 마세요. 이 집은 그게 정말 문제에요. 밥 먹을 시간조차 부족하니 말이에요."

"먹으면서 들으면 되잖아, 그치?"

유대인 영감이 묻는데, 욕심만 가득한 풋내기를 욕하는 소리가 가슴 속 깊은 곳에서 저절로 일어났다.

"당연히 그럴 순 있어요. 나는 말하면 밥맛이 더 좋거든요."

노아가 대답하곤 빵을 엄청 커다랗게 자르며 물었다.

"샬롯은 어디에 있나요?"

"나갔어. 오늘 아침에 자네와 단둘이 있고 싶어서 내가 다른 젊은 여자와 함께 내보냈거든."

"아, 그렇군요! 그러기 전에 버터 바른 토스트를 만들어 놓으라는 지시부터 했으면 좋았을 텐데요. 할 수 없지, 뭐. 말씀하세요. 나는 아무래도 상관없으니."

정말 그런 것 같았다. 먹는 일에 전념하겠다고 각오를 다지는 모습이 또렷했기 때문이다.

"어제는 정말 잘했어, 친구. 정말 대단해. 첫날인데도 은화 여섯 냥에 구리동전 아홉 냥 반이라니! 너는 꼬마치기로 한밑천 마련할 거야."

"단지 세 개와 우유 깡통 하나도 잊지 말고 더하세요."

"그럼, 그럼. 단지를 가져온 것도 훌륭하지만 우유 깡통을 가져온 건 정말 완벽한 예술이야."

유대인 영감이 추켜세우자, 볼터도 만족스러운 표정으로 자랑했다.

"첫날치고 잘하긴 한 것 같아요. 단지는 바깥쪽 난간에서 집어오고 우유 깡통은 주막 앞에 혼자 있었거든요. 그래서 비를 맞으면 녹이 슬거나 감기에 걸릴 것 같았다고요. 하! 하! 하!"

볼터가 실컷 웃고서 빵을 연달아 물어뜯어 버터 바른 빵 한 조각을 끝내고 두 번째 조각을 먹을 준비에 들어가자, 유대인 영감 역시 마음껏 웃는 척하다가 식탁 너머로 상체를 내밀며 말했다.

"자네가 날 위해 할 일이 하나 있어, 매우 조심해야 하는 일."

"분명히 말하는데, 이제 나를 위험한 곳으로 밀어 넣거나 경찰서 같은 데에 보내지 마세요. 그런 건 나랑 안 맞아요, 절대로. 애초에 그렇게 말했잖아요."

"위험한 건 조금도 없어…… 아주 조금도. 여자를 몰래 감시하면 되거든."

유대인 영감이 말하자, 볼터가 물었다.

"늙은 여자요?"

"젊은 여자."

"그런 일이라면 잘하지요. 학교에 다닐 때도 곧잘 그랬거든요. 그런데 여자를 몰래 감시하는 이유가 무언가요? 설마……"

볼터가 말하는데, 유대인 노인이 재빨리 끼어들었다.

"별거 아니야. 어디에 가고 누구를 만나는지 가능하다면 무슨 말을 하는지 나에게 알려주고, 거리에서 만나면 어떤 거리며 집이라면 어떤 집인지 등 최대한 많은 정보를 기억해서 가져오는 거야."

"그럼 무얼 줄 건데요?"

노아가 물으며 컵을 내려놓더니, 고용주 얼굴을 뚫어지게 바라보았다. 그러자 유대인 영감은 노아가 뒤를 쫓는 일에 최대한 많은 관심을 보이길 바라는 마음으로 대답했다.

"일 처리를 제대로 한다면 금화 한 냥을 주마, 금화 한 냥. 이렇게 많은 돈을 준 적은 없다고, 값어치가 많이 나가는 물건을 가져올 때 말고는."

"그 여자가 누군가요?"

"우리 패 가운데 하나."

"맙소사! 의심하는 건가요?"

"여자가 새로운 사람을 만나는데, 그게 누군지 알아야 해."

유대인 영감이 대답하자, 노아가 아는 척했다.

"알겠어요. 괜찮은 사람이면 할아버지도 만나려는 거죠, 그죠? 하! 하! 하! 좋습니다, 제가 하겠습니다."

노아 말에 유대인 영감은 자신이 의도한 대로 되어서 의기양양하며 좋아했다.

"그럴 줄 알았네."

"당연히 해야죠. 여자는 어디에 사나요? 어디에서 기다려야 하나요? 어디로 가야 하나요?"

"그건 내가 나중에 알려주겠네. 적당한 순간이 오면 내가 가르쳐줄 테니, 자네는 준비만 단단히 하고 나머진 나에게 맡겨."

그날 밤과 다음날 밤과 그 다음 날 밤까지 염탐꾼은 장화를 신고 마부 복장까지 한 채 유대인 영감 한 마디에 당장 출동하려고 준비했다. 하지만 여섯 밤이 - 길고 지겨운 여섯 밤이 - 그대로 지나도록 유대인 영감은 잔뜩 실망한 얼굴로 돌아와서 아직 때가 안 됐다고 말할 뿐이었다. 그런데 일곱째 밤에는 평소보다 일찍 돌아오는데, 얼굴에 기뻐하는 기색이 가득했다. 일요일이었다.

"오늘 밤에는 밖에 나가서 사람을 만날 게 분명해. 온종일 혼자 지낸 데다 여자가 제일 무서워하는 사내까지 밖에 나가서 동트기 전에는 안 돌아오거든. 나를 따라와. 어서!"

노아는 한 마디도 않고 벌떡 일어났다. 유대인 영감이 잔뜩 흥분한 걸 보니 자신도 신난 것이다. 그래서 두 사람은 밖으로 살그머니 나가 미로 같은 길을 급히 지나다가 마침내 어떤 주막으로 다가가는데, 자세히 보니 노아가 런던에 처음 도착해서 하룻밤을 묵은 곳이었다.

열한 시가 지나서 문을 닫았지만, 유대인 영감이 나지막하게 휘파람을 불자 문이 살짝 열렸다. 그래서 두 사람이 가만히 들어가니, 뒤에서 문이 닫혔다.

문을 열어준 젊은 유대인은 유대인 영감과 함께 감히 속삭이는 소리조차 못 내고 벙어리처럼 신호를 주고받더니, 노아에게 유리창을 가리키며 계단에 올라서 옆방에 있는 사람을 살펴보라고 신호했다.

"저게 그 여잔가요?"

노아가 겨우 들리는 소리로 속삭이자, 유대인 영감이 고개를 끄덕였다.

"얼굴이 안 보여요. 고개를 숙인 데다 촛불이 뒤에 있어서요."

"조금만 기다려."

유대인 영감이 속삭이곤 바니에게 신호했다. 그러자 바니가 옆방에 들어가서 촛불 심지를 자르는 척하며 위치를 적당히 옮기고 여자에게 말을 걸어서 고개까지 들도록 만들었다.

"이제 보여요."

염탐꾼이 속삭였다.

"또렷하게?"

"사람이 아무리 많아도 알아볼 정도로요."

노아가 말하고 계단을 급히 내려오자마자 방문이 열리면서 여자가 밖으로 나왔다. 유대인 영감은 커튼을 친 조그만 칸막이 뒤로 노아를 잡아당겨 숨까지 죽이며 가만히 숨고 여자는 바로 옆을 지나서 두 사람이 들어온 대문으로 빠져나갔다.

"종용!"

바니가 대문을 잡고서 속삭이더니, 이렇게 덧붙였다.

"직금."

노아가 유대인 영감과 시선을 교환하곤 밖으로 튀어 나가자, 바니가 속삭였다.

"왼쪽으로, 왼쪽 길로 가성 맞은편 끝까지 계속 걸엉."

노아는 그렇게 했다. 가로등 불빛에 여자가 멀어지는 모습이 보이는데, 거리가 꽤 됐다. 노아는 도로 맞은편으로 건너가서 들키지 않을 정도로 거리를 좁히며 쫓았다. 여자가 불안한 듯 뒤를 두세 차례 돌아보고 한 번은 바로 뒤에서 쫓아오는 사내 두 명이 먼저 지나가도록 걸음을 멈추기도 했다. 그렇게 나아가다 보니 용기가 생긴 듯 훨씬 차분하고 단호하게 걸었다. 염탐꾼은 일정한 거리를 유지하며 가만히 쫓았다. 한쪽 눈을 상대에게 단단히 고정한 상태였다.

CHAPTER XLVI

약속을 지키다

　교회 종소리가 열한 시 사십오 분을 알릴 즈음에 두 물체가 런던교에
나타났다. 하나는 날래고 민첩하게 다가가는 여자로 누군가를 찾는
것처럼 주변을 열심히 둘러보고, 또 하나는 최대한 어두컴컴한 곳에
몸을 숨기며 살금살금 걷는 남자로 일정한 거리를 유지하며 여자와
똑같은 속도로 걸어서 여자가 멈추면 자신도 멈추고 여자가 다시 나아
가면 자신도 살그머니 나아갈 뿐, 쫓는데 정신이 팔려서 거리를 좁힌
적은 단 한 번도 없었다. 두 사람은 미들섹스에서 서리 기슭 쪽으로
이렇게 다리를 건너고, 여자는 불안한 눈으로 보행자를 살피다가 실망
한 게 분명한 표정으로 돌아섰다. 너무 갑작스러웠다. 하지만 여자를
지켜보던 남자는 조금도 당황하지 않았다. 다리 교각 틈새로 비집고
들어가 난간에 바싹 달라붙어서 몸을 숨긴 채 여자가 맞은편 인도에서
지나가기만 기다린 것이다. 그리곤 여자가 아까처럼 일정한 거리를
앞서자 틈새에서 미끄러지듯 조용히 내려오더니, 뒤를 다시 밟았다.

여자가 다리 한가운데에서 멈췄다. 사내도 멈췄다.

밤이 아주 어두웠다. 날씨가 온종일 궂은 터라 이런 시간에 이런 곳을 돌아다니는 사람은 거의 없었다. 설사 있다고 해도 급히 지나기 급급해서 여자에게 눈길조차 안 주는 건 물론 멀리서 지켜보는 남자를 쳐다볼 가능성은 더더욱 없었다. 두 사람은 런던 빈민이 머리를 눕힐만한 차가운 구름다리나 문 없는 헛간이라도 찾으려고 밤에 다리를 건너면서 절박한 시선을 보내는 차림도 아니니, 지나는 사람과 말을 주고받는 일도 없어서 입을 꾹 다문 채 가만히 있었다.

물안개가 수면에서 피어올라, 다양한 선창마다 조그만 선박이 수없이 정박해서 지핀 불길은 훨씬 빨갛게 이글거리고 양쪽 강둑으로 음산하게 늘어선 건물은 훨씬 어둡고 흐릿했다. 연기가 오랫동안 눌어붙은 창고건물은 양쪽 강둑에서 수많은 지붕과 박공널 위로 묵직하고 둔탁하게 솟아올라, 자신처럼 묵직한 형상조차 비출 수 없을 정도로 새까만 수면을 잔뜩 찡그린 얼굴로 엄숙하게 내려다보았다. '성 구세주 성당' 낡은 종탑과 '성 매그너스 성당' 첨탑은 낡은 다리를 오랫동안 감시한 거인처럼 어두운 모습을 육중하게 드러내지만, 다리 밑으로 숲처럼 늘어선 선박과 다리 위로 흩어진 교회 첨탑은 모두 숨어서 거의 안 보였다.

여자는 안절부절못하며 이리저리 거닐고 감시자는 숨어서 자세히 지켜보는데, 성 바울 성당에서 묵직하게 울리는 조종은 하루가 또다시 죽었다는 사실을 알렸다. 사람이 득시글대는 도시에 자정이 찾아왔다. 궁궐, 싸구려 지하 술집, 교도소, 정신병원, 사람이 태어나는 방과 죽어가는 방, 건강한 사람이 머무는 방과 병든 사람이 머무는 방, 딱딱하게 굳은 시신 얼굴과 평화롭게 잠자는 아이 얼굴 등, 세상 만물에 자정이 찾아왔다.

종소리가 울리고 채 이 분이 안 돼서 전세마차 한 대가 다리 바로 앞에 멈추더니 젊은 숙녀가 백발 신사와 함께 내려서 마차를 보내고 다리로 곧장 걸었다. 여자는 두 사람이 다리에 발을 내딛는 순간에 깜짝 놀라면서 그곳으로 곧장 나아갔다.

두 사람은 실현 가능성도 거의 없고 기대도 거의 않는 분위기로 주변을 둘러보며 앞으로 나아가는데 여자가 갑자기 다가오더니, 걸음을 대뜸 멈추고 깜짝 놀라는 소리를 내다가 곧바로 억눌렀다. 시골 사람 옷차림을 한 사내 한 명이 바로 그 순간에 – 실제로 옷깃을 스칠 정도로 – 가까이 다가왔기 때문이다. 낸시가 급하게 말했다.

"여기는 안 돼요. 여기서는 무서워서 말할 수 없어요. 저리 가요, 길에서 벗어나 저기 계단 밑으로!"

낸시가 이렇게 말하면서 손으로 방향을 가리키는데, 낸시가 두 사람과 함께 가길 바라는 방향에서 시골 사람이 뒤를 돌아보며 인도 전체를 가로막는 이유가 뭐냐고 거칠게 항의하곤 제 길을 갔다.

낸시가 가리킨 계단은 서리 기슭이자 '성 구세주 성당' 쪽 다리에서 강으로 내려가는 곳으로 층계참이 여러 개였다. 시골 사람처럼 보이는 사내는 바로 그쪽으로 순식간에 사라지더니, 주변을 재빨리 살피다가 밑으로 내려가기 시작했다.

다리 일부를 형성하는 계단은 중간에 층계참으로 이어지는 계단이 세 개다. 그런데 두 번째 층계가 끝나는 바로 아래 왼쪽으로 돌담을 쌓아 밑에서 장식용 벽기둥으로 이어지며 템스 강을 바라보았다. 바로 여기부터 아래쪽 계단이 넓게 변하면서 벽에 가리기 때문에 그쪽으로 들어서면 바로 한 계단 위에서 다른 사람이 내려다보아도 보이질 않는다. 시골 사람은 주변을 급히 둘러보다가 그곳에 도달하니, 몸을 숨기기엔 안성맞춤인 데다 물이 빠지는 중이라서 공간도 널찍해, 옆으로 살며시 파고들며 장식용 벽기둥에 등을 바싹 기댄 채 가만히 기다렸다. 세 사람은 거기까지 내려오지 않을 거라는, 그래서 설사 말소리를 들을 순 없을지언정 뒤를 다시 안전하게 쫓을 순 있을 거라는 확신이 들었다. 그런데 적막한 공간에서 시간이 어찌나 더디게 가는지, 그리고 자신이 예상한 것과 완전히 다른 사람을 만나는 이유가 어찌나 궁금하던지 혹시 잘못된 건 아닐까 하는 생각과 저들이 훨씬 위에서 멈추거나 완전히 다른 곳으로 가서 은밀한 대화를 나누는 건 아닐까 하는 생각마저 떠올랐다. 그래서 은신처를 벗어나 위로 다시 올라가려는 참에 발소리가 들리더니 바로 옆에서 목소리가 일어났다.

염탐꾼은 벽에 달라붙어서 숨소리까지 죽인 채 열심히 들었다.

"이 정도면 충분하오. 우리 아가씨를 더는 밑으로 내려가도록 할 수 없소. 다른 사람 같으면 당신을 못 믿어 이렇게 많이 내려오지도 않았을 것이오. 이 정도면 당신 뜻에 충분히 따라준 것이오."

말하는 목소리로 판단하건대, 신사가 분명했다.

"내 뜻을 충분히 따라주었다! 사려가 정말 깊으신 분이로군요, 선생님. 뜻을 따라주었다! 그렇다고 하지요, 중요한 건 그게 아니니."

일행을 거기까지 인도한 여자 목소리였다. 그러자 신사가 훨씬 친절한 어투로 다시 말했다.

"도대체 무엇 때문에 어떤 목적으로 우리를 이렇게 이상한 곳으로 데려온 것이오? 이렇게 어둡고 음침한 구석으로 내려오는 대신 불빛이 있고 사람도 다니는 저 위에서 말하면 안 되는 이유가 무엇이오?"

"아까 말했잖아요, 저기에서는 무서워서 말할 수 없다고."

낸시가 대답하더니, 부르르 떨면서 덧붙였다.

"왜 그런지 모르겠는데 오늘 밤은 유별나게 끔찍하고 무서워서 제대로 견딜 수도 없을 정도예요."

"뭐가 그렇게 두려운 거요?"

신사가 동정하는 어투에 낸시가 대답했다.

"잘 모르겠어요. 저도 알고 싶어요. 죽는다는 끔찍한 생각, 피 묻은 수의, 불길에 휩싸인 것처럼 온몸에서 달아오르는 공포가 온종일 떠올라요. 오늘 밤에는 시간을 보내려고 책을 읽었는데, 글씨까지 그렇게 보였어요."

"망상이오."

신사가 다정하게 달래며 말하자, 낸시가 쉰 목소리로 대답했다.

"망상이 아니에요. 어디를 펼쳐도 '관'이란 글씨가 크고 또렷하게 적힌 걸 분명히 보았어요…… 그리고 바로 옆에서 관이 지나갔어요, 거리에서 오늘 밤에."

"그런 건 이상한 일이 아니오. 나도 자주 지나치니까."

"그건 진짜 관이잖아요. 하지만 이건 아니었어요."

너무나 이상한 내용에 염탐꾼은 숨어서 몰래 듣는 동안 소름이 돋고 피가 얼어붙었다. 그런 참에 젊은 아가씨가 꾀꼬리 같은 목소리로 낸시에게 진정하라고, 무서운 환상을 떨치고 기운을 차리라고 간청하는 소리를 들으니 모든 공포가 사르르 녹는 것 같았다.

"이분에게. 불쌍한 분에게 친절하게 말씀하세요! 이분에게 필요한 건 다정한 관심 같아요."

젊은 아가씨는 함께 온 신사에게 말하고, 낸시는 이렇게 울부짖었다.

"교회에 다니는 사람이라면 오늘 밤 내 꼴을 보고서 고개를 뻣뻣이 치켜들고 거만하게 쳐다보며 지옥불과 인과응보에 대한 말을 하겠지요. 아, 사랑스러운 아가씨, 그런 사람은 자기네가 하느님 백성이라고 주장하면서도 나처럼 불쌍한 사람에게 다정하고 친절하지 않은 이유가 무얼까요, 훨씬 젊고 훨씬 아름다운 데다 교양이 훨씬 풍부한 아가씨도 그렇게 교만하지 않고 이렇게 다정한데요?"

그러자 신사가 끼어들었다.

"아! 이슬람교도는 기도할 때 깨끗하게 씻은 얼굴로 동쪽을 바라보는데, 교회를 다닌다는 사람들은 세상일에 대고 마구 비벼서 미소를 지워버린 얼굴로 천국의 가장 어두운 측면을 바라본답니다. 이슬람교도와 바리새인 사이에서 나라면 이슬람교도를 추천하겠어요!"

젊은 아가씨에게 하는 말처럼 들리는데, 낸시에게 기운을 차릴 여유를 주려고 그런 것 같기도 했다. 그리곤 조금 후에 이렇게 말했다.

"지난 일요일 밤에 안 나왔더군요."

"나올 수 없었어요. 붙잡혀서 꼼짝을 못했거든요."

"누구에게요?"

"제가 전에 아씨에게 말한 사내에게요."

"우리가 오늘 밤에 여기로 나올 수밖에 없는 문제에 관해서 다른 사람에게 말했다는 의심을 받는 건 아니겠지요?"

노신사가 걱정스러운 어투로 묻자, 낸시는 머리를 가로저으며 대답했다.

"아니에요. 자세히 말하지 않으면 빠져나오는 게 쉽지 않아요. 지난번에도 아편을 타서 먹이지 않았다면 아가씨를 만나러 나갈 수 없었을 거예요."

"당신이 돌아가기 전에 그 사람이 깨어났나요?"

"아니에요. 나를 의심하는 사람은 그 사람을 포함해 지금까지 아무도 없어요."

"다행이군요. 지금부터 내가 하는 말을 잘 들으세요."

신사가 말하고 잠시 멈춘 사이에 낸시가 대답했다.

"네, 말씀하세요."

"여기에 계신 젊은 아가씨께서 거의 보름 전에 당신에게 들은 내용을 나에게, 그리고 충분히 믿을 수 있는 사람 몇 분에게 알려주었답니다. 솔직히 고백하겠는데, 처음에 나는 당신을 무조건 믿어도 되는지 의심했지만, 지금은 당신이 진실을 말한다고 굳세게 믿소."

"네, 제가 말하는 건 진실이에요."

"다시 한 번 말하지만 나는 그걸 굳세게 믿소. 내가 당신을 믿는단 사실을 증명하는 차원에서 모든 걸 사실대로 말하겠는데, 우리는 몽스란 남자를 위협해서 어떤 내용이든 비밀을 털어놓도록 만들 작정이오. 하지만 만일…… 만일…… 그자를 확보할 수 없거나 확보하더라도 우리가 원하는 내용을 털어놓지 않을 때는 당신이 유대인 영감을 우리에게 넘겨야 하오."

"페이긴 영감을!"

낸시가 깜짝 놀라며 뒤로 주춤하고, 신사는 계속 말했다.

"그렇소. 그자를 당신 손으로 넘겨주어야 하오."

"그럴 순 없어요! 절대로 그럴 순 없어요! 그자는 악마요, 나에게 한 짓은 악마보다 끔찍해도 절대로 그럴 수 없어요."

"그럴 수 없다고요?"

신사가 물었다. 이런 대답이 나올 경우를 충분히 대비한 것 같았다.

"절대로!"

"이유를 알려주겠소?"

신사가 묻자 낸시는 단호한 어투로 대답했다.

"첫 번째 이유는 아씨가 아는 내용이니 제 편을 들어주실 거예요. 분명히 그러실 거예요, 저에게 한 약속이 있으니까. 그리고 두 번째 이유는 그 사람이 지금까지 나쁘게 살고 저 역시 나쁘게 살아도 저희처럼 나쁘게 사는 사람은 아주 많으니, 저로선 그런 사람을 넘길 수 없어요. 그 사람들 역시 누구든 나를 넘길 수 있는데 그러진 않았으니까요, 나쁜 사람들이긴 해도."

그러자 신사가 재빨리 말하는데, 진짜 목적은 이것 같았다.

"그렇다면 몽스를 넘겨주시오."

"몽스가 다른 사람을 밀고하면 어떻게 하지요?"

"몽스에게서 진실만 끌어내면 다른 문제는 건들지 않겠다고 약속하오. 올리버가 살아온 짧은 삶에도 공개적으로 밝히기에 고통스러운 상황은 분명히 있을 터이니, 진실을 끌어낸다면 나머지는 그대로 묻어 두겠소."

"진실이 안 나오면요?"

낸시가 묻자, 신사는 다시 대답했다.

"그렇더라도 당신이 동의하지 않는 한 법정에 세우지 않겠소. 그럴 경우에는 당신이 수긍할 만한 이유부터 충분히 설명해서 동의를 받도록 하겠소."

"아가씨도 동의하시나요?"

낸시가 묻자, 로즈가 대답했다.

"네, 온 마음을 다해서 맹세합니다."

"이런 내용을 파악한 과정에 대해서 몽스는 절대 모르게 할 거죠?"

잠시 침묵하다가 낸시가 묻자, 신사는 대답했다.

"그럼요. 우리가 파악한 과정을 그자는 어림짐작도 못 하게 하면서 다그치겠소."

그러자 낸시가 다시 침묵하다가 말했다.

"저는 평생 거짓말만 하고 어릴 때부터 주변에는 거짓말쟁이로 가득했지만 선생님 말씀을 믿겠어요."

낸시는 믿어도 좋다는 확답을 두 사람에게 들은 다음에 정말 나지막한 목소리로 입을 열어서 염탐꾼이 제대로 못 알아들을 때도 많은 가운데, 염탐꾼이 그날 밤에 뒤를 쫓기 시작한 주막 이름과 위치를 알려주었다. 그런데 이따금 말을 멈추는 걸 보면 낸시가 말하는 내용을 신사가 서둘러 받아 적는 것 같았다. 그래서 주막 인근 지리와 다른 사람 눈에 안 띄고 감시하기에 제일 좋은 위치는 물론 몽스가 자주 나타나는 요일과 시간까지 충분히 설명하고는, 몽스가 지닌 특징과 외모를 떠올릴 목적으로 잠시 깊은 생각에 빠져드는 것 같았다. 그러다가 말했다.

"그 사람은 키가 크고 체구가 단단하지만 통통하진 않아요. 남몰래 살금살금 걷다가 툭하면 고개를 돌려서 처음엔 이쪽을 다음엔 반대쪽을 끊임없이 살핀답니다. 두 눈은 다른 사람보다 유별나게 깊이 박혀서 이것 하나만 잘 살펴도 찾아낼 수 있다는 사실을 명심하세요. 얼굴은 까맣고 머리칼과 눈동자도 마찬가집니다. 나이는 스물여섯에서 여덟을 안 넘지만 생기가 없고 초췌하답니다. 입술은 혈색이 없는 대신 잇자국이 어릴 때가 많아요. 발작이 자주 일어나서 두 손까지 물어뜯어 상처로 가득할 정도니까요. 아니, 왜 깜짝 놀라세요?"

낸시가 갑자기 말을 중단하고 묻자, 신사는 아무것도 아니라고 황급히 대답하며 계속 설명하라 간청하고, 낸시는 다시 설명했다.

"지금까지 말씀드린 내용 가운데 일부는 제가 말씀드린 주막에서 다른 사람에게 들은 거예요. 그 사람이 눈앞에 나타난 건 두 번밖에 안 되는데, 매번 커다란 망토로 온몸을 가렸거든요. 그 사람에 대해서 제가 말할 수 있는 건 이게 전부인 것 같아요. 하지만 잠깐만요. 목에, 고개를 돌리면 목도리 밖으로 드러나는 위쪽에……"

"커다란 빨간 흉터가 있나요, 뜨거운 물에 덴 것 같은?"

신사가 소리치자, 낸시가 깜짝 놀라며 받아쳤다.

"어떻게 그런 사실을? 선생님도 그 사람을 아는군요!"

젊은 아가씨 역시 깜짝 놀란 건 마찬가지라서 순간적으로 모두 정적에 빠져드니, 염탐꾼은 이들이 숨 쉬는 소리까지 또렷이 들을 정도였다. 그러다가 신사가 침묵을 깨뜨리며 말했다.

"당신이 설명한 내용대로라면 그런 것 같소. 두고 보면 알겠지요. 비슷한 사람도 많은 법이니, 동일인물이 아닐 수도 있어요."

신사는 대수롭지 않다는 듯 말하면서 숨은 염탐꾼 쪽으로 한두 걸음 다가가며 "그놈이 분명해!"라 중얼거리고, 염탐꾼은 그 소리를 또렷하게 들었다. 그러다가 신사가 말하는데, 소리로 판단하건대 자신이 조금 전에 섰던 방향으로 돌아선 것 같았다.

"우리에게 정말 소중한 도움을 주었으니, 나 역시 당신에게 도움을 주고 싶소. 어떻게 하면 당신을 도울 수 있겠소?"

"없습니다."

낸시가 대답하자, 신사는 마음이 훨씬 딱딱하고 완고한 사람도 흔들릴 정도로 다정하고 친절한 목소리로 다시 말했다.

"그런 식으로 말하면서 고집부리지 마시오. 곰곰이 생각해서 알려주시오."

그러자 낸시가 흐느끼며 대답했다.

"없습니다, 선생님. 선생님이 저를 도울 방법은 하나도 없습니다. 저는 가망이 조금도 없습니다."

"그건 당신 생각일 뿐이오. 과거에 당신은 창조주께서 평생 단 한 번 주시는 참으로 소중한 보물을 낭비하며 젊은 열정을 엉뚱하게 사용해서 자신을 끔찍한 쓰레기통으로 몰아넣었지만, 앞으로는 희망을 품어도 좋소. 마음을 평화롭게 만드는 건 당신 스스로 노력해야 하니, 나에게 그렇게 만들 능력이 있다는 말까진 못하겠지만, 영국 어디든 조용한

피신처를 제공하거나 영국에 남는 게 불안하다면 외국으로 나가는 방법 역시 우리 능력으로 충분히 가능하며, 이는 당신을 보호하고 싶은 우리의 간절한 마음이기도 하오. 그러니 당신만 마음을 먹으면 동녘이 밝기 전에, 여기에 있는 강물이 햇살을 받으며 잠에서 깨어나기 전에, 이 땅에서 한순간에 사라진 듯 모든 흔적을 지운 채 예전 동료들이 결코 찾을 수 없는 곳으로 떠날 수 있소. 그러니 그렇게 하시오! 나는 당신이 돌아가서 예전 동료와 다시 말을 주고받거나 예전 소굴을 다시 쳐다보거나 역병이며 죽음 같은 공기를 다시 빨아들이도록 할 수 없소. 이런 것과 단번에 절연하시오, 아직 시간도 있고 기회도 있을 때!"

"이제 이분도 그렇게 하실 거예요. 망설이는 걸 보면 알 수 있어요."

젊은 아가씨가 희망적인 목소리로 말하는데, 신사는 아니었다.

"안타깝게도 그렇진 않은 것 같구려."

그러자 낸시가 잠시 갈등하다가 대답했다.

"맞아요, 선생님. 그렇게 할 순 없어요. 저는 예전 생활에 단단히 얽매여 있어요. 이제는 진저리가 날 정도로 싫지만 떠날 수도 없어요. 돌아서기엔 너무 멀리 왔어요. 아, 아, 그런데도 잘 모르겠어요. 예전에 그런 말씀을 하셨다면 가볍게 웃어넘겼을 테니까요."

낸시가 주변을 황급히 둘러보며 덧붙였다.

"그런데 두려움이 다시 몰려드네요. 이제 집으로 가야겠어요."

"집으로!"

젊은 아가씨가 깜짝 놀라며 한탄하자, 낸시가 다시 말했다.

"네, 집으로, 아가씨. 제가 평생을 고생하며 일궈놓은 집으로. 인제 그만 헤어져요. 누가 나를 감시하거나 지켜볼 수도 있어요. 가세요! 가세요! 제가 두 분에게 도움이 되었다면 이제 제가 바라는 건 먼저 여기를 떠나라는 거예요, 저 혼자서 집으로 돌아갈 수 있도록."

"소용이 없네요. 우리가 여기에 더 머물면 저분이 위험할 수도 있겠어요. 저분이 예상한 이상으로 오랜 시간을 지체한 것 같으니까."

신사가 말하며 한숨을 내쉬자, 낸시가 재촉했다.

"맞아요. 그러니까 어서 떠나세요."

"그렇게 살면 결국엔 어떻게 될까요!"

젊은 아가씨가 한탄하자, 낸시가 대답했다.

"어떻게 될까요! 저길 보세요, 아가씨. 저기, 까만 물을 보세요. 나 같은 여자가 관심을 보이는 사람도 울어주는 사람도 없이 저런 강물에 뛰어드는 사례는 수없이 많답니다. 앞으로 몇 년이 될 수도 있고 몇 달에 불과할 수도 있겠지만, 결국엔 저도 그렇게 되겠지요."

"제발 부탁이니, 그렇게 말하지 마세요."

젊은 아가씨가 흐느끼며 간청하자, 낸시는 다시 말했다.

"하지만 그런 소식이 아가씨 귀에 들리는 일은 절대로 없을 테니, 아, 그런 끔찍한 일 자체가 안 생기면 좋겠네요! 그럼 잘 가세요, 잘 가세요."

신사가 돌아섰다. 하지만 젊은 아가씨는 다시 말했다.

"날 위해서 이 지갑이라도 받으세요. 곤란하고 절박한 처지에 빠지면 도움이 될 수도 있잖아요."

"아니에요! 저는 돈 때문에 이런 일을 하는 게 아니에요. 앞으로도 그렇게 생각하도록 도와주세요. 하지만…… 몸에 걸친 걸 아무거나 주세요. 기념으로 간직하고 싶어요. 아니에요, 아니에요, 반지는 아니에요. 장갑이나 손수건 같은 거, 아씨가 지닌 식으로 제가 지닐 수 있는 거요. 그래요. 축복받으세요! 하느님 은총이 가득하시길. 잘 가요, 잘 가요!"

낸시가 잔뜩 흥분한 데다 누구에게 들키기라도 하면 폭력에 시달릴까 염려스러운 나머지, 신사는 낸시 요청대로 그만 떠나기로 작심한 것 같았다.

발자국이 멀어지는 소리가 들리면서 목소리도 사라졌다.

곧이어 젊은 아가씨와 노신사로 보이는 형상이 다리에 올라섰다. 계단 꼭대기에서 잠시 멈춘 상태였다.

"잘 들어보세요! 저분이 우리를 불렀어요! 저분 목소리가 들린 것 같아요."

젊은 아가씨가 소리치며 귀를 가만히 기울이자, 노신사는 슬픈 표정으로 쳐다보며 말했다.

"아니요, 아가씨. 저분은 아직도 꿈쩍하질 않으니, 우리가 완전히 사라질 때까지 저러고 있을 겁니다."

그래도 로즈 아가씨가 발길을 못 떼자, 노신사는 아가씨 팔을 자기 팔에 끼우고 부드럽게 당기며 떠났다. 그래서 두 사람이 사라지자, 낸시는 돌계단에 그대로 쓰러져서 괴로운 마음으로 쓰디쓴 눈물을 토해냈다. 그러다가 조금 후에 일어나서 힘없는 걸음으로 비틀거리며 계단을 올랐다.

깜짝 놀란 염탐꾼은 숨은 자리에서 몇 분 동안 꼼짝도 않고 가만히 있다가 주변을 조심스레 수없이 살펴서 자신밖에 없다는 사실을 확인하곤 은신처에서 천천히 기어 나와 계단을 내려올 때와 마찬가지로 어두운 벽을 따라 살그머니 올랐다. 그래서 꼭대기에 도달하자 한 번 더 주변을 살펴서 보는 사람이 없다는 사실을 확인한 후, 유대인 영감이 있는 집을 향해 두 다리가 허락하는 선에서 최대한 빠르게 쏜살처럼 달렸다.

CHAPTER XLVII
치명적인 결과

동녘이 밝으려면 아직 두 시간 정도 남았으니, 가을철 이 시간은 모두가 잠든 한밤중이라는 말이 그대로 맞아떨어져서 거리는 고요하고 인적은 없었다. 시끌벅적한 소리마저 곤한 잠에 빠져들고 술 마시며 떠들어대던 방탕한 모습은 비틀거리며 집으로 벌써 돌아가서 깊은 꿈나라에 빠져든 터였다. 이렇게 적막하고 고요한 시간에 유대인 영감은 낡은 소굴에 틀어박혀서 밤을 꼬박 새우는데, 완전히 찌그러져서 창백한 얼굴과 핏발이 곤두서서 새빨간 눈동자는 사람이 아니라 무덤에서 튀어나와 끔찍한 악령에 시달리는 유령 같았다.

그는 이제 불기조차 사라진 차가운 벽난로 앞에서 웅크리고 앉아 낡아서 너덜너덜한 담요로 몸을 감싼 채 바로 옆 탁자에서 타들어 가는 촛불을 바라보았다. 오른손을 입술에 대고 깊은 생각에 빠져들며 새까맣고 기다란 손톱을 질겅질겅 물어뜯으니, 이 빠진 잇몸 사이로 개나 생쥐에게 달렸을 것 같은 뾰족한 이빨 몇 개가 드러났다.

바닥에 깐 매트에는 노아 클레이폴이 길게 누워서 곤하게 잤다. 유대인 노인은 가끔 그쪽을 바라보다가 촛불로 눈길을 돌렸다. 심지는 계속 타들어 가다가 고개를 푹 숙이고 뜨거운 촛농은 탁자로 흘러내리며 덩어리로 뭉친 걸 보면 유대인 노인은 다른 생각에 깊이 빠져든 게 분명했다.

실제로 그랬다. 자신이 세운 훌륭한 계획을 그대로 망가뜨렸다는 배신감, 감히 낯선 사람을 만나서 흥정을 벌인 낸시에 대한 증오심, 자신을 넘기는 걸 거부한 진정성에 대한 극단적인 불신감, 빌 사이스에 대한 복수를 포기해야 한다는 씁쓸한 실망감, 자신이 잡혀서 모든 걸 빼앗기고 죽는 것에 대한 공포심, 이런 다양한 감정이 하나로 어우러지면서 뜨겁게 타오르는 치명적인 분노. 이런 분노가 꼬리에 꼬리를 물고 정신없이 솟구치고 소용돌이치며 머리에 가득 떠오르고, 사악하고 음흉한 흉계는 가슴에서 다양하게 꿈틀거렸다.

유대인 노인은 시간 자체를 완전히 잊어버린 것처럼 자세를 조금도 안 바꾼 채 가만히 앉았다가, 바깥에서 일어나는 발소리가 예민한 귓속으로 파고드는 느낌이 들 때 뜨거운 열기에 바싹 말라붙은 입술로 중얼거렸다.

"마침내 왔군!"

그와 동시에 초인종이 조심스럽게 울렸다. 유대인 노인은 계단을 올라 대문으로 나가더니, 턱까지 목도리를 둘러쓰고 한쪽 팔로 보따리를 든 사내와 함께 곧바로 돌아왔다. 사내는 의자에 앉고 겉옷을 벗어서 등받이에 걸치며 단단한 몸집을 드러내니, 바로 빌 사이스가 아닌가!

빌 사이스가 보따리를 탁자에 올려놓으며 말했다.

"자! 이걸 알아서 처리하고 값은 최대한 많이 쳐주시게나. 정말 힘들게 가져온 거야. 애초에 생각한 것보다 세 시간이나 더 걸렸다고."

유대인 영감은 보따리를 한 손으로 집어서 찬장에 넣고 자물쇠를 채우곤 아무 말 않고 다시 앉았다. 하지만 이렇게 움직이는 동안에도 도적놈에게서 눈길을 한순간도 안 떼고, 서로 얼굴을 마주하고 앉은 지금은 상대를 뚫어지게 바라보는데 머릿속에 가득한 감정 때문에 입술이 마구 떨리고 얼굴은 창백하게 변하니, 도적놈은 자신도 모르게 의자를 뒤로 빼서 깜짝 놀란 표정으로 상대를 살폈다. 그러다가 소리 쳤다.

"또 뭐야? 사람을 그렇게 빤히 쳐다보는 이유가 뭐냐고?"

유대인 노인이 오른손을 들어서 덜덜 떨리는 집게손가락을 공중에 대고 흔들었다. 너무 흥분한 나머지 순간적으로 말이 나오질 않았다. 그러자 빌 사익스가 경계하는 표정으로 가슴에 손을 넣으면서 중얼거 렸다.

"제기랄! 노인네가 완전히 미쳤구먼. 앞으로 조심해야겠어."

바로 그때, 유대인 노인이 목소리를 되찾으며 말했다.

"아니야, 아니야. 문제는 자네가 아니야, 빌. 자네는 잘못한 게 하나 도 없어."

"아, 그러세요, 그러시냐고? 정말 다행이군…… 우리 둘 가운데 한 명이 미친 건 확실하니까. 그게 누군진 굳이 말할 필요도 없지만."

빌 사익스가 엄숙하게 쳐다보고 말하며 권총을 훨씬 쉽게 꺼낼 수 있는 주머니로 여보라는 듯 옮기는데, 유대인 노인은 오히려 의자를 끌어서 가까이 다가가며 말했다.

"자네에게 이야기할 게 있네, 빌. 그 말을 들으면 나보다 더 흥분할 거야."

"그래? 그럼 말해! 어서. 그러지 않으면 낸시는 내가 잡혀간 줄 알 테니까."

"잡혀간 줄 알아? 낸시는 이미 그러기로 마음속으로 완벽하게 결정했어."

빌 사익스가 정말 당혹스런 표정으로 유대인 영감 얼굴을 물끄러미 쳐다봤다. 그래도 만족스러운 설명을 얻을 수 없자, 커다란 손으로 영감 목덜미를 움켜잡고 마구 흔들며 소리쳤다.

"어서 말해! 그러지 않으면 숨통을 끊어버릴 테니까. 어서 입을 열고 알아듣기 쉬운 말로 설명하라고. 어서 말해, 벼락 맞을 늙은이야, 어서 말해!"

"가령, 저기에 누워서 잠자는 아이가……."

유대인 노인이 입을 열자, 빌 사익스는 고개를 돌려서 이제 비로소 발견한 것처럼 노아가 잠자는 곳을 바라보더니, 원래 위치로 돌아가며 다그쳤다.

"그래서?"

"가령, 저 아이가 나발을 불어서…… 우리 모두를 고발한다면…… 그래서 제일 먼저 도움이 될 만한 사람부터 찾은 다음, 거리에서 그들을 만나 단번에 알아보도록 우리 생김새를 묘사하고 우리 차림새를 설명하고 우리를 손쉽게 찾을 수 있는 주막까지 알려주었다고 하세. 가령, 저 아이가 그렇게 한 게, 게다가 우리 모두 관여한 범죄사실까지 떠벌인 게…… 잡히고 갇혀서 고문받고 성직자에게 꼬임을 받고 배고프고 목말라서가 아니라 자기가 좋아서라면, 그냥 그러고 싶어서라면, 그래서 우리를 잡아넣으려는 사람을 만나서 우리를 밀고하려고 밤에 살그머니 나간다면."

유대인 영감이 소리치더니, 두 눈으로 분노를 발산하며 물었다.

"무슨 말인지 알겠나? 그래서 그런 짓을 했다면 자넨 어떻게 하겠나?"

그러자 빌 사익스가 욕설을 퍼부으며 대답했다.

"어떻게 하다니! 내가 올 때까지 살아있다면 신발을 벗어서 쇠굽으로 해골을 갈아 가루로 만들어 버리지."

"가령, 내가 그랬다면 어떻게 할 텐가! 내가, 정말 많은 내용을 알아서 나는 물론 다른 여러 사람을 교수대에 올릴 수 있는 내가!"

유대인 노인이 고함을 지르듯 소리치자, 빌 사익스는 단순한 가정에도 얼굴이 하얗게 질려서 이를 단단히 깨물며 대답했다.

"모르겠군. 교도소에서 사고를 쳐서 쇠사슬로 온몸을 단단히 묶도록 만든 다음, 법정에서 당신과 함께 재판을 받을 때 그대로 달려들어 사람들이 보는 앞에서 쇠사슬로 해골을 박살 낼 거야."

도적놈이 말하더니, 팔뚝 근육을 과시하며 덧붙였다.

"짐을 가득 태운 마차가 머리를 깔고 뭉개며 지나간 것처럼 당신 머리를 박살 낼 정도는 되겠지."

"정말 그럴 거야?"

"정말 그럴 거냐고? 한 번 시험해 봐."

"만일 그 사람이 찰리나 '미꾸라지'나 베시나……"

유대인 노인이 뜸을 들이자, 빌 사익스가 재빨리 대답했다.

"누구든 상관없어. 그게 누구든 나는 그렇게 하겠어."

유대인 노인은 도적놈을 뚫어지게 바라보더니, 조용히 하라 손짓하곤 바닥에 깔린 참상 위로 고개를 숙여서 잠자는 사람을 흔들어 깨웠다. 빌 사익스는 의자에 앉은 채 상체를 앞으로 빼고 두 손을 무릎에 올려놓으며 가만히 바라보는 게, 이상한 질문을 해대고 아이까지 깨우는 사태가 어떻게 끝날지 참으로 궁금한 것 같았다.

"볼터, 볼터! 불쌍한 것! 완전히 지쳤어…… 여자애를 오랫동안 감시하느라 지쳤어…… 그 여자를 감시하느라고 말이야, 빌."

"그게 무슨 말이야?"

빌 사익스가 물으며 뒤로 주춤하고, 유대인 노인은 아무 대답도 않고 다시 허리를 숙여서 잠자는 아이를 일으켜 앉혔다. 그리곤 가짜 이름을 몇 차례 반복해서 부르자, 노아가 두 눈을 비비고 커다랗게 하품하며 졸린 표정으로 주변을 둘러보았다.

"그 얘기를 다시 하렴…… 한 번만 더, 이 친구가 듣도록."

유대인 영감이 빌 사익스를 가리키며 말하자, 노아는 너무 졸려서 몸을 흔들며 짜증스런 어투로 물었다.

"뭘 말하라는 거예요?"

"그것 말이야…… 낸시 얘기."

유대인 노인이 말하더니, 이야기를 충분히 듣기 전에 밖으로 못 나가게 하려는 듯 빌 사익스 손목을 꽉 움켜잡으며 다시 물었다.

"낸시를 미행했지?"

"네."

"런던교까지?"

"네."

"거기에서 낸시가 두 사람을 만났지?"

"네, 그랬어요."

"신사 한 명, 그리고 예전에 자기 발로 찾아간 적이 있는 숙녀 한 명인데, 이들이 낸시에게 동료들을 밀고하라, 몽스부터 그러라고 하니까 낸시는 그렇게 했지…… 특징을 설명하라니까 그렇게 하고…… 우리가 어떤 주막에 다니고 어느 집에서 만나는지 말하라니까 그렇게 하고…… 감시하기에 제일 좋은 지점을 말하라니까 그렇게 하고…… 사람들이 몇 시에 거기에 가는지 말하라니까 그렇게 했어. 낸시가 그렇게 다 말했어. 위협하지도 않았는데 망설이지도 않고 모두 말했어…… 내 말이 맞아, 틀려?"

유대인 영감이 분노로 반쯤 미쳐서 소리치자, 노아가 머리를 긁으며 대답했다.

"그래요, 그렇게 한 게 맞아요!"

"그리고 또 무슨 말을 했지, 지난 일요일에 대해서?"

"지난 일요일에 대해서!"

노아가 가만히 생각하며 말하다가 덧붙였다.

"맙소사, 아까 다 말했잖아요."

"다시. 다시 말해!"

유대인 영감이 소리치며 빌 사익스를 꽉 움켜잡고 다른 손을 추켜들어서 휘두르는데 입술에서 거품까지 흘렸다.

"약속까지 하고선 지난 일요일에 안 나온 이유를 두 사람이 물었어요. 그러자 여자는 나올 수 없었다고 대답했어요."

노아가 대답하는데, 잠에서 조금 더 깨어나다가 빌 사익스란 인물을 알아보는 것 같았다.

"왜…… 왜? 그것도 말해."

유대인 노인이 다시 다그치고, 노아는 대답했다.

"빌이란 사내가, 전에 말한 적이 있는 사내가 집에 강제로 붙들어두었기 때문에."

"사내에 대해서 또 무슨 말을 했지? 지금 막 말한 사내에 대해서 여자가 또 무슨 말을 했어? 그것도 말해, 그것도 말하라고."

유대인 노인이 소리치고 노아는 이렇게 말했다.

"자신이 어디에 가는지 사내에게 자세히 말하지 않으면 밖으로 나오는 게 쉽지 않다고, 처음에 숙녀를 만나러 나간 것도 - 하! 하! 하! 이 부분이 제일 재밌는데 - 사내에게 아편을 타서 먹였기 때문이라고 했어요."

"지옥불에 태워죽일 년! 이거 놔!"

빌 사익스가 소리치며 유대인 영감에게서 팔을 빼내더니, 노인을 거칠게 밀치며 밖으로 뛰쳐나가 계단을 무섭게 뛰어올랐다. 그러자 유대인 노인이 뒤를 급히 쫓으며 소리쳤다.

"빌, 빌! 한 마디만. 한 마디만 더."

한마디를 더 할 순 없을 것 같았는데, 다행히도 도적놈은 대문을 열 수 없어서, 유대인 영감이 숨을 헐떡이며 다가가니, 아무런 소득도 없이 욕설을 퍼부으며 대문만 때리다가 소리쳤다.

"대문을 어서 열어. 아무 말도 않는 게 좋아. 무슨 일이 생길지 모르니까. 어서 대문이나 열라고!"

그러자 유대인 노인이 자물쇠를 열려고 하면서 말했다.

"한마디만 더 듣게. 설마 자네……."

"뭐?"

"설마 자네…… 너무 심한 폭력을 쓰는 건 아니겠지, 빌?"

날이 밝아오는 터라 두 사람은 서로 얼굴을 볼 수 있었다. 그래서 짧은 시선을 주고받는데 두 사람 모두 눈에서 불이 번뜩이는 걸 보면 속마음은 누가 보더라도 확실했다. 하지만 유대인 영감은 인제 와서 아닌 척하는 건 아무런 소용도 없다는 느낌을 드러내며 말했다.

"내 말은 너무 심한 폭력은 문제를 일으킬 수 있다는 거야. 그러니 니무 대담하시 않게 정확히 움직여야 해, 빌."

빌 사익스는 아무런 대답도 않고 유대인 노인이 자물쇠를 해제한 대문을 밀쳐 열고 고요한 거리로 뛰쳐나갔다.

도중에 쉬지도 않고 아무런 생각도 없이, 고개를 왼쪽이나 오른쪽으로 돌리지도 두 눈을 들어서 하늘을 올려다보거나 낮춰서 땅바닥을 내려다보지도 않은 채 무서운 눈초리는 정면만 노려보고, 이를 꽉 깨물어서 팽팽한 턱은 살갗에서 금방이라도 튀어나올 것 같은 표정으로 앞뒤 안 가리며 달렸다. 그래서 자기 집 대문이 나타날 때까지 단 한 마디도 뻥끗하지 않고 표정도 안 푼 채, 열쇠로 대문을 가만히 열고 계단을 가볍게 성큼성큼 걸어 올라서 자기 집으로 들어가더니 현관문을 이중으로 잠그고 묵직한 탁자로 기대놓은 다음, 침대 커튼을 젖혔다.

낸시는 옷을 절반만 걸친 채 누워서 자는 중이었다. 그러다가 깜짝 놀란 표정으로 몸을 황급히 일으켰다. 빌 사익스가 흔들어 깨웠기 때문이다.

"일어나!"

빌 사익스가 소리치자, 낸시는 사내가 돌아온 걸 반기는 표정으로 대답했다.

"당신이구나, 빌!"

"그래. 일어나."

빌 사익스가 대답했다. 촛불 하나가 타올랐으나 빌 사익스는 촛대에서 초를 황급히 뽑아내 벽난로 안으로 던졌다. 촛불이 사라지자 낸시는 동녘이 희미하게 밝아오는 걸 알아채고 일어나서 커튼을 걷으려고 했다. 하지만 빌 사익스가 손을 내밀어서 막으며 말했다.

"그대로 둬. 이 정도 빛이면 충분히 처리할 수 있으니까."

"빌, 왜 그런 표정으로 쳐다보는 거야!"

낸시가 말했다, 위험을 느낀 나지막한 목소리였다.

도적놈은 자리에 앉아서 콧구멍을 크게 벌리고 가슴을 벌렁거리며 가만히 바라보더니 머리와 목덜미를 갑자기 움켜잡고 방 한가운데로 질질 끌고 나와서 문 쪽을 힐끗 쳐다보며 묵직한 손으로 입을 틀어막았다.

낸시는 순간적으로 엄청나게 몰려드는 공포에 맞서며 힘겹게 말했다.

"빌, 빌! 내가 비명을 지르지도…… 소리를 지르지도 않을게…… 단 한 번도…… 내 말을 들어…… 나에게 말을 해…… 도대체 무슨 일인지 말하라고!"

"네년이 알잖아, 악마 같은 년! 간밤에 미행이 붙어서 네년 입으로 한 말을 모두 엿들었어."

도적놈이 대답하며 숨을 틀어막자, 낸시는 바싹 매달리며 사정했다.

"그렇다면 제발 부탁이니 나를 살려줘, 내가 당신을 살려준 것처럼. 빌, 사랑하는 빌, 당신은 나를 죽일 수 없어. 아! 오늘 밤만 해도 내가 당신 하나 때문에 모든 걸 포기했다는 사실을 생각해. 그러니 시간을 가지고 생각해. 끔찍한 죄를 저지르지 마. 나는 당신을 안 놓을 테니, 당신은 나를 떼어낼 수 없어. 빌, 빌, 제발 부탁이니, 당신 자신을 위해, 나를 위해 나를 죽이지 말고 멈춰! 나는 지금껏 당신에게 진실했어, 죄 많은 영혼을 걸고 맹세해!"

빌 사익스는 팔을 빼내려고 격렬하게 몸부림치지만, 낸시 팔이 워낙 단단히 휘어 감아서 아무리 떼어내려고 애써도 떼어낼 수 없었다. 그런 가운데 낸시는 머리를 상대 가슴에 기대려고 애쓰며 소리쳤다.

"빌, 노신사께서 다정한 아가씨와 함께 오늘 밤에 나에게 말했어, 남은 삶을 외국에서 혼자 평화롭게 지낼 수 있도록 하겠다고. 내가 그 사람들을 다시 만나서 무릎 꿇고 사정할게, 당신에게도 똑같은 자비와 친절을 베풀어달라고, 당신이나 나나 끔찍한 공간을 벗어나 서로 다시는 못 만나도록 멀찌감치 떨어져서 지금까지 우리가 살아온 모습을 기도할 때 외에는 완전히 잊고 훨씬 떳떳하게 살아가게 해달라고. 회개와 속죄는 언제 해도 안 늦어. 그 사람들이 그렇게 말했고, 이젠 나도 느낄 수 있어. 하지만 우리에겐 시간이 필요해…… 시간이 약간,

약간 더!"

도적놈이 한쪽 팔을 빼내더니 권총을 움켜잡았다. 분노가 치미는 와중에도 총을 쏘면 단번에 들킬 게 분명하단 생각이 스쳐, 자신에게 다가오려고 애쓰며 치켜든 얼굴을 권총 자루로 있는 힘껏 두 번이나 내려쳤다.

낸시는 비틀거리다가 쓰러졌다. 이마가 크게 깨져서 피가 빗물처럼 흘러내리며 앞을 가리지만 힘겹게 일어나서 무릎을 꿇더니, 하얀 손수건을 - 로즈 아씨가 건네준 손수건을 - 가슴에서 꺼내 그걸 잡고 두 손을 모아서 하늘을 향해 힘겹게 추켜올리며 마지막 기도를 한 마디 뱉어냈다. 창조주에게 자비를 청하는 기도였다.

도저히 눈 뜨고 볼 수 없는 처참한 몰골에 살인자는 비틀거리며 벽으로 물러나, 한 손으로 자기 눈을 가린 채 묵직한 곤봉을 움켜잡고 낸시를 내려쳤다.

CHAPTER XLVIII

빌 사익스가 도망치다

밤이 내리깔린 이후로 런던 전체에서 야음을 틈타고 저지른 악행 가운데 가장 끔찍한 악행이었다. 아침 공기를 타고 악취를 풍기며 일어나는 공포 가운데 가장 무참하고 잔인한 공포였다.

태양은, 인간에게 생명과 희망과 활력을 새롭게 선사하는 태양은 복잡한 도시에 떠오르며 선명한 햇빛을 찬란하게 흩뿌렸다. 비용을 많이 들여서 형형색색으로 꾸민 유리창으로도, 종이를 대서 수선한 유리창으로도, 대성당 드높은 천장으로도, 썩어 문드러진 틈새로도 똑같은 빛을 뿌리며 파고들었다. 여인이 살해당해서 쓰러진 집안에도 햇빛은 찬란하게 비쳤다. 정말 찬란했다. 빌 사익스가 차단하려고 애써도 햇빛은 계속 흘러들었다. 소용이 없었다. 그런데 흐릿한 새벽녘에도 처참하게 보이던 몰골이라면 햇빛이 환한 지금은 어떻게 보이겠는가!

빌 사익스는 꿈쩍도 안 했다. 꿈쩍하는 자체가 두려웠다. 한 번은 앓는 소리와 함께 손이 움직이는 걸 보고 분노에 공포까지 더해서 곤봉을 내려치고 또 내려치기도 했다. 한 번은 양탄자로 덮어서 시신을 가렸으나, 뇌리에 눈동자가 떠오르고 자신을 쳐다보는 환상까지 일어나니, 치켜뜬 눈동자를, 잔뜩 고인 선지피가 햇살을 받아 천장에서 흔들리며 춤추는 모습이라도 보려는 것처럼 치켜뜬 눈동자를 차라리 그냥 바라보는 편이 속 편했다. 그래서 양탄자를 다시 걷어냈다. 시신이 그대로 보였다. 피로 범벅이 된 살덩어리에 불과했다. 하지만 살덩이는 어떻게 저리도 끔찍하고 피는 어떻게 저리도 많이 흐른단 말인가!

성냥을 켜고 벽난로 불을 지펴서 곤봉을 불길에 밀어 넣었다. 끝에 달라붙은 머리카락이 확 타오르며 오그라들더니 가벼운 재로 변해서 열기를 타고 빙글빙글 굴뚝으로 올라갔다. 그것조차 무서웠다, 이렇게 억센 사내가 말이다. 계속 잡고 있던 곤봉이 뚝 부러지자, 빌 사익스는 남은 부분까지 완전히 타서 재로 변하도록 석탄불에 올렸다. 그리곤 몸을 씻고 옷을 문질렀다. 지울 수 없는 자국이 곳곳에 있지만 가위로 잘라서 태워버렸다. 실내 곳곳에는 그런 얼룩이 또 얼마나 많던가! 개 발바닥까지 피투성이였다.

이러는 동안에도 빌 사익스는 시신에서 절대로 눈을 돌리지 않았다, 단 한 순간도 말이다. 그래서 모든 준비를 마치곤 발바닥에 다시 피를 묻혀서 범죄 증거를 거리로 옮기는 일이 없도록 개를 질질 잡아끌며 뒷걸음질 쳐서 현관문으로 나아갔다. 그리곤 조심스럽게 닫고 자물쇠를 채우고 열쇠를 빼고 밖으로 나갔다.

빌 사익스는 도로를 건너서 유리창을 올려다보고, 바깥에서는 아무것도 안 보인다는 사실을 확인했다. 커튼도 그대로 쳐놓은 상태였다. 낸시가 다시는 못 볼 햇살을 실내로 들이기 위해 활짝 열려던 커튼이었다. 시신은 바로 그 밑에 있다는 생각이 들었다. 맙소사, 태양은 무엇 때문에 저 창문에다 햇살을 유난히 강렬하게 퍼붓는단 말인가!

위를 쳐다본 건 그게 전부였다. 끔찍한 방에서 벗어난 게 마음이 놓였다. 그래서 개에게 휘파람을 불고 빠르게 걸어서 사라졌다.

이슬링턴을 지나 하이게이트에서 위팅턴[12] 기념비가 있는 언덕을 성큼성큼 오르다가 뚜렷한 목표도 없고 어디로 가야 할지도 애매한 상태에서 하이게이트 언덕으로 방향을 돌려서 밑으로 내려가자마자 다시 오른쪽으로 방향을 돌려서 들판을 가로지르는 오솔길로 접어들어, 캔우드 외각을 끼고 돌아서 햄스테드 히스[13]로 나왔다. 그래서 히스 계곡을 내려가서 건너편 기슭으로 올라, 햄스테드 마을과 하이게이트 마을이 만나는 도로를 가로지르고 나머지 히스 지역을 그대로 지나서 '북쪽 끝'[14]에 있는 들판으로 들어서더니, 자리를 골라서 울타리 밑에 누워 그대로 잠들었다.

그러다가 다시 금방 일어나서 길을 떠나는데, 시골로 깊숙이 파고드는 대신 큰길을 따라 런던으로 되돌아오다가…… 다시 방향을 바꾸고…… 그러다가 벌써 지나간 지역 인근을 다시 지나고…… 그러다가 들판을 오르내리며 헤매다가 도랑 옆에 누워서 쉬고, 다시 출발해 새로운 지역으로 나아가다가 다시 돌아서서 또 헤맸다.

멀지도 않고 사람도 적은 곳에서 고기도 먹고 술도 마시려면 어디로 가야 할까? 헨던. 멀지도 않고 사람도 적으니, 여기가 제일 좋다. 그래서 그쪽으로 방향을 잡았다. 때로는 뛰기도 하고 때로는 괴상한 기벽을 부리며 달팽이처럼 느릿느릿 나아가다가 갑자기 멈춰서 막대기로 울타리를 느긋하게 때리기도 했다. 하지만 목적지에 도달하자, 마주치는 사람마다 – 문가에 있는 아이들조차 – 의심스러운 눈으로 쳐다보는

---

12) 지수성가한 거로 유명한 옛날 런던 시장.
13) 런던 북부에 있는 부촌으로 산을 끼고 있다.
14) North End. 일반명사를 고유명사로 바꾼 지명이라, 우리말로 표기했다.

것 같아, 빌 사익스는 몇 시간 동안 아무것도 못 먹어도 고기 한 점 술 한 방울 살 용기가 없어서 결국 다시 돌아서더니, 어디로 가야 할지 몰라서 히스 인근을 또다시 맴돌았다.

수십 킬로미터를 방황하다가 똑같은 장소로 여전히 돌아왔다. 아침이 지나고 정오가 지나고 햇빛이 줄어드는데도, 여전히 이리 갔다 저리 갔다, 올라갔다 내려갔다, 이리 빙글 저리 빙글 방황하며 똑같은 공간을 맴돌았다. 그러다가 마침내 하트필드로 방향을 잡아서 꾸준히 걸었다.

사내는 지칠 대로 지치고 개는 너무 오랫동안 걸어서 쩔뚝거리며 조용한 마을에서 교회 옆 언덕을 내려가 희미한 불빛이 비치는 곳을 향해 좁은 길을 터벅터벅 걸었다. 조그만 주막으로 기어든 건 밤 아홉 시였다. 벽난로에서는 불이 타오르고 바로 앞에서는 농사꾼 여러 명이 술을 마셨다. 이들은 낯선 사람이 들어서는 걸 보고 자리를 내주었으나, 빌 사익스는 제일 멀리 떨어진 구석에 혼자 앉아서 먹고 마셨다. 아니, 개와 함께 먹고 마셨다, 가끔 음식 조각을 떼어서 던져주었기 때문이다.

농사꾼들은 이웃 농토와 다른 농사꾼에 관해 얘기를 나누다가 화젯거리가 떨어지자 지난 일요일에 매장한 노인을 화젯거리로 삼았다. 젊은 측에서는 노인이 충분히 오래 살았다 주장하고 나이가 많은 측에서는 노인이 오래 산 게 아니라고 주장하는데, 그중에서도 백발 할아버지 한 명은 노인 나이가 자신보다 많진 않을 거라고, 조심하면서 살았다면 최소한 십 년에서 십오 년은 더 살았을 거라고 선언했다.

특별히 관심을 끄는 내용도 경계할 내용도 없었다. 그래서 도적놈은 돈을 내곤 아무도 쳐다보지 않는 구석 자리에 그대로 앉아서 가만히 있다가 깜빡 잠들더니, 새로운 인물이 떠들썩하게 등장하는 바람에 반쯤 깨어나고 말았다.

　새로 등장한 인물은 말솜씨가 장난이 아니었다. 고운 숫돌, 가죽숫돌, 면도칼, 면도용 비누, 마구에 바르는 연고, 개나 말에게 먹이는 약, 싸구려 향수, 화장품 같은 제품을 커다란 상자에 담아서 등에 걸머지고 시골 곳곳을 돌아다니는 등짐장사꾼이다. 그래서 안으로 들어오자마자 흔한 농담을 다양하게 늘어놓더니 저녁밥을 다 먹고 보물 상자를 펼친 다음에 비로소 수그러들었다. 재미있는 분위기를 장사로 연결하겠다는 영리한 생각을 떠올린 것이다.

　"그런데 그 물건은 뭔가? 먹는 건가, 해리?"

　농사꾼 한 명이 씩 웃는 얼굴로 한쪽 구석에 있는 합성 빨랫비누를 가리키며 묻자, 장사꾼이 하나를 집어 들며 대답했다.

　"이건 정말 훌륭하고 확실한 합성 빨랫비누로 비단, 공단, 아마포, 삼베, 직물, 축면사, 모직물, 카펫, 양털, 옥양목, 능직, 방모사 등에서 온갖 종류의 검댕, 녹, 때, 곰팡이, 옷 때, 얼룩, 점, 흙탕물 자국을 깨끗하게 지워준답니다. 포도주 자국, 과일 자국, 맥주 자국, 물 자국, 페인트 자국, 송진 자국 등 어떤 자국이건 여기에 있는 아주 훌륭하고 확실한 합성 빨랫비누를 한 번만 문질러주시면 모두 없어진답니다. 숙녀께서 정조를 더럽혔다면 이것 하나만 꿀꺽 삼켜보세요, 그러면 단번에 해결됩니다…… 이건 독약이니까요. 누구든 내 말이 맞는지 확인하고 싶으시면 조그맣게 잘라서 꿀꺽 삼켜보세요, 그러면 모든 의문이 싹 사라집니다…… 이건 권총 탄환처럼 효과가 좋은 데다 맛은 훨씬 고약하니, 이걸 먹는다는 자체만 해도 정말 대단하거든요. 하나에 일 페니. 이렇게 훌륭한 물건이 구리동전 한 닢!"

　두 사람이 당장 구매하고 나머지는 주저하는 기색이 또렷했다. 그러자 장사꾼이 수다를 다시 늘어놓았다.

"이건 만들기가 바쁘게 팔려나간답니다. 물레방아 열네 대, 증기 엔진 여섯 대, 볼타전지 하나를 끊임없이 가동하며 만드는데도 물건이 모자를 지경이라, 일꾼이 너무 열심히 일하다가 죽으면 과부는 곧바로 연금을 받고 자녀는 일 인당 매년 금화 스무 냥을 받고 쌍둥이는 특별히 쉰 냥을 받습니다. 그런데도 하나에 구리동전 한 냥! 반 페니짜리 두 개도 받고 1/4페니 네 개도 받습니다. 하나에 일 페니! 포도주 자국, 과일 자국, 맥주 자국, 물 자국, 페인트 자국, 송진 자국, 핏자국! 여기에 계신 아저씨 모자에 자국이 묻었으니, 저에게 맥주 한 잔을 사주실 틈도 없이 깨끗하게 닦아드리겠습니다."

"어이쿠! 어서 돌려줘."

빌 사익스가 깜짝 놀라며 소리치자, 장사꾼이 사람들에게 눈을 찡긋하며 대답했다.

"제가 깨끗하게 닦아드리겠습니다, 나리, 이걸 받으러 다가오기도 전에. 자, 신사 여러분, 여기 모자에 묻은 시커먼 자국을 보세요, 일 실링 은화보단 작고 반 실링 은화보단 큽니다. 이게 포도주 자국이건 과일 자국이건 맥주 자국이건 물 자국이건 페인트 자국이건 송진 자국 이건 핏자국이건······."

장사꾼이 더는 말할 수 없었다. 빌 사익스가 끔찍한 저주를 퍼부으며 탁자를 뒤엎고 모자를 낚아채서 밖으로 튀어 나갔기 때문이다.

살인자는 평소와 달리 온종일 마음이 끊임없이 흔들렸다. 그래서 사람이 하나도 안 쫓아온다는 사실을, 자신을 퉁명스러운 술주정뱅이 정도로 여기는 게 분명하단 사실을 확인하곤 거리에 선 역마차에서 이글거리는 불빛을 피하며 지나가다 런던에서 왔다는 사실을 깨닫고 다시 쳐다보니, 바로 앞에 조그만 우체국이 있었다. 거기에서 나올 말은 거의 빤하지만, 사익스는 도로를 건너서 가만히 엿들었다.

경비원은 문가에서 우편자루가 나오기만 기다렸다. 그래서 옷차림이 사냥터 지기처럼 보이는 사내가 나타나자 미리 준비해서 판석 바닥에 내려놓은 바구니를 건네며 말했다.

"당신네 마을로 온 우편물이야. 거기, 안에서 빠릿빠릿하게 움직이라고! 지랄 맞을 우편자루, 저번에도 준비를 안 하더니, 이번에도 마찬가지로군!"

"런던에서 새로운 소식은 없나, 벤?"

사냥터 지기가 덧창 쪽으로 물러나서 말을 이리저리 살피며 묻자, 경비원이 장갑을 끼우면서 대답했다.

"내가 알기엔 별다른 게 없어. 곡물 가격이 약간 오르고 살인사건이 일어났다고 들었어, 스파이틀필즈 쪽에서. 자세한 건 몰라."

그러자 마차 안에서 신사 한 명이 창문으로 내다보며 말했다.

"맞소, 사실이오. 정말 끔찍하게 죽였다더군."

"그래요, 나리? 죽은 사람이 남잔가요 여잔가요?"

경비원이 물으며 모자를 만지작거리자, 신사가 대답했다.

"여잔 것 같은데……."

"서둘러, 벤."

마부가 다급한 어투로 재촉하자, 경비원이 다시 소리쳤다.

"지랄 맞을 우편자루 같으니! 안에서 지금 잠자는 거야?"

"간다고, 가!"

우체국 사람이 소리치며 뛰어나오자, 경비원이 으르렁댔다.

"돈 많은 젊은 아가씨라도 나온다는 말처럼 들리는군, 도대체 언제 올지 모르겠으니 말이야. 자, 꼭 잡아. 좋아, 다 됐어!"

경적을 몇 차례 힘차게 울리더니 마차는 사라졌다.

빌 사익스는 거리에 그대로 있는데 방금 들은 내용에 조금도 동요하지 않는 게 분명했다. 어디로 가야 한다는 느낌이 특별히 없어서 마음이 약간 흔들리는 정도였다. 그러다가 마침내 방향을 다시 돌려, 하트 필드에서 세인트올번스로 이어지는 길을 따라 걸었다.

줄기차게 걷긴 하는데, 마을을 뒤로하고 고독과 어둠으로 가득한 길에 들어서니 끔찍한 공포가 스멀스멀 다가오며 뼛속까지 뒤흔드는 것 같았다. 실물이건 그림자건 가만히 있건 움직이건, 눈에 보이는 물체는 무엇이든 섬뜩하게 보이지만, 오늘 아침에 목격한 처참한 몰골이 툭하면 나타나서 쫓아오는 공포에 비하면 아무것도 아니었다. 어둠 속에서 시신 그림자가 나타나 모든 특징을 세세하게 드러내며 뻣뻣하고 엄숙하게 성큼성큼 다가오는 느낌이 정말 끔찍했다. 옷을 부스럭거리는 소리는 잎사귀마다 일어나고, 마지막으로 나지막하게 울부짖던 소리는 바람결에 실려서 다가왔다. 자신이 멈추면 시신도 멈췄다. 자신이 달리면 시신도 쫓아오는데 자신처럼 달리는 건 아니었다. 그래서 더더욱 두려웠다. 시신이 불사신처럼 되살아난 것 같았다. 드세지도 않고 사라지지도 않는 바람결처럼 느긋하면서도 음산하게 다가오는 것 같았다.

가끔은 설사 죽는 한이 있더라도 유령과 맞서 싸워서 물리치려고 각오를 단단히 다지며 뒤로 돌아서기도 하지만, 머리칼이 곤두서고 피는 그대로 얼어붙었다. 유령도 방향을 바꿔서 등 뒤로 돌아갔기 때문이다. 그날 아침만 해도 시신은 눈앞에 있었으나 지금은 등 뒤에 있었다……항상. 빌 사익스는 길바닥으로 몸을 그대로 던졌다. 그래서 등에 바닥을 대고 눕자, 시신이 머리맡으로 조용히 다가와서 가만히 섰다, 살아있는 묘비처럼, 피로 적신 묘비처럼.

사람들은 살인자가 법의 심판을 피한 걸 보고 하느님이 잠자는 게 분명하다고 말하는데, 그렇지 않다. 순간순간마다 끔찍한 공포에 치여서 죽고 또 죽고 또 죽는 걸 수없이 겪기 때문이다.

들판을 걷다 보니 헛간이 보이는데, 잠자리로 하룻밤을 보내기에 딱 좋았다. 문 앞에 미루나무 세 그루가 높이 자라서 내부는 극히 어둡고 바람은 나뭇잎 사이를 스치며 음산하게 울었다. 하지만 이제 더는 걸을 수 없었다, 동녘이 다시 타올 때까진. 그래서 벽에 바싹 달라붙어서 기다랗게 누워…… 새로운 고문에 시달렸다.

지금까지 쫓아오던 이상으로 끔찍한 환영이 끊임없이 나타났다. 부릅뜨고 노려보는 눈동자가, 생기는 하나도 없고 흐리멍덩해 눈을 감아서 뇌리에 떠오르는 것보다 차라리 눈으로 보면서 견디는 게 훨씬 좋은 눈동자가 어둠 한가운데에 나타났다. 눈에서 광채가 나오는데도 주변은 깜깜했다. 눈동자는 두 개밖에 안 되는데 사방에서 번뜩였다. 그것을 안 보려고 눈을 감으면 모든 물체가 눈에 익은, 완전히 까먹어서 기억을 아무리 뒤져도 안 나올 것 같은 물체까지 보이는 실내공간이 떠올랐다. 시신은 바로 거기에 널브러지고, 두 눈은 자신이 살그머니 도망치면서 본 그대로였다. 결국, 빌 사익스는 벌떡 일어나서 밖으로 나와 벌판을 마구 달렸다. 처참한 몰골이 바로 뒤에서 쫓아왔다. 그래서 헛간으로 다시 들어가 또다시 쭈그리고 앉았다. 두 눈이 나타났다. 바닥에 기다랗게 눕기도 전이다.

자신 외에는 아무도 모를 공포에 끔찍하게 시달리느라 팔다리는 덜덜 떨고 땀구멍마다 식은땀이 솟구치는데, 갑자기 멀리서 외치는 소리가 여러 사람이 놀라서 아우성치는 소리와 뒤섞이며 밤바람을 타고 일어났다. 이렇게 고독한 공간에서 사람 소리를 들으니까 마음이 놓였다. 매우 다급하고 절박한 소리였다. 그래서 위기감을 느끼고 활력과 활기를 다시 끌어모으며 벌떡 일어나서 바깥으로 내달렸다.

광활한 하늘에 불이 붙은 것 같았다. 공중으로 솟구치는 불꽃은 소낙비 같고, 여기저기에서 거대한 화염이 뒤엉키며 달려들어 사방 수 킬로미터 하늘을 밝히고, 연기구름은 자신이 있는 방향으로 달려들었다. 새로운 목소리가 합류하면서 함성도 커다랗게 일어나, "불이야!" 하고 외치는 소리도, 비상 종소리를 울리고 묵직한 건물이 무너지고 화염이 새로운 대상을 휘감으며 딱딱거리다가 새로운 먹이에 힘이 난 듯 공중으로 솟구치는 소리도 들을 수 있었다. 빌 사익스가 보는 사이에도 소리는 계속 커졌다. 남자든 여자든 할 것 없이 수많은 사람이 북적대고 불빛도 환했다. 마치 새로운 생명이 솟구치는 것 같았다. 그래서 그쪽으로 곧장 달렸다. 앞에서 커다랗게 짖어대며 마구 달리는 개처럼 찔레 가시와 덤불 사이를 헤치고 대문과 담장을 뛰어넘으며 미친 듯이 달렸다.

현장에 도착했다. 옷을 절반만 걸친 사람들이 이리저리 뛰어다니며 일부는 마구간에서 공포에 질린 말을 끌어내려 애쓰고, 일부는 마당과 헛간에서 소 떼를 구하려 애쓰고, 일부는 불꽃이 소나기처럼 떨어지고 기둥이 빨갛게 달아오르다가 무너지는 와중에도 불더미에서 짐을 꺼내려고 애썼다. 한 시간 전만 해도 문과 창문이 있던 자리는 퀭한 구멍으로 변해서 활활 타오르는 불길을 드러냈다. 벽이 흔들리다가 불타는 화염 한가운데로 무너져 내리고, 납과 쇠는 녹아서 바닥으로 하얗게 흘러내렸다. 여자와 아이는 비명을 지르고 남자는 서로 격려하며 커다랗게 소리쳤다. 소방펌프가 철커덩거리고 불이 활활 타오르는 나무에 물을 퍼부으면서 치지직하는 소리가 엄청난 함성에 새롭게 가세했다. 빌 사익스도 끔찍한 기억과 자신에게서 벗어나 사람이 가장 많은 곳으로 뛰어들어 목이 쉬도록 소리쳤다. 여기저기에 헌신적으로 달려들었다. 소방펌프 작업을 하다가 연기와 화염 사이를 급하게 돌아다니는 식으로 어디든 소리가 제일 크고 사람도 제일 많은 곳으로 끊임없이 달려갔다. 사다리를 오르내리고 건물 지붕에 올라서 체중을 받아 흔들리며 기우뚱하는 곳을 지나고 벽돌과 돌덩이가 마구 떨어지는 곳으로 들어가는 등, 화염이 무섭게 치솟는 곳에는 언제나 빌 사익스가 뛰어들지만, 불사신이라도 되는 듯 아침이 다시 밝아서 시커먼 연기와 폐허만 가득 비출 때까지 긁힌 데도 없고 다친 데도 없으며 피곤하지도 않은 건 물론 별다른 생각도 없었다.

미친 것처럼 흥분한 상태가 지나자, 자신이 사람을 죽였다는 끔찍한 자각이 열 배는 강하게 돌아왔다. 그래서 주변을 의심스러운 눈으로 둘러보았다. 사람들이 여기저기에 모여서 대화를 나누는데 자신을 화젯거리로 삼는 것 같아 두려웠다. 빌 사익스는 손가락을 흔들어서 신호를 보내고 개는 거기에 복종해, 둘은 살그머니 빠져나갔다. 소방마차 옆을 지나는데 거기에서 몇 사람이 함께 식사하자고 불렀다. 그래서 빵과 고기를 먹고 맥주를 마시며 런던에서 온 소방관들이 말하는 살인 사건 얘기를 듣는데, 한 사람이 이렇게 말했다.

"살인범은 버밍엄으로 도망쳤다는군. 하지만 금방 잡힐 거야, 정찰대가 이미 출발한 데다 내일 저녁이면 전국으로 소문이 쫙 퍼질 테니 말이야."

빌 사익스는 곧바로 그곳을 벗어나서 마냥 걷다가 땅바닥에 풀썩 쓰러졌다. 그리곤 등을 대고 그대로 누워, 불안한 마음에 툭하면 깨어나면서도 오랫동안 잤다. 그러다가 다시 이리저리 돌아다녔다. 아무런 결정도 할 수 없었다. 끔찍한 밤이 다시 찾아올 거라는 두려움을 억누르느라 급급할 뿐이었다. 그런 가운데 런던으로 돌아가는 게 좋겠다는 생각이 문뜩 떠올랐다.

'어쨌든 거기에는 말할 상대라도 있잖아. 좋은 은신처도 있고, 저들도 나를 잡으려고 시골을 돌아다닐 뿐, 내가 런던에 있을 거란 생각은 조금도 못할 거야. 한두 주 동안 꼼짝을 않다가 유대인 영감에게 돈을 뜯어내서 프랑스로 가면 되는 거 아니야? 빌어먹을, 한 번 해보자.'

빌 사익스는 충동적으로 떠오른 생각을 행동으로 옮겨, 인적이 제일 적은 길을 골라서 돌아가기 시작했다. 런던 인근에 숨었다가 땅거미가 지면 옆길로 돌아서 자신이 목표한 장소로 숨어들 생각이었다.

하지만 개를 어떻게 한단 말인가! 자신에 대한 인상착의를 사방에 알리면서 개도 함께 사라졌다는 사실과 범인을 쫓아갔을 거라는 사실 역시 안 빠뜨릴 게 분명했다. 이것 때문에 길을 따라가다가 체포당할 수도 있었다. 결국, 빌 사익스는 개를 익사시키기로 작정하고 연못을 찾으며 계속 걷다가 묵직한 돌 하나를 집어서 손수건으로 묶고 다시 걸었다.

이렇게 준비하는 동안 개는 주인 얼굴을 꾸준히 쳐다보더니, 그 목적을 본능적으로 깨달았는지 아니면 옆에서 자신을 슬쩍 쳐다보는 도적놈 표정이 평소보다 무섭게 보였는지, 평소보다 훨씬 뒤에서 눈치를 보며 걷다가 도적놈이 걸음을 늦추자 몸을 사렸다. 그러다가 주인이 연못 옆에서 걸음을 멈추고 뒤를 돌아보며 부를 때는 완전히 멈췄다.

"내가 부르는 말이 안 들려? 어서 와!"

빌 사익스가 소리치자, 개는 순전히 습관 하나 때문에 다가오더니, 빌 사익스가 허리를 숙여서 손수건을 자기 목에 매려고 할 때 나지막하게 으르렁대면서 뒤로 물러났다.

"이리 와!"

도적놈이 소리치자, 개는 꼬리를 흔들 뿐, 꿈쩍도 안 했다. 빌 사익스는 올가미를 만들어서 던질 준비를 하며 다시 불렀다.

개는 다가오다가 다시 물러나서 잠시 멈추더니, 뒤로 돌아서 전속력으로 도망쳤다.

빌 사익스는 개가 돌아올 거로 생각하고 그대로 앉아서 기다리며 휘파람을 불고 또 불었다. 하지만 나타날 기미가 없어, 마침내 길을 다시 나섰다.

CHAPTER XLIX

브라운로우 선생이 드디어 몽스를 만나는데,
대화에서 새로운 내용이 드러나다

황혼이 깃들 무렵에 브라운로우 선생은 자기 집 대문 앞에서 전세마차를 내려 대문을 부드럽게 두드렸다. 대문이 열리자 마차에서 건장한 사내 한 명이 내리더니 마차 발판 한쪽에 서고, 마부석에 앉은 사내 역시 내려서 발판 맞은편에 섰다. 브라운로우 선생이 신호를 보내자, 두 사내는 또 다른 사내를 꺼내 양쪽에서 팔짱을 끼고 집안으로 황급히 들어갔다. 몽스였다.

세 사람은 똑같은 자세로 아무 말 없이 계단을 오르고, 브라운로우 선생은 앞에서 구석진 방으로 인도했다. 이윽고 방문이 나타나자, 마지못해 계단을 올라온 몽스가 멈췄다. 두 사내가 지시를 기다리는 표정으로 쳐다보자, 노신사는 이렇게 말했다.

"저자도 어떻게 하는 게 좋은지 잘 알 것이오 만일 저자가 지시하지도 않았는데 손가락 하나라도 움직이거나 말을 안 듣는다면 당장 길거리로 끌고 나가서 경찰관에게 데려가 간악한 죄인을 고발하고 내 이름을 대시오."

"어떻게 감히 나에게 이럴 수 있지요?"

몽스가 소리치자, 브라운로우 선생이 차분한 눈빛으로 맞서며 대답했다.

"어떻게 감히 나에게 이렇게 하도록 부추길 수 있나, 젊은이? 이 집을 떠나서 밖으로 나갈 정도로 정신이 없는 건가? 풀어주시오. 자, 마음대로 해. 나가는 건 자네 자유고 쫓아가는 건 우리 자유겠지. 하지만 내가 엄숙하고 경건하게 모든 걸 걸고 경고하겠는데, 그 순간에 자네는 사기와 강도 혐의로 체포될 거야. 나는 단호하고 확고해. 그러니 자네가 그런 마음을 갖는다는 건 스스로 묘혈을 파는 행위에 불과하다는 사실을 명심하도록!"

"도대체 무슨 권리로 길거리에서 납치해 이런 개자식들에게 끌고 오게 하는 겁니까?"

몽스가 물으며 바로 옆에 있는 두 사내를 한 명씩 쳐다보았다.

"내가 지닌 독특한 권리. 두 사람은 아무런 죄가 없네. 자유를 빼앗긴 것이 못마땅하다면 - 여기에 오는 동안 자네는 자유를 되찾을 힘과 기회가 있었지만, 조용히 있는 게 훨씬 바람직하다고 생각한 것이니 - 내가 다시 말하겠는데, 스스로 찾아가서 법의 보호를 요청하게. 나 역시 법에 호소하겠네. 하지만 돌이킬 수 없을 정도로 멀리 벗어난 다음에 비로소 나에게 자비를 요청하다가, 이미 모든 권한은 다른 사람에게 넘어간 걸 깨닫고 내가 자네를 구덩이로 밀어 넣었다고 말하진 말게. 자네 스스로 뛰어든 것이니 말이네."

몽스가 당황한 건 물론 공포에 휩싸인 게 분명했다. 그래서 망설이는 가운데 브라운로우 선생이 완벽하게 단호하고 차분하게 다그쳤다.

"빨리 결정하도록. 공식적으로 고발당해 생각만 해도 몸서리가 일어나는 형벌에 처하길 원한다면 자네는 그런 쪽으로 나가는 방법을 잘 아니, 나로서도 어쩔 도리가 없네. 하지만 그럴 생각이 없다면, 그래서 나에게 관용을 호소하고 자네가 깊은 상처를 준 사람들에게 자비를 호소하겠다면 아무 말 말고 자네 발로 걸어서 저 의자에 앉게. 이틀 동안 자네가 오기만 기다린 의자라네."

몽스가 알아듣지 못할 말을 중얼거리며 여전히 머뭇거리자, 브라운로우 선생이 다시 말했다.

"당장 결정하게. 내 말 한마디면 대안은 영원히 사라질 테니."

그래도 몽스는 머뭇거리고, 브라운로우 선생은 또 말했다.

"나는 타협할 생각도 없고, 다른 여러 사람의 소중한 이해관계를 대변할 뿐이니 타협할 권한도 없네."

"혹시…… 혹시…… 중도안은 없나요?"

몽스가 떨리는 목소리로 물었다.

"없네."

몽스는 불안하고 초조한 눈으로 노신사를 살짝 쳐다보다가 얼굴에 엄숙하고 단호한 의지만 가득하단 사실을 깨닫고 방으로 들어가서 어깨를 으쓱하곤 의자에 앉았다. 그러자 브라운로우 선생이 수행원 두 명에게 말했다.

"밖에서 방문을 잠그고, 내가 종을 울리면 들어오시오."

두 사람이 그 말에 따르니, 방에는 단둘만 남았다.

"우리 아버지랑 제일 가까운 친구분께서 정말 묘한 행동을 하시는 군요."

몽스가 말하며 모자와 망토를 벗어 던지자, 브라운로우 선생이 대답했다.

"내가 이러는 건 자네 부친과 제일 가까운 친구였기 때문이네, 젊은

이. 내가 이러는 건 행복한 젊은 시절의 모든 희망과 소망이 자네 부친 그리고 자네 부친의 아름다운 누이, 나를 여기에 외롭고 쓸쓸하게 남겨놓고 젊은 나이에 하느님 품으로 간 누이와 밀접하게 연관되었기 때문이네. 내가 이러는 건 자네 부친 역시 하나밖에 없는 누이가 나와 결혼하기로 한 날 아침에 - 하지만 하늘은 다른 뜻을 품었으니 - 임종을 맞는 침상 머리맡에서 어린 나이에 나와 함께 나란히 무릎을 꿇었기 때문이네. 내가 이러는 건 그때 이후로 완전히 시들어버린 가슴으로 다양한 시련과 실수를 겪으면서도 자네 부친을 죽을 때까지 사랑했기 때문이네. 내가 이러는 건 오랜 추억과 애정이 아직도 가슴에 가득하고, 자네를 보는 자체로 자네 부친이 생각나기 때문이네. 이런 다양한 이유로 나는 자네를 최대한 친절하게 대하는 쪽으로 - 그래, 에드워드 리포드, 심지어 지금 이 순간에도 - 마음이 움직인 거네. 가문의 이름값조차 못하는 자네를 수치스럽게 여기면서 말이네."

"여기에서 가문의 이름 얘기는 왜 나옵니까? 그 이름이 나에게 무슨 가치가 있는데요?"

몽스가 물었다. 상대가 흥분한 모습을 매우 놀란 눈으로 말없이 바라본 다음이었다. 그러자 브라운로우 선생이 대답했다.

"하나도 없겠지, 자네에겐. 하지만 그건 내가 사랑하는 여인이 쓰던 이름이기도 하고, 그래서 이렇게 오랜 세월이 흐르고 이렇게 늙은 다음에도 낯선 사람이 그 이름을 부르는 소리만 들으면 예전에 가슴 설레며 좋아하던 느낌이 되살아난다네. 자네가 성(姓)을 바꾼 게 나는 정말이지 더할 나위 없이 기쁘다네."

오랜 침묵이 흘렀다. 브라운로우 선생은 가만히 앉아서 한 손으로 얼굴에 그늘을 만들고, 몽스는 반항심이 일어서 찌무룩한 표정으로 몸을 이리저리 흔들다가 불쑥 말했다.

"좋은 얘기네요. 그래서 나에게 바라는 게 뭔가요?"

그러자 브라운로우 선생이 기운을 차리며 대답했다.

"자네에겐 남동생이 하나 있어. 거리에서 내가 뒤로 다가가며 귀에 대고 이름을 속삭이는 자체로 자네가 깜짝 놀라서 여기까지 순순히 따라오도록 만들 정도로 대단한 남동생."

"나는 남동생이 없어요. 내가 독자라는 사실은 선생님도 잘 알잖아요. 나에게 남동생 얘기를 하는 이유가 뭔가요, 나만큼 잘 알면서?"

"내가 아는 내용을 잘 듣게, 자네가 모르는 것도 있을 터이니. 듣다 보면 관심이 조금씩 생길 거야. 내가 아는 건 가문이라는 자존심과 너무나 치사하고 편협한 야심 때문에 자네 부친이 어린 나이에 불행한 결혼생활을 시작할 수밖에 없었고 그래서 자네라는 부자연스럽고 독특한 결과물이 생겨났다는 사실이야."

"나는 나쁜 말을 좋아하지 않아요. 선생님께서 구체적인 내용을 안다는 거로 충분합니다."

몽스는 중간에 끼어들며 비꼬는 듯 웃는 얼굴로 말하고 노신사는 계속 말했다.

"하지만 나는 자네 부친이 걸맞지 않은 결합으로 온갖 불행과 고통을 매일같이 겪으며 언제나 끊임없이 고뇌했다는 사실도 알아. 가엾은 부부가 파멸만 가득한 세상에서 무거운 사슬을 질질 끌고 서로에게 진저리 내며 무관심하게 살았다는 사실도 알아. 냉정한 형식은 노골적인 모욕으로 나아가고 무관심은 미움으로, 미움은 증오로, 증오는 혐오로 이어지다가 결국에는 껄끄러운 관계를 힘겹게 떼어내고 서로 멀리 떨어져, 새로 만나는 사람들에게 죽음이 아니고선 결코 떼어낼 수 없는 부부라는 짜증스런 파편을 숨기며 최대한 명랑한 모습으로 살아갔다는 사실도 아네. 자네 모친은 성공했어. 곧바로 모든 걸 잊어버렸거든.

하지만 자네 부친은 아니었어. 이후로도 오랫동안 가슴이 썩어 문드러 졌지."

"그래요, 두 분이 별거했어요. 그게 어쨌다는 거죠?"

"두 사람이 별거하고 상당한 시간이 흘러 자네 모친은 대륙에서 흥청 망청 살아가며 자신보다 십 년이나 어린 남편을 완전히 잊어버릴 즈음, 자네 부친은 모든 희망을 잃은 채 고국에 머물다가 새로운 친구를 사귀 게 되었네. 이런 사실은 자네도 잘 알 거야."

노신사가 말하자, 몽스는 모든 걸 부인하기로 마음먹은 사람처럼 시선을 피한 채 발바닥으로 바닥을 톡톡 치며 대답했다.

"나는 몰라요. 모른다고요."

"자네 행동과 태도를 보니 그런 사실을 한 번도 잊은 적이 없다는, 언제나 떠올리며 괴로워했다는 확신이 드는군. 지금 내가 말하는 건 십오 년 전 얘기야, 자네는 기껏해야 열한 살이고 자네 부친은 서른하 나에 불과할 때 말이야. 자네 할아버지가 결혼을 강요할 때 자네 부친 이 정말 어렸다는 사실이 잘 드러나지. 그래, 돌아가신 자네 부친의 어두운 과거를 내가 굳이 언급해야 하겠나, 아니면 내가 그걸 생략해도 자네는 진실을 털어놓겠나?"

"나는 털어놓을 게 하나도 없어요. 계속 말하고 싶으면 마음대로 하세요."

"당시에 새로 사귄 친구는 현역으로 근무하다가 퇴역한 해군 장교 로, 부인은 반년 전에 사망하면서 남편에게 아이 두 명을 남겼지. 자녀 가 많았는데 두 명만 간신히 살아남은 거야. 둘 다 딸인데, 한 명은 열아홉 살 아름다운 아가씨고 다른 하나는 이제 겨우 두세 살에 불과한 아기였어."

"그게 나하고 무슨 상관이죠?"

몽스가 묻지만, 브라운로우 선생은 상대가 하는 말에 아무런 관심도 없다는 표정으로 계속 말했다.

"그 사람들은 자네 부친이 방황하다가 마음을 추스른 지역에 살았어. 그래서 서로 만나고 우정을 주고받다가 가까운 사이로 발전했지. 자네 부친은 탁월한 재능을 타고났어. 자기 누이의 영혼과 외모를 그대로 물려받았지. 그래서 노 장교는 자네 부친을 깊이 알게 되면서 지극히 사랑했어. 이걸로 끝나면 좋았겠지만 젊은 딸도 자네 부친을 사랑했지."

노신사는 말을 멈추더니 몽스가 입술을 꽉 깨물며 시선을 내리깐 걸 보고서 다시 말했다.

"그해 말에 자네 부친은 젊은 딸과 언약을 주고받았어, 엄숙하게. 이제 비로소 처음으로 순수한 여인을 진실하고 열렬하게 사랑하게 된 거야."

"선생님 얘기가 너무 장황하군요."

몽스가 말하며 의자에서 불안한 표정으로 꿈틀대자, 브라운로우 선생이 대답했다.

"이건 여러 인간이 다양한 슬픔과 시련과 고통에 시달린 이야기니, 젊은이, 당연히 장황할 수밖에 없겠지. 기쁨과 행복만 가득한 이야기라면 벌써 끝났을 거야. 어쨌든, 자네 부친을 희생시켜서 - 이런 사례는 기득권층 사이에서 흔하게 일어나는데 - 다양한 이익과 권세를 누린 돈 많은 가족 가운데 한 명이 결국엔 사망하는데, 자신 때문에 겪은 고통을 보상하는 의미에서 자네 부친에게 모든 슬픔을 치유할 만병통치약을, 돈을, 남겼지. 그래서 자네 부친은 로마로 당장 출발할 수밖에 없었다네. 그 사람이 요양하러 갔다가 갑자기 사망하면서 모든 게 뒤죽박죽으로 변했거든. 그런데 그곳으로 간 자네 부친 역시 치명적인 질병에 걸리고, 파리에서 자네 모친은 그 소식을 듣자마자 자네를 데리고 로마로 달려갔지. 자네 부친은 자네 모친이 도착한 바로 다음 날에 사망했는데 유언을 하나도 안 남겨서, 어떤 유언도 없어서, 모든 재산은 자네 모친과 자네에게 넘어갔어."

여기에서 몽스는 숨을 죽이고 잔뜩 긴장한 얼굴로 가만히 듣지만, 두 눈은 다른 곳을 쳐다보았다. 그러다가 브라운로우 선생이 말을 멈추자, 갑자기 긴장이 풀린 사람처럼 자세를 바꾸면서 뜨겁게 달아오른 얼굴과 두 손을 닦았다. 브라운로우 선생은 그런 상대방 얼굴을 가만히 노려보며 입을 천천히 열었다.

"자네 부친이 외국으로 나가느라 런던에 들렀다가 나를 찾아왔네."

"처음 듣는 얘기로군요."

몽스가 믿을 수 없다는 식으로 말했으나 믿고 싶지 않은 느낌만 강하게 드러났다.

"자네 부친은 나를 찾아와서 여러 물건을 맡겼는데, 그 가운데에는 초상화도, 자신이 직접 그린 가련한 여인 초상화도 있었다네. 자네 부친은 그걸 가져가고 싶었는데 급히 움직이느라 더는 갖고 다닐 수 없었던 거야. 그리곤 자신 때문에 한 여인이 불명예와 파멸의 길로 빠져든 과정을 근심 걱정과 자책감이 가득한 얼굴로 괴로워하며 힘겹게 고백하곤 손해를 보더라도 모든 재산을 정리해서 현금으로 만들어, 최근에 상속받은 재산은 부인과 자네에게 양도한 다음, 이 나라를 떠나서 - 당연히 혼자 떠나는 건 아니겠지? - 다시는 안 돌아올 생각이라고 나에게 털어놓았네. 아주 오랜 친구인 나에게조차, 땅속에 묻힌 인물을 자기만큼이나 소중하게 생각하는 나에게조차, 자네 부친은 더는 구체적으로 고백하지 않고 편지로 모든 걸 알려주겠다고, 그런 다음에 마지막으로 딱 한 번 더 나를 찾아오겠다고 약속했네. 아아! 그런데 그게 마지막일 줄이야…… 나는 편지를 못 받은 건 물론 자네 부친을 두 번 다시 못 만났네."

브라운로우 선생이 숨을 잠시 돌리다가 다시 말했다.

"이런 일이 있고 나서 나는 자네 부친이 죄책감 속에서 사랑하던 연인을 - 세상에서 흔히 사용하는 표현을 사용하겠네, 세상이 싫어하든 좋아하든 나에겐 상관이 없으니까 - 찾아갔네, 마음속으로 걱정하던 사태가 발생했을 경우에 부정하게 태어난 아기가 엄마에게 사랑받으며 아늑하게 살아갈 집이라도 장만해줄 생각이었지. 그런데 가족 전체가 일주일 전에 떠난 거야, 자질구레한 빚을 모두 정리하고 야밤에 사라진 거야. 그러니 그들이 간 곳을 파악할 도리는 없었지."

몽스는 다행스러운 듯 숨을 크게 들이마시고 의기양양한 미소를 머금으며 주변을 둘러보고, 브라운로우 선생은 의자를 끌어서 상대편에게 다가가며 다시 말했다.

"자네 동생이, 힘도 없고 누더기 차림이라서 아무도 거들떠보지 않는 자네 동생이 우연보다 강한 인연으로 내 앞에 나타나는 순간, 그래서 내가 사악하고 파렴치한 생활에서 구하는 순간……"

"뭐라고요?"

몽스는 깜짝 놀라고, 브라운로우 선생은 다시 말했다.

"내가 구했다고 했네. 아까 말하지 않았나, 듣다 보면 관심이 생길 거라고. 자네 표정을 보니, 교활한 자네 동료가 내 이름을 알면서도 자네에게 숨긴 것 같군. 어쨌든 자네 동생이 나에게 도움을 받으며 우리 집에 누워서 병을 치료하는데, 그 얼굴이 내가 아까 말한 초상화와 놀라울 정도로 비슷한 걸 보고 나는 깜짝 놀랐다네. 거리에서 더럽고 비참한 모습을 처음 보았을 때도 오랜 친구가 꿈에 또렷하게 나타난 모습을 본 것 같았거든. 그런데 내가 자네 동생에 대해 자세히 파악하기 전에 누가 빼돌렸다는 사실은 말할 필요도 없을 거야."

"왜요?"

몽스가 황급히 묻는 말에, 브라운로우 선생이 대답했다.

"자네도 잘 아니까."

"내가요?"

"부인해도 소용없네. 내가 아는 건 그 이상이란 사실을 자네에게 보여주지."

"선생님은…… 선생님은…… 나에게 불리한 증거를 하나도 댈 수 없어요. 그러니, 해볼 테면 해보세요!"

몽스가 말을 더듬자, 노신사는 가만히 탐색하는 눈초리로 대답했다.

"두고 보면 알겠지. 어쨌든 처음 얘기로 돌아가서 자네 동생이 사라졌는데 도무지 어디로 갔는지 알 수가 없는 거야. 자네 모친은 이미 사망했으니, 수수께끼를 풀 사람이 있다면 그건 오로지 자네 한 명밖에 없다는 사실을 깨닫고, 자네 소식을 마지막으로 들은 게 서인도 제도 자네 집에 있다는 내용이라 – 자네도 잘 알듯이, 자네는 이 나라에서 사악한 행동을 저지르고 모친이 사망한 걸 핑계 삼아 그곳으로 도망갔거든 – 나는 자네를 찾아 나섰네. 그런데 자네는 몇 달 전에 그곳을 떠나 런던으로 돌아갔다는데, 자네가 있는 곳을 아는 사람은 하나도 없었지. 결국, 나는 그냥 돌아왔어. 자네 대리인들도 자네가 사는 곳을 전혀 몰랐어. 그들 얘기로는 자네가 예전과 마찬가지로 수상쩍게 나타났다가 때로는 며칠씩 때로는 몇 개월씩 사라진다는데, 어느 모로 보나 비행청소년 시절에 그런 것처럼 저급한 소굴을 돌아다니며 나쁜 무리와 어울리는 것 같다더군. 내가 귀찮을 정도로 많은 걸 물었거든. 나는 밤낮없이 거리를 돌아다녔지만 두 시간 전까지만 해도 모든 노력은 수포가 되어서 자네를 단 한 순간도 마주칠 수 없었네."

이 말을 듣고 몽스가 대담하게 일어나며 말했다.

"그런데 지금은 이렇게 마주 보고 있으니, 그래서 어쩌겠다는 거예요? 어린 놈팽이가 죽은 사람이 어설프게 그린 그림과 비슷하게 보인다는 착각 하나로 나에게 사기와 강도 혐의까지 씌우는 건 정말이지 너무 심한 거예요. 친동생이라니! 선생님은 감상에 빠진 두 사람 사이에서 아이가 태어났는지 자체를 모르잖아요. 선생님은 그 자체를 모른다고요."

그러자 브라운로우 선생도 똑같이 일어나며 대답했다.

"그래, 예전엔 몰랐지. 하지만 지난 보름 사이에 모든 걸 깨달았어. 자네에겐 친동생이 있어. 자네도 그걸 알아, 누군지도 알고. 유서가 있었는데 자네 모친이 없앤 다음에 사망하자, 모든 비밀과 이익은 오로지 자네 한 명에게 넘어갔지. 유서에는 슬픈 사랑을 맺은 결과로 아이가 태어날 가능성에 대한 언급이 있었어. 실제로 아이는 태어나고 자네는 우연히 발견했지. 자네 부친과 닮은 걸 보고 의심이 솟구친 거야. 그래서 자네는 아이가 태어난 곳으로 달려갔어. 거기에는 아이 출생과 부모에 관한 증거물이 ─ 오랫동안 숨겨둔 증거물이 ─ 있었어. 자네는 그걸 없앴어. 자네가 공범인 유대인 영감에게 자네 입으로 말한 것처럼 '아이 신분을 나타내는 유일한 증거는 강물 바닥에 가라앉고 생모에게서 그걸 받은 할망구는 무덤에 묻혀서 썩어간다'고. 못난 아들이자 비겁한 거짓말쟁이가…… 밤이면 어두운 방에서 도적놈과 살인자와 계략을 꾸미는 자네가…… 다양한 흉계와 음모를 꾸미며 자네보다 백만 배는 훌륭한 아이를 죽음으로 끊임없이 몰아간 자네가…… 세상에 태어날 때부터 부친 가슴에 씁쓸한 고통을 안겨주더니, 이제는 사악한 열정과 행위와 방탕한 생활이 썩어 문드러지다 못해 결국에는 얼굴조차 마음처럼 흉측하게 변한 자네가…… 자네 에드워드 리포드가 아직도 나에게 맞서려고 하는 건가!"

"아닙니다, 아니에요, 아니에요!"

비겁한 사내가 황급히 대답했다. 모든 죄상이 드러나자 그대로 굴복한 것이다.

"자네가 혐오스러운 악당과 주고받은 내용을 나는 한 마디도 빠짐없이 파악했어. 두 사람이 속삭이는 소리를 벽에 달라붙은 그림자가 듣고서 그대로 알려주었거든. 아이가 학대받는 모습을 보고 나쁜 마음이 돌아서다가 선한 마음조차 일어나며 용기를 낸 거야. 그러다가 살인사건까지 일어났으니, 자네가 낀 건 아니지만, 도덕적으로 볼 때 자네는 공범이야."

"아니에요, 아니에요. 나는…… 나는 몰랐어요. 어떻게 된 일인지 알아보려고 가다가 선생님에게 붙잡힌 거예요. 나는 그런 일이 일어난 이유를 몰랐어요. 평소처럼 다투다가 그런 줄 알았어요."

몽스가 급하게 하는 말에 브라운로우 선생이 대답했다.

"자네 비밀을 부분적으로 폭로한 게 원인이야. 나머지는 자네 입으로 모두 털어놓겠는가?"

"네, 그러겠습니다."

"모든 내용을 사실 그대로 자네 손으로 작성하고 증인들 앞에서 그대로 인정하겠는가?"

"그것도 약속하겠습니다."

"그럼 여기에 조용히 머물면서 문건을 작성한 다음, 사실인지 확인하기 위해 꼭 가야 할 곳이 있다면 함께 가겠는가?"

"선생님께서 고집을 부린다면 그것 역시 약속하겠습니다."

"이게 전부가 아니야. 죄 없는 순수한 아이에게 유산을 돌려줘야 해. 정말 비참하고 죄 많은 사랑으로 태어났지만, 아이가 잘못한 건 아니니까. 유서 내용을 자네는 안 잊었을 거야. 자네 동생에 관한 내용을 그대로 집행한 다음 자네가 가고 싶은 데로 떠나게. 그럼 이 세상에서는 다시 만날 필요가 없겠지."

몽스는 이런 제안과 회피할 방법을 곰곰이 생각하느라 한쪽으론 공포심을 다른 한쪽으론 증오심을 드러내며 사악하고 어두운 표정으로 이리저리 거니는데 갑자기 방문이 열리더니, 신사 한 명이 (로스번 선생이) 크게 흥분한 표정으로 들어오며 소리쳤다.

"범인이 잡힐 것 같아요. 오늘 밤에 잡을 것 같아요!"

"살인자요?"

브라운로우 선생이 묻자, 상대가 대답했다.

"네, 네. 범인이 데리고 다니던 개가 어느 낡은 소굴 주변에 숨어서 기다리는 걸 보면 주인 역시 어둠을 틈타서 거기에 숨어들었거나 앞으로 숨어들 가능성이 크다는 거예요. 그래서 사람들이 주변을 완전히 에워쌌어요. 범인 체포를 책임진 사내를 만나서 얘기 들었는데, 범인이 도망칠 가능성은 조금도 없다는 거예요. 오늘 밤에 정부에서 금화 백 냥을 포상금으로 걸었거든요."

"내가 쉰 냥을 더 걸고 현장에서 직접 발표하겠소, 미리 도착한다면 말이오. 메일리 선생은 어디에 있소?"

"해리 도령이요? 저기에 있는 젊은이가 선생과 함께 마차에 무사히 올라탄 걸 확인한 다음에 말에 올라타고 현장으로 급히 달려갔다오. 선두와 합류하기로 약속한 외곽지역으로 말이오."

"유대인 영감은 어떻게 됐소?"

"내가 마지막으로 들었을 땐 안 잡혔지만 이제 잡혔거나 잡히기 직전일 겁니다. 사람들이 자신만만하게 말하더군요."

"그래, 자네는 마음을 정했나?"

브라운로우 선생이 나지막한 어투로 묻자, 몽스가 대답했다.

"네. 선생님도…… 선생님도…… 나에 관한 비밀을 지킬 거죠?"

"그래. 내가 돌아올 때까지 여기에서 기다리게. 자네가 무사하길 바란다면 말이야."

두 사람은 밖으로 나가서 방문을 다시 잠갔다. 그러자 의사가 조그만 목소리로 물었다.

"어떻게 됐습니까?"

"내가 바라던 이상을 해냈소. 가련한 여인이 알려준 내용에다 내가 알던 내용과 우리 친구가 현장에서 수소문한 내용을 조합해서 도망갈 구멍을 완전히 차단한 다음, 모든 악행을 그대로 드러냈소. 편지를 써서 내일 저녁 일곱 시에 모임을 열도록 조치해 주시오. 우리야 몇 시간 앞당겨도 되겠지만 다른 분들에겐 그만한 시간이 필요할 거예요. 특히 젊은 아가씨는 선생이나 내가 지금 충분히 예상하는 이상으로 마음을 단단히 다져야 할 테니 말이오. 하지만 나는 불쌍한 여인을 죽인 자에게 복수하고 싶어서 피가 펄펄 끓는구려. 사람들이 어느 쪽으로 갔나요?"

"경찰서로 곧장 가면 안 늦게 도착할 수 있을 겁니다. 나는 여기에 남겠소."

두 신사는 황급히 헤어지는데, 둘 다 잔뜩 흥분한 표정이었다.

CHAPTER L

쫓기는 자와 쫓는 자

  템스 강 유역 로더하이스에 있는 교회 주변으로, 양쪽 강둑을 따라
쭉 늘어선 건물은 더할 나위 없이 더럽고 석탄 운반선에서 흘러나온
먼지와 나지막한 지붕이 다닥다닥 달라붙은 판잣집에서 흘러나온 연기
때문에 강물에 뜬 배는 더할 나위 없이 새까만, 런던에 파묻힌 다양한
지역 가운데에서 가장 지저분하고 이상하고 독특한, 런던에 사는 사람
이라도 대부분 이름조차 알 수 없는 곳이 있다.
  이곳으로 가려면 답답하고 비좁은 진흙탕 길이 미로처럼 펼쳐진
곳을, 물가에 사는 사람 가운데에서도 가장 거칠고 가난한 사람들이
시끌벅적하게 모여서 다양한 장사판에 열중하는 사이를 힘겹게 지나야
한다. 상점마다 가장 흔한 싸구려 식료품을 한 무더기씩 쌓아놓고,
가장 거칠고 흔한 옷가지는 대문마다 매달려서 대롱거리거나 주택 난
간과 창문에서 펄럭거린다. 노동자 가운데에서도 일자리가 없는 하층
민, 배에서 짐을 부리는 일꾼, 석탄선 인부, 뻔뻔한 여인, 누더기를

입은 아이, 강가에서 사는 다양한 인간쓰레기와 어깨를 밀치면서 어렵게 나아가다 보면 양쪽으로 뻗어 나간 골목에서 역겨운 광경과 악취가 달려들며 공격하고, 모서리마다 첩첩이 늘어선 창고에서는 묵직한 수레들이 덜커덩대며 물건을 산더미처럼 쌓아 올리는 소리로 지나는 사람 귀를 먹먹하게 만든다. 마침내 여기까지 지나서 인적이 훨씬 드문 곳으로 깊숙이 들어가면, 건물 정면은 앞으로 기운 모습이 금방이라도 쓰러질 것 같고, 벽은 사람이 지나가는 사이에 무너질 것 같고, 굴뚝은 절반이 무너지고 나머지 절반은 무너지길 주저하며, 창문을 지키는 녹슨 쇠막대는 세월과 먼지가 거의 먹어치우는 등, 황폐하게 내버려둔 흔적이 곳곳에 널린 거리를 지나야 한다.

바로 이런 곳에, 서더크 자치구 부둣가 너머에, '야곱 섬'이 우뚝 서서 밀물이 들 때마다 깊이 이삼 미터에 넓이 오륙 미터에 달하는 진흙탕 도랑이 주변을 에워싸니, 예전에는 '공장 연못'이라고 불리다가 지금은 '더러운 도랑'이라고 불린다. 템스 강에서 들어오는 샛강으로 옛날 이름의 유래가 된 '납 공장'에서 수문을 모두 열면 수면이 최고 수위에 오른다. 이럴 때 외부에서 온 사람이 공장 오솔길로 연결된 나무다리 가운데 하나에 올라서 쳐다보면 양쪽으로 늘어선 판잣집에서 사람들이 뒷문과 창문으로 양동이나 들통을 비롯한 다양한 도구를 내려 물을 길어 올리니, 이런 광경을 가만히 바라보다가 판잣집 자체로 눈을 돌리는 순간, 눈앞에서 펼쳐지는 광경에 대경실색하게 된다. 판잣집 대여섯 채 뒤쪽에 하나로 쭉 늘어선 나무 베란다는 금방이라도 무너질 것 같고, 바닥은 구멍이 숭숭 뚫려서 진흙이 보이고, 창문은 부서져서 누덕누덕 기우고, 속옷이라도 말릴 생각으로 장대를 쭉 내밀었지만 실제로 속옷을 말린 적은 한 번도 없고, 실내공간은 몹시 조그맣고 지저분하고 답답하며 실내공기는 너무 더러운 나머지 그곳을 안식처로 삼은 먼지와 불결함 자체도 머물 수 없어서 금방 도망칠 것처럼 보이고, 목재를 올려서 만든 방은 진흙탕 위로 기울어 금방이라도 무너질 것처럼 협박하는데 실제로 일부는 무너지고, 벽마다 진흙이 잔뜩 달라붙고 건물을 받치는 토대는 썩어가는 등, 가난을 역겹게 드러낸 흔적이 사방에 가득하고 오물과 부패물과 쓰레기 같은 불쾌한 흔적 역시 사방에 가득하니, '더러운 도랑' 둑 곳곳에 이런 장식이 널렸다.

'야곱 섬'은 창고건물이 많지만, 지붕은 떨어지고 내부는 텅 비었으며, 벽은 사방이 무너지고, 창문은 이제 창문이 아니며, 대문은 길가로 쓰러지고, 굴뚝은 까맣지만 흘러나오는 연기조차 없다. 삼사십 년 전만 해도 번성하던 지역이나, 소유권 소송과 손해배상 소송이 벌어지면서 퇴락해, 지금은 정말 황폐한 섬으로 변하고 말았다. 집마다 주인이 하나도 없어, 배짱이 두둑한 사람이라면 문을 따고 들어가서 살다가 거기에서 죽으니, 한마디로 '야곱 섬'에서 피난처를 찾는 사람은 숨어 살아야 할 이유가 또렷한 사람이거나 가랑이가 찢어질 정도로 가난한 사람이 아닐 수 없었다.

이런 집 가운데 하나에, 여기저기가 부서져도 문과 창문은 튼튼하게 수리하고 뒤편은 앞에서 묘사한 것처럼 도랑을 내려다보는 꽤 큼직한 독채 이 층에, 사내 세 명이 앉아서 극히 음산한 침묵을 유지하며 당혹감과 기대감이 엿보이는 표정으로 서로를 힐끔거렸다. 한 명은 토비 크래킷이고 한 명은 치틀링이며 한 명은 쉰 살이나 된 도적놈인데 오래전에 심하게 싸우다가 맞아서 코가 내려앉고 마찬가지 이유로 얼굴에도 흉터가 끔찍했다. 해외에서 몰래 돌아온 유형수[15]로, 이름은 캑스였다.

---

15) 유배형은 종신형이 대부분으로, 영국으로 돌아오다가 들키면 곧바로 잡혀서 재판을 받고 사형당한다. 영국은 이런 방법으로 호주와 뉴질랜드를 개척했다.

토비가 치틀링을 쳐다보며 말했다.

"자네가 있던 은신처 두 곳이 너무 위험하다면 여기로 오는 대신 다른 은신처로 가는 게 좋았을 터인데 말이야."

"그렇게 안 한 이유가 뭐야, 멍청한 자식아!"

캑스가 덧붙이자, 치틀링이 우울한 표정으로 대답했다.

"맙소사, 너무하세요. 나를 보면 반가워할 줄 알았는데요."

"이보게, 젊은 친구, 나처럼 혼자 지내는 걸 유별나게 좋아하는 사람은, 그래서 엿보거나 냄새 맡는 사람이 하나도 없는 아늑한 집에 머무는 걸 좋아하는 사람은, 자네 같은 젊은이가 (편안한 상황이라면 카드놀이를 즐기기에 딱 좋으니 괜찮겠지만) 이런 상황에서 찾아오면 깜짝 놀랄 수밖에 없는 법이라고."

토비가 다시 말하자, 캑스 역시 다시 덧붙였다.

"혼자 지내는 걸 좋아하는 젊은이에다 외국에서 예상보다 일찍 돌아온 친구까지 있을 때는 더더욱 그럴 수밖에. 돌아오자마자 판사 앞으로 불려갈 순 없으니 말이야."

다시 짧은 침묵이 흐르더니, 평소처럼 될 대로 되라는 식으로 허풍을 떠는 건 아무런 소용이 없다고 포기한 듯, 토비 크래킷이 치틀링을 쳐다보며 다시 물었다.

"유대인 영감이 언제 잡혔다고?"

"식사 시간에요…… 오늘 오후 두 시. 찰리하고 나는 다행히 굴뚝을 기어올라서 도망치고 볼터는 빈 물통으로 머리부터 처박았는데 다리가 너무 길어서 꼭대기로 삐져나오는 바람에 잡히고 말았어요."

"그럼 베시는?"

크래킷이 묻자, 치틀링은 얼굴이 몹시 침울한 표정으로 대답했다.

"불쌍한 베시! 베시는 신원을 확인하려고 시신을 보러 갔다가 완전히 미쳐서 비명을 지르고 헛소리를 하고 판자에 머리를 부닥치는 바람에 사람들이 구속복을 입혀서 정신병원으로 데려갔어요. 그래서 거기에 있어요."

"찰리 베이츠는 어디에 있지?"

캑스가 묻자, 치틀링이 대답했다.

"어두워지기 전에는 여기에 안 오겠다며 여기저기 돌아다니는데, 곧 여기로 기어들 거예요. 다른 데는 갈 데가 없거든요. '절름발이'에 있는 사람도 모두 잡혀간 데다, 내가 직접 들어가서 확인했는데, 아직은 극히 위험해요."

"완전히 깨졌어. 이번 일로 여러 사람이 욕보겠어."

토비 크래킷이 입술을 깨물며 중얼거리자, 캑스가 덧붙였다.

"법정이 열리는 기간이니, 검시가 끝나고 볼터가 공범자 증인[16]으로 돌아선다면, 지금까지 한 말로 판단하건대 당연히 이렇게 될 가능성이 큰데, 그럼 유대인 영감이 사건을 교사했다는 사실을 입증할 터이고, 그래서 금요일에 재판을 받는다면 앞으로 엿새 후에 목이 매달리겠구먼. 제기랄!"

"사람들이 외치는 소리를 들어야 했어요. 경찰관이 악착같이 안 막았더라면 사람들이 유대인 영감을 갈가리 찢어발겼을 거예요. 유대인 영감이 바닥에 쓰러지기도 하고 경찰관은 원을 만들어서 동그랗게 에워싸고 길을 뚫으며 힘겹게 나아갔으니까요. 진흙과 피로 뒤범벅된 유대인 영감이 경찰관이야말로 제일 소중한 친구라도 되는 듯 바싹 달라붙어서 주변을 둘러보며 지나는 모습을 직접 보아야 했어요. 성난 군중에게 밀려서 똑바로 서지도 못한 채 경찰관 사이에 끼어서 질질 끌려가는 모습이 지금도 눈에 선해요. 사람들이 펄쩍펄쩍 뛰어오르고

---

16) 공범이 저지른 죄를 증언하면 처벌을 면제받는 제도를 말한다.

이를 부드득 갈며 유대인 영감에게 달려드는 모습이 지금도 눈에 선해요. 머리칼과 수염에 낭자하게 묻는 피가 지금도 눈에 선하고, 길모퉁이마다 여자들이 인파 한가운데로 밀고 들어오며 심장을 찢어발겨야 한다고 저주하는 소리가 지금도 귀에 생생해요!"

치틀링이 말하자, 토비 크래킷은 공포에 질린 채 두 손으로 양쪽 귀를 틀어막고 두 눈을 꼭 감으며 일어나서 미친 사람처럼 정신없이 이리저리 거닐었다.

토비 크래킷은 이러고 다른 두 사내는 가만히 앉아서 바닥만 내려다보는데, 가볍게 걸으며 계단을 올라오는 소리가 들리더니 빌 사이크개가 안으로 뛰어들었다. 세 사내는 창문으로 아래층으로 거리로 도망쳤다. 하지만 열린 창문으로 뛰어든 개는 뒤를 쫓아오려는 기색이 없고 주인 역시 어디에도 안 보였다. 그래서 세 사람 모두 다시 돌아오고 토비 크래킷은 이렇게 말했다.

"이게 무슨 의미일까? 설마 그자가 여기로 온다는 건 아니겠지? 그런 일은 없어야 해."

"그자가 여기로 올 거라면 개가 올 때 함께 왔겠지."

캑스가 말하더니, 바닥에 누워서 헐떡대는 개를 자세히 살피다가 소리쳤다.

"야! 물 좀 가져와. 이놈이 오랫동안 달려서 금방이라도 정신을 잃을 것 같아."

나중에는 치틀링이 개를 가만히 살피다가 중얼거렸다.

"물을 모두 마셨어요, 한 방울도 안 남기고. 몸뚱이는 진흙탕이고 다리는 쩔뚝이고 눈은 절반이 먼 걸 보면 아주 먼 길을 온 게 분명해요."

"도대체 어디에서 온 걸까? 다른 은신처를 이리저리 돌아다니다가 낯선 사람만 가득한 걸 보고 여기로 온 게 분명해, 전에 여러 번

왔으니까. 그런데 애초에 어디에 있었으며, 주인도 없이 혼자 온 이유는 무얼까!"

토비 크래킷이 궁금한 어투로 말하자 치틀링이 덧붙이는데, 살인자를 예전 이름으로 부르는 사람은 아무도 없었다.

"설마 그 사람이 스스로 목숨을 끊은 건 아니겠지요? 아저씨 생각은 어떠세요?"

토비 크래킷은 머리를 끄덕이고, 캑스는 이렇게 말했다.

"그자가 그랬다면 개는 우리를 거기로 데려가려고 했을 거야. 맞아. 내가 보기엔 그자가 개를 그대로 둔 채 혼자서 외국으로 빠져나간 것 같아. 저 개를 교묘하게 속이고 말이야. 그렇지 않으면 저 개를 이렇게 쉽게 떼어낼 수 없었을 거야."

이번 설명이 가장 그럴듯해서 모두 그렇게 받아들이고 개는 의자 밑으로 기어들어가 몸을 움츠리곤 잠에 빠져드니, 다시는 아무도 관심을 기울이지 않았다.

날이 어두워지는 터라 창문 덧문을 닫고 촛불을 켜서 탁자에 올려놓았다. 지난 이틀 동안 끔찍한 사건이 연달아 일어나면서 세 사람 모두 엄청난 충격을 받은 건 물론이고 자기네도 위험할 수 있다는 위기감까지 고조된 상태였다. 그래서 세 사람 모두 의자를 바싹 끌어다가 가만히 앉은 채 조그만 소리에도 깜짝깜짝 놀랐다. 공포에 짓눌려서 입을 꾹 다물다가 할 말이 있을 때마다 조그맣게 속삭이는 모습은 살해당한 여인이 바로 옆방에 있기라도 한 것 같았다.

세 사람이 이렇게 앉아서 시간을 보내는데, 아래층에서 현관문을 급히 두드리는 소리가 갑자기 일어났다.

"찰리 베이츠야."

캑스가 중얼거리며 성난 표정으로 주변을 둘러보았다. 두려움을 억누르려고 애쓰는 것 같았다.

두드리는 소리가 다시 일어났다. 아니다, 찰리 베이츠가 아니다. 찰리 베이츠는 절대로 이렇게 두드리지 않는다.

토비 크래킷이 창가로 가서 살피더니, 온몸을 덜덜 떨며 머리를 움츠렸다. 찾아온 사람이 누군지 말할 필요도 없었다. 창백한 얼굴 하나로 충분했다. 개 역시 곧바로 긴장하더니, 낑낑거리는 소리를 내며 현관문으로 달려갔다.

"문을 열어주는 수밖에."

토비 크래킷이 말하며 촛불을 들자, 다른 사내가 귀에 거슬리는 목소리로 물었다.

"다른 방법은 없을까?"

"없어. 어차피 들어올 거야."

"그걸 가져가면 여기가 깜깜하잖아."

캑스가 말하며 벽난로 선반에서 양초 하나를 꺼내 불을 붙이려고 하는데, 손이 덜덜 떨려서 제대로 못 붙이는 사이에 두드리는 소리가 두 번이나 더 일어났다.

토비 크래킷은 아래층으로 내려가더니 다른 사내를 뒤에 달고 돌아오는데, 얼굴 아래쪽을 손수건으로 가리고 또 다른 손수건으로 머리까지 묶은 다음에 모자를 눌러쓴 차림이었다. 그래서 손수건 두 장을 천천히 벗었다. 얼굴은 창백하고 눈은 퀭하고 볼은 홀쭉하고 수염은 삼 일이나 자라서 덥수룩하고 몸뚱이는 깡마르고 숨소리는 거칠었다. 빌 사익스 유령이 있다면 바로 그런 모습일 것 같았다.

그는 방 한가운데에서 의자에 한 손을 올리며 풀썩 주저앉으려고 하다가 온몸을 부르르 떨면서 뒤를 힐끗 돌아보더니, 벽으로 최대한 가까이 끌어다가 바싹 붙인 다음에 비로소 앉았다.

서로 단 한 마디도 주고받지 않았다. 빌 사익스는 입을 꾹 다문 채한 명씩 쳐다보았다. 누구든 행여나 살며시 쳐다보다가 눈길이라도 마주치면 재빨리 피할 뿐이었다. 그래서 빌 사익스가 공허한 목소리로 침묵을 깨뜨리자, 세 사람 모두 깜짝 놀랐다. 생전 처음 듣는 목소리 같았다.

"저 개는 여기까지 어떻게 왔지?"

"혼자 왔어. 세 시간 전에."

"오늘 석간신문을 보니까 유대인 영감이 잡혔더군. 사실인가, 거짓 인가?"

"사실이야."

다시 모두 침묵한 가운데 빌 사익스가 한 손으로 이마를 훔치며 말했다.

"죽일 놈들! 세 사람 모두 나에게 할 말이 하나도 없는 거야?"

세 사람 사이에서 거북한 몸짓이 일어날 뿐 아무도 입을 안 열자, 빌 사익스가 토비 크래킷을 쳐다보며 물었다.

"이 집을 지키는 너, 나를 팔아넘길 거야, 아니면 이번 사냥이 끝날 때까지 숨겨줄 거야?"

지목받은 상대가 잠시 망설이다가 대답했다.

"여기에 머물도록 해, 그게 안전하다고 생각하면."

그런데 빌 사익스는 자기 뒤쪽 벽을 천천히 올려보다가, 아니 실제로 그러는 게 아니라 머리를 그렇게 돌리려고 애쓰다가 이렇게 물었다.

"그걸…… 시신을…… 그걸 묻었나?"

모두 머리를 절레절레 젓자, 빌 사익스가 마찬가지로 뒤를 흘낏거리 며 소리쳤다.

"안 묻는 이유가 뭐야! 그렇게 흉한 걸 그대로 두는 이유가 뭐냐고?

문을 두드리는 건 누구지?"

토비 크래킷은 밖으로 나가면서 손짓으로 걱정할 것 없다고 암시하더니, 곧이어 찰리 베이츠를 뒤에 달고 돌아왔다. 빌 사익스는 방문 맞은편에 앉은 터라 찰리는 안으로 들어서다가 정면으로 마주치는 순간에 뒤로 주춤하며 물었다.

"토비 크래킷 아저씨, 이런 사실을 밑에서 왜 말하지 않은 거예요?"

세 사람 모두 꽁무니를 사리는 게 왠지 으스스한 나머지 빌 사익스는 지금 나타난 꼬마에게 비위를 맞추고 싶었다. 그래서 고개를 끄덕이며 손을 내미는 게 악수라도 청하는 것 같은데, 찰리 베이츠는 뒤로 다시 물러나며 말했다.

"나는 다른 방으로 가겠어요."

그러자 빌 사익스가 앞으로 나서며 물었다.

"찰리! 설마…… 설마 나를 모르는 건 아니겠지?"

그러자 찰리는 여전히 뒤로 물러나며 살인자 얼굴을 공포에 젖은 눈으로 쳐다보며 대답했다.

"가까이 다가오지 마. 당신은 괴물이야!"

빌 사익스가 도중에 걸음을 멈추는 바람에 서로를 물끄러미 쳐다보는 가운데 마침내 빌 사익스는 눈길을 바닥으로 천천히 깔고 찰리는 주먹을 움켜쥐고 흔들어대며 소리치는데, 갈수록 흥분하는 것 같았다.

"여기 세 사람이 증인이야…… 나는 당신이 두렵지 않아…… 사람들이 저자를 잡으러 오면 내가 넘겨줄 거야. 꼭 그럴 거야. 내가 분명히 말했어. 저자가 나까지 죽이고 싶다면 그러라고 해, 그럴 용기가 있으면. 그렇지 않으면 나는 저자를 넘기고 말 거야. 저자를 끓는 물에 산 채로 집어넣는다 해도 나는 곧바로 넘기겠어. 살인자! 세 사람 가운데 조금이라도 용기를 지닌 사람이 있다면 저자를 잡아. 살인자! 저자를 잡아! 나와 함께 저자를 사로잡자고!"

찰리는 이런 말을 격하게 내뱉으며 주먹을 마구 흔들다가 실제로 건장한 사내를 향해 혼자서 몸을 날리니, 강렬한 기세와 갑작스러운 공격에 빌 사익스가 바닥에 쿵! 나뒹굴고 말았다.

구경꾼 세 사람은 넋이 완전히 나간 것 같았다. 그래서 아무도 안 말리니, 어린애와 어른이 함께 뒤엉켜서 바닥을 뒹구는데, 어린애는 주먹이 소나기처럼 날아오는데도 살인자 가슴팍을 두 손으로 힘껏 움켜잡은 채 이자를 잡으라며 온 힘을 다해서 끊임없이 소리쳤다.

하지만 싸움은 상대가 안 되는 데다 오래갈 수도 없었다. 빌 사익스는 찰리를 올라타서 무릎으로 목을 내리누르고 토비 크래킷은 깜짝 놀란 표정으로 뒤로 잡아끌며 창문을 가리킨 것이다. 창문 밑에서 불빛이 희미하게 보이더니 시끌벅적하게 떠들어대는 소리와 발소리가 근처 나무다리를 빠르게 넘어오는데, 숫자가 셀 수 없을 정도로 많은 것 같았다. 판석이 울퉁불퉁하게 깔린 인도에서 발굽 소리가 달가닥거리는 걸 보면 말 등에 올라탄 사람도 있는 것 같았다. 불빛은 계속 늘어나고 발소리는 훨씬 묵직하고 커다랗게 다가왔다. 그러더니 현관문을 마구 두드리는 소리가 일어나다가 아무리 대담한 사내라도 겁에 질릴 정도로 많은 목소리가 성질을 부리며 웅성대는 소리까지 일어났다.

"도와주세요! 살인범이 여기에 있어요! 현관문을 부숴요!"

찰리가 허공에 대고 날카롭게 소리쳤다.

"국왕의 이름으로."

바깥에서 수많은 목소리가 외치더니 거친 함성이 다시 일어나는데, 훨씬 컸다.

"현관문을 부숴요! 저들은 문을 절대로 안 열어줄 거예요. 불빛이 있는 방으로 곧장 올라오세요. 문을 부숴요!"

찰리가 비명을 내지르자마자 현관문과 아래층 유리창 덧문을 덜거덕대는 소리가 묵직하고 육중하게 일어나는데, 군중이 내지르는 커다란 함성은 듣는 사람에게 엄청난 규모를 그대로 알려주었다.

빌 사익스는 어린애를 텅 빈 부댓자루처럼 가볍게 이리저리 끌고 다니며 날카롭게 소리쳤다.

"아무 방이나 열어, 꽥꽥거리는 악마 자식을 집어넣도록! 저 문. 빨리!"

그러더니 어린애를 안으로 던져서 빗장을 지르곤 자물쇠까지 채운 다음에 물었다.

"아래층 현관문은 단단히 잠갔나?"

"자물쇠를 이중으로 채우고 쇠사슬로 감았어."

토비 크래킷이 대답하는데, 다른 두 명과 마찬가지로 당혹스러워서 어쩔 줄 모르는 표정이었다.

"판자는…… 튼튼해?"

"철판을 댔어."

"창문도?"

"그래, 창문도."

악당이 창문을 열더니 군중을 향해 필사적으로 소리치며 공갈쳤다.

"빌어먹을 자식들아! 마음대로 해봐! 나를 잡을 순 없을 테니!"

끔찍한 고함 가운데에서 성난 군중이 외치는 함성보다 무서운 건 어디에도 없으니, 일부는 제일 앞줄에 있는 사람들에게 집에다 불을 지르라 소리치고, 일부는 경찰관에게 총을 쏘아서 저놈을 죽이라 소리쳤다. 하지만 말 등에 올라탄 사내는 누구보다 거대한 분노를 터트리며 안장에서 재빨리 뛰어내려 바닷물을 가르듯 인파 사이를 꿰뚫고 질주하더니, 창문 바로 밑에서 누구보다 커다란 목소리로 소리쳤다.

"사다리를 가져오는 사람에게 금화 스무 냥을 주겠소!"

옆에 있던 사람들이 그 소리를 그대로 반복하고 수백 명이 똑같이 소리쳤다. 일부는 사다리를 일부는 대형 해머를 가져오라 소리치고, 일부는 그걸 찾으려는 듯 횃불을 들고 이리저리 뛰어다니다가 돌아와서 다시 함성을 내지르고, 일부는 아무런 소용도 없는 욕설과 저주를 퍼부어대고, 일부는 미친 사람처럼 들뜬 채 앞으로 밀어붙여서 건물 바로 밑에 있는 사람들이 아무것도 못 하도록 방해하고, 대담한 사람 가운데 일부는 낙수통과 벽에 난 틈새를 타고 올라가려고 애쓰느라, 들판에서 성난 바람에 흔들리는 곡식처럼 모두 깜깜한 어둠 속에서 이리저리 움직이는 가운데 분노의 함성이 커다랗게 일어나니, 살인자는 비틀거리며 뒤로 물러나서 시야를 가득 메운 수많은 얼굴을 외면하며 소리쳤다.

"강물. 내가 여기에 올 때 강물이 들어왔어. 밧줄을 가져와, 기다란 밧줄. 사람들은 모두 앞쪽에 있어. 그러니 나는 뒤쪽 '더러운 도랑'으로 뛰어내려서 깨끗하게 사라지는 거야. 밧줄을 가져와, 그러지 않으면 세 명 더 죽이고 나도 죽어버릴 테니까."

세 사람은 공포에 질린 표정으로 밧줄이 있는 곳을 가리키고, 살인자는 제일 기다랗고 튼튼한 밧줄을 급히 고르더니, 지붕꼭대기로 재빨리 올랐다.

건물 뒤쪽은 창문마다 벽돌을 쌓아서 오래전에 막아 찰리가 갇힌 방에 조그만 통풍구 하나가 있을 뿐인데 너무 작아서 아무리 어린애도 빠져나올 순 없었다. 하지만 찰리는 이 구멍으로 바깥에 있는 사람들에게 건물 뒤쪽을 살피라며 끊임없이 소리치고, 살인자가 지붕으로 난 문을 통해서 마침내 지붕꼭대기에 나타난 다음에는 거대한 함성이 일어나며 앞에 있는 사람들에게 사실을 알리고, 앞에 있던 사람들은 물살처럼 줄기차게 건물 뒤로 돌아갔다.

살인자는 밑에서 가져온 판자를 단단히 덧대 안에서 문을 도저히 못 열도록 만든 다음, 기와를 기어서 나지막한 난간 아래를 내려다보았다.

물이 빠져나가서 도랑은 진흙 바닥이었다.

이러는 동안에 군중은 살인범이 무얼 하려는 건지 몰라 숨을 죽인 채 가만히 지켜보다가 곧바로 무슨 의도인지 깨닫고 실패했다는 사실까지 파악하자, 지금까지 나온 함성은 비교도 안 될 정도로 커다란 함성과 욕설을 의기양양하게 뱉어냈다. 함성이 다시 일고 또 일었다. 너무 멀리 떨어져서 이유를 알 수 없는 사람들도 똑같이 함성을 내질러 사방으로 메아리치고 또 메아리치는 게 마치 도시 전역에서 욕설을 퍼붓는 것 같았다.

제일 앞에서는 사람들이 성난 얼굴로 강력하게 굽이치는 물살을 만들며 앞으로, 앞으로, 끊임없이 밀어붙이고 여기저기에서 활활 타오르는 횃불은 잔뜩 흥분하고 분노한 군중을 그대로 보여주었다. 도랑 맞은편에 늘어선 건물 역시 군중이 몰려들어 창틀을 밀어 열거나 아예 뜯어내서 창문마다 얼굴이 겹겹이 겹치고, 지붕꼭대기마다 사람들이 주렁주렁 모이고, 조그만 다리마다 (눈에 보이는 건 세 개가 전부인데) 군중이 잔뜩 올라서서 휘청거렸다. 그런데도 인파는 조그만 구멍이라도 찾아서 고함을 지르려고, 그리고 살인범을 조금이라도 보려고 끊임없이 몰려들었다.

"이제 범인을 잡았다. 만세!"

제일 가까운 다리에서 어떤 사내가 소리치자 수많은 인파가 좋아서 모자를 벗어들고 함성을 내질렀다.

바로 그 순간에 바로 그곳에서 노신사 한 명이 소리쳤다.

"저자를 생포하는 사람에게 금화 쉰 냥을 주겠소. 나는 여기에서 기다리겠소, 저자를 생포한 사람이 찾아올 때까지."

함성이 다시 일었다. 사다리를 가져오라고 처음 소리친 사람이 마침내 현관문을 부수고 계단을 올라갔다는 소문도 군중 사이에 나돌았다. 이런 소식이 입에서 입으로 돌아다니더니 갑자기 물살까지 방향을 바꾸고, 창문에서 내다보던 사람들은 다리에 모인 사람들이 뒤로 몰려가는 걸 보고 급히 밖으로 나가서 도로에 뛰어들어 사람들이 비운 자리로 우르르 몰려들며 대열에 합류해, 문으로 먼저 다가가서 경찰관이 끌고 나오는 범인을 쳐다볼 마음으로 가쁜 숨을 몰아쉬며 서로 부닥치고 밀쳤다. 숨을 못 쉴 정도로 심한 압박에 시달리는 사람이나 난리통에 쓰러져서 짓밟히는 사람이 날카롭게 내지르는 비명은 정말 끔찍하고, 좁은 길은 사방이 완벽하게 막히고, 건물 앞으로 파고들려고 밀려드는 사람이든 인파 사이에서 빠져나가려고 애쓰는 사람이든 살인범을 잡겠다는 열망이 대단한 가운데 당장의 관심사는 다른 데로 쏠리고 말았다.

살인범은 도망갈 수 없다는 사실과 군중이 너무 사납다는 사실에 완전히 압도당해 쪼그리고 앉아서 갑작스러운 변화를 재빨리 포착하곤 마지막 탈출 시도를 해야 하겠다고, 설사 죽는 한이 있더라도 도랑으로 뛰어내려 야음과 혼란을 틈타서 재빨리 도망쳐야 하겠다고 다짐하며 벌떡 일어났다.

새로운 힘과 기운을 끌어모으고 사람들이 건물로 들어온 걸 알리는 시끄러운 소리에 자극받아, 살인범은 굴뚝에 발을 대고 밧줄 한쪽 끝을 굴뚝에 돌려서 단단히 묶고 다른 쪽 끝을 두 손과 이로 잡아 순식간에 올가미로 만들었다. 그래서 밧줄을 몸에 감아 도랑 바닥 바로 위까지 내려간 다음에 밧줄을 자르고 밑으로 뛰어내려서 도망갈 생각으로 칼을 손에 쥐었다.

그래서 살인범이 올가미를 머리에 씌워서 겨드랑이 밑으로 빼내기 직전에 앞에서 언급한 노신사는 (인파가 밀어붙이는 힘에 저항하느라 다리 난간을 꼭 움켜쥐고 버티다가) 살인범이 밑으로 내려가려 한다고 주변 사람에게 열심히 알리고, 살인범은 지붕에서 두 팔을 머리 위로 들어 올리다가 뒤를 흘낏 돌아보며 공포에 젖은 비명을 내질렀다.

"저 눈! 저 눈!"

모골이 송연할 정도로 섬뜩하고 날카로운 소리와 함께 살인범이 벼락이라도 맞은 듯 비틀거리다가 균형을 잃고 난간 너머로 떨어지는데, 올가미는 목에 그대로 걸리고 말았다. 그리곤 체중을 받아서 활시위처럼 팽팽하게 당기며 순식간에 조여들고 말았다. 살인범은 십 미터 아래로 떨어지고, 올가미는 갑자기 낚아채고, 팔다리는 끔찍하게 뒤틀리고, 목은 공중에 매달리고, 칼을 움켜잡은 손은 뻣뻣하게 굳었다.

낡은 굴뚝이 충격을 받아서 부르르 떨다가 용감하게 이겨냈다. 살인자는 죽어서 벽에 대롱대롱 매달리고, 찰리 베이츠는 대롱거리며 시야를 가리는 시신을 옆으로 밀어내서 사람들에게 어서 올라와 자신을 꺼내달라고 소리쳤다.

지금까지 숨어서 안 보이던 개는 슬프게 우는 소리와 함께 난간에서 이리저리 움직이며 뛰어내릴 준비를 하다가 죽은 주인 어깨를 향해 온 힘을 다해서 노약했다. 하지만 목표물을 놓치고 몸이 완벽하게 돌아서 도랑으로 떨어지니, 머리를 돌덩이에 부닥치며 뇌수를 쏟아냈다.

CHAPTER LI

이런저런 수수께끼가 풀리더니, 재산이나 지참금에 대한
언급은 한마디도 없이 청혼하다

앞 장에서 언급한 사건이 일어난 게 불과 이틀 전인데, 올리버는
오후 세 시에 마차를 타고 자신이 태어난 고향으로 급히 달렸다. 옆에
는 메일리 부인과 로즈 아씨와 베드윈 부인과 훌륭한 의사가 있고,
브라운로우 선생은 아직 이름을 언급한 적이 없는 사람과 함께 뒤에서
사륜마차를 타고 쫓아왔다.

도중에 입을 여는 사람은 거의 없었다. 올리버 자신은 믿을 수 없는
사실에 잔뜩 흥분해서 차분하게 생각하려고 애쓰느라 말할 능력을 상
실한 상태고, 옆에 있는 어른들 역시 비슷하게 흥분해 거의 똑같은
상태에 빠져든 것처럼 보였다. 몽스가 자백한 내용이 의미하는 본질을
브라운로우 선생이 올리버와 두 숙녀에게 매우 조심스레 전달한 다음
이니, 이번 여행은 지금까지 순조롭게 진행한 작업을 완벽하게 마무리
하는 게 목적이란 사실을 잘 알지만, 다양한 의구심과 신비에 쌓인
내용까지 드러난 상태는 아니라서 모두 강력한 긴장감에 빠져들 수밖

에 없었다.

친절한 노신사는 로스번 선생에게 도움받아, 최근에 발생한 끔찍한 사건에 대해서 올리버가 파악할 통로를 모두 세심하게 차단한 상태였다. "물론 나중에 당연히 알게 되겠지만 그래도 지금 당장 아는 것보단 훨씬 바람직하니, 지금으로선 모르는 편이 좋다"고 말하면서 말이다. 그래서 모두 마차에 가만히 앉아서 입을 꾹 다문 채 자신들을 한 자리에 모은 대상에 대해 이런저런 상상을 하면서도 가슴에 가득한 생각을 겉으로 드러낼 마음은 없었다.

이런 분위기에서 올리버 역시 자신이 태어난 지역을 향해 한 번도 본 적이 없는 도로를 달리는 동안에는 침묵하다가 자신이 가진 거 하나 없는 천애 고아로 도와줄 사람 하나 없고 머리를 널 지붕도 없이 방황하며 맨발로 지난 곳으로 접어드니, 머리에서 예전 생각이 다양하게 떠오르고 가슴에선 온갖 느낌이 용솟음치기 시작했다. 그래서 로즈 아씨 손을 꼭 움켜잡고 마차 차창 바깥을 가리키며 소리쳤다.

"저길 보세요, 저기! 내가 넘어간 울타리에요. 저긴 누가 쫓아와서 나를 잡아갈까 두려운 마음에 밑으로 기어서 지나간 울타리고요! 저 너머에 들판을 가로지르는 길이 있는데 거기로 가면 제가 어린 시절을 보낸 농가가 나와요! 아, 딕, 딕, 그리운 친구, 다시 만날 수 있다면 얼마나 좋을까!"

그러자 로즈 아씨는 하나로 모은 올리버 손을 자기 손으로 다정하게 감싸며 대답했다.

"이제 곧 만날 수 있을 거야. 그러면 네가 얼마나 행복하고 얼마나 커다란 부자가 되었는지, 하지만 무엇보다 기쁜 건 그리운 친구와 함께 얼마나 행복하게 살게 되었는지 알릴 수 있다는 거야."

"그래요, 그래요 그래서 우리가…… 우리가 그 애를 거기에서 빼내

좋은 옷을 입히고 공부도 가르치고 조용한 시골로 데려가서 튼튼하고 건강하게 성장하도록 돕는 거예요…… 그죠?"

로즈는 그렇다는 뜻으로 고개만 끄덕였다. 올리버가 미소를 지으면서 기쁜 눈물을 흘리는 바람에 목이 멨기 때문이다.

"아씨 마님은 딕에게도 다정하게 대하실 거예요, 아씨 마님은 모든 사람에게 그러니까요. 딕이 하는 말을 들으면 눈물이 절로 나겠지만 걱정하지 마세요, 절대로, 금방 끝나니까요, 그래서 앞으로 변할 모습을 생각하며 다시 웃을 테니까요. 분명해요. 아씨 마님은 저에게도 그렇게 하셨잖아요."

올리버가 말하더니, 그리운 감정이 북받치는 목소리로 덧붙였다.

"제가 도망칠 때 딕은 '하느님이 축복하실 거'라 말했는데, 이번에는 제가 딕에게 '하느님이 축복하실 거'라고 말할 거예요. 그래서 그렇게 말한 딕을 제가 엄청나게 사랑한다는 사실을 보여줄 거예요!"

읍내가 다가오고 마침내 좁은 길을 지날 때 올리버는 너무 흥분한 나머지 이성을 유지하기도 힘들었다. 소어베리 장의사도 그대로 있는데 예전처럼 당당하거나 커다랗게 보이지 않고…… 낯익은 상점과 주택은 쭉 늘어서서 하나같이 자잘한 추억을 불러일으키고…… 굴뚝 청소부 갬필드가 끄는 수레도 예전 모습 그대로 낡은 주막 입구에 있고…… 구빈원은, 어린 시절을 보낸 끔찍한 교도소는, 우중충한 창문이 거리를 내려다보며 잔뜩 찡그리고…… 정문에는 예전처럼 깡마른 수위가 서 있는데, 그를 보는 순간에 올리버는 자신도 모르게 움찔하더니, 정말 바보 같다며 웃다가 울고, 그러다가 다시 웃고…… 대문마다 창문마다 잘 아는 얼굴이 다양하게 자리한 걸 보니 모든 게 예전 그대로라서 자신이 떠난 건 하루밖에 안 되고 최근에 살아온 행복한 삶은 꿈만 같았다.

하지만 꿈이 아니었다. 확실한 현실이었다. 그래서 마차는 제일 커다란 호텔로 (예전에 올리버가 올려다보고 거대한 궁궐 같다며 경외감을 느꼈으나 지금은 웅장한 모습이나 규모가 훨씬 조그맣게 줄어든 호텔로) 곧장 나아갔다. 여기에서 그림위그 선생이 모든 준비를 마치고 기다리다가 사람들이 마차에서 내리자 젊은 아가씨와 나이 든 부인에게 키스하며 모두를 반기는 할아버지라도 되는 듯 만면에 웃음을 머금고 다정하게 행동할 뿐 자기 머리통을 먹어버리겠다는 말은 한 번도 안 했다. 정말 한 번도 안 했다. 나이가 꽤 많은 집배원과 런던으로 가는 제일 가까운 도로에 대해 논쟁하며 비록 자신이 여기에 온 건 한 번밖에 안 되는 데다 마차에 있는 동안 몹시 곤하게 자긴 했지만, 그 길을 자신만큼 잘 아는 사람은 없다고 주장할 때조차 그런 말은 안 했다. 게다가 식사도 준비시키고 객실도 준비시키는 등, 마법처럼 모든 준비를 마친 상태였다.

그런데도 처음 삼십 분을 부산하게 보내고 나자, 마차를 타고 올 때와 똑같은 침묵이 어색하게 감돌았다. 브라운로우 선생은 식사하는 자리에 참석하는 대신 별도로 마련한 방에 머물고, 다른 신사 두 분은 근심이 가득한 얼굴로 그 방을 급히 들어갔다가 나오는데, 식탁에 함께 있을 때도 둘이서 따로 얘기를 나눴다. 한 번은 그 방에서 부른다는 전갈을 듣고 메일리 부인이 거의 한 시간 동안 자리를 비우더니, 울어서 퉁퉁 부어오른 얼굴로 돌아왔다. 로즈 아씨와 올리버는 도대체 어찌 된 영문인지 알 수 없어서 불안하고 불편할 수밖에 없었다. 그래서 이상하게 생각하며 입을 꾹 다물고 가만히 있다가, 행여나 서로 말을 주고받을 때는 자기네 목소리가 들리는 것조차 두려운 듯 조그맣게 속삭였다.

그러다가 저녁 아홉 시가 되어, 그날 밤에 새로운 소식을 들을 가능성은 없다고 마음먹을 즈음, 로스번 선생과 그림위그 선생이 안으로 들어오고 브라운로우 선생은 다른 사내와 함께 뒤따라 들어오는데, 올리버는 그 사람을 보고 너무 놀라서 하마터면 비명을 지를 뻔했다. 사람들이 자기 형이라고 말하는데, 읍내 장터에서 만난 바로 그 사람, 시골 별장 조그만 방 유리창 너머에서 유대인 영감과 함께 들여다보던 바로 그 사람이었기 때문이다. 몽스는 깜짝 놀라는 아이를 이런 순간조차 억누를 수 없다는 듯 증오하는 눈길로 쳐다보더니 문가 근처 의자에 앉았다. 브라운로우 선생은 한 손에 서류를 들고 로즈와 올리버 옆쪽 탁자로 걸어가며 몽스에게 말했다.

"고통스러운 작업이겠지만 여러 신사께서 지켜보는 가운데 런던에서 서명한 진술 내용을 여기에서 반복할 수밖에 없겠군. 나야 자네가 창피를 안 겪도록 하고 싶지만, 우리로선 자네와 헤어지기 전에 자네 입으로 하는 말을 직접 들을 수밖에 없으니까. 그 이유야 자네도 잘 알겠지."

"계속하세요. 서둘러서. 이미 충분한 것 같긴 하지만요. 너무 오래 붙잡아두지만 마세요."

상대가 얼굴을 외면하며 말하자, 브라운로우 선생은 올리버를 자기 쪽으로 끌어당겨서 그 머리에 손을 얹으며 말했다.

"이 아이는 자네 이복동생이야, 자네 부친이자 내 친구 에드윈 리포드와 불쌍하고 가련한 여인 아그네스 플레밍 사이에서 태어난 서자. 엄마는 아이를 낳다가 사망했지."

그러자 몽스는 덜덜 떠는 아이를 무섭게 노려보며 대답하는데, 어린 아이 심장이 쿵쾅거리는 소리를 그 귀로 듣는 것 같았다.

"그래요. 이놈이 바로 그 사생아예요."

"자네가 사용한 표현은 두 사람을 비난하자는 건데, 그들은 세상 사람이 비판할 수 없는 곳으로 오래전에 떠났네. 따라서 그런 소리를 하는 건 자네 자신만 욕보일 뿐이야. 그건 그렇고, 이 아이는 바로 이 마을에서 태어났어."

브라운로우 선생이 엄하게 말하자, 상대가 무뚝뚝하게 덧붙였다.

"이 마을 구빈원에서요. 거기에 다 적었잖아요."

상대가 말하면서 짜증스런 표정으로 서류를 가리키자, 브라운로우 선생은 옆에서 가만히 듣는 사람들을 쭉 둘러보며 말했다.

"하지만 여기에서 다시 한 번 들어야겠네."

"그럼 들으세요! 여러분 모두! 이놈 아버지는 로마에서 병들고, 그 사람 부인으로 오랫동안 별거하던 우리 어머니는 파리에서 나를 데리고 로마로 갔어요…… 재산을 정리하려고. 내가 아는 한, 어머니는 그 사람에게 별다른 애정이 없고 그 사람 역시 우리 어머니를 좋아하지 않았거든요. 그런데 그 사람은 우리가 온 걸 몰랐어요. 혼수상태에 빠져서 이튿날까지 의식이 없다가 그대로 사망했거든요. 책상에 다양한 서류가 있고 그 가운데에는 그 사람이 병에 처음 걸린 날 밤에 작성한 서류도 두 개나 있는데……"

몽스가 브라운로우 선생을 쳐다보며 계속 말했다.

"선생님에게 보내는 꾸러미에 담겼더군요. 안에다 선생님에게 보내는 짧은 글귀를 동봉하고 꾸러미 겉에는 자신이 사망하기 전에 전달하지 말라고 적었어요. 서류 하나는 아그네스라는 여자에게 보내는 편지고, 또 하나는 유서였어요."

"편지 내용은 뭐지?"

"편지요? 지우고 또 지우면서 작성한 편지는 잘못을 고백하고 하느님께서 여자를 도와주길 바란다고 기도하는 내용이에요. 자신이 곧바로 결혼할 수 없는 이유가 있는데 나중에 설명하겠다는 식으로 여자를 속였거든요. 그런데도 여자는 포기하지 않고 꾹 참으며 남자를 믿다가 결국에는 누구도 돌려줄 수 없는 걸 잃었고요. 그래서 출산을 서너 개월 앞둔 상태였지요. 남자는 자신이 살아난다면 무슨 수를 써서라도 불명예를 안 겪게 하겠다고, 하지만 자신이 죽으면 자신이 가슴에 품은 추억을 저주하거나 자기네가 저지른 죗값을 여자와 아기가 치를 거라는 식으로 생각하지 말라고 간청했어요. 모든 죗값은 자신이 치르고 떠난다면서요. 남자는 자신이 조그만 금합과 반지를 주면서 여자 이름을 새기고 남편 성을 적는 자리는 나중에 적을 날이 있기를 바라는 마음에 빈칸으로 한 사실을 상기하며 제발 잘 간직하라고, 지금까지 그런 것처럼 목에 꼭 걸치라 간청하고, 이런 식으로 한 말을 하고 또 하는 식이었어요. 정신이 나간 사람처럼. 실제로 정신이 나간 것 같았지요."

"유서는?"

브라운로우 선생이 묻고 올리버는 눈물을 뚝뚝 떨구고 몽스는 침묵했다. 그러자 브라운로우 선생이 대신 말했다.

"유서에는 편지와 똑같은 심정을 담았어. 자네 부친은 부인 때문에 겪은 다양한 고통을, 그리고 하나밖에 없는 아들 역시 아버지를 증오하도록 오랫동안 훈련받아 어릴 때부터 못된 성질을 부리고 반항심이 강하며 사악하고 부도덕하다는 사실을 언급하곤, 두 사람에게 연금으로 금화 팔백 냥씩 할당했어. 그리고 엄청난 재산을 둘로 나눠서 하나는 아그네스 플레밍에게 또 하나는 앞으로 태어날 아기에게, 아기가 무사히 태어난다면, 그래서 성년이 된다면, 물려주도록 했어. 그런데 아기가 여자라면 유산을 무조건 물려주되, 사내라면 미성년 시기에 명예롭지 못하고 잔인하고 비겁하게 사회에 해악을 끼쳐서 이름을 더럽히는 일이 결코 없어야 한다는 걸 조건으로 걸었어. 이런 조건을 건 이유는 자신이 아이 엄마를 믿는다는 사실을, 아이 역시 엄마의 고운 마음씨와 고상한 품성을 그대로 닮을 거라고 확신한다는 사실을, 죽음을 앞두고 이런 믿음은 더욱 커질 뿐이라는 사실을 보여주기 위해서라는 말도 덧붙였지. 하지만 아이가 이런 기대감에 어긋나면 그 유산은 자네에게 가게 되지. 오직 그럴 때만, 새로 태어나는 아이 역시 큰아들처럼 나쁜 짓을 저지를 때만, 어린 시절부터 차가운 혐오감만 불러일으킬 뿐 정이라곤 하나도 없는 큰아들에게 장자로서 상속받을 권리를 인정하겠다고 했거든."

그러자 몽스가 커다랗게 소리쳤다.

"우리 어머니는 여자라면 당연히 해야 할 일을 했어요. 유서를 태워 버렸거든요. 편지도 마찬가지고요. 하지만 두 사람이 저지른 불륜을 부인할 때를 대비해서 나머지는 증거물로 보관했어요. 그리고 격렬한 증오심을 불태우며 – 나는 지금도 이런 어머니를 참으로 좋아하는데 – 여자 아버지에게 모든 사실을 최대한 과장해서 알렸어요. 여자 아버지는 불명예와 수치심에 시달리다가 두 아이를 데리고 웨일즈 산골로 도망가서 친구들이 절대로 못 찾도록 이름까지 바꿨어요. 그리고 얼마 후에 침대에서 죽은 채 발견되었지요. 여자가 몇 주 전에 집을 나가, 그런 딸을 찾으려고 근처 마을과 읍내를 걸어서 모두 돌아다니다가 딸이 자신과 부친의 굴욕을 숨기기 위해 스스로 목숨을 끊었다 확신하고 집으로 놀아온 날 밤에 침대에 누우니, 심장이 갈기갈기 찢어지고 말았거든요."

여기에서 잠시 침묵이 흐르자, 브라운로우 선생이 이야기를 이어나 갔다.

"그러고 몇 년이 지나서 이 사람 – 에드워드 리포드 – 모친이 나를 찾아왔답니다. 열여덟밖에 안 된 아이가 엄마 보석과 돈을 훔쳐서 집을 나가 도박을 즐기며 흥청망청하다가 사기까지 치고 런던으로 도망가서 최하층 부랑자와 어울리며 이 년을 보냈거든요. 이 사람 모친은 불치병에 걸려서 고통에 시달리는 중이라 자신이 사망하기 전에 아이를 찾고 싶은 마음이 간절했어요. 그래서 사방을 돌아다니며 꼼꼼하게 뒤졌지요. 그리고 오랫동안 고생한 끝에 간신히 성공해, 모친은 아들을 데리고 프랑스로 돌아갔답니다.”

몽스가 뒤를 이었다.

“어머니는 거기에서 병석에 오랫동안 머물다가 임종했는데, 돌아가시기 직전에 앞에서 언급한 비밀을 나에게 그대로 물려주었지요. 도저히 억누를 수 없는 치명적인 증오심과 함께…… 이미 오래전에 물려받은 터라 새롭게 물려줄 필요가 없는데도 말이에요. 그런데 어머니는 여자가 스스로 목숨을 끊었다는 사실을, 그래서 아기까지 죽었다는 사실을 믿으려 하지 않았어요. 사내아이가 태어나서 살아있는 게 분명하다고 확신했지요. 나는 어머니에게 맹세했어요. 아이를 끝까지 추적해서 찾아낸다면 편히 못살게 하겠다고, 극히 냉정하고 무자비한 적대감을 품고 끝까지 추적해, 내가 가슴속 깊이 느끼는 원한을 그대로 퍼붓겠다고, 그래서 가능하다면 교수대까지 질질 끌어가, 말도 안 되는 허풍으로 어머니와 나를 모욕한 유서에 침을 뱉고 말겠다고. 그리고 마침내 놈을 발견한 거예요. 시작이 좋았어요. 갈보 같은 년들이 나불대지만 않았다면 끝도 시작만큼이나 좋았겠지요!”

악당이 팔짱을 끼고서 사악한 음모가 실패한 걸 저주하며 투덜대자, 브라운로우 선생은 깜짝 놀란 사람들을 둘러보며, 오랜 공범이자 막역한 사이던 유대인 영감이 올리버를 올가미에 얽어두는 대가로 상당한 돈을 받았으므로 올리버가 올가미에서 풀려나면 그 돈을 대부분 돌려줘야 했다고, 그래서 문제가 발생하자 두 사람이 시골 별장까지 가서 올리버를 직접 확인한 적도 있다 설명하곤, 몽스를 쳐다보며 물었다.

"금합과 반지는?"

"간호사는 그걸 시체에게서 훔치고, 내가 예전에 말한 남자와 여자는 그걸 간호사에게서 훔치고, 나는 그걸 두 사람에게서 샀지요. 그래서 어떻게 했는지는 선생님도 잘 알잖아요."

몽스가 시선을 내리깐 채 대답하자, 브라운로우 선생은 고갯짓하고 그림위그 선생은 재빨리 사라지더니 곧바로 나타나서 범블 부인을 안으로 밀고 머뭇거리는 범블을 잡아끌었다. 그러자 범블이 깜짝 놀란 척하면서 소리쳤다.

"내 눈을 믿을 수가 없군! 이건 올리버가 아닌가? 아, 올리버. 내가 너 때문에 마음이 굉장히 아팠다는 사실을 안다면……"

"닥쳐, 멍청아."

범블 부인이 중얼대자, 구빈원 원장이 반박했다.

"이건 인지상정, 인지상정이 아니겠소, 범블 부인? 내가…… 저 아이를 교구 정신에 합당하게 길러낸 내가…… 정말 상냥한 신사 숙녀와 이렇게 함께 있는 모습을 보고서 어찌 감격하지 않을 수 있단 말이오! 나는 저 아이를 언제나 사랑했다오, 우리…… 우리…… 우리 할아버지라도 되는 것처럼."

범블이 적당한 비유를 찾느라 더듬거리더니, 올리버에게 말했다

"올리버 도령, 언제나 하얀 조끼를 입고 다니던 축복받은 신사를 기억하지? 아! 지난주에 하늘나라로 갔단다, 올리버, 손잡이를 도금한 참나무 관에 들어가서."

"질질 짜는 소리 좀 그만하시오, 선생."

그림위그 선생이 날카롭게 다그치자, 범블이 대답했다.

"노력하겠습니다, 선생님. 안녕하셨어요, 선생님? 그동안 잘 지내셨

기를 바랍니다."

　나중에 한 인사말은 브라운로우 선생이 존경스런 부부에게 다가오는 걸 보고서 한 말이었다. 하지만 브라운로우 선생은 몽스를 가리키며 이렇게 물은 게 전부였다.

　"이 사람을 아시오?"

　"모르오."

　범블 부인이 단호하게 대답하자, 이번에는 남편에게 물었다.

　"당신도 모르겠지요?"

　"평생 단 한 번도 본 적이 없습니다."

　"그렇다면 돈을 받고 넘긴 물건도 당연히 없겠네요?"

　"그렇소."

　범블 부인이 대답하자, 브라운로우 선생이 다시 물었다.

　"아주 조그만 금합과 반지를 훔친 적도 없겠지요?"

　"당연하지요. 그렇게 말도 안 되는 걸 물으려고 우리를 여기까지 데려온 건가요?"

　간호부장이 반문하자, 브라운로우 선생은 다시 고갯짓하고, 그림위 그 선생은 기다렸다는 듯 절뚝거리며 사라졌다. 하지만 이번에는 통통한 사내와 부인을 데려온 게 아니라 중풍에 걸려서 덜덜 떠는 노파 두 명을 데려왔다. 그러자 앞에서 쫓아오던 노파가 오그라든 손을 추켜들며 소리쳤다.

　"샐리 할멈이 죽던 날 밤에 당신은 문을 꼭꼭 닫았지만 흘러나오는 소리나 틈새까지 막은 건 아니었어."

　그러자 다른 노파가 주변을 둘러보고 이가 모두 빠진 입을 오물거리며 덧붙였다.

　"그럼, 그렇고말고. 당연히 그럴 수밖에."

"우리는 샐리 할멈이 저지른 잘못을 고백하는 소리를 모두 듣고, 당신이 그 손에서 종이 한 장을 빼앗는 걸 보고, 다음날 당신이 전당포에 다녀오는 모습도 지켜보았어."

첫 번째 노파가 다시 말하자, 두 번째 노파가 덧붙였다.

"그럼, 그렇고말고. 그건 금합과 금반지였어. 우리는 소리도 듣고 당신이 종이를 넘겨받는 장면도 보았어. 바로 옆에 우리가 있었다고. 그럼! 바로 옆에."

"우리가 아는 건 그게 전부가 아니야. 젊은 엄마가 병에 걸려서 못 살 거로 생각하고 아이 아빠 무덤으로 죽으러 가는 길이었다고 말한 사실을 샐리 할멈이 오래전부터 우리에게 툭하면 떠벌였거든."

첫 번째 노파가 다시 말하자, 그림위그 선생이 문가를 가리키면서 물었다.

"전당포 주인도 만나고 싶소?"

그러자 간호부장이 몽스를 가리키며 대답했다.

"아니요. 저자가 겁쟁이라서 모든 걸 털어놓았다면, 내가 보니 그런 것 같은데, 게다가 노파가 하는 소리까지 듣고서 제대로 찾아온 거라면, 나로선 더는 할 말이 없소. 나는 그걸 팔고, 저 사람은 그걸 당신네가 결코 찾을 수 없는 곳에다 버렸소. 그러니 이제 어쩔 테요?"

"우리가 어쩔 수 있는 건 하나도 없소, 두 분이 책임 있는 자리를 다시는 못 맡도록 조치하는 외에는."

브라운로우 선생이 말하자, 범블은 엄청나게 구슬픈 표정으로 주변을 둘러보다가 그림위그 선생이 두 노파를 데리고 사라진 걸 확인한 다음에 하소연했다.

"설마 이렇게 사소한 불상사 때문에 제가 교구 관리직에서 쫓겨나는 건 아니겠지요?"

"맞소, 당연히 그렇게 될 거요. 미리 마음을 단단히 먹고, 그 정도로 끝나는 걸 다행으로 여겨야 할 거요."

브라운로우 선생이 말하자, 범블은 먼저 주변을 둘러보아 부인이 밖으로 나간 걸 확인한 다음에 사정했다.

"그건 모두 범블 부인이 했어요. 능히 그럴 여자거든요."

"그건 핑계가 될 수 없소. 장신구를 없애는 자리에 당신도 있었잖소. 법에서 볼 때는 두 사람 가운데 당신 죄가 더 크오. 당신이 시켜서 부인이 그랬다고 추정할 테니 말이오."

브라운로우 선생이 말하자, 범블은 두 손으로 모자를 단호하게 눌러쓰며 대답했다.

"그렇게 추정한다면 법은 바보 멍청이요. 법이 그렇게 본다면 그건 노총각과 똑같다는 뜻이니, 나로선 직접 체험해서…… 직접 체험해서 제대로 깨닫길 바란다고 말할 수밖에 없소."

직접 체험하라는 말을 두 번이나 힘주어 강조하면서 범블은 모자를 꽉 눌러쓰고 두 손을 주머니에 넣은 채 배우자를 쫓아서 아래층으로 내려가니, 브라운로우 선생이 로즈를 쳐다보며 말했다.

"아가씨, 나에게 손을 주시오. 떨지 마시오. 지금부터 할 말이 있는데, 두려워할 필요는 없소."

"그 말이…… 어떻게 그럴 수 있는지 모르겠지만…… 그 말이…… 나와 관계된 내용이라면, 제발 부탁이니 다음에 들려주세요. 지금은 기운도 없고 자신도 없답니다."

로즈가 말하자, 노신사는 로즈 팔을 자기 팔에 끼우며 대답했다.

"아니요, 그대는 그 이상으로 강한 사람이라고 나는 확신하오. 자네는 이 아가씨를 알지?"

"네, 압니다."

몽스가 대답하자, 로즈는 힘없는 목소리로 말했다.

"저는 당신을 본 적이 없어요."

"하지만 나는 당신을 여러 번 보았소."

몽스가 대답하자, 브라운로우 선생이 다시 물었다.

"불쌍한 아그네스 부친에겐 딸이 둘인데, 다른 딸 한 명은…… 어린 애는 어떻게 됐지?"

"어린 딸은 아버지가 낯선 곳에서 낯선 이름으로 죽으며 편지나 책이나 서류쪼가리 등, 친구나 친척이 알아볼 만한 흔적을 하나도 안 남긴 덕분에 가난한 농사꾼이 데려가서 자기 딸처럼 키웠소."

"계속하게. 계속해!"

브라운로우 선생이 말하면서 메일리 부인에게 옆으로 오라는 신호를 보내고, 몽스는 이렇게 말했다.

"퇴역 장교가 두 딸을 데리고 도망가서 사는 곳을 선생께선 찾을 수 없었지요. 하지만 우정으로 못 찾는 걸 복수심은 찾아낼 때가 많답니다. 우리 어머니가 일 년이나 노련하게 탐색해서 결국엔 찾아냈으니까요…… 물론 어린 딸도 찾고요."

"자네 모친이 어린 딸을 데려갔나?"

"아니에요. 농사꾼은 찢어지게 가난하니, 애초에 아이를 동정한 걸 – 최소한 남자 쪽은 – 후회하기 시작했지요. 그래서 우리 어머니는 금방 써버릴 수밖에 없는 돈을 조그만 선물로 주면서 앞으로 계속 보내겠다고 약속했어요. 물론 진짜로 그럴 의도는 조금도 없었지요. 가난한 집에서 그렇지 않아도 힘들게 사는 아이를 훨씬 더 불행하게 만들 생각으로 아이 언니가 저지른 수치스러운 행동을 적당하게 변형해서 알려주고, 아이 역시 혈통이 나쁜 데다 사생아 출신이라서 결국엔 나쁜 짓을 저지를 수밖에 없으니 조심하는 게 좋을 거라고 경고하기도 했어요. 이런저런 정황으로 볼 때 정말 그럴싸해서 사람들은 이 말을 믿고 그래서 아이는 우리가 충분히 만족할 정도로 비참하게 사는데, 체스터에 사는 미망인이 나타나서 여자아이를 우연히 발견하고 불쌍히 여긴 나머지 집으로 데려간 거예요. 우리에게 저주가 내린 것 같아요. 우리가 아무리 애써도 여자아이는 거기에서 행복하게 지냈으니까요. 그러다가 행적을 놓쳐서 이삼 년 못 보다가 몇 개월 전에 다시 발견했지요."

"여기에 그 여인이 있나?"

"네. 선생님 팔에 기대고 있네요."

그러자 로즈는 금방이라도 기절할 것 같고 메일리 부인은 그런 로즈를 두 팔로 꼭 껴안으며 소리쳤다.

"그래도 너는 내 조카야, 나에게 누구보다 소중한 아이. 나는 이제 이 아이를 절대로 안 놓치겠어, 세상에 있는 보물을 모두 준다고 해도 내가 사랑하는 벗, 우리 소중한 조카딸을!"

"누구보다도 소중한 벗이시여! 누구보다 다정하고 훌륭한 벗이시여! 저는 마음이 터질 것 같아요. 도저히 못 견딜 것 같아요."

로즈가 매달리며 울부짖자, 메일리 부인이 다정하게 껴안으면서 달랬다.

"너는 지금까지 더한 것도 이겨냈어. 품성이 누구보다 훌륭하고 다정해, 수많은 고통을 겪으면서도 주변 사람 모두를 행복하게 만들었지. 그래, 그래, 우리 아가, 지금 네 품에 안길 순간이 오기만 간절하게 기다리는 불쌍한 아이를 생각하렴! 여길 보렴…… 어서, 어서, 우리 아가!"

그와 동시에 올리버가 두 팔로 로즈 아씨 목을 껴안으며 울부짖었다.

"이모가 아니에요. 이모라고 절대로 안 부를 거예요…… 누나라고, 처음 만난 순간부터 참으로 소중한 사랑을 가르쳐준 누나라고 부를 거예요! 아, 누나, 사랑하는 누나!"

떨어지는 눈물이여, 두 고아가 서로를 오랫동안 껴안고 울먹이며 주고받는 목소리여, 신성할지어다. 아버지와 언니와 생모가 순식간에 생겼다가 순식간에 사라지는구나. 기쁨과 슬픔이 동시에 어우러지는 데 눈물이 씁쓸하기만 한 건 아니었다. 아무리 슬픈 마음도 부드럽게 일어나면, 그래서 다정하고 정겨운 추억에 휘감기면 아픈 부분은 모두 사라지고 순수한 기쁨으로 되살아나지 않던가!

두 사람은 한 방에서 단둘이 오랜 시간을, 아주 오랜 시간을 보냈다. 이윽고 방문을 부드럽게 두드리는 소리가 일어나며 밖에서 다른 사람이 기다린다는 사실을 알렸다. 그래서 올리버는 방문을 열더니, 해리 도령에게 자리를 내주고 살그머니 나갔다.

"나도 다 아오. 사랑하는 로즈, 나도 다 아오."

해리 도령이 말하며 사랑스러운 아가씨 바로 옆에 앉더니, 오랫동안 침묵하다가 덧붙였다.

"나는 여기에 우연히 들른 게 아니오. 모든 내용을 오늘 밤에 들은 것도 아니오, 어제…… 바로 어제…… 모든 걸 들었으니 말이오. 그러니 지난번에 그대가 한 약속을 되새기려고 이렇게 찾아왔다는 사실을 알 수 있겠지요?"

"잠깐만요. 모두 다 아세요?"

"그렇소. 그대는 우리가 지난번에 나눈 수제를 일 년 안에 어느 때든 꺼내도 좋다고 허락했소."

"그래요."

"하지만 나는 그대에게 결심을 바꾸도록 압박하는 대신 여전히 똑같은 마음이라면 똑같은 말이라도 다시 듣고 싶을 뿐이오. 나는 앞으로 내가 소유할 모든 지위와 재산을 그대 발밑에 내려놓으니, 그대가 예전 결심을 그대로 고수한다면, 어떤 말이나 행동으로도 그런 마음을 바꾸려고 하지 않겠다고 나는 맹세했소."

젊은 도령이 말하자, 로즈는 단호한 어조로 대답했다.

"당시에 저에게 영향을 준 이런저런 이유는 지금도 변한 게 없어요. 고모님은 선하신 마음으로 가난하고 고통스러운 생활에서 저를 구하셨으니, 그 은혜를 오늘 밤에 이런 식이 아니라면 어떻게 갚겠어요. 이건 투쟁이네요. 하지만 저는 이런 투쟁이 자랑스러워요. 마음이야 참으로 아프지만 단호하게 이겨내고 말겠어요."

"오늘 밤에 밝혀진 진실은……."

해리 도령이 말하자, 로즈 아씨가 다정하게 되받았다.

"오늘 밤에 밝혀진 진실은, 오빠에 관한 한, 예전과 똑같은 입장을 다시 한 번 확인시킬 뿐입니다."

"나에 대해서 마음을 아주 독하게 먹었나 보구려, 로즈."

해리 도령이 안타까운 어투로 말하자, 로즈는 눈물을 터트리며 대답했다.

"아, 해리 오빠, 오빠. 저도 그럴 수 있으면 좋겠어요, 이렇게 고통스럽지나 않도록."

"그렇다면 스스로 고통스럽게 만드는 이유가 뭐요? 오늘 밤에 들은 내용을 생각하시오, 로즈."

해리 도령이 손을 붙잡으며 말하자, 로즈가 울먹였다.

"제가 들은 게 어떤 내용인데요? 제가 무엇을 들었는데요? 부친께서 깊은 수치심을 느끼시고 세상에서 도망가…… 아, 그만 하세요, 해리 오빠, 그만 하세요."

로즈가 일어서자 해리 도령이 재빨리 붙잡으며 만류했다.

"아직은 아니요, 아직은. 나는 그대를 사랑하면서 모든 희망을, 모든 소망을, 모든 전망을, 삶에 대한 모든 생각을 완전히 뒤바꿨소. 내가 그대에게 주고 싶은 건 수많은 사람 사이에서 돋보이는 지위도 아니고, 불명예스럽지도 수치스럽지도 않은 일 때문에 정직한 사람이 얼굴을 붉혀야 할 정도로 허위와 악의로 가득한 세상에 뒤섞이는 것도 아니라오. 내가 그대에게 주고 싶은 건 따뜻한 가정 – 마음이 하나로 모이는 가정 – 그래요, 사랑하는 로즈, 바로 그것, 오로지 그것 하나가, 내가 그대에게 주고 싶은 전부요."

"무슨 뜻으로 하시는 말씀이세요!"

로즈가 깜짝 놀라자, 해리 도령이 설명했다.

"내 말은 다름 아니라, 지난번에 그대와 헤어지면서 그대와 나 사이에 존재하는 쓸데없는 장애물을 모두 없애기로, 내 세계에 그대가 들어올 수 없다면 나 자신이 그대 세계에 들어가기로, 거창한 집안에서 태어난 그 누구도 당신을 경멸할 수 없도록 하기로, 차라리 나 자신이 그들에게 등을 돌리기로 단단히 결심했다는 뜻이오. 그래서 지금까지 준비했소. 이로 인해 나를 외면한 사람들은 바로 당신을 외면할 사람들이니, 당신 말이 옳다는 걸 증명했소. 권력을 지닌 막강한 후견인도 고위직에서 영향력을 행사하는 친척도 예전에는 웃는 얼굴로 나를 바라보더니 지금은 더할 나위 없이 냉랭하니 말이오. 하지만 기름진 시골로 내려가면 들판이 미소를 짓고 나무들이 손을 흔들어준다오. 바로 거기에 마을 교회가, 내가 일힐 교회가 있고, 로즈! 그 옆에는 소박한 사제관이 있소. 그대를 거기로 데려갈 수만 있다면 나는 지금까지 포기한 모든 희망을 다 합친 것보다 열 배는 더 뿌듯할 것이오. 바로 이게 나 자신이요 내 위치니, 그대에게 겸손하게 청혼하는 바이오!"

"저녁상을 차려놓고 사랑하는 연인을 기다리자니, 정말 힘들군."

그림위그 선생이 자리에서 일어나며 머리 위에서 손수건을 끌어내렸다.

실제로 저녁상은 정말 오랫동안 대기한 터였다. 메일리 부인도 해리 도령도 로즈 아씨도 (식당으로 함께 들어서면서) 정상을 참작해 달라고 말할 수 없을 정도였다.

"오늘 밤에는 내 머리통을 먹어버릴 생각마저 진지하게 떠올렸다오. 이러다간 아무것도 못 먹을 것 같아서 말이오. 그건 그렇고, 괜찮다면 앞으로 결혼할 신부에게 미리 인사하고 싶구려."

그림위그 선생이 말하자마자 얼굴을 붉히는 로즈에게 다가가서 곧바로 실행에 옮기며 키스하니, 이런 모습은 쉽게 전염되는 법이라서 의사 선생과 브라운로우 선생도 바로 뒤를 이었다. 개중에는 해리 도령이 옆방 으슥한 곳에서 먼저 그렇게 했다고 주장하는 사람도 있지만 점잖은 사람들은 그건 완전히 중상모략이라고, 젊은 성직자가 그럴 순 없다고 생각했다.

이윽고 올리버가 나타나자, 메일리 부인이 물었다.

"올리버, 어디에 다녀온 거니, 왜 그렇게 슬픈 표정이야? 아직도 얼굴에서 눈물이 뚝뚝 떨어지잖아. 왜 그래?"

세상은 잔인하다. 우리가 가장 소중하게 간직한 희망을, 우리 자신을 영광스럽게 만드는 희망을 깨뜨릴 때가 많으니 말이다.

가련한 딕이 벌써 죽은 것이다!

CHAPTER LII
유대인 영감이 살아서 보내는 마지막 밤

재판정은 바닥부터 지붕까지 사람 얼굴로 뒤덮였다. 사방팔방에서 수많은 눈이 호기심을 번뜩이며 지켜보았다. 피고석 앞 난간에서 방청석 제일 구석진 곳까지 모든 시선이 한 사람에게 ― 유대인 영감에게 ― 꽂혔다. 앞에서도 뒤에서도 위에서도 아래에서도 오른편에서도 왼편에서도 눈빛만 환하게 빛나는 하늘이 사방을 에워싼 것 같았다.

수많은 사람이 이글거리는 눈빛으로 바라보는 가운데, 유대인 노인은 피고석에 일어나서 한 손으로 난간을 잡고 다른 손을 귀에 댄 채 머리를 앞으로 삐죽 내밀어서 재판장이 하는 말을 한마디도 안 놓치고 또렷하게 들으려고 애썼다. 재판장은 배심원들에게 범죄혐의를 설명하는 중이었다. 유대인 노인은 가끔 배심원 쪽으로 눈길을 돌려서 자신을 동정하는 표정이 조금이라도 있는지 확인하려고 매섭게 훑어보다가 불리한 내용이 끔찍할 정도로 또렷하게 나오면 변호사 쪽으로 고개를 돌려서 무엇이든 유리한 말 좀 하라는 눈빛으로 간절하게 쳐다보았다.

유대인 노인은 이렇게 불안한 표정으로 주변을 둘러볼 뿐, 손끝 하나 발끝 하나 꿈쩍이지 않았다. 재판을 시작한 이후로 조금도 꿈쩍하지를 않더니, 재판장이 말을 마친 지금도 머리를 앞으로 내민 채 똑같이 긴장한 자세로 관심을 기울이는 걸 보면 여전히 열심히 듣는 것 같았다.

재판정에서 가벼운 소란이 일어나는 바람에 유대인 노인은 정신을 퍼뜩 차렸다. 주변을 둘러보니, 배심원들이 평결에 대해서 논의하려고 한자리에 모이는 게 보였다. 방청석으로 눈길을 돌리니, 자신을 보려고 서로 경쟁하듯 머리를 길게 빼는 사람들이 보이는데, 망원경을 재빨리 꺼내서 눈으로 가져가는 사람도 있고, 혐오감이 가득한 표정으로 옆 사람과 속삭이는 사람도 있었다. 자신에게 아무런 관심도 없는 듯 배심원만 쳐다보며 저렇게 꾸물대는 이유가 도대체 뭐냐는 식으로 짜증스런 표정을 떠올리는 사람도 가끔 보였다. 하지만 자신을 조금이라도 동정하는 얼굴은, 유난히 많이 참석한 여인네 사이에서도 엄하게 벌해야 한다는 이외의 표정을 드러내는 얼굴은 단 하나도 찾을 수 없었다.

당혹스런 눈길로 힐끗힐끗 쳐다보며 이런 사실을 확인하는 사이에 죽음 같은 정적이 다시 깃들어서 뒤를 돌아보니, 배심원들이 돌아서서 재판장을 바라보았다. 조용!

하지만 법정 밖에서 협의해야 하겠다는 말이 전부다.

배심원들이 옆을 지날 때 어느 쪽 의견이 다수인지 파악하려고 얼굴을 하나씩 자세히 살피는데 소득은 하나도 없었다. 교도관이 어깨를 툭 건들어서 피고석 끝까지 기계적으로 따라가다가 의자에 앉았다. 교도관이 손가락으로 가리키지 않았다면 의자가 있다는 사실조차 모를 뻔했다.

유대인 노인은 방청석을 다시 쳐다보았다. 음식을 먹는 사람도 있고 손수건으로 부채질하는 사람도 있었다. 인파가 붐벼서 몹시 더웠다. 조그만 공책에다 자신을 스케치하는 젊은이도 보였다. 스케치한 얼굴이 자신과 비슷할까 궁금하게 여기다가 연필이 뚝 부러지는 광경과 젊은이가 칼을 꺼내서 연필을 깎는 광경까지 가만히 지켜보았다, 하릴없는 구경꾼처럼.

그러다가 재판장에게 눈길을 돌려서 옷차림새를 살피며 저렇게 꾸미는데 비용이 얼마나 들었을까 곰곰이 따지기 시작했다. 판사석에는 늙고 뚱뚱한 신사도 있는데, 삼십 분 전에 밖에 나가더니 지금 막 돌아왔다. 저 사람은 식사하러 밖에 나갔다 온 걸까, 그렇다면 무엇을 먹었을까 속으로 곰곰이 따지는 식으로 부질없는 생각을 떠올렸다. 그러다가 새로운 대상이 보이면 또다시 새로운 생각에 빠져들었다.

이러는 동안에도 발밑에서 무덤이 아가리를 벌리고 기다린다는 끔찍한 느낌을 떨쳐낸 적은 단 한 순간도 없었다. 느낌이 너무나 애매하고 막연한 나머지 거기에 생각을 집중할 수 없을 뿐이었다. 몸이 덜덜 떨리고 이제 곧 죽을 거라는 생각이 뜨겁게 달아오르는 동안에도 바로 앞 난간에 박힌 못대가리 숫자를 세다가 머리가 떨어져 나간 걸 발견하곤 사람들이 이걸 수리할까 아니면 이대로 둘까 곰곰이 생각했다. 교수대 난간과 기둥이 끔찍하게 떠오르면 생각을 멈추고 어떤 사람이 열기를 식히려고 바닥에 물을 뿌리는 모습을 가만히 바라보다가 또 다른 생각에 빠져들었다.

마침내 정숙하라는 소리가 일어나자, 모든 사람이 숨을 죽인 채 입구를 쳐다보았다. 배심원들이 돌아와서 바로 옆을 지나갔다. 하지만 얼굴에서 아무것도 알아낼 수 없었다. 돌로 만든 것 같았다. 완벽한

침묵이 깔렸다. 부스럭대는 소리도 사라지고 숨소리조차 가라앉았
다…… 유죄!

사방에서 커다란 함성이 일어나더니, 또 일어나고 또 일어나는 식으
로 힘을 받으며 세력을 잔뜩 넓히다가 천둥처럼 커다란 함성으로 나아
갔다. 바깥에서 사람들이 월요일에 사형한다는 소식을 듣고 좋아서
내지른 함성이었다.

함성은 잦아들고, 사형선고를 내리면 안 되는 이유가 있는지 묻는
말이 들렸다. 이런 질문이 나올 때 유대인 노인은 다시 열심히 듣는
태도로 질문자를 열심히 쳐다보는데 두 번이나 되물은 다음에 비로소
그 말이 들리는 것 같아, 자신은 늙은이라는…… 늙은이라는…… 늙은
이라는 말만 되풀이하다가 조그맣게 줄어들며 사그라들었다.

재판장은 까만 모자[17]를 머리에 쓰고 피고는 가만히 서서 똑같은
분위기와 자세를 유지했다. 방청석에서 여자 한 명이 너무나 엄숙한
분위기에 질린 나머지 뭔지 모를 소리를 내질러, 유대인 영감은 쓸데없
는 방해에 화가 나서 그쪽을 불쑥 쳐다보곤 훨씬 열심히 들으려는 듯
상체를 앞으로 더 기울였다. 말투는 극히 엄숙하고 인상적이며 내용은
귀를 막고 싶을 정도로 끔찍했다. 하지만 대리석 조각처럼 꿈쩍도 않고
가만히 있었다. 햇쑥한 얼굴은 여전히 앞으로 내밀고 입은 쩍 벌리고
두 눈은 정면만 열심히 쳐다보는데 교도관이 손으로 팔을 잡아끌었다.
유대인 노인이 멍한 눈으로 쳐다보다가 순순히 끌려나갔다.

교도관이 잡아끄는 대로 재판정 밑에 있는 대기실로 들어섰다. 죄수
일부는 자기 차례가 오기만 기다리고 또 일부는 마당이 보이는 철창
주변으로 모여든 친구들과 대화를 나누었다. 하지만 유대인 영감이
나타나자, 주변에 모여든 사람들이 구경하도록 죄수는 모두 뒤로 가만

17) 사형을 선고할 때는 까만 모자를 쓴다.

히 물러나고, 사람들은 매서운 목소리로 욕설을 퍼부었다. 유대인 영감은 주먹을 흔들었다. 사람들에게 침도 뱉고 싶었다. 하지만 교도관들이 급히 다가와서 띄엄띄엄 밝힌 등불이 어둑하고 음침한 통로로 데려가, 교도소로 호송했다.

여기에서 법을 집행하기 전에 스스로 목숨을 끊을 도구가 있는지 몸을 뒤져 살피더니, 절차가 끝나자 교도관들이 사형수 감방으로 데려가서 거기에 집어넣고 떠나, 유대인 영감 혼자 남았다.

감방문 바로 앞에 돌 침상이 있었다. 의자로도 사용하고 침대로도 사용하는 침상이었다. 유대인 영감은 거기에 앉아서 핏발이 곤두선 눈으로 바닥을 노려보며 머릿속 생각을 정리하려고 애썼다. 그러다 보니, 법정에서는 하나도 안 들리던 재판장 말이 뿔뿔이 흩어진 파편처럼 하나씩 떠오르기 시작했다. 그래서 자리를 서서히 잡아가자 또다시 새로운 내용이 점차 떠오르고, 결국에는 재판장이 지금 이 자리에서 말하는 것처럼 생생한 목소리가 들렸다. 교수형을 집행한다…… 이게 마지막으로 한 말이다. 교수형을 집행한다.

주변이 어둡게 변하자, 교수대에서 죽어간 얼굴이 하나씩 떠올랐다. 자신이 꾸민 음모 때문에 그렇게 된 사람도 많았다. 그런 사람이 잇따라 나타났다. 숫자조차 셀 수 없을 정도였다. 자신이 직접 가서 구경한 적도 많다. 그들이 죽어가면서 입술을 꼼지락거리며 기도하는 걸 보고 놀리기도 했다. 그러다가 교수대 발판이 밑으로 꽝! 떨어지면 조금 전까지 혈기왕성하고 건장하던 사내는 대롱대롱 매달려서 순식간에 허수아비로 변한다!

그들 가운데 일부는 지금 자신이 있는 바로 이 감방, 바로 이 자리에 있었을 게 분명하다. 주변이 이렇게 어두운데 불을 아직도 안 가져오는 이유는 뭐란 말인가? 오래전에 지은 감방이다. 여기에서 마지막 시간을 보낸 사람이 수없이 많을 게 분명했다. 시신이 사방에 널린 지하 봉안당에 들어선 기분이다. 벙거지와 올가미, 단단히 묶인 팔, 자신이 아는 얼굴, 끔찍한 천을 뒤집어쓴 얼굴이 차례대로 나타난다. 불, 불을 가져와!

문이고 벽이고 마구 두드려서 두 손이 얼얼할 즈음에 교도관 두 명이 나타났다. 한 명은 촛불을 가져와서 벽에 고정한 쇠 촛대에 찔러 넣고 또 한 명은 자신들이 누워서 밤을 보내는 데 필요한 매트리스를 질질 끌고 나타났다. 사형수는 혼자 둘 수 없기 때문이다.

그러다가 밤이 찾아왔다. 깜깜하고 음침하고 고요한 밤이다. 밤을 꼬박 지새운 사람은 교회 종소리가 울리는 걸 좋아한다. 새로운 날이 밝아오는 걸 알리기 때문이다. 하지만 유대인 영감에겐 절망만 안겨주었다. 종소리가 묵직하게 울릴 때마다 공허한 소리만 일어났다…… 너는 죽는다……! 너는 죽는다! 교도소까지 뚫고 들어오는 활기찬 아침 소리는 자신에게 무엇을 의미하는가? 그건 또 다른 조종 소리며, 자신이 죽는 걸 조롱하는 소리에 불과했다.

낮이 지나갔다. 대낮? 아니, 대낮 자체가 없다. 순식간에 왔다가 순식간에 사라지며 밤이 다시 찾아들었다. 너무나 길면서도 너무나 짧은 밤, 끔찍한 침묵은 지겨울 정도로 길어도 쏜살처럼 사라지는 시간은 너무나 짧은 밤이었다. 한 번은 하느님을 저주하며 욕하고 또 한 번은 울부짖으며 머리칼을 쥐어뜯었다. 유대교 원로들이 기도하겠다며 찾아왔으나, 유대인 영감은 욕설을 퍼부으며 쫓아버렸다. 나중에 자비로운 마음으로 다시 찾아왔는데 이번에도 그냥 쫓아버렸다.

토요일 밤. 이제 자신이 살아갈 날은 딱 하룻밤이 남았다. 이런 생각을 하는 사이에 날이 밝더니…… 일요일이 찾아왔다.

하지만 바로 전날 밤에, 마지막 날 밤에 비로소, 이제 모든 게 끝났다는 절박하고 무기력한 느낌이 황폐한 영혼을 헤집으며 끝없이 파고들었다. 사면을 받을 거란 희망은 마음에 품은 적도 없지만, 자신이 조금 후에 죽는다는 사실 역시 진지하게 생각한 적도 없었다. 유대인 영감은 교대하며 감시하는 교도관 누구에게도 말을 안 걸고, 교도관 역시 누구도 말을 안 걸었다. 유대인 영감은 말똥말똥한 정신으로 가만히 앉아서 꿈을 꾸었다. 그러다가 일 분마다 깜짝깜짝 놀라며 일어나, 숨은 가쁘고 살은 뜨겁게 타올라서 이리저리 황급히 걷다가 정신없이 발작하며 공포와 분노를 발산하니, 이런 광경에 익숙한 교도관조차 겁에 질릴 수밖에 없었다. 하지만 사악한 마음은 끔찍한 고통을 끊임없이 자아내고 발작은 시간이 갈수록 심하게 일어나니, 번갈아 감시하던 교도관도 더는 견딜 수 없어 결국엔 함께 앉아서 감시했다.

유대인 영감은 돌 침상에 쭈그리고 앉아서 지난 삶을 떠올렸다. 잡히는 날에 군중 사이에서 날아온 돌덩이에 맞아 상처를 입은 터라 무명천으로 머리에 붕대를 감은 상태였다. 빨간 머리칼은 핏기없는 얼굴로 흘러내리고 수염은 뜯기고 뒤틀려서 매듭지고 두 눈은 끔찍한 빛을 발산하고 안 씻은 몸뚱이는 딱딱거리는 소리를 내며 활활 타올랐다. 여덟 시…… 아홉 시…… 열 시. 누가 자신에게 겁을 주려고 장난치는 게 아니라면 시간이 진짜 서로 꼬리를 물고 다가오는 중이니, 시곗바늘이 한 바퀴 돈 다음에 자신은 어디에 있을까! 열한 시! 앞에서 울리던 파동이 미처 사라지기도 전에 종소리가 다시 울렸다. 여덟 시면 자신은 문상객이라곤 자신밖에 없는 영구마차에 실려 갈 게 분명하다. 그리고 열한 시면…….

뉴게이트 교도소 끔찍한 벽마다 사람들이 볼 수도 없고 생각할 수도 없는 다양한 고통과 고뇌를 목격했지만 이렇게 끔찍한 장면을 이렇게 오랫동안 이렇게 많이 목격한 적은 결코 없었다. 바깥에서 지나다가 내일 교수당할 사형수는 지금 무얼 할까 궁금하게 여기며 머뭇거리는 사람이 간혹 있는데, 행여나 이들이 그 모습을 보았더라면 밤새 악몽에 시달릴 수밖에 없을 터였다.

초저녁부터 자정이 다가올 때까지 두세 사람씩 경비초소로 다가와서 사형 집행을 연기했는지를 불안한 어투로 물었다. 그리곤 아니란 대답이 나올 때마다 너무 좋은 나머지 주변 사람에게 전달하며 함께 기뻐하니, 일부는 사형수가 나올 문은 어디고 교수대를 세울 장소는 어디일지 예측하며 손가락으로 이리저리 가리키고, 마지못해 떠나다가 뒤를 돌아보며 교수형이 벌어지는 현장을 마음속으로 떠올리기도 했다. 하지만 그러던 사람도 하나둘 사라지더니, 깜깜한 한밤중에 거리는 고독과 어둠만 가득했다.

교도소 정문 앞마당을 깨끗하게 치우고 까맣게 칠한 튼튼한 장애물을 서너 개 설치해서 군중이 밀려드는 걸 차단할 준비를 끝낼 즈음, 브라운로우 선생은 올리버와 함께 쪽문 경비실에 나타나서 치안담당자가 발행하고 서명한 면회허가증을 내보였다. 그러자 경비실은 두 사람을 대뜸 들여보내고, 길을 안내할 교도관은 이렇게 물었다.

"어린 신사도 함께 가는 건가요, 나리? 어린애가 보기엔 끔찍할 텐데요."

"맞는 말이오, 교도관. 하지만 내가 그자를 찾아온 용건은 이 아이와 밀접한 관계가 있는 데다, 이 아이는 그자가 악당 짓을 실컷 할 때 본 적이 있으니, 함께 가서 현재 모습을 보는 것도 – 비록 상당한 고통과 공포에 시달리겠지만 – 괜찮을 거란 생각이 드는구려."

올리버가 못 듣도록 따로 떨어져서 한 말이었다. 그러자 교도관은 손을 모자에 대서 알았다는 신호를 보내고 호기심 가득한 눈으로 올리버를 힐끗 쳐다보면서 맞은편에 있는 또 다른 대문을 열더니, 어둡고

꼬불꼬불한 길을 나아가며 두 사람을 감방으로 안내했다. 그러다가 일꾼 두 명이 무거운 침묵 속에 무언가를 준비하는 음침한 통로에서 걸음을 멈추고 말했다.

"여기는 사형수가 지나갈 통로입니다. 이쪽으로 오시면 사형수가 나갈 문이 보입니다."

교도관은 돌로 화덕을 만들고 거기에 구리 솥을 올려서 죄수들이 먹을 음식을 조리하는 주방으로 들어서며 문 하나를 가리켰다. 상단부에 쇠창살이 있어서 그 사이로 사람들 목소리와 망치질 소리와 판자를 내던지는 소리가 뒤섞이며 흘러들었다. 교수대를 세우는 중이었다.

여기부터는 튼튼한 대문을 여러 개 지나는데 매번 다른 교도관이 안에서 문을 열고, 그런 다음에 안마당으로 들어서서 좁은 계단을 오르니, 단단한 문이 왼쪽으로 쭉 늘어선 복도가 나왔다. 교도관은 두 사람에게 조금만 기다리라 손짓하고, 그런 문 하나를 열쇠 다발로 톡톡 쳤다. 안에 있던 교도관 두 명이 잠시 속삭이다가 복도로 나와서 잠시나마 벗어난 게 기쁜 듯 기지개를 켜며 안으로 들어가라 손짓하고, 두 사람은 그렇게 했다. 사형수가 돌 침상에 앉아서 몸을 앞뒤로 흔드는데, 얼굴은 사람이 아니라 덫에 걸린 야수 같았다. 마음속으로 옛날을 떠올리는 게 분명했다. 두 사람이 나타난 걸 실제가 아니라 환상으로 여기며 계속 중얼댔기 때문이다.

"잘했어, 찰리…… 정말 잘했어…… 올리버도, 하! 하! 하! 올리버도…… 이제 신사가 다 됐군…… 다 됐어…… 올리버를 방으로 데려가!"

교도관은 올리버 손을 잡고 놀라지 말라고, 아무 말 말고 가만히 쳐다보기만 하라 속삭이고, 유대인 영감은 계속 말했다.

"어서 방으로 데려가! 너희, 내 말이 안 들리는 거야? 올리버 때문에…… 이런 일이 모두 일어난 거야. 아이를 나쁜 길로 몰아가면 돈이 되는데…… 볼터 멱을 따, 빌. 낸시는 가만둬…… 볼터 목을 최대한 확실하게 따버려. 톱으로 머리를 잘라버리라고!"

"페이긴 영감."

교도관이 부르자, 유대인 영감이 그 즉시 재판정에서 그런 것처럼 열심히 듣는 자세를 취하며 대답했다.

"네, 바로 접니다! 아, 저는 늙은이랍니다, 완전히 늙어빠진……!"

그러자 교도관이 유대인 영감을 진정시키려고 가슴에 한 손을 얹으며 다시 말했다.

"당신을 만나러 온 분이 계셔, 뭔가 물어보실 게 있는 것 같아. 페이긴 영감, 페이긴 영감! 무슨 말인지 알아들어?"

"조금만 지나면 못 알아들어. 저놈들을 모두 죽여 버려! 도대체 무슨 권리로 나를 죽이겠다는 거야?"

유대인 영감이 쳐다보며 소리치는데, 인간다운 표정이라곤 분노와 공포가 전부였다. 그러다가 올리버와 브라운로우 선생을 발견하고 침상 모서리로 물러나며 무슨 일로 찾아왔느냐고 물었다.

"진정해. 이제, 선생님, 필요한 내용을 물어보세요. 최대한 서두르세요, 시간이 갈수록 상태가 나빠지니까요."

교도관이 유대인 영감 가슴에 여전히 한 손을 얹은 채 말하자, 브라운로우 선생이 앞으로 나아가며 물었다.

"당신에겐 서류가 있소, 몽스라는 사내가 안전하게 보관하려고 당신에게 맡긴 서류."

"모두 다 거짓말이야. 나는 아무것도 없어…… 아무것도."

유대인 영감이 소리치자, 브라운로우 선생이 엄숙하게 말했다.

"제발 부탁이니까 이제 그렇게 말하지 마시오. 죽음이 목전이니,

그걸 어디에 두었는지 얘기하시오. 빌 사익스는 죽고 몽스는 모든 걸 자백했으니, 그걸 숨긴다고 해서 좋을 건 하나도 없소. 서류를 어디에 두었소?"

"올리버. 이리와, 이리와! 내가 너에게 살짝 알려줄게."

유대인이 말하며 손짓하자, 올리버는 브라운로우 선생이 잡은 손을 풀면서 나지막한 목소리로 말했다.

"괜찮아요."

그러자 유대인 영감이 올리버를 자기 쪽으로 잡아당기며 말했다.

"서류는 무명 가방에 있어, 꼭대기 층 첫 번째 방 굴뚝 약간 위쪽 구멍에. 너랑 얘기하고 싶구나, 얘야, 너랑 얘기하고 싶다고."

"알았어요, 알았어. 우선 기도부터 하고요. 어서요! 기도부터 해요. 딱 한 번만, 무릎을 꿇고, 나와 함께, 그리고 아침까지 얘기하는 거예요."

올리버가 말하자, 유대인 영감이 올리버를 문 쪽으로 밀고 그 너머를 멍한 눈으로 바라보며 재촉했다.

"바깥으로, 바깥으로 나가. 내가 잠들었다고 말해…… 너라면 사람들이 믿을 거야. 너는 나를 데리고 나갈 수 있어. 지금 나를 데리고 나가는 거야. 어서, 지금 당장!"

"아! 하느님, 불쌍한 노인을 용서하소서!"

올리버가 눈물을 터트리며 울부짖자, 유대인 영감이 다시 말했다.

"그래, 잘했어, 잘했어. 그러면 우리에게 도움이 될 거야. 우선 이 문부터. 우리가 교수대를 지날 때 내가 덜덜 떨면서 비틀거리더라도 마음 쓰지 말고 계속 걷는 거야. 어서, 어서, 어서!"

"더 물어볼 게 있나요, 선생님?"

교도관이 묻자, 브리운로우 선생이 대답했다.

"더 없습니다. 저 사람이 정신을 차린다면 좋겠는데……."

"그럴 가능성은 없습니다, 선생님. 인제 그만 떠나시지요."

교도관이 머리를 흔들면서 감방문을 열자, 그곳을 지키던 교도관 두 명은 다시 들어오고, 유대인 영감은 계속 소리쳤다.

"어서 가자고, 어서 가. 가만가만, 하지만 너무 안 느리게. 더 빨리, 더 빨리!"

교도관 두 명이 유대인 영감을 잡아서 올리버를 떼어낸 다음에 꼭 붙들었다. 그와 동시에 유대인 영감이 필사적으로 저항하며 마구 소리치자, 그 소리가 교도소 거대한 담벼락을 뚫고 나가서 바깥쪽 마당에 있는 사람들 귓전까지 들렸다.

두 사람이 교도소에서 나가는 데에는 상당한 시간이 필요했다. 너무 끔찍한 장면에 올리버가 금방이라도 기절할 것 같은 데다 완전히 탈진한 나머지, 한 시간 이상을 도저히 걸을 수 없었기 때문이다.

두 사람이 밖으로 나온 건 동녘이 터올 때였다. 벌써 많은 인파가 모여들었다. 창문마다 사람이 가득 들어차서 담배도 태우고 카드놀이도 하면서 시간을 보냈다. 사람들이 서로를 밀치고 다투고 농을 주고받았다. 무엇이든 활기찬 생명이 가득하지만, 한가운데에 세워놓은 물체는 – 까만 발판, 교차한 대들보, 밧줄 등 죽음을 부르는 끔찍한 설비는 – 아니었다.

CHAPTER LIII

마지막

이번 이야기에 등장한 인물은 이제 모두 마무리 단계에 접어든다. 앞으로 할 이야기는 몇 마디로 간단하게 정리할 수 있다.

우선, 석 달이 지나기 전에 로즈 아씨와 해리 도령은 젊은 성직자가 앞으로 열심히 살아갈 조그만 마을 교회에서 결혼하고, 바로 그날부터 행복한 가정생활을 새롭게 시작했다.

메일리 부인은 아들과 며느리와 함께 살면서 더할 나위 없이 평화로운 여생을 보냈다. 노인으로선 그보다 더 행복할 수 없는 나날이다. 아들과 며느리가 서로를 지극히 사랑하고 보살피며 행복하게 사는 모습을 끊임없이 지켜볼 수 있기 때문이다.

치밀하고 충분한 조사를 통해서 밝힌 바에 의하면 (몽스는 물론 그 모친 수중에서 불어난 재산은 하나도 없어) 몽스 수중에 남은 재산은 초라할 정도로, 올리버와 나누면 각사 금화 삼천 냥이 약간 넘는 수준이었다. 부친이 남긴 유언에 의하면 모든 재산을 올리버에게 넘겨주어야 하지만, 브라운로우 선생은 장자에게 예전의 사악한 행위를 반성하고 정직한 삶을 살아갈 기회까지 빼앗고 싶은 마음이 없어, 이런 식으로 유산을 나누자 제안하고, 올리버는 기꺼이 받아들인 것이다.

몽스는 여전히 가명을 사용하면서 머나먼 신세계로 건너가, 거기에서 모든 재산을 순식간에 탕진하고 예전 생활로 다시 빠져들어 사람을 속이고 사기 친 죄로 옥살이를 오랫동안 하다가 지병으로 쓰러져 교도소에서 사망한다. 유대인 영감 패거리 가운데 나머지 인물 역시 모두 만리타향으로 쫓겨가서 사망한다.

브라운로우 선생은 올리버를 양자로 삼는다. 그리고 올리버가 제일 좋아하는 부부가 사는 인근 지역으로 올리버와 할머니 가정부를 데리고 이사 가서 올리버가 따뜻하고 진지하게 갈망하던 소원을 들어주고 서로를 따뜻하게 보살피고 위로하며 살아가니, 변화무쌍한 세상에서 이보다 완벽하게 행복할 순 없다.

젊은 연인이 결혼한 직후에 훌륭한 의사는 처트시로 돌아갔으나 그곳에는 오랜 친구가 하나도 없으니, 모든 게 불만스럽지만 성실한 성격으로 참고 매사에 짜증 나지만 짜증 낼 방법을 몰랐다. 그렇게 두세 달을 보내다가 분위기가 자신과 안 맞는 것 같아서 걱정이라는 말을 넌지시 비추더니, 자신에게 그곳은 예전의 그곳이 더는 아니라는 사실을 깨닫고 조수에게 모든 업무를 넘긴 채 젊은 친구가 성직자로 일하는 마을 외곽에 혼자 살만한 집을 구하더니, 그 즉시 기운을 차린다. 그래서 정원 일도 하고 나무 심는 일도 하고 낚시도 하고 목수 일도 하는 등 다양한 작업에 몰두하는데, 성격에 걸맞게 모든 일에 최선을 다한다. 그러다 보니 인근 마을 전체에서 해당 분야에 관한 한 최고 권위자로 이름을 날린다.

의사 선생은 이사를 오기 전부터 그림위그 선생에게 깊은 친분을 보이고 괴팍한 그림위그 선생 역시 진심으로 반응했다. 그러니 그림위그 선생은 사시사철 아무 때나 그 집에 찾아가, 나무도 심고 낚시도 하고 목수 일도 열심히 하는데, 어떤 일이든 전례가 없는 독특한 방식으로 하면서 자기가 작업하는 방식이 가장 옳다는 주장과 함께 그림위그 특유의 맹세를 꺼낸다. 일요일이면 젊은 목사 앞에 대고 설교 내용을 비판하지 않는 날이 없는데, 나중에 로스번 선생에게 비밀을 꼭 지켜야 한다고 다짐한 다음, 자신은 설교 내용이 아주 탁월하다고 판단하지만, 당사자 앞에서는 비판적으로 말하는 게 좋은 법이라고 말한다. 브라운로우 선생은 그림위그 선생이 예전에 올리버를 두고 예언한 내용을 놀리면서 두 사람이 시계를 사이에 두고 앉아서 올리버가 돌아오기만 기다린 밤 얘기를 아무 때나 툭하면 꺼내지만, 그럴 때마다 그림위그 선생은 기본적으로 자기 판단이 옳았다는 말과 함께 올리버가 실제로 안 돌아온 게 좋은 증거라는 말까지 하다가 폭소를 터트리며 좋아한다.

노아 클레이폴은 유대인 영감에게 불리한 증언을 한 대가로 사면을 받더니, 자신이 하던 일은 자신이 원하는 만큼 안전하지 않다는 사실을 떠올리곤, 무얼 하며 먹고 살아야 할지 몰라서 한동안 빈둥거리며 지냈다. 그래서 심사숙고한 끝에 '고발하는 사업'에 뛰어들어 상당한 수익을 올린다. 사업 내용은 일주일에 한 번씩 교회 가는 시간에 샬롯에게 멋진 옷을 입히고 함께 산책하러 나가는 것이다. 그래서 주인이 인정이 많을 것 같은 상점 입구에서 샬롯이 기절하면 상점 주인은 숙녀가 기운을 차리도록 술을 조금 사서 먹이고[18], 노아는 이튿날에 고발해서 벌금 절반을 챙기는 식이다. 가끔은 노아 자신이 기절할 때도 있는데 결과는 똑같다.

---

18) 당시에는 일요일 오전 예배시간에 술을 팔고 사는 건 위법이었다.

범블 부부는 직장에서 쫓겨나 비참한 가난에 조금씩 빠져들다가, 결국에는 극빈자가 되어서 예전에 자신이 왕처럼 군림하던 구빈원으로 들어갔다. 범블은 '이렇게 몰락해서 처지가 바뀌다 보니, 부인과 헤어져서 지내는 걸 고맙게 여길 마음조차 사라졌다'는 말까지 했다고 한다.

자일스 집사와 브리틀스에 관해 말하자면, 전자는 머리가 벗겨지고 후자는 백발이 되었지만, 예전에 하던 일을 아직도 그대로 한다. 두 사람은 사제관에서 잠을 자지만 성직자 부부, 올리버와 브라운로우 선생, 로스번 선생까지 똑같이 시중들어서, 마을 사람은 두 사람이 어느 집 소속인지 오늘날까지 알 수 없다.

찰리 베이츠는 빌 사익스가 저지른 살인에 질린 나머지, 정직한 삶이 가장 좋은 건 아닐까 하는 생각에 빠져들기 시작했다. 그래서 정말 그렇다는 결론을 내리더니, 예전의 삶을 완전히 단절하고 새로운 삶을 살아가려고 애썼다. 그래서 오랫동안 다양한 고통에 시달리며 힘겹게 살지만, 성격이 워낙 낙천적인 데다 방향이 옳아서 결국엔 성공해, 농장 머슴으로 일하고 마부 조수로 일하다가 지금은 영국 중부지역 노샘프턴셔에서 가장 젊고 명랑한 목축업자로 살아간다.

지금까지 추적해서 정리하던 이야기가 결론으로 치닫는 사이에도 손이 멈칫멈칫하니, 이야기 실타래를 조금만 더 풀어가자.

나는 오랜 시간을 함께 보낸 사람들 사이에 머물며 그 모습을 묘사하는 행복을 만끽하고 싶다. 그래서 로즈 아가씨가 아름다운 모습을 활짝 꽃피워서 한적하게 살아가는 모습은 물론 함께 살아가는 사람들까지 환하게 밝히고 그 마음속까지 환하게 비추는 모습도 보여주고 싶다. 겨울이면 벽난로 주변에 모여 앉고 여름이면 활기찬 모습으로 즐겁게 살아가는 모습도 그리고 싶다. 정오에는 후덥지근한 들판을 함께 거닐고 달빛이 환한 밤에는 함께 산책하며 달콤한 목소리로 나지막하게 말하는 소리도 듣고 싶다. 바깥에서는 착한 마음으로 자선을 베풀고 집에서는 주부로서 할 일을 너끈하게 해내며 웃는 모습도 지켜보고 싶다. 오래전에 사망한 언니 아들과 서로 사랑하며 행복하게 지내고 슬프게 떠나간 가족을 함께 떠올리며 몇 시간이고 보내는 모습도 그리고 싶다. 어린 자녀가 로즈 무릎 주변에 모여서 혀 짧은소리로 명랑하게 재잘대며 즐겁게 지내는 모습도 바라보고 싶다. 맑게 웃는 소리를 떠올리고, 어려운 사람을 동정하며 파란 눈으로 살포시 눈물 짓는 모습도 그리고 싶다. 이런 것과 함께 다양한 표정과 미소, 다양한 생각과 말을 하나씩 떠올리고 싶다.

브라운로우 선생이 날마다 노력해서 양아들 머리를 지식으로 가득 채우고 바람직한 성격을 계발하며 바람직한 인물로 발전할 징후 역시 또렷하게 발견하니, 올리버를 사랑하는 마음도 그만큼 깊어진다는 사실은…… 올리버에게서 오랜 친구의 새로운 면모를 다양하게 발견하고 가슴속에서 오랜 기억을 떠올려, 달콤하고 포근하면서도 우울한 느낌에 젖어든다는 사실은…… 고아 두 명이 호된 시련을 겪고서 다른 사람에게 관대해야 한다는 교훈을 마음에 새기고 서로 사랑하며, 자신들을 보호하고 지켜준 하느님에게 크나큰 감사를 느낀다는 사실은…… 이런 사실은 굳이 언급하지 않겠다. 지금까지 나는 이들이 진정으로 행복하다고 말했는데, 이는 흔들리지 않는 애정과 인간적인 마음 그리고 절대자에게 감사하는 마음이 있을 때만 가능하니, 절대자는 자비로운 마음을 중요하게 여기시며 모든 생명체를 사랑하시기 때문이다.

마을 교회 낡은 제단 내부에는 대리석으로 만든 하얀 판석이 있는데, 거기에 새긴 글씨는 딱 하나, '아그네스'다. 무덤에는 관이 없다. 판석에 다른 이름을 새기기 전까지는 오랫동안 그럴 가능성이 크다! 하지만

죽은 자가 영혼으로 변해서 지상으로 돌아올 수 있다면, 사랑으로 –
무덤을 넘어서는 사랑으로 – 신성하게 만든 장소를 찾아올 수 있다면,
아그네스 영혼 역시 자주 찾아서 엄숙한 제단 주변을 맴돌 거라고 나는
믿는다. 제단은 교회 내부에 있으며 아그네스는 조그만 잘못을 저질렀
지만 그래도 나는 그렇게 믿는다.

부록
찰스 디킨스

1. 작가 소개

찰스 디킨스(charles John Huffam Dickens)는 영국 빅토리아 시대를 풍미한 소설가다. 이백 년도 넘은 1812년 2월 7일에 영국 남부 포츠머스 외곽에서 팔 남매 가운데 둘째자 장남으로 태어난다. 형제 두 명은 어려서 죽는다. 할아버지는 머슴, 할머니는 하녀 출신이고 아버지는 해군 경리국 하급관리였다. 아버지는 사교적이고 유머가 풍부하나 경제적으로 무능하고, 어머니는 선량하고 밝은 성격이나 자녀한테 무정하다. 경제적인 이유로 어려서 계속 이사 다녔다.

여섯 살부터 학교에 잠시 다니지만, 다락방에서 소설을 읽으며 훨씬 많은 것을 배운다. 열한 살부터 런던 빈민가에서 산다. 그리고 열세 살부터 구두약 공장에 취직해서 생활비를 번다. 하지만 아버지는 빚이 점차 늘어나 가족은 채무자 감옥에서 지내고 디킨스 혼자 하숙집에서 생활한다. 자신을 중산층이라고 생각하던 어린 찰스가 노동자로 전락하면서 겪은 좌절과 고통은 자전적 소설 '데이비드 코퍼필드(David Copperfield)'에 잘 나타난다. 아버지는 '미코버', 어머니는 법률사무소 대표의 딸이며 허영심 많은 여인으로 나온다.

아버지는 할머니 유산으로 빚을 청산하고 찰스 디킨스를 웰링턴 하우스 아카데미(Wellington House Academy)에 삼 년 동안 보낸다. 하지만 어머니는 '공장에서 돈이나 벌라'며 끊임없이 반대하고 디킨스는 어머니와 서먹한 관계를 평생 유지한다.

열여섯 살에 학교를 그만두고 변호사 사무실에서 이 년간 사환으로 일하고 대영박물관 자료실 검토원으로 잠시 일한다. 스물한 살에는 속기법을 익혀서 의회 출입기자가 된다. 여기에서 의회와 정치에 대한 불신과 부정부패, 빈부 격차 등 사회현상에 눈을 뜬다. 디킨스가 말년에 고백한 바에 의하면 "젊은 시절에 신문사에서 혹독한 훈련을 잘 견딘 게 내가 성공한 첫 번째 원인"이다. 이즈음에 은행가 딸과 첫사랑에 빠지나, 여자 부모 측 반대로 헤어진다.

스물두 살부터 글을 쓰기 시작해 Monthly Magazine에 단편 'A Dinner at Poplar Walk'를 발표한다. 스물세 살에는 'Boz'라는 필명으로 다양한 정기 간행물에 풍속 전문 스케치를 기고하면서 '모닝 크로니클' 기자가 된다. 그러면서 쌓은 경험은 시대 상황을 비롯해 거리 풍경과 풍속을 정교하게 묘사하는 능력으로 발전한다.

스물다섯 살에는 그동안 발표한 풍속 스케치를 모아서 '보즈기 그린 스케치'를 출간한다. 그리고 '픽윅 페이퍼스'를 연재한다. 스물여섯 살에는 화가 시모어가 만화를 그리도록 보조하면서 시작한 희곡 소설 《픽위크 클럽》을 출판하면서 명성을 얻기 시작한다. 이후 이 년 동안 '벤틀리스 미셀러니' 편집장으로 일하고 안락한 집으로 이사하면서 더욱 정열적으로 집필활동에 매진한다.

이즈음에 평생에 걸친 문학적 조언자며 나중에 '찰스 디킨스 전기'를 집필하는 존 포스터(John Poster)를 만난다. 4월에는 '이브닝 크로니클' 편집장 딸 캐서린 호가스(Catherine Hogarth)와 결혼한다. 처가는 경제적으로 부유하지 않아도 문화적으로 세련된 분위기였다. 그러나 결혼 생활은 불행하지만 함께 살게 된 처제 메리(Mary)를 통해 이상적인 여인상을 발견하고 처제와 정신적으로 독특한 유대관계를 맺는다. 하지만 이듬해에 처제가 병으로 죽자, 디킨스는 너무나 커다란 충격에 처음이자 마지막으로 소설 연재를 중단한다. 처제 손가락에서 뺀 반지를 죽을 때까지 손가락에 낄 정도였다. 메리에 대한 그리움은 나중에 '골동품 가게'에서 '어린 넬'로 재현한다. 하지만 자녀를 돌보기 위해 다른 처제 조지나가 오면서 빈자리를 메운다. 조지나는 평생을 독신으로 살며 디킨스 집안에서 살림을 맡은 건 물론, 디킨스가 언니 캐서린과 이혼한 다음에 임종을 지킨 사람도 조지나다.

집필활동에 왕성하던 디킨스는 서른세 살 나이에 견문을 넓히고자 아내 캐서린과 함께 미국을 방문한다. 왕도 없고 계급도 없는 자유민주주의 국가라는 사실에 잔뜩 기대하나, 노예제도를 목격하고 몹시 실망한다. 그리고 자신이 쓴 책을 미국에서 수백만 부나 팔면서 인세는 한 푼도 안 준다는 사실을 공식석상에서 비난해, 미국에서 인기가 떨어진다. 이후 '미국 여행 노트' 두 권을 발표한다.

서른네 살에는 '크리스마스 캐럴'을 출간한다. 그래 크리스마스이브 하루에 육천 권이 팔려나간 이후, 영어권 사회에서는 크리스마스트리에 꼭 걸어놓는 장식품처럼 되었다. 이 책이 크게 성공하면서 디킨스는 크리스마스에 대한 이야기를 매년 발표한다.

서른여덟 살에는 뉴게이트 감옥을 방문한다. 디킨스는 감옥에서 젊은 여성들이 고통스러워하는 모습에 특히 많은 관심을 보인다. 가난한 집에서 태어나 부모에게 사랑을 못 받고 어린 나이에 거리를 떠돌다 구렁텅이에 빠지거나 매춘으로 접어드는 악순환을 정확히 이해한 것이다. 그래서 독지가를 모아 런던에서 매춘부와 여성 노숙자를 위해 '집 없는 여성을 위한 쉼터'를 설립한다. 일정한 규율 아래 포근한 보금자리를 제공하며 읽고 쓰는 법을 가르쳐 사회에 재편입하는 길을 열어준 것이다.

마흔한 살에는 '가정 이야기'라는 잡지를 창간해, 가정이 가장 중요하다고 주장하지만, 디킨스 자신은 아내와 끊임없는 불화를 겪으며 가정생활을 힘들게 이어간다.

마흔여섯 살에는 윌키 콜린스의 멜로드라마 '얼어붙은 골짜기'에 연출을 맡고 배우로 출연하면서 열여덟 살 여배우 엘렌 터넌과 사랑에 빠진다. 이후에 집필한 '두 도시 이야기' 마네뜨 아가씨에게서 그 분위기를 담아낸다.

이듬해에 아내와 이혼한다. 그리고 전국을 순회하며 작품 낭독회를 시작한다. 극장에서 유료관객을 대상으로 작품 몇 장면을 골라 낭독하는 건데, 엄청난 인기를 누린다. 순회 낭독회를 통해 디킨스는 막대한 돈을 벌지만, 건강을 해친다.

이듬해에 'All the Year Round'라는 잡지를 발행하면서 '두 도시 이야기'를 연재한다.

1868년 6월 8일, 오십구 세 나이로 저택에서 소설 원고 '에드윈 드루드의 수수께끼'를 온종일 쓰고 저녁 식사를 하다가 쓰러져 다음 날 세상을 떠난다. 웨스트민스터 사원 '시인의 묘역'에 묻혀 묘비에 다음 같은 글을 새긴다.

"가난하고 고통받고 박해받는 사람을 동정했다. 이 사람이 죽으면서 세상은 영국에서 가장 위대한 작가를 잃었다."

디킨스가 세상을 떠났다는 말에 노동자들은 주막에서 "우리 친구가 죽었다"며 울부짖고, 신문과 잡지는 며칠 동안 지면에다 찰스 디킨스 일대기를 도배하고, 한 신문은 부고란에 이렇게 적었다. "디킨스가 발표한 소설은 언제나 화제를 불러보았다. 디킨스가 쓴 소설에는 현실정치와 사건을 그대로 담았다. 디킨스가 소설에 담아낸 건 소설이 아니라 현실 세계였다."

당시 영국은 산업혁명에 성공해 전 세계에서 가장 빠르게 발전하는 나라였다. 디킨스는 작가로 성공해 번듯한 마차를 타고 저명인사와 교류하면서도 대다수 서민이 진흙탕을 밟고 힘겹게 살아가며 신음하는 소리를 듣고 영국 최고 전성기에 담긴 아픈 그림자를 직시하면서 위대한 작품을 남겼다. 당시에는 다섯 살 어린애가 공장에서 열두 시간씩 일하고 겨우 동전 몇 닢을 손에 쥔 채 집으로 돌아가는 일이 많고, 노동자 평균수명은 겨우 스물여덟 살이었다.

디킨스는 가난한 사람에게 깊이 동정하고, 사회적인 악습에 반격하고, 사회에서 실제로 일어난 사건을 기사로 작성하고 소설에 담았다. 카를 마르크스가 "정치 현실과 사회현실에 대해 전문 정치인이나 정치 평론가나 학자보다 많은 진실을 말했다"고 평가할 정도였다. 초기 소설은 풍자가 강하지만 후기 소설은 풍자 대신 치밀한 구성과 사회비평이 돋보인다.

2. 작품세계

가장 유명한 작품을 든다면, 《두 도시 이야기》, 《위대한 유산》, 《데이비드 코퍼필드》, 《올리버 트위스트》, 《니콜라스 니클비》, 《크리스마스 캐럴》 등이 있다. 《데이비드 코퍼필드》는 논쟁의 여지는 있지만, 대표적인 작품으로 자전적인 소설이다.

디킨스는 일상에서 탈출하는 수단으로 연극에 빠져드는데, 《니콜라스 니클비》에는 연극과 연극인에 대한 마음을 담아냈다. 《Little Dorrit》은 풍자가 신랄한 명작이다. 사후에 출판한 책으로는 《예수 그리스도의 생애》가 있는데, 예수 그리스도를 신앙의 대상이 아닌, 본받을 대상으로 묘사한다. 자녀에게 그리스도에 대해 쉽게 설명하기 위해서 쓴 책이기 때문이다.

셰익스피어가 영어를 아름다운 운문으로 엮어서 독자의 심금을 울리는 시인이라면, 디킨스는 산문을 정확하고 정교하게 풀어내며 독자의 공감을 끌어낸 이야기꾼이라고 볼 수 있다. 그래서 디킨스 작품은 현란하며, 귀족의 속물근성에 대한 풍자는 사악할 정도로 익살맞다. 세파에 시달리는 서민에 대한 동정심, 그리고 상류층에 대한 비판과 풍자는 전 작품에 관철하는 디킨스 특유의 정신이다. 정치인 대부분을 "별 의미도 없는 말을 지껄이며……시간이나 축내는 거만한 사람"으로 묘사한다. 하지만 일부 정치인이 올바른 사회를 위해 노력하는 모습을 보고 깊이 감동하기도 한다.

디킨스는 서민성과 사회 현안에 대한 성찰이 누구보다 탁월하다. 그래서 서민과 끊임없이 만나고, 서민과 연애하듯 평생 충심을 다하고, 세상만사를 서민이라는 관점에서 바라본다. 생애 마지막 십여 년은 영국과 미국 전역을 돌아다니며 소설을 낭독하고, 가는 곳마다 커다랗게 성공한다. 서민은 디킨스한테 환호하고 디킨스는 서민을 위해 살려고 노력하고, 디킨스가 말하거나 발표하는 내용마다 사회에 커다란 영향을 미친다. 찰스 디킨스는 지금도 세계에서 가장 중요한 작가 가운데 하나다.

3. 작품해설 및 역자 후기

'올리버 트위스트'는 찰스 디킨스가 20대 중후반에 첫 번째로 발표한 문학작품이자 대표작이다. 그래서 천재적인 작가로 타고난 역량과 젊은 혈기를 마음껏 발휘하며 '올리버 트위스트'라는 맑고 순수한 아이를, 전 세계 독자가 가장 사랑하는 아이를 우리에게 보여준다.

'올리버 트위스트'는 찰스 디킨스 자신이 편집장으로 일하던 잡지 '벤틀리스 미셀러니'에 〈고아원 아이의 여행〉이라는 부제를 붙여서 2년에 걸쳐 연재하고 이듬해에 세 권짜리 단행본으로 출간한 이후, 다양한 영화와 연극과 드라마와 뮤지컬과 만화 등으로 나와서 수많은 사람에게 많은 감동을 주고 깊은 사랑을 받는다. 어린 나이에 두 번이나 죽을 고비를 넘기며 고생이란 고생은 다 하면서도 인간에 대한 사랑을 잃지 않아, 결국엔 행복하게 산다는 보편적이며 희망적인 메시지가 우리에게 감동을 주기 때문이다.

19세기 영국은 산업혁명을 통해 사상 유례없는 번영을 누린다. 증기기관 발명을 통해 철도와 선박이 등장하고 통신시설이 발달한다. 그러면서 삶의 중심 역시 농촌에서 도시로 바뀌니, 기존에 영국 사회를 지배하던 귀족은 몰락하고 도시 자본가가 세력을 갖추기 시작한다. 사람이 손으로 만들던 물건은 기계가 대량으로 생산해, 기술이 없어도 노동력만 있으면 누구나 공장에서 일할 수 있어 가난에 찌든 빈민층은 어린애까지 공장으로 내몰릴 수밖에 없었다.

이런 상황에서 영국 정부는 공리주의에 근거한 '신빈민구제법'을 1834년에 발표해, 빈민을 쥐어짜고 노동력을 착취하며 죽음으로 몰아간다. 사람이 가난한 건 개인이 나태하고 무절제하기 때문이니, 최대한 잔인하게 취급해서 자립할 마음을 길러줘야 한다는 원리였다. 따라서 노동력만 있으면 구호대상이 아니고, 구호를 받으려면 구빈원에 들어가야 하며, 구빈원에서는 생활 수준을 최저로 유지하며 강제노동에 동원하니, 여기에 반발해 이리저리 떠도는 사람은 '부랑자 단속법'으로 교도소에 가두고 강제노역을 시켰다.

이런 분위기에서 올리버는 태어나자마자 어머니를 여의고 구빈원에서 자라다가 심한 학대를 견디다 못해 런던으로 도망친다. 여기에서 악당 소굴에 끌려가 소매치기를 배우다가 모든 죄를 뒤집어쓰고 체포당하나, 노신사에게 도움을 받는다. 처음으로 사랑과 애정과 행복을 느끼게 된 것이다. 하지만 납치당해 또다시 도적질에 나서다가 총에 맞고 노마님과 젊은 아씨에게 도움받아 두 번째로 사랑과 애정과 행복을 느끼며 살아가게 된다.

재미있는 건 노신사에게 도움받을 때는 열병에 걸려서 죽기 직전까지 몰리고 노마님과 젊은 아씨에게 도움받을 때는 총에 맞아서 죽기 직전까지 몰린다는 사실, 그리고 나중에 밝혀진 바에 의하면 노신사는 올리버 아버지와 친구며 젊은 아씨는 이모라는 사실이다. 첫 번째 사실은 가장 깊은 밤이 새벽을 예고하듯 극단적인 불행을 견디면 새로운 행복으로 이어진다는 식으로 받아들인다 해도, 후자는 작위적인 느낌이 너무 강하다. 첫 작품답게 젊은 혈기가 그대로 드러난 부분이다.

찰스 디킨스 작품이 지닌 일반적인 특징은 등장인물이라는 탁월한 캐릭터니, 세계적인 대문호 레오 톨스토이는 "디킨스 소설에 나오는 인물은 모두 내 친구다"라고 극찬할 정도다. 이런 특징은 여기에서도 그대로 드러나, 치안판사 팽을 통해서 권위적인 인간과 사법체계를 다음처럼 통렬하게 비판한다.

> 팽 치안판사는 깡마른 체구에 등이 길고 목이 뻣뻣하며 키는 중간인데, 머리칼은 많지 않아, 머리 뒤와 옆에서만 자라는 정도였다. 얼굴은 엄숙하며 벌겋게 상기된 상태였다. 몸에 좋은 이상으로 술을 마시는 버릇이 없다면 자기 얼굴을 상대로 소송을 벌어서 막대한 배상금이라도 챙길 것 같은 얼굴이었다⋯⋯바로 그 순간에 팽 치안판사는 조간신문 사설을 읽던 참인데, 자신이 최근에 내린 판결을 언급하며 내무대신에게 구체적으로 딱 집어서 경고해야 한다고 무려 350번째로 권고하는 내용이었다. 그래서 잔뜩 화나서 찡

그린 얼굴로 쳐다보며 물었다.

어린아이를 꼬드겨서 소매치기 등 다양한 범죄행위를 시키는 유대인 영감은 대표적인 위법자면서도 실리에 철저한 사업가니, 이렇게 실리를 따지는 모습은 올리버를 떠넘기면서 굴뚝 청소부 갬필드와 흥정하는 구빈원 이사들도 뒤지지 않는다. 법에 따라 움직이는 구빈원 이사진은 굴뚝 청소부가 어린애를 여럿 죽인 경력이 있다는 사실을 알면서도 다음과 같이 말하는 순간에 사악한 범죄자 유대인 영감과 동급으로 전락하고 마는 것이다.

제기랄! 웃기는 소리 그만해! 사례금을 한 푼도 못 받는다 해도 아이를 싸게 데려가는 거라고. 그러니 그 돈을 받고 그냥 데려가, 어리석은 친구야. 자네에게 딱 어울리는 아이야. 가끔 몽둥이질만 하면 말을 정말 잘 들을 뿐 아니라, 지금껏 배불리 먹어본 적은 단 한 번도 없으니 식대도 많이 안 든다고. 하! 하! 하!

그렇다면 유대인 영감은 어떤가?

커피를 다 만들자, 유대인 영감은 냄비를 벽난로 시렁에 얹고 일어나더니, 순간적으로 무슨 일을 해야 좋을지 모르겠다는 듯 애매한 자세로 주저하다가 돌아서서 올리버를 바라보며 이름까지 불렀다. 올리버는 대답이 없는 게 어느 모로 보나 깊이 잠든 것 같았다……. 바닥에 있는 구멍 같은 곳에서 조그만 상자를 하나 꺼내, 탁자에 조심스럽게 올려놓았다……. 상자에서 보석이 번쩍이는 화려한 금시계를 꺼내더니, 어깨를 으쓱하고 오만상을 찌푸리며 섬뜩하게 웃는 얼굴로 중얼거렸다.
"아! 아! 똑똑한 강아지들이야! 정말 똑똑한 강아지들! 마지막까지 버텼어! 성직자 영감에게도 이게 있는 곳을 말하지 않았어. 페이긴 영감을 조금도 끌어들이지 않았다고! 강아지들이 왜 그렇겠어? 그런 걸 털어놓는다고 밧줄 매듭을 느슨하게 묶는 것도 아니고 목매다는 시간을 조금 늦춰주는 것도 아니잖아. 그럼, 그럼, 절대 아니지! 좋은 친구들이야! 좋은 친구들!"

……유대인 영감은 장신구를 상자에 넣고 또 하나 꺼냈다……. 상자에 다시 넣고 의자에 등을 기대며 중얼거렸다.

"사형은 정말 좋은 거야! 죽은 사람은 후회하는 법이 절대로 없거든. 한 번 죽으면 거북한 이야기를 털어놓는 법도 절대 없고 말이야. 아, 사형은 우리 장사에 정말 좋아! 다섯 놈을 밧줄에 나란히 매달아도 벌벌 떨며 나를 불어대거나 속여먹는 놈이 하나도 없으니 말이야!"

유대인 영감은 이렇게 중얼대며 앞을 멍하니 바라보다가 갑자기 까만 눈을 번뜩이며 올리버를 쳐다보았다. 호기심이 가득한 눈초리로 열심히 바라본다는 사실을 순간적으로 알아차린 것이다…… 상자 뚜껑을 쾅! 닫고는 탁자에서 빵 자르는 칼을 집어 들고 무섭게 달려드는데, 온몸을 심하게 떨었다. 공포에 젖은 올리버 눈에도 공중에서 칼이 부들부들 떨리는 게 보일 정도였다.

생생한 캐릭터로 유대인 영감에게 생명력을 부여하는 모습을 보면 작가를 창조주로 착각할 정도다. 하지만 우리가 여기에서 짚어야 할 사실은 반유대주의가 팽배한 당시의 유럽 분위기를 젊은 찰스 디킨스 역시 아무런 비판 없이 받아들여, 사회적 편견에 함몰되는 모습을 그대로 보여준다는 것이다. 하지만 작가는 낸시라는 독특한 인물을 통해서 이런 편견과 한계를 깨끗하게 극복하니, 창녀에 도적년에 사기꾼에 소매치기 낸시가 가장 이타적인 모습으로 결단을 내려서 주인공을 구하고 작품을 새로운 차원으로 승화시키기 때문이다.

낸시는 거리에서 그리고 런던에서 가장 시끌벅적한 매음굴과 범죄 소굴에서 지금까지 인생을 허비해도 여성 특유의 속성을 여전히 지녔으니, 자신이 들어온 문 맞은편 문에서 다가오는 가벼운 발소리를 듣는 순간, 그래서 조금 후에 조그만 방에서 벌어질 새로운 분위기를 떠올리는 순간, 뼛속 깊은 곳에서 치솟는 수치심에 온몸이 움츠러들었다. 자신이 상대를 과연 온전히 대할 수 있을까 염려스러운 느낌마저 들었다.

하지만 바람직한 감정과 충돌하는 건 자존심이니, 이는 가장 타락하고 저급한 사람이나 정말 고결하고 자신만만한 사람이나 똑같은 결점이라고 할 수 있다. 도적과 깡패하고 어울리는 비참한 신분, 비참한 소굴로 쫓겨난 부랑자, 교도소와 감옥선에서 지내는 인간쓰레기와 어울리며 교수대 그늘을 피부로 느끼며 살아가는 인물, 이렇게 타락한 존재조차 자존심을 느끼곤 여성 특유의 감성을 나약한 증거로 여기지만 사실 이것은 낸시에게 아직 인간성이 살았다는, 아주 어릴 적부터 인생을 허비하며 포기한 인간성이 아직은 살았다는 증거였다.

이런 낸시는 올리버를 둘러싸고 진행되는 음모를 폭로해서 목숨이 위태로운 지경에 빠지고, 도움을 받은 사람들은 낸시에게 과거 생활을 청산하고 새롭게 살아가도록 도와주겠다고, 필요하다면 외국에 나가서 편히 살도록 해주겠다고 제안하지만, 낸시는 사랑하는 남자를 떠날 순 없다, 그 남자가 자신을 죽일 수도 있다는 사실을 알면서도. 그래서 이렇게 말한다.

저는 예전 생활에 단단히 얽매여 있어요. 이제는 진저리가 날 정도로 싫지만 떠날 수도 없어요. 돌아서기엔 너무 멀리 왔어요……. 인제 그만 헤어져요. 누가 나를 감시하거나 지켜볼 수도 있어요. 가세요! 가세요! 제가 두 분에게 도움이 되었다면 이제 제가 바라는 건 먼저 여기를 떠나라는 거예요……. 저기, 까만 강물을 보세요.

나 같은 여자가 관심을 보이는 사람도 울어주는 사람도 없이 저런 강물에 뛰어드는 사례는 수없이 많답니다. 앞으로 몇 년이 될 수도 있고 몇 달에 불과할 수도 있겠지만, 결국엔 저도 그렇게 되겠지요.

찰스 디킨스는 다양한 풍속과 지리와 풍경을 묘사하는 실력도 탁월하니, 풍속학자들은 찰스 디킨스 작품을 통해서 당시 사회를 연구하는 거로 유명하다. 그중의 하나는 거주시설을 둘러싼 문제인데, 산업혁명으로 런던 인구는 팔십 년 사이에 백만에서 사백오십만으로 늘었으니 그 문제가 얼마나 심각하겠는가? 이런 문제를 '올리버 트위스트'에서는 이렇게 묘사한다.

템스 강 유역 로더하이스에 있는 교회 주변으로, 양쪽 강둑을 따라 쭉 늘어선 건물은 더할 나위 없이 더럽고 석탄 운반선에서 흘러나온 먼지와 나지막한 지붕이 다닥다닥 달라붙은 판잣집에서 흘러나온 연기 때문에 강물에 떠 있는 배는 더할 나위 없이 새까만, 런던에 파묻힌 다양한 지역 가운데에서 가장 지저분하고 이상하고 독특한, 런던에 사는 사람 대부분 이름조차 알 수 없는 곳이 있다.
이곳으로 가려면 답답하고 비좁은 진흙탕 길이 미로처럼 펼쳐진 곳을, 물가에 사는 사람 가운데에서도 가장 거칠고 가난한 사람들이 시끌벅적하게 모여서 다양한 장사판에 열중하는 사이를 힘겹게 지나야 한다. 상점마다 가장 흔한 싸구려 식료품을 한 무더기씩 쌓아놓고, 가장 거칠고 흔한 옷가지는 대문마다 매달려서 대롱거리나 주택 난간과 창문에서 펄럭거린다. 노동자 가운데에서도 일자리가 없는 하층민, 배에서 짐을 부리는 일꾼, 석탄선 인부, 뻔뻔한 여인, 누더기를 입은 아이, 강가에서 사는 다양한 인간쓰레기와 어깨를 밀치면서 어렵게 나아가다 보면 양쪽으로 뻗어 나간 골목에서 역겨운 광경과 악취가 달려들며 공격하고, 모서리마다 첩첩이 늘어선 창고에서는 묵직한 수레들이 덜커덩대며 물건을 산더미처럼 쌓아 올리는 소리로 지나는 사람 귀를 먹먹하게 만든다. 그래서 마침내 여기까지 지나서 인적이 훨씬 드문 곳으로 깊숙이 들어오면, 건물 정면은 앞으로 기운 모습이 금방이라도 쓰러질 것 같고, 벽은 사람이 지나가는 사이에 무너질 것 같고, 굴뚝은 절반이 무너지고 나머지 절반은 무너지길 주저하며, 창문을 지키는 녹슨 쇠막대는 세월과 먼지가 거의 먹어치우는 등, 황폐하게 내버려둔 흔적이 곳곳에 널린 거리를 지나야 한다.

여기에서 우리는 세밀한 묘사와 화려한 문장력이 그대로 드러난다는 사실을 느낄 수 있다. 예전에 포털사이트 '다음'에서 '찰스 디킨스'를 키워드로 검색하니까 "찰스 디킨스 책을 사서 읽으려고 애쓰는데 일 년이 넘도록 다 못 읽었다"고 고민하는 글에 대해서 '독서 지도사'라고 자신을 소개한 사람이 "찰스 디킨스는 문장력이 떨어져서 그렇지, 읽다 보면 그런대로 읽힌다"며 위로한 글을 본 적이 있다. 하지만 찰스 디킨스는 어떤 작가보다도 섬세한 묘사와 화려한 문장과 유머로 유명하다. 한국에서 찰스 디킨스를 이렇게 평하는 건 한마디로 "번역에서 나타난 문제"일 뿐이다. 불과 몇 년 전에 찰스 디킨스 탄생 이백 주년을 기념하며 영국을 비롯한 영어권 전역에서 찰스 디킨스 문학을 조망하는 물결이 새롭게 일어났다. 우리나라에서도 찰스 디킨스를 조망하는 분위기가 새롭게 일어나길 바란다. 산업혁명이 진행된 영국 사회에서 인간이 살아가는 모습을 통찰하며 행복한 사회를 고민하던 모습은 자본주의를 급격하게 진행하며 인간을 외면하는 한국 사회에도 그대로 적용할 수 있기 때문이다.

송천동에서
김 옥 수